Hello Stranger
by Lisa Kleypas

カーマの愛に守られて

リサ・クレイパス
岸川由美[訳]

ライムブックス

HELLO STRANGER
by Lisa Kleypas

カーマの愛に守られて

主要登場人物

ガレット・ギブソン……………………医師
イーサン・ランサム……………………内務省の諜報員
ウィリアム・ハヴロック………………ガレットの同僚
ジャスパー・ジェンキン………………イーサンの上司。情報組織の統括者
ウィリアム・ギャンブル………………ジェンキンの部下。諜報員
リース・ウィンターボーン……………診療所の所有者。百貨店経営者
ヘレン……………………………………リースの妻
パンドラ…………………………………ヘレンの妹
デヴォン・レイヴネス…………………パンドラのいとこ。トレニア伯爵
ウェストン（ウェスト）………………デヴォンの弟
エドマンド………………………………先々代トレニア伯爵。故人

1

一八七六年、夏
ロンドン

何者かにつけられている。

ガレットはうなじがぞくりとし、産毛が逆立つのを感じた。この頃、毎週火曜に救貧院での診察へ行くたび、誰かに見られている気がしてならない。背後で人が動いたとか、足音がしたとか、不安を裏づける証拠はこれまで何ひとつないものの、やはり近くに誰かがいる気配がした。

右手には革製の往診鞄《かばん》を、左手にはヒッコリー材の杖《つえ》を持ち、ガレットはきびきびした足取りで歩きつづけた。その目は周囲を子細もらさず観察している。イースト・ロンドンのクラーケンウェル地区は油断をしていい場所ではない。幸い、あと二ブロックで新しい大通りに出るから、そこまで行けば馬車を拾えるだろう。

フリート下水溝を覆う格子をまたぐと、立ちのぼる臭気のせいで目に涙がにじんだ。香を忍ばせたハンカチで鼻と口を覆いたいところだけれど、この地域の住人ならそんなしぐさはしないし、今はこの場に溶けこまなければならない。

煤《すす》で真っ黒の家屋が歯のように隙間なく立ち並ぶ界隈《かいわい》は、不気味なほど静まり返っていた。建物の多くは廃屋で、新たな開発準備のために封鎖されている。通りの両側に並ぶガス灯の明かりは、夏場に入って風がそよとも吹かないために居座っている霧のせいでぼやけ、赤く輝く月がかろうじて見えた。行商人にスリ、酔っ払い、娼婦《しょうふ》といったおなじみの顔ぶれで、もうじきこのあたりもにぎわうだろう。ガレットはその頃にはとうにここを離れているつもりだった。

だが蒸気と暗がりの中からいくつかの人影が現れ、彼女は足取りを乱した。非番時の軍服姿の兵士三人が大声で笑いながらガレットのいるほうへやってくる。彼女は通りの反対側へ渡って影に身を潜めようとした。遅かった。ひとりがガレットの姿に気づいてこちらへ足を踏みだした。

「こいつはついてるな」男は仲間に向かって声を張りあげた。「娼婦とは、夜の遊びにおあつらえ向きじゃねえか」

ガレットは相手を冷静に観察し、杖の曲がった柄を握る手に力をこめた。三人が酔っ払っているのはひと目でわかった。おそらく昼からずっと酒場で飲んでいたのだろう。下っ端の兵士が勤務外の時間にできる憂さ晴らしといえばそれぐらいだ。

三人が近づいてくるにつれ、ガレットの心拍は急上昇した。「そこを通してください」はつきりした声で言い、もう一度通りを渡ろうとする。

男たちは笑いながら、ガレットが行こうとするほうへ移動して道をふさいだ。「レディみたいな口ぶりじゃねえか」一番若い男が言う。帽子はかぶっておらず、薄汚れた髪がはねている。

「何がレディだ」別の男が言った。顎の尖《とが》った大男で、ひとりだけ上着を着ていない。「日も暮れたのに、女ひとりで出歩くレディはいねえよ」黄色い歯を見せてにやにやする。「その壁の前へ行ってスカートをめくりあげな。ちょうど一発やりたい気分だ」

「誤解です」ガレットはそっけなく言うと、男たちをよけて進もうとした。相手がまたも行く手を阻んできた。「わたしは娼婦ではありません。遊び相手をお求めなら、近くに娼館がありますから、そちらへどうぞ」

「金を払う気はない」大男が意地の悪い声で言った。「ただでやりてえんだよ、今すぐ」

ロンドンの貧困地域で侮辱されたり、脅されたりするのは何もこれが初めてではない。ガレットはこのような状況で身を守るすべをフェンシングの達人から教わっていた。とはいえ、軽く二〇人を超える患者を救貧院で診察して疲労困憊《こんぱい》し、家路についたところを酔漢に遭遇したのだから、腹立たしくてならなかった。

「女王陛下に仕える兵士にとって、女性を襲うことではなく守ることこそが神聖な務めのはずでしょう?」ガレットは辛辣に言い放った。

この問いかけに男たちは恥じ入るどころか、げらげら笑いだし、ガレットはいっそう不愉快になった。

「こいつは鼻っ柱をへし折ってやる必要がありそうだ」三番目の男が言った。太った粗野な男の顔はでこぼこしていて、まぶたが垂れている。

「おれとさせてやるよ」一番若い男は股間をさするとズボンを引っ張りあげ、自分の下腹部の形を生地越しに浮かびあがらせた。

大男がにやりとして脅す。「壁の前に立て、レディさんよ。娼婦だろうとそうでなかろうと、ここでやらせてもらおうか」

太った兵士がベルトにつけた革の鞘《さや》から銃剣用のナイフを引き抜いた。ギザギザした背が見えるように掲げる。「言われたとおりにしろ。さもないとベーコンの脂身みたいに切り刻んでやる」

ガレットは胃が締めつけられた。「勤務時間外の武器の使用は軍規違反のはずです」心拍がさらに速くなったが、冷静に事実を述べた。「公衆の面前での酩酊《めいてい》、それに婦女暴行を加えれば、鞭《むち》打ちと最低でも一〇年間の監獄行きは免れないでしょうね」

「じゃあ、告げ口できねえように、その舌をちょんぎってやるか」男があざ笑った。

この男はそうするだろう。元巡査の娘であるガレットは、女性に向かってナイフを抜く男は、実際に相手を切りつける場合がほとんどであることを知っていた。〝これを見ておれを思いだせ〟と、強姦《ごうかん》犯に頬や額を切られた女性の傷を縫合したことは一度や二度ではない。

「おい」一番若い男が割って入った。「かわいそうに。何も震えあがらせることはないさ」

ガレットに向き直って続けた。「おとなしくおれたちの言うとおりにしなよ」間を置いて締めくくった。「暴れないほうが、あんたも痛い目に遭わずにすむ」

ガレットはこみあげる怒りを力に変え、父から授かった助言を頭の中で復唱した。〝やりあうときは距離を保ち、はさみ撃ちされないようにすること。話しかけて相手の気をそらしながら、こちらが攻撃に出る瞬間を見きわめるべし〟

「その気のない女になぜ無理強いするの？」尋ねながら、往診鞄をさりげなく地面におろした。「お金がないなら、娼館で遊ぶお金を出してあげるわ」相手に気づかれないよう鞄の外ポケットに手を入れる。そこには革製の手術用メス入れがしまってあった。銀製の細い外科用メスの柄を握り、手の中に隠して背を起こす。使い慣れた仕事道具の繊細な重さに心が落ち着いた。

ナイフを手にした太った男が横側へまわりこむのをガレットは視界の端にとらえた。同時に大男が近づいてくる。「金はいただこう。だがそりゃあ、おまえをいただいてからの話だ」

ガレットはメスを握り直し、柄の平らな側に親指をあてた。メスの背に人差し指の先を添える。じゃあ、これをくれてやるわ。心の中で叫びながら振りかぶり、メスが回転しないよう手首をしならせて投げる。切れ味の鋭い刃が相手の頬にすっと沈んだ。男は足を止め、怒りと驚きに、ぎゃっと声をあげた。ガレットはすかさずナイフを持っているほうの男を振り返ると、男の右手めがけてまっすぐ杖を振りおろした。不意を突かれ、太った男が痛みに悲鳴をあげてナイフを落とす。ガレットは今度は杖を下から上へと振りあげて、男の胴体の左側に叩《たた》きつけた。肋骨《ろっこつ》が折れる音が響く。続いて杖の先端で股間を突き、男が体を折り曲げたところを、最後の仕上げに杖の柄を顎の下から垂直に突きあげた。

太った男は半熟のスフレのようにだらりと地面に沈みこんだ。

ガレットは急いでナイフを拾いあげ、残るふたりの男たちに向き直った。

次の瞬間、凍りついた。胸がせわしなく上下する。

通りはしんとしていた。

残りの男たちはふたりとも地面に伸びている。

これは罠《わな》？　こちらをおびきよせようと、気絶したふりをしているのだろうか？

興奮して気が高ぶり、危険は去ったのだとのみこむまでに時間がかかった。倒れているふたりのほうへそろそろと近づいて、腕一本分離れたところから観察した。大男の頬はメスでざっくり切れているとはいえ、気絶するほどの傷ではない。こめかみが赤くなっていて、これは鈍器による外傷に見える。

若いほうの兵士へ目をやると鼻血を出していて、鼻の骨はほぼ確実に折れている。

「どういうこと……？」ガレットは静かな通りを見渡した。まただ。またしても人の気配がする。やはり何者かが潜んでいるのだ。兵士ふたりが殴りあって倒れたはずはない。「出てきて顔を見せて」少々ばかばかしいとは思いながらも、姿の見えない相手に呼びかけた。

「ネズミみたいに食器棚の裏にこそこそ隠れる必要はないでしょう。何週間もわたしのあとをつけていたのには気づいているわ」

どこからともなく男の声が聞こえて、ガレットは跳びあがった。実用本位の靴が脱げそうになる。

「火曜だけだ」

ガレットは四方へ視線をめぐらせた。一軒の家の玄関先で何かが動くのを目にし、ナイフの柄をきつく握りしめる。

暗がりから出てきた影が人の形をなした。長身で均整の取れた体つき、強健な体に質素なシャツと灰色のズボンをまとい、ベストはボタンを外している。頭には港湾労働者がかぶるたぐいの、前に小さなつばのある平たい帽子がのっていた。男は少し離れたところで帽子を取り、短くそろえられた、まっすぐな焦げ茶色の髪をあらわにした。

男の正体に気づき、ガレットはぽかんと口を開けた。「またあなたなの」

「ドクター・ギブソン」男は小さく会釈するとふたたび帽子を頭にのせ、しばしつばを握って敬意を示した。

ロンドン警視庁本部《スコットランドヤード》のイーサン・ランサム刑事。この男性とはこれまでに二度会っている。最初は二年前、ロンドンの危険な地域へ向かうレディ・ヘレン・ウィンターボーンに同行したとき。腹立たしいことに、ランサムはふたりを尾行するようにとレディ・ヘレンの夫に雇われていた。

二度目に会ったのはついひと月前、レディ・ヘレンの妹パンドラが通りで負傷してガレットの診療所へ運ばれてきたあと、聞きこみのために訪れたのだ。物静かなランサムは存在感がまるでない一方で、翳《かげ》のある端整な顔立ちは人目を引きつけずにはおかなかった。細い顔、引きしまった唇は輪郭がくっきりしていて、力強い鼻梁《びりょう》がわずかに太いのは骨折したことがあるからだろうか。眼光鋭い目は濃いまつげに縁取られ、まっすぐな太い眉が彫りの深さを強調している。瞳の色は何色だっただろう。たしか、はしばみ色?ハンサムと言いたいところだけれど、その身にまとう猛々《たけだけ》しさが彼から紳士的な上品さを奪っていた。表面的にはどれほど洗練されていようと、どこか無法者を思わせる部分が常にその下に隠れている。

「今度は誰に雇われてわたしをつけていたの?」ガレットは杖を回転させてから地面に突き立て、構えの姿勢を取った。今のは相手に見せつけるためだけの動きだったが、自分の腕前を示しておく必要を感じた。

ランサムはかすかに愉快そうな表情を浮かべながらも、その声音は重々しかった。「誰にも」

「ではなぜここにいるの?」

「きみはイングランドでひとりきりの女性の医師だ。きみの身に何かあったら大きな損失だろう」

「守ってもらう必要はないわ」ガレットは言った。「仮にその必要があったとしても、あなたに守ってもらうつもりはないから」

ランサムは謎めいたまなざしをガレットに向けたあと、杖で叩きのめされた兵士のほうへ行った。男は失神し、地面に横向きに倒れている。ランサムはブーツのつま先で男をうつぶせに転がすと、ベストから取りだした紐《ひも》で後ろ手に縛りあげた。

「ご覧のように」ガレットは続けた。「その男を打ち負かすことぐらい、赤子の手をひねるようなものだったわ。あとのふたりだって簡単に片づけられていたはずよ」

「いいや、そうはいかなかっただろう」ランサムは淡々と言った。

ガレットはかすかないらだたしさを感じた。「わたしはロンドンでも指折りの剣の達人《メートル・ダーム》から、杖を使った戦い方を訓練されているわ。複数の敵を相手取るやり方も心得ているの」

「きみはひとつ間違いを犯した」ランサムが言った。

「間違い？」

ランサムが手を伸ばしてきたので、ガレットはしぶしぶナイフを渡した。彼はそれを革製の鞘におさめて自分のベルトに引っかけた。「相手の手から叩き落としたら、ナイフは遠くへ蹴り飛ばすのが正解だ。ところがきみは残るふたりに背を向け、かがんで拾いあげた。ぼくが助けに入らなければ、ふたりはきみに襲いかかっていた」うめき声をあげて身動きしはじめたふたりに目をやり、愛想のよささえにじませて告げた。「動いたら、タマを切って下水溝へ捨てるからな」口調が何気ない分だけ恐ろしかった。

男たちはふたりともぴたりと動きを止めた。

ランサムはガレットへ視線を戻した。「フェンシング教室での練習と街での喧嘩《けんか》は同じものじゃない。こういう連中は……」舗道に転がる兵士たちに蔑みのまなざしを向ける。「自分の順番がまわってくるのをおとなしく待ってはいない。同時に襲いかかってくる。ひとりに腕をつかまれたら、きみの杖はなんの役にも立たなくなる」

「そんなことはないわ」ガレットはきっぱりと言い返した。「杖の先端で突いたあと、強く打ちのめせばいいんだもの」

ランサムがガレットに歩み寄り、腕を伸ばせば届く場所で立ちどまった。彼女の体に鋭い視線を這《は》わせる。ガレットはあとずさりしたいのをこらえ、本能的な警戒心に神経がぴりぴりした。イーサン・ランサムはとらえがたい相手だ。どこか人間を超えたところがありながら、何かが欠けているようでもある。武器として仕立てあげられた男。その骨と筋肉は強靭《きょうじん》そのもので、動きは流れるようにしなやかだ。じっと立っていてさえ、彼の内にある爆発的な力が伝わってくる。

「ぼくが相手になろう」ランサムはガレットの目を見つめて穏やかに促した。

ガレットは驚いて目をしばたたいた。「あなたを杖で撃退しろと言っているの？　今？」

ランサムが小さくうなずく。

「あなたに怪我《けが》をさせたくないわ」ガレットはためらってみせた。

「心配は――」ランサムが返事をしかけた瞬間、ガレットはいきなり杖を突きだした。

一瞬の動きだったにもかかわらず、ランサムは電光石火の反応を見せた。すばやくかわして脇腹をかすめた杖をつかむと、ガレットの重心が前へ移動したのを利用してぐいと引っ張る。よろめくガレットの体を抱きとめて両腕に抱えこみ、杖をひねって彼女の手から奪い取った。武器を取りあげることぐらい、しょっちゅうあるとばかりに。

気づくとガレットは息を切らしてランサムにきつく抱きすくめられていた。彼の体、筋肉、骨は、薪《まき》の束みたいにびくともせず、ガレットはなすすべもなかった。

早鐘を打つ心臓のせいか、頭の中が真っ白になった。まわりの景色と音が消え、背後から抱きしめてくる男性と、自分の体にまわされた荒々しく硬い腕だけしか感じられない。目をつぶるとかすかにレモンの香りのする彼の吐息、規則的に上下する彼の胸板、そして乱れた自分の鼓動だけが意識に浮かびあがった。

ランサムの小さな笑い声がガレットの背筋を伝って呪縛を解いた。ガレットは体を振りほどこうともがいた。

「わたしのことを笑うのはやめて」激高して言う。

ランサムはガレットが倒れないように用心して体を引き離してから杖を返した。「きみのことを笑ったわけじゃない。不意を突いたきみの攻撃を気に入っただけだ」楽しげなまなざしで、降参のしるしに両手をあげる。

ガレットはゆっくり杖をおろした。頰はケシの花みたいに赤く燃えている。感触が肌にしみこんだかのように、自分の体にまわされた彼の腕をまだ感じられた。

ランサムはベストに手をやると、小さな管のような形をした銀製の呼び子を取りだし、鋭く三度吹いた。

巡回している警官を呼んでいるのだろう。「警察用のラトルは使わないの？」ガレットは訊《き》いた。警官だった彼女の父は、キングス・クロスを巡回する際には木製の重いラトルを常時携帯していた。持ち手を握ってくるくるまわすと大きな音が鳴る仕組みだ。

ランサムは首を振った。

「もうスコットランドヤード勤めではないの？　ラトルはかさばる。それに、辞職したときに返却したんだ」

「公式にはどこにも所属していない」

「だけど政府の仕事をしているんでしょう？　じゃあ、今の所属先は？」

「ああ」

「刑事として？」

ランサムは長いあいだためらってから答えた。「ときどきは」

ガレットはいぶかしく思い、目を細めた。通常の警察では扱えないような政府の仕事とはなんだろう。「あなたの活動は合法なの？」

深まる宵闇の中でランサムの笑みがきらめいた。「常にそうとは言えないな」

ふたりが振り返ると、ランタンを手にした青い制服の警官が通りを急いでやってくる。

「やあ」警官は近づきながら呼びかけた。「ハブル巡査だ。呼び子を鳴らしたのはあんたか？」

「ぼくだ」ランサムが言った。

丸い鼻に血色のいい頰をした小太りの巡査は、汗をかきかきヘルメットの下からランサムに目を凝らした。「名前は？」

「ランサム」静かに答えた。「以前はK管区に所属していた」たちどころに声に敬意がにじむ。それだけでなく、わずかに頭を低くして姿勢まで下手になった。

巡査が目を見開いた。「お名前は聞いております。これはどうも」

ランサムは地面に転がっている男たちを身ぶりで示した。「この三人のごろつきがこれでレディを脅かして金銭を奪おうとしているところに出くわした」鞘におさめたナイフを巡査に手渡す。

「あきれたもんだ」ハブル巡査は顔をしかめて男たちを見おろした。「しかも兵士とは嘆かわしい。レディにお怪我はありませんでしたか？」

「怪我はない」ランサムが言った。「それどころかドクター・ギブソンはナイフを暴漢の手から冷静に叩き落として杖で撃退した」

「ドクターですって？」巡査が驚きもあらわにガレットを見つめた。「あなたがあの女医さん？　新聞に載ってた？」

ガレットはうなずきながらも心の内では警戒した。女性が医療に携わることを快く受け取る者はまれだ。

巡査は彼女に目を注いだまま信じられないといった様子でかぶりを振った。「こんなに若いとはね」ランサムにささやいてからガレットにふたたび向き直った。「失礼しました、ミス……ですが、どうして医者なんて仕事を？　馬面ってわけでもないのに。あなたみたいな人ならぜひ妻にっていう男がこの管区にふたりはいますよ」言葉を切ってからつけ加える。

「料理と裁縫ができればの話ですが」

ランサムが笑いを嚙《か》み殺すのに苦労しているのを見て、ガレットは内心むっとした。「あいにくですが、わたしが針と糸で縫うのは傷口だけです」

地面に倒れていた大男が肘をついて顔をあげ、憎々しげに吐き捨てた。「女の医者だと。まともじゃねえな。スカートをめくったら脚のあいだにもう一本ぶらさがってんだろう」

ランサムの顔から楽しげな表情が一瞬で消え、目が細められた。「その顔にブーツを食らわせてやろうか？」大股で男に近づく。

「ミスター・ランサム」ガレットは鋭い声をあげた。「すでに地面に倒れている相手を攻撃するのは卑怯《ひきよう》よ」

ランサムは足を止め、苦々しげに振り返った。「こいつがきみにしようとしていたことを思えば、まだ息をしているだけでも幸運だろう」

最後の言葉にかすかなアイルランド訛《なま》りがまじっているのを聞き取り、ガレットは大いに興味を覚えた。

「おーい！」警官がまたひとりやってきて呼びかけた。「呼び子の音が聞こえたが」

ランサムが新たな警官のほうへ向かうあいだに、ガレットは往診鞄を取りに戻った。「頰の傷は縫合したほうがよさそうだわ」ハブル巡査に向かって言う。

「おれに近づくんじゃねえ、この悪魔みたいな女が」大男が怒鳴った。

ハブル巡査がにらみつける。「ガタガタ騒ぐと、反対の頰にも穴を開けてやるぞ」

ガレットはメスを回収していないことを思いだした。「巡査、道路がよく見えるよう、ランタンをもう少し上に持ちあげてもらえません？　投げつけたメスを捜さないと」恐ろしい考えが頭に浮かんではっとした。「この男が隠し持っているのかもしれないわ」

「そいつじゃない」ランサムはもうひとりの警官との会話を中断し、首をめぐらせた。「ぼくが持っている」

ガレットはふたつのことを同時に考えた。まず、話をしている最中に、数メートル離れた場所にいる彼女の言葉をなぜ聞き取れたのかということ。そして次に……。

「彼とやりあっているあいだにメスを拾ったの？」ガレットは憤然となった。「してはならないことだと自分で言っておいて」

「ぼくは例外だ」ランサムはそれだけ言って巡査へ視線を戻した。

傲慢な物言いにガレットは目を丸くした。眉根を寄せてハブル巡査をもう少し離れた場所まで引っ張っていき、小声で尋ねる。「あの男について何を知っているの？　いったい何者？」

「ミスター・ランサムですか？」巡査も小声で応じた。「ここクラーケンウェル育ちで、この街のことなら隅から隅までご存じだ。何年か前に警察隊に志願して、K管区の巡回を任された。恐れ知らずで、拳にかけちゃ右に出る者がいません。ほかの警官は足を踏み入れようともしない貧民窟での巡回を志願するんですからね。初めから刑事の仕事を希望してたって話です。頭が切れるし、とにかく目ざとい。夜の巡回後は署に戻って未解決事件の報告書を調べ直してたそうですよ。管区の巡査部長が何年も頭を抱えてた殺人事件の解明、宝石泥棒の濡《ぬ》れ衣《ぎぬ》を着せられた使用人の名誉挽回《ばんかい》、それに盗まれた絵画の奪回まで果たしてます」

「別の言い方をすれば」ガレットはささやいた。「自分の管轄外の仕事をしていたってことね」

ハブル巡査がうなずく。「管区の警視は規則違反で処罰することも考えたらしいですが、そうはせずに四等巡査から警部への昇進を推薦しました」

ガレットは目を見開いた。「一年で五階級も昇進したってこと?」小声で確認する。

「いいえ、半年でですよ。しかし、昇進試験の前に辞職してます。ジャスパー・ジェンキン卿《きょう》に引き抜かれて」

「その人は何者なの?」

「内務省の高官です」ハブル巡査は言いよどんだ。「その、自分が知ってるのはそれだけです」

ガレットは街灯の明かりに浮かびあがる、肩幅の広いランサムのシルエットに目をやった。ランサムはゆったり構え、両手を無造作にポケットに突っこんでいる。けれども警官と言葉を交わすあいだも視線をすばやく動かして周囲を監視しているのを、ガレットは見逃さなかった。通りの端を走るネズミ一匹さえ、あの目が見落とすことはないだろう。

「ミスター・ランサム」ガレットは呼びかけた。

ランサムが話を途中でやめてガレットに向き直った。「なんだい、ドクター?」

「わたしも事情聴取を受けることになるの？」

「いや」ランサムはガレットからハブル巡査へ視線を移した。「ハブル巡査が三人をとらえたことにして、きみやぼくの名前は出さないほうがいいだろう」

ハブル巡査が反論した。「手柄を横取りするわけにはいきません」

「わたしの手柄でもあるのよ」ガレットは思わず声を尖らせた。「ナイフを持った男を倒したのはわたしなんですからね」

ランサムが彼女のそばへ来る。「手柄はハブルに譲ってやってくれないか」小声でなだめた。「そうすれば彼には報奨金が出る。巡査の給料では食べていくのも大変なんだ」

巡査の薄給についてはいやというほど知っているガレットはささやいた。「わたしはかまわないわ」

ランサムが片方の口角をあげる。「では、あとは彼らに任せよう。大通りまで送っていくよ」

「ありがとう。でもひとりで帰れるわ」

「きみがそう言うなら」ランサムは断られるのを予期していたようにあっさり引きさがった。

ガレットは疑いの目でランサムを見あげた。「どのみちわたしをつけるつもりなんでしょう？　群れからはぐれたヤギをつけ狙うライオンみたいに」

ランサムの目尻のしわが深くなった。ランタンを持った警官が横を通り過ぎ、一条の光がランサムの長いまつげと鮮やかな青い瞳の上を横切る。「きみが馬車に乗りこむのを見届けるまでだ」

「それなら文明人らしく、並んで歩いてもらうほうがましよ」ガレットは手を差しだした。

「メスを返して」

ランサムはブーツの内側に手を入れ、きらりと光るメスを取りだした。血はきれいにぬぐわれている。「美しい道具だ」両刀のメスをほれぼれと眺めてからガレットに渡す。「恐ろしく鋭い。油砥石《オイルストーン》で研いでいるのか？」

「ダイヤモンドペーストよ」ガレットは重い鞄にメスをしまって片手で持ちあげ、もう片方の手で杖を拾った。その手から鞄を取ろうとするランサムに彼女は戸惑った。

「持たせてくれ」ランサムがささやく。

ガレットはあとずさりし、革製の持ち手を握る手に力をこめた。「自分で持てるわ」

「それはわかっている。レディへの礼儀として荷物を持とうと言っているんだ。きみに荷物が持てるかどうかを疑問視しているわけじゃない」

「わたしが男性の医師でも、あなたは荷物を持とうとする？」

「いいや」

「わたしのことはレディではなく、医師として見てもらいたいの」

「どちらか一方に決める必要はないだろう？」ランサムの問いかけは筋が通っていた。「きみはその両方だ。ぼくはレディであるきみの荷物を持ち、医師としての腕前にもきちんと敬意を払う」淡々とした物言いなのに、ランサムの視線にこめられた何かにガレットは胸が騒いだ。強烈なまなざしは、ろくに面識もない間柄にはふさわしくない。ガレットがためらっていると、ランサムは手を伸ばして静かに促した。「さあ、持たせてくれ」

「結構よ。自分で持つから」ガレットは大通りへ向かって歩きだした。

ランサムは彼女のあとに続き、両手をポケットに滑りこませた。「メスの投げ方はどこで覚えたんだい？」

「パリ大学にいたときに。授業のあと、医学生たちが遊びでしていたの。実習室がある建物の裏手に的を作って」ガレットは少し黙りこんでから言った。「結局、下手投げはいまだに習得できずじまいだわ」

「あれだけ見事な上手投げができれば充分だ。フランスには何年いた？」

「四年半よ」

「若い女の身空で世界一の医学校へ入学か」ランサムが感慨深げに言った。「故郷を遠く離れ、授業は外国語。きみは意志の強い女性だ、ドクター」

「女性の入学を認める医学校はパリ大学だけだから」ガレットは事実を述べた。「ほかに選択肢はなかったわ」

「あきらめることもできただろう」

「それは最初から選択肢に入っていなかった」ガレットの返答にランサムが微笑《ほほえ》む。

ふたりは閉店した店舗の前を通りかかった。割れた窓が新聞紙でふさがれている。カキの殻に割れた陶器、それに壊れたふいごらしきものの山があり、ランサムはそれをよけさせようとガレットへ手を伸ばした。腕を軽くつかまれ、彼女は反射的に体を引いた。

「警戒しないでくれ」ランサムが言った。「足元が危ないから手を貸そうとしただけだ」

「警戒はしていないわ」ガレットはためらってから、おずおずとつけ加えた。「何ごとも独力でする習慣がしみついてしまっているの」そのまま舗道を歩いていこうとしたが、ランサムがさも物欲しげな視線を往診鞄へちらりと投げるのに気づいた。彼女の口から笑いがもれる。「どうぞ。持たせてあげるわ。ただし、本来の訛りを隠さずに話してくれたらよ」

ランサムは立ちどまり、驚いた顔でガレットを見た。眉間にしわを寄せる。「どうしてわかった？」

「兵士のひとりを脅しているとき、かすかにアイルランド訛りが出ていたわ。それに、帽子のつばに手をやるしぐさがイングランド人に比べてゆっくりしている」

「ぼく自身はここクラーケンウェル育ちだが、両親がアイルランド出身だ」ランサムは率直に話した。「それを恥じてはいないが、訛りは不利になることがある」鞄を渡すよう手を差しだす。その顔に笑みがよぎり、声の調子が一変して、彼はアイルランド訛りでしゃべりだした。弱火でじっくりあたためたような深みのある響きだ。「それじゃあ、お嬢さん《ラス》、何をしゃべればいいかな？」

ふいに胃が締めつけられて、ガレットはすぐには返答できなかった。「なれなれしすぎるわ、ミスター・ランサム」

ランサムは笑みを浮かべたままだ。「アイルランド訛りを聞きたいのなら、それはしかたがない。少しばかりの甘さは我慢してもらわないと」

「甘さ？」ガレットは戸惑いながらもふたたび歩きだした。

「きみの魅力や美しさを褒めたたえる言葉だ」

「別名、おべっかね」彼女はぴしゃりと言った。「わたしには聞かせてくれなくて結構よ」

「ため息が出るほど聡明《そうめい》な女性だ」ランサムは聞こえなかったかのように続けた。「それに、ぼくは緑色の瞳にはめっぽう弱いらしい――」

「わたしが杖を持っていることを忘れないで」からかわれてガレットはいらだった。

「きみにはぼくを痛めつけることはできない」

「そうかもしれないわね」ガレットはそう認めて杖の柄を握りしめた。次の瞬間、ヒッコリー材の杖を水平に払う。深刻な損傷を加えることはないが、手痛い教訓を与える程度には勢いがあった。

歯がゆいことに、教訓を与えられたのはガレットのほうだった。彼女の一撃は往診鞄が難なく受けとめ、またもや杖を奪い取られた。鞄が地面に落下して、中身がガチャガチャと音をたてる。ガレットは反応する間もなく背後からランサムに抱えこまれ、横にした杖で喉を押さえられていた。

ウイスキーのようにぬくもりを帯びた声が彼女の耳元でささやく。「目の動きできみの攻撃は読める。悪い癖だ」

「放して」ガレットはやり場のない怒りに身をよじり、声を絞りだした。

ランサムは杖を握る手をゆるめようとしない。「顔を横に向けて」

「なんですって？」

「顔を横に向ければ、気管への圧迫が楽になる。そのあと右手で杖をつかむんだ」

ガレットは動きを止めた。ランサムはどうすればいいかを教えてくれているのだ。彼女はゆっくりとそれに従った。

「下から杖を握って喉を守る」ランサムは言い、ガレットがそうするのを待った。「そう《アイ》、それでいい。次に杖の端を引きおろして、左肘でぼくの脇腹を突く。今度は軽く突くだけにしてくれ」彼女が言われたとおりに動くと、ランサムは体をふたつに折ってみせた。「いいぞ。今は両手で杖を握る。手と手のあいだは広く空けてだ。そして思いきり杖をひねって、ぼくの腕の下をくぐれ」

指示どおりにすると……ガレットはまるで奇跡のようにランサムの拘束から逃れていた。振り返り、驚きながらも満足してランサムを見つめる。ここはお礼を言うべきだろうか。それとも頭をこつんと叩いてやろうか。

ランサムは穏やかに微笑んで、鞄を拾いあげた。ハイドパークを散歩中の夫婦のように平然と腕を差しだす。ガレットはそれを無視してふたたび歩きだした。

「女性が襲われる場合は、正面から首を絞められることが最も多い」ランサムが言った。「次に多いのは、背後から腕で喉を締めあげられるやり方だ。三番目は背後から抱えあげられること。フェンシングの先生は杖なしで身を守るすべは教えないのか？」

「ええ」ガレットはしぶしぶ認めた。「武器なしの接近戦は教えられていないわ」

「なぜウィンターボーンはきみに御者と馬車をつけない？　金を出し渋る男ではないし、監督下にある人の面倒はいつもよく見ている」

その名前を出されてガレットはためらった。ウィンターボーンは彼女が勤務している診療所の所有者だ。百貨店を経営するリース・ウィンターボーンは一〇〇〇人近い従業員のために診療所を設立し、どこにも雇ってもらえなかったガレットに働き口を与えてくれた。彼には返しても返しきれない恩がある。

「ミスター・ウィンターボーンはご自分の馬車を使うよう言ってくださったわ。でもこれ以上厚意に甘えたくないし、わたしは護身術を身につけているから平気よ」

「自信過剰だ、ドクター。そのうぬぼれがかえって身の危険を招くぞ。簡単な暴漢撃退法がある。半日時間をくれれば、ぼくが教えよう」

ふたりは角を曲がり、大通りに出た。みすぼらしい身なりの人々が戸口や玄関先の階段にたむろし、さまざまな服装の通行人が舗道を行き交っている。馬に荷車、馬車が、道路に敷かれた馬車鉄道の線路に沿って往来していた。ガレットは縁石で足を止めると、通りを見渡し、馬車の姿が見えるのを待った。

待ちながらランサムの言葉を思案する。街中での喧嘩については、フェンシングの達人よりランサムのほうがずっと詳しいことは明らかだ。杖による攻撃をかわす彼の動きには、正直に言って舌を巻いた。ランサムを追い払いたい一方、少なからぬ興味を感じてもいる。

彼はさっきはやたらと甘い言葉をささやきかけてきたけれど、本気で口説くつもりはないだろうし、こちらはもちろんそれでかまわない。ガレットは仕事の支障になりかねない恋愛関係を求めたことはなかった。男性と戯れたことはあるにはある……パリ大学ではハンサムな医学生と人目を盗んでキスを交わしたし……ダンスの相手から言い寄られたことも……だが真剣なつきあいはこれまで意識して避けてきた。この不遜な男性とかかわりを持つのは危険だという予感がする。

とはいえ、街中で襲われた際の対処法はぜひとも身につけたかった。

「それをわたしに教えたら、火曜の診察のときにわたしのあとをつけるのはやめると約束してくれる？」

「ああ《アイ》」ランサムはあっさり同意した。

あっさりしすぎている。

ガレットは彼をにらんだ。「あなたは信用できる人かしら、ミスター・ランサム？」

ランサムは静かに笑った。「自分の仕事に関して？」ガレットの背後へ視線を移し、近づいてくる馬車に合図を送る。それから彼女の顔へ視線を戻して見つめた。「亡き母の墓にかけて誓おう。ぼくに対して何も不安に思う必要はないと」

馬車がガタガタと音をたてて、ふたりの横で停止した。

ガレットはふいに心を決めた。「わかったわ。明日の四時にボジャー・フェンシングクラブで会いましょう」

ランサムの目が満足そうに輝く。彼はガレットが二輪馬車の踏み段にあがるのを見守った。ガレットは慣れた動作で手綱をくぐり、座席に腰をおろした。

ランサムは往診鞄を彼女に手渡しながら、御者に向かって念を押した。「女性を揺らさないようにしてくれ」ガレットが止める間もなく、ランサムは踏み段に足をかけて体を押しあげ、御者に硬貨を渡した。

「馬車代ぐらい自分で払うわ」ガレットは抗議した。

ランサムの深みのある青い目が彼女をまっすぐとらえた。彼は手を伸ばしてガレットの手に何かを握らせた。「贈り物だ」ささやいて、軽やかな動作で地面に降りる。「ではまた明日、ドクター」独特のしぐさで帽子のつばに手をやり、馬車が走りだすまでそうしていた。

ガレットは軽いめまいを起こしつつ、ランサムがくれたものを見おろした。銀の呼び子。彼の体温で少しぬくもりを帯びている。

なんて図々《ずうずう》しいの……。そう思いながらも、指は呼び子をそっと握りしめていた。

2

ハーフムーン・ストリートにある自分の部屋へ戻る前に、イーサンにはもうひとつ用事があった。馬車を拾ってコーク・ストリートへ向かう。ここはかの有名なウィンターボーン百貨店が通り全体をほぼ完全に占拠している一角だ。

これまで何度か百貨店の経営者リース・ウィンターボーンから個人的に仕事を依頼されたことがあった。どれも手間のかからない楽な仕事でなんの張り合いもなかったが、あれだけの有力者からの依頼を断るのは愚か者だけだ。依頼のひとつは、当時まだ婚約中だった現在の妻、レディ・ヘレン・ウィンターボーンが友人を連れて物騒な波止場地区のそばにある孤児院を訪問するのを、陰から見守ることだった。

二年前の話で、あれがドクター・ガレット・ギブソンとの出会いだった。

ほっそりとした体つきに栗色《くりいろ》の髪の友人は、大きさが自分の倍はある暴漢を正確な杖さばきで打ち据えている最中だった。すべきことをこなしているだけ、ごみ収集馬車へごみを出しに行くのと同じ、そう言わんばかりの冷静な動作はイーサンをほれぼれとさせた。

その顔は意外なほど若く、清潔感のある肌は真っ白な石鹸《せっけん》のごとくなめらかだった。高い頰骨に涼やかな緑の瞳、小さな顎。上品な面立ちの中で繊細な唇だけはなまめかしく、上唇が下唇と同じくらいふっくらとしている。弧を描く愛らしい唇は、イーサンがそれを目にするたびに膝に力が入らなくなってしまう魔法をかけた。

初めて会ったあと、イーサンはガレットを避けるよう気をつけた。彼女は災いのもとだ。しかもより大きな被害をこうむるのはおそらくイーサンのほうだろう。ところがひと月前、患者から話を聞くためにガレットが勤務する診療所を訪れる必要が生じ、彼女への興味が再燃した。

ガレットにまつわるすべてに……心を惹《ひ》かれた。鋭いまなざし、レモンケーキのアイシングのようにさわやかな声。貧しい者も富める者も分け隔てなく診療する慈悲深さ。きびきびとした歩き方、尽きることのない活力、自分の知性を隠すことも弁明することもしない女性としての自信。太陽の光と鋼を紡ぎあわせた、イーサンが見たこともない存在、それがガレットだ。

彼女のことを頭に思い浮かべるだけで、炉床で赤く燃える石炭のように体が熱くなる。

決してガレットに手を出すまいと、すでに自分自身に誓いを立てていた。クラーケンウェルの救貧院であれ、ビショップゲートの孤児院であれ、そのほかガレットが火曜に足を向けるどこであれ、彼女の訪問の安全を見守るだけ。それ以上は自分に許していないはずだった。

明日会うことにしたのは誤りだ。なぜこんなことになったのか、自分でもよくわからない。イーサンは自分の口から言葉がすらすら出てくるのを、まるでほかの誰かがしゃべっているかのように聞いていた。とはいえ言ったあとに撤回するわけにもいかず、気づくと彼女が応じてくれるよう切望している自分がいた。

一時間だけガレットの相手をし、その後は二度と近づかない。だがそのひとときを、イーサンは欲し、望み、待ち焦がれていた。彼女との思い出は胸に永遠に居座るだろう。

ウィンターボーン百貨店は一面が大理石でできた巨大な四階建ての建物で、大きなショーウィンドウが側面を彩っている。円柱に支えられたアーチの上には、百貨店の顔となっているステンドグラスの円天井が広がる。宮殿を想起させる構造は野心的な建築家の手によるもので、ウェールズの食料雑貨店の息子が一代にして身を立てたことを世に知らしめるのがその主眼だ。

イーサンは百貨店の裏通りを進んだ。ここは馬屋や納品口、積み降ろし場がある一角だ。ウィンターボーンの屋敷は通りの突きあたりに位置し、私用の通路と階段とで店舗につながっている。イーサンは使用人や配達人が使う戸口から出入りするようにしていた。

従僕がイーサンを招き入れた。「ミスター・ランサム、どうぞこちらへ」

イーサンは帽子を手に持ち、従僕に案内されて五階建ての屋敷の中央階段へ向かった。玄関広間は壁に取りつけられたクリスタルの燭台《しょくだい》に照らされ、山並みや大海原、陽光の降り注ぐ田園風景を描いた風景画が飾られている。壁に沿って置かれた細長いテーブルには青や白の中国風の壺《つぼ》がいくつも並び、シダの葉とともにランがふんだんに活《い》けられていた。

イーサンは三つ並んだ鉢植えのヤシの前を通りかかり、床に土がこぼれているのに気づいた。足を止めて羽根のように広がる葉の下をのぞいてみると、鉢の中にはマッチ箱で作られた小屋があり、木彫りの小さな動物たちがノアの方舟《はこぶね》に乗る順番を待つかのようにぐるりと並んでいた。子どもが隠したのだろうか。レディ・ヘレンが五歳ぐらいの幼い異母妹を引き取って育てていることを思い起こし、イーサンは唇に笑みを浮かべた。象が倒れているのを見て、そっと起こしてやる。

従僕が立ちどまって振り返り、なぜか観葉植物に興味を示している客人の姿に不可解そうな顔を見せた。

イーサンは何食わぬ顔で体を起こした。「いや、すばらしいヤシだと思ってね」床に落ちている土を帽子で払ってから従僕のあとに続く。

イーサンが通されたのは、前回ウィンターボーンと面会したときと同じ娯楽室だった。紳士用の応接室らしく、オイルを染みこませた革に紙巻き煙草《たばこ》、高価な蒸留酒、それにビリヤードのチョークのほのかな香りが心地よい。

部屋に入ったあと、イーサンはドアのそばで立ちどまった。そのまなざしが鋭くなる。

ウィンターボーンは何をするともなしにクルミ材の台座に置かれた大きな地球儀をまわしているが、ほかに男がもうひとり、そばの壁にかけられたビリヤードのキューを眺めていた。ふたりで静かに談笑する様子から、つきあいの長い友人同士であることが見て取れた。

客が来たのに気づき、ウィンターボーンが軽い口調で呼びかけた。「ランサム、こっちへ来てくれ」

イーサンは動かなかった。まんまとはめられたのを悟って神経が張りつめる。ウィンターボーンはあたかも面会相手がイーサンひとりであるかのように思いこませた。

身長一八二センチのイーサンは小柄とはほど遠いものの、ウィンターボーンはイーサンの上背を優に一〇センチは超えていた。ウィンターボーンはくつろいだ身のこなしで近づいてきた。大柄で強健な体つき、肩とがっしりした首はまるで拳闘家だ。大きな拳。強烈な一撃を繰りだすであろう長い腕。本能と習慣から、イーサンの頭は相手を倒すのに最も効果的な動きをすばやく計算した。まずは横に体をかわし、相手の上着の肩をつかむ。みぞおちと脇腹に左フックを数発、腹に膝蹴りでとどめを刺す――。

「イーサン・ランサム、ミスター・ウェストン・レイヴネルを紹介させてくれ」ウィンターボーンはもうひとりの男を身ぶりで示した。「妻の親戚だ。きみに引きあわせてほしいと頼まれてね」

イーサンの視線が男へと飛んだ。二〇代半ばから後半、黒髪、洗練された端整な顔立ち、愛想のいい笑み。細身の体は並外れて引きしまり、服の仕立ては非の打ちどころがない。顔は不思議と日に焼けており、手は労働者のようにがさついている。

ロンドン社交界において、レイヴネルの名は貴族の特権と権力を意味する。しかし、キャヴェンディッシュ家やグローヴナー家とは違い、レイヴネル家が名家の地位に安定したことは一度もなかった。血の気の多い一族で、何ごとにおいても無謀、およそ節度というものがないためだ。先代の伯爵が急逝したときは、あわや血筋が途切れるかと思われたが、親戚を捜しだしてどうにか爵位の継承に至っている。

「こんなふうに呼びだして失礼した」ウェストン・レイヴネルはにこやかに詫《わ》びて進みでた。「きみに相談しなければならない用件があるんだが、ほかに連絡の取りようがなかったんだ」

「興味ありません」イーサンは冷ややかに言い放つと、背を向けて部屋を出ていこうとした。

「待ってくれ。きみ自身に関係する話だ。なんなら時間を取らせる分の費用を払おう。高くはないよう願うが」

「ランサムは高いぞ」ウィンターボーンが断言する。

「そうだろうな……」イーサンの姿をよく見ようと明かりのもとへ出たレイヴネルは声を詰まらせた。「なんてことだ」イーサンの目を見つめてささやく。

イーサンは慎重に息を吸いこみ、ゆっくり吐いた。何もない壁の一点を見つめて自分の選択肢を思案する。こうなってはレイヴネルを避けたところで意味はない。相手はおそらく真実にたどり着くだろう。「では一〇分だけ」そっけなく言った。

「ウィンターボーンにちゃんとしたコニャックの瓶を開けさせるから、二〇分にしてくれないか？」レイヴネルがウィンターボーンに視線を向けた。「ちなみに、〝ちゃんとした〟というのは、ゴーティエの六四年ものを指している」

「あれがいくらするかわかっているのか？」ウィンターボーンは腹立たしげに問い返した。

「遠路はるばるハンプシャーから出てきたぼくをもてなせる機会はそうそうないだろう？」

「こちらとしてはそんな機会はなくてもかまわないが」ウィンターボーンはぶつぶつ言うと、

使用人を呼ぶためにベルを鳴らしに向かった。

レイヴネルは笑ってその背中を眺めたあと、品定めするような目をイーサンへまっすぐ向けてきた。気さくな表情に戻り、奥行きのある革製の椅子を示す。「かけてくれ」

イーサンは表情をこわばらせて椅子に腰をおろした。椅子の背にもたれ、腹の上で指をゆるく組む。沈黙が長引く中、炉棚の上に置かれた紫檀《したん》と真鍮《しんちゅう》製の時計にわざと目を据えた。

「時間を計っているのか？」レイヴネルが問いかけた。「よし、では前置きはなるべく短くしよう。三年前、ぼくの兄は思いがけず伯爵の地位を継承した。兄は領地の管理について、それに、ああ、神のご加護を……農園についてはまったく無知だったから、ぼくは兄とともにハンプシャーへ移り住んで手を貸すことに同意した」ドアがノックされ、そこでいったん言葉を切る。

執事が銀のトレイに卵形のグラスとゴーティエの瓶をのせて運んでくるあいだ、会話は中断した。コニャックが厳かに注《つ》がれて差しだされる。執事が退室すると、ウィンターボーンは革製のどっしりとした椅子の肘掛け部分に腰をおろした。片手にコニャックを持ちながら、次は地上のどの部分を所有しようかと思いをめぐらせるように、もう片方の手でけだるげに地球儀をまわす。

「そんなふうに自分の暮らしを変えたのはなぜです？」イーサンは尋ねずにいられなかった。ロンドンを離れて退屈な田舎に住むなど、自分にとっては地獄だ。「何から逃げようとしていたんですか？」

レイヴネルが微笑んだ。「自分自身、だろうな。放蕩《ほうとう》暮らしもいずれは飽きがくる。それに農業はぼくの肌に合っているのがわかってね。領民たちの関心を集められるし、どうやらぼくは牛に好かれるたちらしい」

イーサンは軽口を叩く気分ではなかった。ウェストン・レイヴネルは、二九年に及ぶイーサンの人生の大部分で考えないようにしてきたことを思いださせる。ガレット・ギブソンと出会ったあとの高揚した気分は消え、あとには腹立たしさが残った。イーサンは上質のコニャックを味わうことなく飲むと、ぶっきらぼうに言った。「残り一八分です」

レイヴネルが眉をあげる。「了解した。きみもなかなかおしゃべりだな。では要点に入ろう。ぼくがここにいるのは、ノーフォークにある伯爵家の地所の売却を兄とふたりで決めたからだ。大きな屋敷で、状態は良好。広さはおよそ八〇〇ヘクタール。ところが、ぼくたちにはその地所をどうすることもできないことが判明した。それもこれもきみのせいでね」

イーサンはいぶかしく思い、レイヴネルを見た。

「ぼくは昨日……」レイヴネルが続けた。「かつて雇っていた土地管理人のトットヒルと、伯爵家の顧問弁護士フォッグに面会した。ノーフォークの地所の売却は不可能だとふたりから説明されたよ。先々代伯爵のエドマンドが秘密信託としてある人物に地所を遺贈しているのがその理由だ」

「秘密信託？」イーサンは警戒して問い返した。そんな法律用語は聞いたことがない。

「地所、もしくは金銭の贈与に関する宣言で、通常は口頭で行われる」レイヴネルが眉をあげて驚嘆の表情を装ってみせた。「当然ながら、これまで耳にしたこともない男になぜ伯爵がそこまで気前のいい贈り物をしたのか、ぼくたちはみんな興味を持った」長い間を置いたあと、改まった声音で問いかけた。「それについて、きみの口から話してもらえないだろうか——」

「お断りします」イーサンは冷ややかに言い放った。「書面に残っていないのなら、そんな取り決めは無視すればいい」

「あいにく、そうはいかないんだ。イングランドの法律では口頭による遺言は絶対だ。無視することは法律で禁じられている。証人も三人いる。トットヒルとフォッグ、それに長らく伯爵の従者を務めたクインシー。地所に関する遺言は事実だとクインシーからも確認が取れている」レイヴネルは黙りこみ、グラスのコニャックを揺らした。まっすぐな視線がイーサンの目をとらえる。「伯爵が死去した際、トットヒルとフォッグはきみに連絡しようとしたそうだ。だが、当時はどこを捜しても見つけることができなかった。そんな次第で、吉報を伝える役目がぼくにまわってきたわけだ。おめでとう、これよりきみは晴れてノーフォークの地所の所有者だ」

イーサンはそばのテーブルにグラスを慎重に置いた。「欲しくありません」呼吸を整えるために、まったく別のことを考えてみたり、知りうる限りの感情の抑制法を駆使しても効果はなかった。顔に汗がにじむのを感じて焦りを覚え、立ちあがって椅子の横をまわってドアへと向かう。

レイヴネルが追ってきた。「おいおい、待ってくれ」うんざりした声で引き止めた。「ここで中座されたら、またきみを捜すところから始めなければならない」

イーサンは背中を向けたまま足を止めた。

「欲しかろうと欲しくなかろうと」レイヴネルが続けた。「きみには地所を相続してもらう。人里離れたその土地をどうすることもできなくても、こっちは毎年税金を払わされているんだ」

イーサンはズボンのポケットに手を入れて紙幣の束を引っ張りだし、レイヴネルの足元へ投げつけた。「足りない分は知らせてください」

そのふるまいに腹を立てたとしても、レイヴネルは表情に出さなかった。ウィンターボーンを振り返って軽い口調で言う。「現金の雨とは初めてだ。彼に対して好意が芽生えてきたのを感じるよ」足元に散らばる紙幣には目もくれず、ビリヤード台に寄りかかる。ウィンターボーンは腕組みをし、値踏みするようにイーサンを見つめた。「明らかにきみはエドマンド・レイヴネルに対して好意を抱いていないらしい。その理由を尋ねてもかまわないか？」

「あの男はぼくにとってかけがえのない相手を傷つけた。レイヴネルからの施しを受け取れば、その女性の思い出を汚すことになります」

張りつめた空気がやわらぐ気配がした。レイヴネルは組んでいた腕をほどいてうなじをさすった。口の端を持ちあげて、ばつの悪そうな笑みを浮かべる。「今のはきみの本心と受け取っていいかな？　では、すまなかった。ふざけた態度を謝罪させてくれ」

レイヴネル家の人間でなければ、イーサンはこの男のことを気に入っていたかもしれない。ウィンターボーンが腰をあげて部屋を横切り、執事が銀のトレイを置いていったサイドボードへ歩み寄った。「どうだろう、地所をウェストに売る気はないか？」イーサンに向かって言い、デカンタから新たにコニャックを注ぐ。

それが最善の解決策だろう。欲しくもない土地を処分し、レイヴネル家とのつながりを断ちきれる。「一ポンドで売ります」イーサンはレイヴネルに向かって即答した。「書類を用意してもらえれば署名しましょう」

レイヴネルが眉をひそめた。「一ポンドはないだろう。適切な価格で買い取るよ」

イーサンは相手を見据えたあと、窓辺へ近づき、煙突から煙の流れる屋根が寄せ木細工のごとく密集する街並みを見おろした。夜支度をすませたロンドンは連なる街灯をまとい、罪と快楽の幕開けを今か今かと待ち受けている。

この街で生まれてこの空気を吸って育ったイーサンにとって、ちまたの喧騒は今や、血管さながらに彼の一部となっていた。街のざわめきと躍動が血とともにこの体をめぐっている。貧民窟であれ、犯罪者のたまり場であれ、イーサンは闇と秘密が果てなくひしめく場所へ恐れを感じずに行くことができた。

「これから一カ月、ぼくはロンドンに滞在している」ウェストン・レイヴネルが言った。「ハンプシャーへ戻る前に、ノーフォークの地所の買い取りに関する書類を作らせよう。その申し出をきみが気に入ってくれれば、地所は喜んでこちらが引き取るよ」ベストのポケットから白い名刺を取りだした。「名刺を交換しておこう。金額を決めたら連絡する」

「自分への連絡法はウィンターボーンに訊いてください」イーサンは言った。「名刺は持っていないので」

「なるほど」レイヴネルは差しだした名刺を持ったまま言った。「とりあえず、ぼくのは受け取ってくれ」無言で拒絶するイーサンに対し、しまいには声を荒らげる。「まったく、きみはいつもこうなのか？　ぼくは普段、日がな一日家畜の相手をしているが、それと比べてもきみのほうがよっぽど愛想が悪いぞ。文明人は自己紹介のあとには名刺を交換するものだ。さあ、受け取ってくれ」

結局、イーサンはつややかな黒い文字が記された白い名刺を受け取ると、内ポケットに入れている財布にしまった。「見送りは結構です」テーブルから帽子を取って頭にのせ、つばに指を滑らせる。それが彼なりの別れの挨拶だった。別れの言葉を声に出すのを嫌うアイルランド人の流儀が身にしみついていた。

3

ガレットはフェンシングクラブの女性用更衣室から杖を持って出てくると、個人用の練習室が並ぶ廊下を歩いていった。女性用のフェンシングの服装への着替えはすませてある。体にぴったり沿った高い襟付きの上着に、膝丈の白いスカート、厚手の白い長靴下、それにかかとのないやわらかな革靴。

閉まったドアの奥から耳になじんだ音がもれてきた。サーブルやフルーレなどの剣、もしくは杖がぶつかる音、オーク材の床を踏む足音、指導者たちの掛け声。「離れて！　腕はまっすぐ。構え《アンガルド》……突き《ローンジュ》……離れて……」

名高いフェンシングの達人の息子であるムッシュー・ジャン・ボジャーは、フランスとイタリアで護身術を教えたのち、ロンドンで自身のフェンシングクラブを開校した。二〇年以上にわたり、ボジャーの教室はその卓越した技能で比類のない名声を確立してきた。彼の公開練習には常に見物人が詰めかけ、練習室はあらゆる年齢の生徒でいつも満員だ。ほかの多くの指導者とは異なり、ボジャーは女性も教室へ来るよう奨励していた。

ガレットは四年前からグループでのレッスンに参加し、ボジャーと副コーチ《プレヴォ》ふたりにフルーレと杖の両方の使い方を個人で習っていた。ボジャーは古典的な戦い方をよしとした。型から逸脱した動きやルール違反は禁じられている。もし剣士がかがんだり、体をひねったり、何歩もあとずさりしたりしたら、ボジャーはそれを軽くあざけったのちに修正させた。ボジャーの教室で〝猿のようにぴょんぴょんする〟ことや〝うなぎのようにくねくねする〟ことは禁物だ。すべては型に始まり、型に終わる。その結果がほかのフェンシング教室から賛嘆される洗練されたスタイルなのだ。

練習室へ近づいたところで、ガレットは中から聞こえる物音にかすかに眉根を寄せた。終了時間は過ぎているのに、前のレッスンが終わっていないのだろうか？　彼女は慎重にドアを細く開け、室内をのぞき見た。

ボジャーの見慣れた姿勢が突きとかわし《フラーズ・ダルム》を矢継ぎ早に繰りだして相手を攻撃する光景に、ガレットは目を丸くした。

クラブの会員や生徒は標準的な白一色の服装だが、ボジャーはほかの指導者と同じ、黒ずくめのフェンシング用の服を身につけていた。どちらの男性も細かな金網で覆われたマスクをかぶって手袋をはめ、胸は革製の胸当てで保護されている。安全のために先端にたんぽのついた剣がひらめいては宙を裂き、すばやい応酬が交わされていた。

たとえ指導者用の黒い服を着用していなくても、ひとりの男性は非の打ちどころのない姿勢からひと目でボジャーとわかっていただろう。四〇歳になるこの男性は鍛え抜かれた体を持ち、フェンシングを究めた達人だ。突き、かわし、突き返し、そのすべてが正確だった。

一方、ボジャーの相手の戦い方はこれまでガレットが見たことのないものだ。ふたりで攻撃と防御を交互に繰り返すのではなく、ふいに剣を突きだし、ボジャーが突き返す間もなく体を引いている。その動きはどこか猫を思わせた。ひどく優雅なさまにガレットの全身が粟《あわ》立った。

目をそらすことができないまま、中へ入ってドアを閉める。

「ようこそ、ドクター」白ずくめの男は彼女をちらりとも見ずに言った。イーサン・ランサムの声だと気づき、なぜかガレットは鼓動が乱れた。ランサムは突きをかわすなり、腰を落としてボジャーの剣の下から攻撃した。

「そこまで《アレ》」ボジャーの鋭い声が飛ぶ。「今のは攻撃違反だ」

ふたりの男はそれぞれの剣をおろした。

「こんにちは」ガレットは挨拶した。「来るのが早すぎたかしら、ミスター・ランサム?」

「いいや。ムッシュー・ボジャーは、ぼくがきみに教えることに納得できなくて、まずはぼくに腕試しをさせていたんだ」

「ここまでひどいとは」ボジャーが苦々しげに言い、マスクに覆われた顔をガレットへ向けた。「この男には教える資格がないな、ドクター・ギブソン。彼からレッスンを受けることは許可しかねる。きみがここで学んだ技術がすべてめちゃくちゃにされてしまう」

「こっちはそれが狙いだ」ランサムがぼそりと言う。

ガレットは唇をきつく引き結び、笑いそうになるのをこらえた。ボジャー相手に不遜な口を叩く人なんて見たことがない。

剣の達人はランサムに注意を戻した。「かかってこい《アロン》」剣の応酬が再開する。二本の剣がかすんで見えるほどすばやい動きだ。ランサムは体をひねって突きをかわすと、ボジャーに肩をぶつけてよろめかせた。そこで突きを決めてから床を転がって跳びあがり、再度ボジャーの体を突く。

「そこまで《アレ》！」ボジャーが怒声をあげた。「相手に体をぶつけ、床を転がるとは！　これは酒場での喧嘩ではないんだぞ！　いったい何をしているつもりだ？」

ランサムは剣をおろしてボジャーと向きあい、穏やかに言った。「勝とうとしているんです。それが目的でしょう？」

「目的は剣術をきわめることだ。アマチュア競技連盟の公式規定にもそう記されている！」

「つまり、あなたはドクター・ギブソンにも公式規定どおりに教えたんですね」

「そうだ《ウイ》！」

「なんのために？」ランサムの声は辛辣だ。「イースト・エンドの貧民窟でいきなりフェンシングでやりあうことになったときのためですか？　彼女がここへ来たのは紳士相手の戦い方を身につけるためではないはずです、ボジャー。ぼくのような男から身を守るすべを学ぶ必要があるからだ」ランサムはマスクを取ると、頭を振って目元にかかった髪を払いのけた。焦げ茶色の髪が生命を得たかのように揺れる。彼は険しい目つきで剣の達人《メートル・ダーム》を見据えた。

「杖を使った回転斬り《ムリネット》を教わったところで、肝心の杖を奪われたらドクター・ギブソンはお手上げになる。あなたはパリに住んでいたことがおありでしょう。それならフランス生まれの護身術、サヴァットをご存じのはずだ。あるいは少なくともショソンは。なぜ彼女にそれを教えないんです？」

「正しくないからだ」ボジャーは言い放ってマスクを取ると、怒りに紅潮した細い顔をあらわにし、黒い目を細めてにらみつけた。

「正しくないとは何がです？」つかの間、ランサムは本当に意味を理解しかねているようだった。

　ボジャーがあざけりの目を向ける。「フェンシングの目的が剣先で相手を突き刺すことだと考えるのは愚か者だけだ。フェンシングは鍛錬だ。規則に基づいた詩的躍動だ」

「勘弁してくれ」ランサムはあきれた顔で相手を見つめた。

　そろそろ仲裁に入るときだ。ガレットは声をあげた。「ミスター・ランサム、ムッシュー・ボジャーに難癖をつけるのはやめて。先生は全力を尽くしてわたしを指導してくださっているのよ」

「そうか？」ランサムは穏やかさの中に獰猛《どうもう》さの潜む声で剣の達人《メートル・ダーム》に問いかけた。「女性が応接室で披露するのにふさわしい型を教えていたんじゃありませんか？　ほかの生徒になら、見てくれがいいだけの動きを教えようとあなたの自由だが、彼女には自分の命を守るための戦い方を教えてもらいたい。ドクター・ギブソンの場合、あなたから教えてもらった技だけで実際に身を守らなければならない日が来るかもしれないんです」相手をにらみつけた。

「いくら減点されなくても、喉をかき切られて路上に倒れてしまえば一巻の終わりだ」

長い沈黙が流れ、そのあいだにボジャーの激した息遣いはゆっくりになった。ボジャーは怒りの表情から、ガレットがこれまで目にしたことのない表情に変わった。「いいだろう」しぶしぶ承諾した。「彼女の練習に必要な調整を加えよう」

「サヴァットを含めて？」ランサムが念を押した。

「必要であれば専門の指導者を招こう」

ふたりの男は会釈し、ガレットはフェンシングの達人にお辞儀をした。ボジャーはガレットと目を合わせることができないらしく、彼女は気まずさを覚えた。ボジャーは威厳たっぷりに部屋を出たあと、ドアを閉めた。

イーサン・ランサムとふたりで残されたガレットは、剣とそのほかの道具を隅へ置きに行く彼を見つめた。「ムッシュー・ボジャーに対して、ずいぶん手厳しいことを言うのね」

「たいして手厳しくない」ランサムはアイルランド訛りに切り替えた。「ボジャーには一五分ほどみっちりと説教してやりたいところだ」胸当てを外して床におろす。「きみにはここの生徒の誰よりも実践的な護身術が必要だというのに、彼の傲慢さ、もしくは怠慢がきみを危険にさらしていた」

「ムッシュー・ボジャーとわたしと、あなたにより侮辱されているのはどちらかしらね」ガレットはそっけなく言った。

「きみを侮辱などしていない」ランサムは手袋を取って脇へ放った。

「わたしは非力で何もできないと言わんばかりの口ぶりだったわ」

ランサムがガレットに向き直った。「そんなことはない。ぼくはきみが戦うところをこの目で見ている。きみは敵にまわしたら手ごわい相手だ」

「ありがとう」ガレットの自尊心は少しだけ持ち直した。「回転斬り《ムリネット》うんぬんという話は聞かなかったことにするわ」

ランサムの口元に笑みがよぎる。「あれは無駄な動作だ」彼は小声で言った。「だが格好がいいのは確かだ」

ガレットはふと気づいた。明かりの下でランサムを見るのはこれが初めてだ。彼の瞳はどきりとするほど鮮やかな色合いで、部屋の向かいからは青に見える。なじみのない感覚が、結び目をそっと絞るように彼女の胸の下を心地よく締めつけた。力強い鼻に角張った顎、荒々しく男性的な顔立ち……けれど、長くて黒いまつげがやわらかさを添えている……そして誓ってもいいが、彼は微笑むと片方の頰にうっすらとえくぼができるに違いない。

ランサムは壁に沿ってぶらぶらと歩きだし、額縁に入れて飾られているフェンシングの型を、さも興味があるかのように眺めた。話しかけるきっかけを探しあぐねる少年のようなしぐさに、ガレットは笑みを浮かべた。

ランサムはフェンシングの服装がよく似合っていた。全身白ずくめの格好は普通なら見映えがしない。標準的な男性が、片側がボタン留めで腰の上まで体に沿っているキャンバス地の上着を身につけると、肩幅は狭く、腰は太く見えがちだ。体にぴったりとしたノータックのズボンは、わずかでもおなかが出ていればくっきりと目立つ。ところがランサムが着ると、容赦のない仕立ての服も、均整の取れたすばらしい体型を強調するばかりだ。ランサムの体は細くしなやかで力強く、たるんだところはどこにもない。

ガレットはランサムの広い肩から細身の腰へと視線をおろしていき、さらに厚みのある筋肉に覆われた腿へとさげていった。じろじろ見てしまったと、あわてて視線をあげると、いぶかしげなランサムと目が合い、彼女は女学生のように顔を真っ赤にした。

「あなたの大腿四頭筋《だいたい》を見ていただけよ。人並み外れて発達しているわね」医師然とした声で言った。

ランサムの唇が笑みを描く。「それは褒め言葉かな、ドクター?」

「まさか。単なる観察よ。体つきだけ見ると、あなたは船乗りか鍛冶職人のようね」

「鉄を鍛えたり、型抜きしたりするのは少しばかりやったことがある」ランサムが言った。「もっとも、簡単な金属細工だ。鍛冶職人みたいに難しいことはできない」

「金属細工って、どういうたぐいのもの?」

ランサムは壁にかかった額縁をまっすぐに直した。「錠前や鍵だ。子どもの頃、監獄にいた錠前師のもとで見習いをしていた」ガレットのほうを見ずに言い添えた。「ぼくの父はクラーケンウェル監獄の看守だった」

クラーケンウェルを含む多くの監獄は不衛生なうえに危険で、囚人が常にあふれ返っている。そういった環境が犯罪の抑止力になると考えられているためだが、そんなところで子どもが働くのを許すべきではないだろう。

「子どもには危険な場所ね」

ランサムは肩をすくめた。「規則に気をつけさえすれば、それなりに安全だ」

「きょうだいはいないの？」

「ああ。ひとりっ子だ」

「そう。わたしと同じね」個人的な情報を自分から差しだすことはめったにないのに、気づくとガレットは続けていた。「子どもの頃から姉か妹が欲しかったわ。母はわたしを出産したときに亡くなって、父は再婚していないから」

「E管区の元巡査だろう？」

ガレットははっとランサムを見あげた。「ええ。どうしてそれを？」

「新聞で読んだ」

「ああ、そうだったわね」ガレットは顔をしかめた。「新聞記者たちはわたしを変わり者みたいに描写しようとしていたわ。しゃべる馬と同じ扱いよ」

「きみは並外れた女性だ」

「そうでもないわ。医学を志すことを願う女性は大勢いる。だけどイングランドに女性を受け入れる医学校はひとつもないの。だからわたしはフランスで学んで研修した。わたしは幸運にも医師免許を取ることができたけれど、英国医師会はそのあと、女性に対して門戸を閉ざしてしまったわ」

「娘が医学を目指すことについて、きみのお父さんはなんと言っていた?」

「初めは反対されたわ。女性にふさわしい仕事ではないと。他人の裸を見るとか、そういうことが。だからわたしは言い返したの。神様の姿に似せて形作られたのなら、人の体を研究するのが不道徳なわけはないとね」

「それでお父さんは納得したのか?」

「完全に納得したわけではないわ。だけどわたしが友人や親戚から反対されるのを目のあたりにして、庇護《ひご》本能に火がついたの。わたしには無理だとまわりに言われるのが我慢ならなかったのね。それで娘を応援しようと心を決めてくれたわ」

ランサムは愉快そうに口の端を持ちあげて、ガレットの横に立った。きれいに剃《そ》られた肌にうっすらと髭《ひげ》の跡が見える。透明感のある白い肌が、深みのある焦げ茶色の髪と鮮やかな対照をなしていた。

彼はゆっくり手を伸ばしてガレットから杖を取った。「今はこれは必要ない」

ガレットはうなずいた。手首で、喉で、膝の裏で、血管が脈打っている。「手袋を外しましょうか?」彼女は事務的な声を出すよう努めた。

「どうぞ。そのほうがいいなら」ランサムは杖を壁際に置き、ガレットに向き直った。「今から教える技は簡単だ」穏やかに言う。「きみには愉快でさえあるだろう。数分後には、ぼくを床に投げ飛ばせるようになる」

ガレットは思わず笑った。「あなたはわたしの二倍の大きさよ。どうやったらそんなことができるの？」

「やり方を教える。だがその前に簡単なところから始めよう」ランサムはガレットが手袋を脇へ放るのを待った。「女性はどうやって襲われることが多いか話したのを覚えているかい？」

「正面から首を絞められる、でしょう」

「そうだ《アイ》。たいていは壁に押しつけられてだ」ランサムはガレットの肩に手をやると慎重に押しやった。彼女は肩甲骨が硬い壁にあたるのを感じた。ランサムがガレットの喉に大きな両手をまわす。力強い指は銅貨でも曲げることができそうだ。恐ろしさのあまり震えが背筋を駆けおり、ガレットは体をこわばらせた。

ランサムが即座に手を離した。心配そうに眉をひそめる。

「続けて」ガレットは急いで言った。「わたしは……なんの問題もないわ。ただ、喉をつかまれたことなんてこれまでなくて」

ランサムの声は優しかった。「ぼくを恐れる必要はない。絶対に」

「わかっているわ」言葉を切ってから、皮肉めかしてつけ加える。「もっとも、父にあなたのことを話したら、危険なやつだから気をつけろと釘《くぎ》を刺されたけれど」

「危険にもなれる」

ガレットは動じることなくランサムを見据えた。「男性は自分の中には飼い慣らされていない野性的な一面があると考えたがるものね」

「男については知りつくしているというわけか？」ランサムはあざけった。

「ミスター・ランサム、実践解剖学の第一課程を終了したあと、男性はわたしにとってもはや謎ではなくなったわ。ちなみに、第一課程には死体の解剖も含まれていたのよ」

これで相手の鼻っ柱をへし折れたと思いきや、ランサムは静かに笑った。「きみなら野ウサギを解体するように男の体をばらばらにするんだろうが、だからといって男に関して何かを知っていることにはならないな」

ガレットは冷ややかに相手を見つめた。「わたしは世間知らずだというの？」

ランサムは首を振った。「きみにはなんの欠点も見つからない」静かな声には思いがけない誠実さがにじんでいる。

ランサムがもう一度ガレットの喉に乾いていてあたたかい手をまわし、ごくわずかに力を加えた。硬い指先は子猫の舌のようにざらざらした感触だ。ランサムの手の残忍な力強さと、あくまで優しい手つきの対比に、ガレットの全身の毛が逆立った。

「さて」ランサムがささやいた。伏せたまつげ越しに、彼女のやわらかな喉にかかった自分の親指を見つめた。「いったん喉をつかまれたら、きみに残された時間はわずか数秒だ」

「そうね」ガレットは自分の呼吸と鼓動、それに息をのむ動きがランサムの手に伝わっていることを意識した。「気管と頸《けい》動脈への圧迫はたちどころに意識消失を引き起こすわ」試しにランサムの肘を握ってみた。「こうして相手の腕を引きおろしたら……？」

「ぼくのような体格の男には無効だ。相手の腕はびくともしない。まず顎を引いて喉を守り、祈るときみたいに手のひらを合わせてごらん。それから相手の両腕のあいだにその手を突きあげる……そう、もっと高く……そうすると相手の肘が曲がるだろう。喉をつかむ手がゆるんだのがわかるかい？」

「ええ、わかるわ」ガレットは発見に満足して言った。

「次はぼくの頭をつかむんだ」

ガレットはうろたえてランサムを見返した。

「いいんだ。やってくれ」ランサムが促す。

彼女は気まずさを隠すために笑ってしまい、余計にばつが悪くなった。くすくす笑うことなんて普段は絶対にないのに。咳払《せきばら》いをしてランサムの頭へ手を伸ばし、耳の裏側に手のひらの付け根があたるようにしてつかんだ。短く切りそろえられた彼の髪は精錬していない生糸で織ったシルクの布のような手ざわりだ。

「ぼくの顔を引き寄せて」ランサムが指示した。「目に親指を押しこむ」

ガレットは顔をしかめた。「相手の目をえぐりだせと言っているの？」

「そうだ《アイ》、情けは無用だ。相手だってきみに情けなどかけやしない」

ガレットはそろそろと手を動かすと、親指の腹を直接ランサムの目にではなく、目尻の繊細であたたかな肌にのせた。彼と目を合わせているのは難しい。瞳の色があまりに鮮やかで、青い深みへと引きこまれて溺れてしまいそうな錯覚に陥る。「目を押しこむと」ランサムは続けた。「相手の頭を後ろへそらすことが簡単にできるから、そのあとは逆に前へ引っ張り、相手の鼻に頭突きを食らわせる」ガレットが動く前に注意した。「ゆっくりとだ。前に鼻を折ったことがあってね。あれは繰り返したい経験じゃない」

「何があったの？」ガレットの頭に浮かんだのは命にかかわるような状況だ。「暴動を止めに入ったの？　それとも強盗をつかまえようとしたの？」

「バケツにつまずいた」ランサムは苦笑いした。「巡査二名に、狭苦しい監房に入れられた未決囚六人、脱走兵ひとり、それに保釈を却下された男が見ている前で」

「お気の毒に」ガレットはそう言いながらも笑いをもらした。

「無駄ではなかったけれどね。未決囚たちのあいだで今にも取っ組み合いになりそうだったのが、全員が腹を抱えて笑いだして、おかげで何ごともなくすんだ」ランサムが急に事務的な口調に変わった。「実際の状況では、相手の頭を力の限り引っ張るんだ。相手が手を離すまで何度でも頭突きしろ」

「自分のほうが失神する恐れはないの？」

「いいや、ここは頑丈だ」ランサムはドアをノックするようにガレットの額を指の関節でトントンと叩いた。「相手が受ける衝撃のほうがはるかに大きい」

ランサムがガレットの喉へ手を戻し、愛撫《あいぶ》を思わせるしぐさで首へ指をまわす。

ガレットは注意深く彼の頭を自分のほうへ引いた。ランサムの鼻と口が額に触れるのがわかる。一瞬触れただけなのに、衝撃が体を駆け抜けた。彼の唇のやわらかさと吐息のあたたかさが新たな感覚を、体の奥深いところからほとばしる熱いものを呼び覚ます。ガレットはランサムの香りを吸いこんだ。清潔で健康的な男性の、磨いた革にも似た刺激的な香りだ。

ランサムがゆっくり頭を起こした。「そのあとは股間に膝蹴りだ。スカートが重すぎたり、きつすぎたりしなければだが」

「つまり膝を使って……」ガレットはランサムの脚のあいだにちらりと目をやった。

「こうやる」ランサムは軽く膝を動かして手本を見せた。

「外出用のスカートだったら大丈夫だと思うわ」

「では、やってみよう」ランサムが言った。「男にとっては急所だ。激痛が腹まで突き刺さる」

「そうでしょうね」ガレットは考えながら言った。「陰嚢《いんのう》には精巣動脈神経叢《そう》と呼ばれる神経が通っていて、腹部にまで延びているから」ランサムがうつむいたのに気づいて、彼女は謝った。「不快な話だったかしら。ごめんなさい」

ランサムが顔をあげた。その目は愉快そうに輝いている。「いいや、ちっとも。きみみたいな口をきくレディは初めてというだけだ」

「言ったでしょう……わたしはレディではないわ」

4

その後のレッスンは規律と静けさ、そして完璧な型に重きを置くムッシュー・ボジャーや副《ブレヴォ》コーチ相手の練習とは天と地ほどの差があった。ランサムの教えは荒っぽい遊びに近く、ガレットは時間が過ぎるのも忘れて、ひねったり、つかんだり、突き飛ばしたりという動きを夢中になって学んだ。男性に体を触れられるのには慣れていないものの、ランサムの手つきは慎重で優しく、ガレットはほどなく彼を信頼するようになった。

ランサムは種々の動きの手本を根気よく示し、彼女がきちんと身につけたと満足するまで繰り返しまねをさせた。きみは戦士だ、勇猛な女武人族のアマゾーンだとガレットの努力を褒めちぎり、ガレットの張りきりぶりに笑いをもらしたことも一度ではなかった。ランサムは約束どおり、相手を投げ飛ばす方法も教えてくれた。敵の脛《すね》に足をかけ、相手の体重を利用してバランスを崩させるのだ。ランサムは床に投げられるたびに、体を回転させて立ちあがった。

「その体の動きはどこで学んだの？」ガレットは尋ねた。

「K管区を離れたあと、特別な訓練に送りこまれた」

「それはどこ?」

なぜかランサムは言いよどんだ。「インドだ」

「インド? まあ、本当に? どれぐらい滞在していたの?」

「一年半」ガレットが興味津々なのを見て、ランサムは慎重な口調で説明した。「とある導師に師事した。八〇歳なのに体は一六歳の少年みたいにしなやかな老人だ。虎や蛇といった動物の動きに基づく武術を教わったよ」

「なんて興味深いの」ガレットはもっと話を聞きたかったが、ランサムは彼女に背を向けるよう身ぶりで示した。

「今度は、熊に抱きかかえられるみたいに背後から抱きつかれたときの対処法だ」ランサムはためらった。「きみの体に両腕をまわすが、いいかな?」

ガレットはうなずき、背後からランサムの手が伸びてきて体にまわされても動かずにいた。苦しくはないものの、体を締めつけられて持ちあげられ、かかとが床から離れる。フェンシング用の上着の中から湯気が出ていそうなほど、ランサムの体は熱かった。ガレットは男性が発する汗と熱気、強さに包みこまれた。ランサムが呼吸をする動きが規則的に彼女の背中を押した。

「熊って実際にこんなふうに人を抱えこむものなの?」ガレットは声がかすれた。

「さあ、どうだろう」面白がっているようなランサムの声が耳のそばで聞こえる。「熊に近寄って確かめたことはないからな。さて、暴漢に体を持ちあげられて連れ去られたくはないだろう。腰を突きだし、両足に全体重をかけて踏ん張るんだ」ランサムはガレットが指示に従うのを待った。その動作によりランサムはガレットにおぶさる形になり、彼の重心が移動する。「よし。足を横へ出すことで相手の下半身ががら空きになるから、拳を股間に叩きつけろ」ランサムは彼女が拳を作るのを見つめた。「そうじゃない。誰も拳の握り方を教えてくれなかったのか？」

「ええ。どうやるの？」

ランサムはガレットを放して向きあった。ガレットの手を両手で取って正しい形に握らせる。「人差し指から小指までを握ってから、その上に親指をのせる。親指を中に入れると、殴ったときに自分の親指が骨折するんだ。それに小指が内側に曲がるほどきつく握るのもいけない」彼女の拳の固さを確認し、指の関節に自分の親指を滑らせる。ランサムの長いまつげが伏せられた。それで終わりだと思っていると……彼の指先は、指のあいだの小さな谷を探索し、なめらかな爪をなぞったあと、親指の付け根にたどり着いた。小さく脈打つ手首の内側に触れられて、ガレットは息をのんだ。

「きみはなぜガレットと名づけられたんだ？」そう問いかけるランサムの声が聞こえた。

「母は生まれてくるのは男の子だと確信していたそうよ。それで、幼いときに亡くなった自分の弟の名前をつけたがったの。だけど母は出産で命を落とした。父は友人や親戚の反対に遭っても、わたしをガレットと呼ぶことを譲らなかった」

「すばらしい由来だ」ランサムがささやく。

「わたしにお似合いの名前よ」ガレットは言った。「ただ、母が娘に男の子の名前をつけるのに賛成したかどうかは永遠の謎ね」つかの間、物思いに沈んだあと、衝動的に言う。「たまに想像することがあるわ。時間をさかのぼって、母の死因となった大量出血を止めることができたらと」

「医師になったのはそれが理由かい？」

ガレットは眉間にうっすらとしわを寄せて思案した。「そういうふうに考えたことはなかったわね。人を助けることで、自分なりに母を救っていると言えるのかしら。でも医学の勉強にはそれとは関係なしに魅せられていたと思うわ。人間の体はすぐれた機械よ」

ランサムが小さなシルクのハンカチのしわを伸ばすように彼女の手の甲を指で撫《な》でる。

「あなたが法執行機関に入った理由は何？」ガレットはランサムに質問した。

「子どもの頃、警官たちが毎朝馬車で囚人を護送してきて、それを眺めるのが好きだった。青い制服にピカピカの黒靴、屈強な男たち。彼らが来ると囚人たちはぴたりとおとなしくなる。爽快な光景だったよ」

「自分も警官になろうと思った直接のきっかけは？」

ランサムはガレットの手の関節に指先を滑らせている。どこかひそやかな手つきは、してはならないことだとわかっているかのようだ。「父の週給は五ポンドだった。悪くはない金額だ。しかも監獄の敷地内にある警備所を住居として提供されていた。それでも生活に困ることがときおりあった。食べるものがジャガイモとミルクしかないことが何週間も続いたり、つけがたまりすぎたりすると、母はとある既婚紳士のもとをこっそり訪ねた。父はぼくの靴底が張り替えられていたり、底をついていたろうそくや石炭が補充されていたりするのに気づいて……無言で母に手をあげた。ぼくが止めに入ると、ぼくのことも殴りつけた。父は暴力をふるいながら涙を流していた。そして翌日になると三人とも普段どおりの生活を続けた。しかし、ぼくには忘れられなかった。母を傷つけるやつは父だろうと誰だろうと、止められるぐらい強くなるんだと何度も自分に言い聞かせた。今も女性が脅されたり、危害を加えられたりするところを目撃すると、全身がかっと熱くなる」

ガレットの手を握りつづけていたことに気づいたらしく、ランサムは唐突に手を放した。

「母とその紳士の関係を理解するにはぼくは幼すぎたし、いつもはあれほど母を大事にしていた父があのときだけは母を殴る理由もわからなかった。ぼくが父のことを悪く言うのを、どうして母は許そうとしなかったのかもだ。夫が妻に手をあげるのは当然だと母は言った。それが男の性分なのだからと。一方で、母はぼくが父のようにならないことを願っていた」

苦しげなまなざしでガレットを見つめた。「ぼくは決して女性に手をあげないと母に誓った。誓いを破ったことは一度もない。破るくらいなら、この手を切り落とす」

「あなたを信じるわ」ガレットは静かに言った。「あなたのお母様は間違っている。女性に暴力をふるうのは男性が生まれ持っている性分ではないわ。彼らの心が毒された結果よ」

「そう信じたいな」ランサムは小声で言った。「だが、ぼくはあまりに多くの悪を目にしてきた」

「悪ならわたしも見てきたわ」ガレットはさらりと言った。「それでもわたしは自分が正しいと断言できる」

「きみがうらやましいよ」ランサムはなんてすばらしい笑顔になるのだろうとガレットは感嘆した。まるでたった今、解き放たれたばかりのような笑みだ。

こんなふうに男性と話すのは初めてだ。表面的には何気ない会話だけれど、その下にあるものは……パリ大学で初めて授業を受けた日の感覚に少し似ている。これから開ける未知の世界に恐れとともに興奮を覚えた。

「そろそろレッスンを終えないと」ランサムが惜しむように言った。「時間を超過している」

「まだそんな時間ではないでしょう？」ガレットは驚いた。

「もう二時間になる。さっきの動きをおさらいして終了だ」

「学ぶことはまだまだありそうね」ガレットはランサムに背を向けた。「次はいつにしましょうか？」

ランサムが背後から彼女の体に腕をまわす。「悪いが、これからしばらくは忙しい」長い間のあと言った。「会うのは無理だ」

「いつになれば会えるようになるの？」

「もう二度と会えない」

ガレットは驚いて目をしばたたいた。ランサムの腕の中でくるりとまわって向きあう。

「だって……」恥ずかしいほど悲痛な声が出た。「火曜はどうなるの？」

「火曜にきみをつけるのも終わりだ。ぼくはじきに身を隠すことになる。おそらくそのまま表社会から消えるだろう」

「理由は？　イングランドを救う計画を立てているの？　悪の黒幕を倒すため？」

「口外できない」

「ああ、もう。患者が医師に話すことはすべて守秘義務で守られるわ」

ランサムが微笑んだ。「ぼくはきみの患者じゃない」

「いつかそうなるかもしれないでしょう」ガレットは暗い声になった。「あなたの仕事を考えたら」

ランサムはガレットに後ろを向かせただけだった。

されるがままになりながら、寒々しい感情が彼女の胸に入りこんでくる。もう二度と会えないなんて、どういうこと？　本当に仕事のせい？　それは言い訳で、本当はガレットに関心を失ったからではないだろうか。自分が一方的にランサムに惹かれただけだったのか。失望感に喉を締めつけられ、ガレットは動揺した。

「押し返すのを忘れないよう――」ランサムが言いかけたとき、出し抜けにドアが開いた。

ふたり同時に視線を投げると、ボジャーが怖い目をして立っていた。「次のレッスンでこの部屋を使うんだが」フェンシングの達人が告げた。重なりあうふたりの体を見て、目を細める。「それがきみの流儀の身を守る方法の教え方か？」皮肉めかしてランサムに問いかける。

ガレットは淡々と言い返した。「これは背後から襲われた場合の防御法です、ムッシュー。これから股間に一撃を加えて相手を無力化するところです」

ボジャーがふたりを冷ややかに眺めた。「それは結構」乱暴にドアを閉めて立ち去った。

おさらいを続けようとしたガレットは、肩にランサムの顔が押しあてられるのを感じた。彼は教会でいたずらをした男の子のように忍び笑いをもらしている。「こうなるとボジャーの手前、ぼくは股間を押さえてよろよろと部屋を出なければならないな」

つられてガレットも唇に笑みを浮かべた。「手加減してあげるわ。イングランドのためにね」習ったように腰を突きだして上半身を前へ傾ける。ふたりの体は密着し、パズルのピースさながらにぴたりとくっついた。彼の重みとぬくもりに背中から包みこまれる純粋な心地よさが、ガレットから思考を奪った。

ランサムの腕に力が入り、喉からうっと小さな声があがる。まるで息を吐くのか吸うのかわからなくなったかのような音だ。

次の瞬間、ランサムは腕をほどくと、一変して無様な動作でしゃがみこんだ。長い腕を体の前で交差させて、膝に額を押しあてる。

ガレットはあわてて隣に膝をついた。「どうしたの？」

「肉離れだ」ランサムがくぐもった声で言った。

だがそれにしては様子がおかしい。顔が赤く、過呼吸に陥りかけているようだ。

「めまいは？　頭がふらふらする感じはある？」熱を計ろうとガレットがランサムの頬に手

のひらをあてると、彼は顔をそむけた。「脈を計らせて」彼女はもう一度触れようとした。ランサムがガレットの手首をつかんだ。青い炎の揺らぐ瞳が彼女のまなざしをとらえる。「ぼくにさわるな。さわられると……」言葉を切り、横を向いてすばやく立ちあがる。部屋の奥へ行き、壁に両手をついてこうべを垂れた。

それを目で追っていたガレットはぽかんと口を開けた。

ランサムが背を向ける前にちらりと見えたものは絶対に肉離れではない。あれはまったく別の種類の問題だ。

フェンシング用のズボンがくっきりと示していたのは下腹部の隆起だ。驚異的な大きさにふくらんでいた。

ガレットは顔が熱くなり、頬がひりひりした。床にかがんだまま途方に暮れた。素肌がほてって、なんと呼べばいいのかわからない感覚で胸がいっぱいになる。恥ずかしさ……ではない。しかし顔はビーツみたいに真っ赤に染まっている。快感……とも違う。それなのに神経が高ぶって目がくらみそうだ。

そばにいるだけで男性の情熱を刺激したことはこれまで一度もない。女としての魅力や恋愛の作法に磨きをかけるのを二の次にしてきたせいもあるけれど、男性にしてみれば縫合針や注射器を突き刺してくる女に普通は興奮しないだろう。

「あの……冷たい水をもらってきましょうか？」自分のものとも思えない、蚊の鳴くような声だ。

ランサムは壁に額を押しあてて返事をした。「結構だ。バケツでズボンに冷水をぶっかけてくれるなら話は別だが」

ガレットは思わず笑い声をもらした。

ランサムが横目でちらりと彼女を見た。どこまでも青い瞳は稲妻のごとく強烈な欲望をたたえている。人体の仕組みに関するガレットの膨大な知識を持ってしても、その熱いまなざしに秘められたものの正体はわからなかった。

ランサムの声はそっけなく、自嘲気味だった。「ドクター、きみが言っていたように……男には飼い慣らされていない野性的な一面があるんだ」

5

「そのあと彼はなんて言ったの？」レディ・ヘレン・ウィンターボーンがティーテーブルの向かい側からささやいた。銀色がかった青い瞳はフローリン銀貨のように真ん丸になっている。「あなたはなんて言ったの？」

「覚えていないわ」ガレットは正直に言った。三日も前のことなのに、まだ顔がじんわりと熱くなるのを感じて驚く。「頭の中が真っ白になってしまったの。あまりに思いがけなかったから」

「男性が……そういう状況になっているのを見たことはあったの？」ヘレンが言葉を選んで問いかけた。

ガレットは冷静に見つめ返した。「わたしは医師であるのと同時に元看護師よ。勃起した陰茎なら、娼館のマダムにだって負けないくらいたくさん見てきたわ」眉根を寄せた。「だけど、わたしのせいであういう状態になっているのを見たのは初めてよ」

ヘレンは急いでリネンのナプキンを口にあて、笑い声を抑えこんだ。

ふたりは週に一度の約束でウィンターボーン百貨店の有名なティールームで昼食をとるこ

とにしていた。このティールームは日中の暑さと喧騒から逃れられる静かな憩いの場で、天井の高い部屋は風通しがよく、淡い緑の葉を伸ばす鉢植えのヤシが飾られ、壁は青、白、そして黄金色のタイルを使ったモザイクで彩られている。メインフロアでは大勢の紳士淑女が円形のテーブルを囲んでいた。ティールームの四隅は奥まったアルコーヴになっており、ほかの客に気兼ねすることなく会話ができる。ウィンターボーンの妻であるヘレンは、当然ながらいつもアルコーヴ席のひとつに案内された。

ウィンターボーン百貨店の勤務医として雇われて以来、ガレットはヘレンと親しくさせてもらっていた。ヘレンは優しく誠実で思慮深いだけでなく、口の堅い女性だとわかるまで時間はかからなかった。ふたりには数々の共通点があり、恵まれない人々への奉仕活動に励んでいることもそのひとつだ。この一年で、ヘレンは女性と子どもを援助する複数の慈善活動の支援者となり、改革運動に積極的に取り組んでいた。

この頃では、寄付金集めのために夫とともに主催している晩餐会《ばんさん》や演奏会にガレットも出席するようしきりに誘ってくる。「働きずくめはよくないわよ」ヘレンは優しいながらもきっぱりと言った。「たまにはいろいろな人たちと交わらないと」

「わたしは毎日たくさんの人と交わっているわ」ガレットは指摘した。

「診療所ででしょう。わたしが言っているのは社交の場でよ。きれいなドレスを着て、おしゃべりを楽しんで、ダンスを踊りましょうと言っているの」

「まさか男性と引きあわせようとしているんじゃないでしょうね？」ガレットはうたぐるよ

うに問いかけた。

ヘレンがたしなめるように微笑む。「独身の紳士と知り合いになるのは悪いことではないわ。あなただって結婚がいやなわけではないでしょう?」

「ええ。だけど、わたしの暮らしに夫が入りこむ余地がある? 自分を中心に家庭がまわらなければ気がすまないような人や、昔ながらの妻を求める人とは結婚できないわ。わたしに負けず劣らず慣例にとらわれない人でなければ無理でしょうね。そんな男性が存在するのかしら」ガレットは肩をすくめた。「俗に言う〝行き遅れ〟になってもわたしは平気よ。今が充実しているんだから」

「あなたの求めるような男性が実際にいたとして」ヘレンが諭した。「あなたが家でじっとしていたら出会う機会もないわ。今度わが家で開く晩餐会には来てくれるんでしょう。だったらイヴニングドレスを新調しないと」

「ドレスなら持っているわ」ガレットはサファイア色のブロケード織りのドレスを頭に思い浮かべた。数年前のものだが、まだまだ着られる。

「ええ、あのドレスね。あれはとても……すてきよ」ヘレンはうわべだけの褒め言葉でガレットのドレスをていよく退けた。「でも、もっと華やかな衣装を持っていたほうがいいと思うの。襟ぐりが開いているドレスよ。わたしたちの年で襟の詰まったイヴニングドレスを着ている人はいないわ……あれは子どもか寡婦が着るものですもの」

ガレットは流行に明るくないことを認めると、今日、昼食を終えたあとに、百貨店専属の裁縫師のミセス・アレンビーと会うことを承諾した。

ヘレンがささやいた。「ミスター・ランサムもお気の毒に。そんな状態のところを見られて、さぞばつが悪かったでしょうね」

「それは間違いないわ」ガレットは薄切りにしたフランスパンにキンレンカの葉とクリームチーズをはさんだ小さなサンドイッチをかじった。とはいえ、ランサムはばつが悪そうには見えなかった。あのとき彼がこちらへ向けた目つきを思い起こすと、肌をくすぐられたかのように全身がざわめく。欲望と本能がむきだしの飢えた虎の目つき。ランサムは持てる意志のすべてをかき集めて、ガレットに襲いかかりそうになるのをこらえているかに見えた。

「そのあとはどうしたの？」ヘレンが尋ねる。

「フェンシング用の服を着替えたあと、ランサムは外で待っていて馬車を停《と》めてくれたわ。わたしが乗りこもうとすると彼は、〝時間を作ってくれてありがとう。もう会えないのは残念だ〟と言った。わたしがなんと返したのかは思いだせない。覚えているのは、握手をしようとランサムに手を伸ばしたら……」

「伸ばしたら？」

ガレットは頬を赤く染めた。「彼が……わたしの手にキスをしたの」手袋越しに彼女の手に口づけるランサムの姿を思い起こし、やっとのことで言った。「あまりに思いがけなくて。大柄でいつもは不遜な態度なのに、まるで紳士のようなふるまいなんだもの……しかもフェンシングの練習室で二時間も取っ組みあったあとだったのよ」あのときはランサムの優しいふるまいに驚いて言葉を失った。今も思いだすと胸が震えて体が熱くなる。どうかしている。これまでさんざん患者の診察や手術をし、たくさんの人たちを介助し、抱きかかえてきた。それなのに、手袋に押しあてられた彼の唇の感触をあんなにも親密に感じてしまうなんて。

「あのときのことを頭から閉めだすことができないの。どんな感じかしらとつい考えてしまって。もし……」その先を声に出す勇気はなかった。ガレットはシャーベット用の小さなスプーンをもてあそんだあと打ち明けた。「わたし、もう一度ランサムに会いたいわ」

「まあ」ヘレンが小声で言うのが聞こえた。

「どうすれば彼と連絡が取れるのかわからないの」ガレットはちらりとヘレンに目をやった。「でも、あなたのご主人はご存じでしょう」

ヘレンは困った様子だ。「ミスター・ランサムが会えないというなら、彼が決めたことを尊重すべきではないかしら」

「ランサムのほうはその気になればいつだって、どこからともなくわたしの前に姿を見せることができるのよ」ガレットは腹立たしげに指摘した。「野良猫みたいにロンドンの街をうろついているんだから」

「もしまた会えたとして、そこから先はどうなるの？　いいえ、質問を変えましょう。あなたはどうしたいの？」

「どうしたいのかしら」ガレットはシャーベット用のスプーンを脇に置き、フォークを取ってイチゴに刺した。ナイフを使ってそれを細かく切り刻む。「ランサムがわたしにとって理想的な相手でないのは明らかよ。彼のことは……彼の唇や瞳もきれいさっぱり忘れるべきだわ」

「それが最善でしょうね」ヘレンが慎重に言う。

「だけど、それができないから困っているの」ガレットはナイフとフォークを置いた。「好ましくない考えや感情に振りまわされたことは一度もなかったのに。これまではリネンをたたんで引き出しにしまうみたいに頭の中で片づけることができた。わたしはいったいどうしてしまったの？」

握りしめられたガレットの拳にヘレンがひんやりした白い手を滑らせ、なだめるように力をこめた。「あなたは仕事ばかりで全然息抜きをしてこなかった。そこへある夜、謎めいた男性が物陰から忽然《こつぜん》と姿を現し、あなたに襲いかかる乱暴者たちを撃退して――」

「その部分には文句があるのよ」ガレットは横やりを入れた。「自分で自分の身を守ることぐらいできていたのに、ランサムがしゃしゃりでてきたんだもの」

ヘレンの唇が弧を描く。「それでも……うれしかったんでしょう？」

「ええ」ガレットは小声で言い、逃げ場を求めるようにサンドイッチが盛りあわせられた皿へ視線をそらした。薄切りにされたアーティチョークと茹《ゆ》で卵がはさまれたものを選ぶ。

「正直に言うと、ランサムはあきれるほど颯爽《さっそう》としていたわ。大胆でたくましくて。あなたにだけは認めるけれど、彼のアイルランド訛りを耳にしたとき、わたしは下手な芝居に出てくる純真な小娘のように、微笑んでまつげをぱちぱちさせそうになった」

ヘレンが静かに笑った。「訛りのある男性には独特の魅力があるでしょう？　欠点だと思われがち……ウェールズ訛りなら特にそうだけれど、わたしの耳には詩的に響くわ」

「近頃ではアイルランド訛りがあれば、仕事を見つけるのもひと苦労のはずよ」ガレットは暗い声になった。「ランサムが訛りを隠しているのもそのためでしょうね」

この一〇年で活発になったアイルランドの自治を求める政治運動は、イングランドの人々のあいだにはびこる反感を増長させる一方だった。至るところで陰謀の噂《うわさ》がささやかれ、国民は偏見から分別を切り離すことができなくなっている。このところ相次いでいるテロ活動のあとではなおさらで、ひと月前には皇太子の命を脅かす爆破計画が辛くも回避されたばかりだ。

「社会的地位もなければ、正々堂々と人に話せる仕事をしているわけでもない」ガレットは続けた。「加えて腕力自慢で、秘密主義で、オコジョみたいに性欲旺盛ときている。そんな男性にわたしが惹きつけられるはずがないのに」

「それは自分では決められないことよ」ヘレンが言った。「一種の磁力、抗《あらが》いがたい力なの」

「見えもしない力に束縛されるのは願いさげよ」

ヘレンの笑みは思いやりに満ちていた。「パンドラが襲われて大怪我をしたときのことを思いだすわ。妹は神経系全体に衝撃を受けたとあなたは言ったでしょう。ミスター・ランサムはあなたの神経系に衝撃を与えたのではないかしら。それ以上に、あなたは彼と出会って、自分が本当は少し寂しい思いをしていることに気づいたんじゃないの？」

ガレットは自分に満足し、それを常に誇りとしていた。なので憤慨のまなざしを向けた。「ありえないわ。そんなはずがないでしょう？　わたしにはあなたを始めとする友人たちがいるし、ほかにも父やドクター・ハヴロックや患者たち、それに――」

「違う種類の寂しさよ」

ガレットは顔をしかめた。「わたしは頭の中に綿菓子の詰まった、潤んだ目をした小娘じゃないわ。これでも志の高い女だと自負しているんだから」

「志の高い女だって、たくましい……なんと言うんだったかしら、大腿四頭筋？　あれにはときめくものでしょう？」

ヘレンのおっとりとした口ぶりに隠れたからかいの響きをガレットは聞き逃さなかった。ガレットは毅然《きぜん》としてだんまりを決めこみ、ウエイトレスが小さなガラスの器に入ったレモンシャーベットを運んでくるあいだに紅茶をもう一杯飲み干した。

ウエイトレスがさがるのを待って、ヘレンが口を開く。「断る前に最後まで聞いて。わたしの親戚のウェストをあなたに紹介したいの。彼はしばらくロンドンに滞在しているわ。この前、ウェストがパンドラに会いにここへ来たときは、あなたと顔を合わせずじまいだったでしょう。みんなで一緒にレイヴネル・ハウスで晩餐をとることになっているの」

「ヘレン、お願いだからわたしを……それにあなたのご親戚を無意味な拷問にかけるのはやめて」

「ウェストは水もしたたるいい男よ」ヘレンは譲らない。「黒髪に青い瞳、しかも話が面白い。あなたたちならきっと気が合うと思うの。ウェストと一緒にいれば、数分後にはミスター・ランサムのことなんてすっかり忘れているんじゃないかしら」

「たとえミスター・レイヴネルとのあいだに恋の花が咲いたとしても、すぐにしぼむ運命よ。わたしには田舎暮らしは無理だわ」ガレットはシャーベットをひとすくいして口へ運んだ。さわやかな氷菓が舌の上ですっと溶ける。「何よりわたしは牛が怖いの」

「巨大だから？」ヘレンが気の毒そうに尋ねた。

「いいえ、あの目つきのせいよ。何か企《たくら》んでいそうじゃない」

ヘレンはくすくす笑った。「いつかあなたをエヴァースビー・プライオリーに招くときには、目つきの悪い牛は全部牛小屋へ閉じこめておくと約束するわ。田舎暮らしに関しては、ウェストはロンドンへ戻ってくるのにやぶさかではないと思うの。お願い、せめて会うと言って！」

「考えておくわ」ガレットはしぶしぶ言った。

「ありがとう。これで肩の荷がひとつおりたわ」ヘレンの声音が深刻な響きを帯びた。「あなたには気の毒だけれど、ミスター・ランサムがもうあなたと会わないと決めたのには、きわめてまっとうな理由があると思うの」

ガレットははっとした。「どんな理由だというの？」

ヘレンは眉をひそめ、思い迷うような表情を見せたあと続けた。「ミスター・ランサムに関して、とある情報を知っているのよ。口外することは禁じられているけれど、あなたの耳に入れておくべき話があるの」

ヘレンはあたりを見まわしてアルコーヴに近づく者がいないことを確かめた。そのあいだ、ガレットは辛抱強く待った。

「先月、ギルドホールで起きた爆破未遂事件に絡んだ話よ」ヘレンは静かに切りだした。「パンドラとセントヴィンセント卿があの祝賀会に出席したことを覚えているでしょう」

ガレットはうなずいた。床板の下に爆弾が隠されていたことはパンドラの口から直接聞いていた。大混乱に陥った祝賀会の客たちは、われ先にとギルドホールから逃げだした。幸い、すみやかに起爆装置が取り外されて爆発には至らなかった。爆破計画の実行犯も黒幕もつかまらないままだが、少人数のアイルランド民族主義者からなる過激派集団の仕業だと目されていた。

「あの夜、客のひとりが亡くなった」ヘレンは続けた。「内務省の次官、ミスター・ナッシュ・プレスコットよ」

ガレットはうなずいた。『タイムズ』の記事では、もともと心臓が弱かったそうね。恐怖と混乱のさなかで心不全をきたしたとあったわ」

「それは表向きの話なの」ヘレンは言った。「夫がセントヴィンセント卿から内々に聞いたところでは、ミスター・プレスコットは爆破計画を事前に知っていたそうよ。そしてギルドホールからそう遠くない場所でミスター・プレスコットの遺体を発見したのは、ほかでもないミスター・ランサムだった」

「ミスター・プレスコットは祝賀会の会場からそこまで走って逃げたということ？」ガレットの目が鋭くなった。「心臓の弱い人がそんなに走れるものですか」

「そのとおりでしょうね」ヘレンはためらいがちに続けた。「ミスター・プレスコットの死因は定かではないわ。だけど、ひょっとするミスター・ランサムが……」その疑惑は口にするのも恐ろしく、声は尻すぼみになって消えた。

「ランサムがそんなことをする理由は何？」長い間のあと、ガレットは訊いた。「黒幕側についているということ？」

「ミスター・ランサムが誰の側についているかはわかりようがないわ。でも、あなたがかかわりを持つべき男性ではないと思うの」ヘレンのまなざしには不安と愛情がにじんでいた。「あえて危険を冒そうとする者に、わたしの夫はこう忠告するわ。〝神の加護があろうと、小舟の上で踊ってはならない〟」

ヘレンの話が投げかけた憂鬱な雲は翌日になっても晴れなかった。ガレットの父はふさぎこんでいる娘の鼻先で『ポリス・ガゼット』をひらひらさせ、あてつけがましく問いかけた。

「おまえはこれをどう見る？」

ガレットは眉根を寄せて新聞を受け取ると、紙面に目を走らせた。

〝水曜夜、キングス・クロス裁判所内の拘置所に何者かが侵入し、房内にいた三人が襲撃された。襲われたのは英国陸軍第九歩兵連隊所属の兵士たちで、女性に対する暴行容疑で勾留されていた。なお、女性の名前は公表されていない。侵入者は取り押さえられる前に逃亡。兵士三人は保釈なしで、次の巡回裁判に出廷するまで今後も勾留される予定。侵入者につながる情報の提供者には、警察署長W・クロスより一〇ポンドの報奨金が与えられる〟

ガレットは胸中の混乱を必死に押し隠し、新聞を父へ返した。これはどういうことだろう？　ランサムはどうやって拘置所へ忍びこんだのだろうか？

「ランサムがやったという証拠はないわ」彼女は簡潔に言った。「重警備の裁判所内の拘置所に侵入し、つかまることなく出てこられるのは、ジェンキンの手の者だけだろう」

ガレットは目を合わせるのがつらかった。父は近頃めっきり体重が減り、かつては丸々としていた頬も垂れ気味だ。目が落ちくぼんだ父が浮かべる疲れきった優しげな表情に、ガレットは喉が締めつけられた。

「ランサムは女性に暴力をふるうやからが許せないのよ」ガレットは弁明した。「もちろん、それで言い訳になるわけじゃないけれど」

「あの夜は何もなかった……」父が真剣な声で言った。「兵士たちに野卑な言葉を投げつけられただけだとおまえは話したが、本当はもっとひどいことをされたんだな？」

「ええ」

「それならランサムに何をされようが、連中の自業自得だ。たとえランサムが地獄行き必至の非情な乱暴者であろうと、わたしから見れば恩人だ。できるものならその兵士どもに一発、拳を見舞ってやりたいところだ」

「ランサムであれ、お父さんであれ、法の外で制裁を加えるのはとうてい褒められたことではないわ」ガレットは腕組みをした。「リンチを加えるのは悪党よ」

「おまえはランサムにもそう言うのか？」

ガレットは苦笑した。「鎌をかけているの？ ランサムとまた会うつもりはないわ」

父は鼻を鳴らすと新聞を持ちあげてふたたび読みだした。ガサガサとページを繰る音に紛れて父の声がした。「わたしの目を見て話そうが、おまえが嘘《うそ》をついているときはわかるんだぞ」

それからの数日は単調で骨の折れる仕事ばかりが続いた。ガレットは百貨店主任の妻の赤ん坊を取りあげ、折れた鎖骨を固定し、良性の腫瘍を取り除く小手術を行ったが、どれも機械的にこなしただけだった。リウマチ患者の膝関節に水がたまる珍しい症例でさえ、彼女は胸をはずませなかった。仕事への情熱を、目的と満足感で常に心を満たしてくれたやりがいを、生まれて初めて見失っていた。

レイヴネルの屋敷での晩餐は、出産のために二四時間産婦につきっきりで疲弊していたことを口実に辞退することができた。けれども、すぐにまた招かれるだろう。そして次は断るわけにもいかない。

火曜の午後、救貧院での診察のため、往診鞄に必要なものを入れていると、診療所の同僚がやってきた。

ウィンターボーンが医師としてガレットを雇い入れたときは公然と異を唱えたものの、ドクター・ウィリアム・ハヴロックはすぐに彼女のよき指導者、信頼の置ける友となった。大きな頭にライオンのたてがみを思わせるふさふさした白髪の初老の男性は、誰もが思い描く医師の姿そのものだ。卓越した技術と判断力の持ち主であり、ガレットは彼から多くを学んでいた。ハヴロックはぶっきらぼうではあるが、公平で偏見がない。ガレットがパリ大学で受けた外科訓練に、初めのうちこそ懐疑の目を向けていた。けれどもやがてガレットの手法を食い入るように観察するようになり、彼女がジョゼフ・リスター卿のもとで学んだ消毒法をただちに取り入れた。結果として、コーク・ストリートの診療所では患者の術後の回復が平均より早くなり、回復率も向上した。

ガレットは顔をあげた。ハヴロックは淡い黄金色の液体が入った小ぶりの実験用ビーカーをふたつ手にしている。

「回復薬を持ってきたぞ」部屋に入ってきて、ビーカーのひとつを差しだした。

ガレットはなんだろうと眉をあげて受け取り、中身のにおいを嗅いでみた。苦笑いを浮かべる。「ウイスキーですね？」

「デュワーズ・ウイスキーだ」ハヴロックは鋭くも優しいまなざしでガレットを見つめ、ビーカーを掲げた。「誕生日おめでとう」

ガレットは目を丸くした。父は覚えていなかったし、自分の誕生日は誰にも教えていないはずだ。「どうしてご存じなんですか？」

「きみが提出した雇用申請書に誕生日の記載欄があっただろう。書類は妻が管理していてね。彼女の頭には全員の誕生日が入っている。ひとりたりとも忘れることはない」

ふたりはビーカーを触れあわせて乾杯した。ウイスキーは強いながらもなめらかな口あたりで、麦芽と蜂蜜、それに刈り取られたばかりの干し草の風味が舌に残った。つかの間ガレットは目をつぶり、炎が食道を流れ落ちる心地よい感覚に浸った。「すばらしいわ」彼に微笑みかける。「ありがとうございます、ドクター・ハヴロック」

「もう一度乾杯だ。ネクエ・センペル・アルクム・テンディト・アポロ」

ふたりはもう一度ビーカーを傾けた。

「今のはどういう意味ですか？」ガレットは問いかけた。

「太陽神アポロでさえ常に弓を引き絞りっぱなしではない、というラテン語の格言だ」ハヴロックはガレットを優しく見つめた。「このところ、きみはいらいらしているようだ。どんな問題を抱えているのかは知らないが、一般的な要因であれば見当がつく。きみは献身的な医師で、たくさんの責任を背負いこんでいる。それなのにあまりに優秀なものだから、きみを含む誰もが、あることを忘れがちだ。きみはまだまだ若い女性なのだということをね」

「今日で二八歳になるのに？」ガレットは冷ややかに言うと、さらにウイスキーを喉に流しこんだ。ビーカーを持ったまま、絆創膏《ばんそうこう》の箱を取って鞄の中へ落とす。

「わたしから見れば赤ん坊だよ」ハヴロックが言った。「それにそうやって口うるさい監督役にはすぐに反発するのも、いかにも若者らしい」

「口うるさいなんて思ったことはありません」ガレットは否定した。

ハヴロックが苦笑する。「口うるさい監督役はわたしではない。きみ自身だ。いいかね、気晴らしは自然の要求だ。仕事漬けのせいで、きみは人生に張り合いを失っているんじゃないか？　診療所の外で何か楽しみを見つけない限り、それは改善しないと思うがね」

ガレットは顔を曇らせた。「仕事以外に興味を覚えるものはありません」

「きみが男なら懐の許す範囲で最高の娼館へ行って遊んでこいとでも言うところだが、きみのような立場にある女性には何を勧めればいいんだろう。趣味を並べあげたリストを作って、どれかひとつを選んでみてはどうかね。休暇を取って、これまで行ったことのない場所を旅するとか。情事を持つのもいい」

ガレットは酒にむせて咳《せ》きこみ、涙のにじむ目を丸くした。「今、情事を持てとおっしゃいました？」かすれた声で問いただす。

ハヴロックが笑い声をたてた。「意外だったかね？　わたしはきみが考えているほど杓子《しゃくし》定規ではないんだぞ。気難しい修道女みたいな目でわたしを見なくてもよろしい。きみも医師であれば売春に身を落とすことなく、性行為を子作りから切り離せることは知っていよう。きみは男並みに働き、男並みに稼いでいる。ならば男並みに楽しんでもいいではないか。慎重にふるまっている限り、問題はない」

ガレットはすぐには言い返せず、残りのウイスキーを飲み干した。「道徳的な問題はさておき、危険すぎます。情事が露見しても男性なら仕事に差しさわりがありませんが、わたしの場合は身を滅ぼすことになります」

「では、結婚相手を見つけることだ。人生において愛情はなくてはならないものだよ、ドクター・ギブソン。男やもめとして快適な暮らしを送っていたわたしが、どうして恥をさらしてまでミセス・ファーンズビーが応じてくれるまで何度も求婚したと思うかね？」

「利便性でしょうか？」

「いやいや、まさか。自分の暮らしを別の者のそれと合わせることに利便性などない。結婚は袋跳び競走だよ。ふたりして袋に両足を入れてぴょんぴょん跳ね、どうにかゴールを目指すんだが、ゴールにたどり着けばいいだけなら袋はないほうがよほど楽だ」

「だったらなぜ再婚されたんですか？」

「生きることも知性を磨くことも、煎じつめれば愛することなんだよ。愛がなければ、われわれは木や石も同然だ」

ハヴロックの口から出てきた感傷的な演説に内心驚きながら、ガレットは反論した。「愛するに値する相手を見つけるのは簡単ではありません。店で熟したメロンを探すのとは違うんです」

「どうやらきみはどちらもしたことがないようだ。愛する者を見つけるのは、熟したメロンを探すよりよほど簡単だよ」

ガレットは苦笑した。「善意から出たご助言でしょうけれど、メロンも情事もわたしには必要ありません」空になったビーカーをハヴロックに返す。「ですが、趣味は探してみようと思います」

「まずはそこからだ」ドアへ向かったハヴロックは足を止め、首をめぐらせた。「きみは人の話には真摯に耳を傾けるのに、自分の心の声には耳をふさいでいないかね？」


クラーケンウェル救貧院の診察室での診療が終わる頃には、日はすっかり傾いていた。ガレットは疲労と空腹を覚えながら白いエプロンを取ると、シルクの編み紐で縁取りされた焦げ茶色の上着を身につけ、細い革のベルトを締めた。杖と往診鞄を手に取って救貧院をあとにし、鉄製の門を出たところで立ちどまる。光と影が正面の歩道にまだら模様を描いていた。

夏の夕刻の静けさの中へ足を踏みだし、大通りを目指した。遠くから流れてくる蒸気機関車の汽笛にのって、回転するピストン棒に蒸気をあげるボイラー、金属の車輪の鈍い轟《とどろ》きが聞こえる。家に帰りたくない。そんな思いがふと頭をよぎり、歩調が乱れた。家にいる必要はなかった。今日は週に一度のドロー・ポーカーの日だから、家には父の友人たちが遊びに来ていて、娘がいなくても父が寂しい思いをすることはない。けれども、ほかに行く場所を思いつかなかった。診療所と百貨店はすでに閉まっているし、招待もなしに誰かの家を訪ねるわけにはいかない。ゆるめのコルセットの下でおなかがぐうっと鳴った。そういえば、昼食をとりそこねてしまった。

自信に満ちた態度を取ること。それがロンドンの物騒な地域を通り抜けるときの鉄則だ。それなのにガレットは通りの端で戸惑っていた。足は鉛のように重い。いったい何をしているのだろう？　胸に巣くう、このわずらわしい感情は何？　悲しみ。切望。趣味や休暇では決して癒やすことのできない空虚さ。

やはりヘレンを訪ねよう。約束はしていないけれど、この際、礼儀作法は無視しよう。ヘレンなら悩みを聞いて、適切な助言を与えてくれる。だけど……だめだ。ヘレンに相談すれば、ウェストン・レイヴネルに会うよう余計に勧められる。ガレットが本当に会いたい男性……道徳を公然と無視し、片方の頬にえくぼのできる政府の諜報員《ちょうほう》の代役として。

この一週間で耳にした言葉がガレットの脳裏に浮かんでは消えていく。

〝ミスター・ランサムが誰の側についているかはわかりようがないわ。でも、あなたがかかわりを持つべき男性ではないと思うの〟

〝地獄行き必至の非情な乱暴者……〟

〝もしまた会えたとして、そこから先はどうなるの？〟

そしてランサムの低い声……〝きみにはなんの欠点も見つからない〟

理由の解き明かせない鬱々とした思いにとらわれて立ちつくすガレットの耳に、近くの通りで言い争う声や、ロバのいななき、手押し車を舗道に転がすクレソン売りの呼び声が入ってきた。日中の喧騒は生あたたかい夏の夜のにぎやかさへ移り変わり、都会のさまざまな音がひとつのうなりと化して、過ぎゆくときを刻々と満たしていく。でっぷりとした腹の、卑しくも羽振りのいい街ロンドンは、煉瓦《れんが》と鉄の靴を履いて、工場の煙でできた厚いオーバーコートをまとい、一〇〇万もの秘密をポケットに忍ばせている。セント・ポール大聖堂から下水道のドブネズミまで、ガレットはこの街のすべてを愛していた。ロンドン、友人たち、それに仕事。それで充分。これまではそう思えた。

「もしかなうのなら……」ガレットはささやいて唇を噛んだ。

今、ランサムはどこにいるのだろう？

ドブネズミまで愛しているというのは、少し大げさだったかもしれない。

〝もしかなうのなら……〟普段の自分なら絶対に使わない、夢見るような言いまわしだ。目をつぶれば——監獄が三つもある地区でそんなまねをするほど愚かではないが——占い師の水晶玉に閉じこめられた人影のように、ランサムの姿が見える気がした。

気づくと、銀の呼び子を手に握りしめていた。いつの間に上着のポケットを探って取りだしたのだろう？　ガレットはピカピカ光る表面を親指の腹で撫でてみた。

ばかげた衝動に屈して呼び子を唇へと持ちあげ、短く吹いた。警官が駆けつけるような甲高い音ではなく、ピッと鳴らすだけ。目をつぶって三つ数え、耳を澄まして足音がするのを待った。

お願い、もしかなうのなら……。

何も聞こえなかった。

ガレットは目を開けた。誰もいない。

家に帰ろう。陰鬱な気分で呼び子をポケットに戻し、左腕にかけていた杖を手に取る。そしてきびすを返して足を踏みだした。

とたんに壁にぶつかった。鞄を取り落とし、くぐもった驚きの声をあげる。

壁ではない。男性だ。ガレットは広い胸板の真ん中に顔をぶつけていた。

何が起きたのかを頭が理解するよりも先に、体のほうがたくましい筋肉の感触を認識していた。彼女を抱きとめる大きな手。この世界の何よりも心地よい清潔で男性的な香り。青い瞳がすばやく動き、ガレットに怪我がないことを確かめる。

ランサム。

やはり尾行していたのだ。震える息とともに笑いがもれた。ガレットがランサムの険しい顔を見あげると、動脈注射をされたかのように高揚感が体に流れこんだ。自分でも衝撃を受けるほど、彼がそばにいるのがうれしかった。胸がはずむのを感じる。

「呼び子を鳴らすのは助けが必要なときだけだ」ランサムが低い声で言った。眉間にしわを寄せて険悪な表情をしているが、指がかすかに動いているのは、ガレットの体を愛撫したくてうずうずしているかのようだ。

ガレットはこらえきれずに笑いかけた。「助けが必要だから鳴らしたのよ」いつもの口調をなんとか保つ。「おなかが減っているの」

落ち着き払った表情の下で、ランサムのむきだしの感情が揺らぐ気配がした。「アクーシュラ」彼はかすれた声でささやいた。「それはぼくの役目じゃない」

「今日はわたしの誕生日よ」

ランサムの熱い視線に、彼女は胃をかきまわされた。「そうなのか?」

ガレットはうなずいた。どうしたら寂しげな目に見えるだろう。「ひとりでおなかをすかせているのよ。今日は誕生日なのに」

ランサムは夜の祈りさながらに小声で悪態をつくと、手をあげて彼女の顎をそっと包みこんだ。その心地よい感触に、ガレットの全身の素肌が目覚めた。焼けつくようなひととき、ランサムは彼女を観察し、そのあとかぶりを振った。渋い表情は運の悪いめぐりあわせに観念したかのようだ。彼はかがんで往診鞄を拾いあげた。

「こっちだ」

ガレットはついていった。行き先は訊かず、気にもせずに。

6

歩きながら、ガレットはランサムの腕を取った。彼は労働者風の服装で、手袋の素材みたいに薄い革製のベストを着ている。彼女の手のひらの下で、筋肉質の腕はがっしりと硬い。ランサムは建物が密集する通りをいくつも通り過ぎていった。ビール販売店に酒場、ろうそく店、古着を売る店。人の往来がしだいに増え、水兵に陽気な船乗り、軍用のコートを着た男たちに店の売り子、行商人、身なりのいい商人の妻たちで通りがあふれ返っている。いつもは警戒を怠らないガレットだが、今は肩の力を抜いていた。肩で風を切って歩く、腕っぷしの強そうな男と連れ立っているのだから、ちょっかいを出される心配はない。むしろ、まわりの人たちのほうがランサムを警戒しているふうだった。

ガレットは拘置所への侵入事件を思いだした。

「わたしと最後に会ってから何をしていたのかは訊くまでもないかしら。あなたの最近の所行は『ポリス・ガゼット』に載っていたわよ」

「最近の所行？」

「拘置所へ侵入したでしょう。そしてあの三人の兵士を襲った。そんな必要はなかったし、間違った行いだわ」

「襲ってはいない。連中がぼくの説教を聞こうとしないから、おとなしくさせただけだ」

「説教するために侵入したわけ？」ガレットは疑わしげに言った。

「きみに危害を与えようとしたら、ぼくがじきじきに制裁を加えると念押ししておいた。それにもしほかの女性を襲ったことがぼくの耳に入れば、連中の……」ランサムは言いかけた言葉を引っこめた。「その、二度としないよう脅しておいた」

「侵入者が正体不明となっているのもそういうこと？　彼らはあなたの名を挙げて仕返しされるのを恐れているの？」

「口封じはぼくの十八番だ」

「裁判官と陪審員、それに執行人の三役をひとりでこなしたようだけれど、それは国の司法制度にゆだねるべきことでしょう」

「ああいう手合いには法が有効に働くとは限らない。連中に理解できるのは恐怖と報復だけだ」ランサムは言葉を切った。「ぼくに良心があったとしても、あいつらのために痛むことはない。それより救貧院での診察がどうだったのか聞かせてくれ」

ガレットは並んで歩きながら、診察室で見聞きしたことを話し、救貧院の劣悪な環境への懸念を吐露した。粥《ポリッジ》とパンばかりの貧しい食事は、中でも子どもにとっては有害だった。栄養不足のために発育が恒久的に止まる恐れがあり、病気にもかかりやすくなる。だが救貧院の職員は彼女の陳情に聞く耳を持たなかった。

「食事を改善したら、食べ物目当てに入所を求める者が押し寄せると言われたわ」

「監獄の食事についても役人は同じことを言う」ランサムが皮肉な笑みを浮かべた。「食事がよくなりすぎると、食べるもの欲しさに犯罪に手を出して監獄に入るようになるとね。ところが塀の中にいる連中でそんなことを言うやつにはお目にかかったことがない。救貧院の場合、中にいる人たちが犯した過ちといえば、貧乏に負けたことぐらいだろう」

「明らかに良識が必要なのよ」ガレットは言った。「だからこそ、職員を通さずに直接交渉することに決めたわ。内務省と地方自治体委員会へ提出する書類をまとめて、救貧院の運営に最低限の基準を設けるべき理由を詳細に説明しているところよ。これは公衆衛生の問題だもの」

微笑みがランサムの唇に浮かんで消えた。「息をつく間もない忙しさだな。きみは楽しむための時間を作ることがあるのか?」

「仕事を楽しんでいるわ」

「そうじゃなくて、たまには何もかも忘れて気分転換をしないのか?」

「今日、似たようなことをドクター・ハヴロックからも言われたわ」ガレットは苦笑した。「わたしは人生に張り合いを失っていると。あなたも同じ意見なんでしょうね」

ランサムは笑いをもらした。「どうかな。張り合いを失っている女性はきみみたいに魅力的ではないし、男の心に火をつけることもない」

思いがけない言葉だった。「ええ、ご覧のとおり、わたしは名うての妖婦だものね」ガレットは皮肉で返した。

「ぼくがからかっているると思ってるのか？」

「ミスター・ランサム、それ相応のお世辞ならまだしも、まるでクレオパトラのようにあがめたてられるのはかえって侮辱的よ」

ランサムが当惑した様子で眉をひそめた。「こっちへ来てくれ」彼女の腕を取り、路地へと促す。奥は行商人の台車や手押し車の置き場になっていて、持ち手が空を向いた車が鎖でつながれている。そばの宿屋から焼いたニシンと栗の香ばしいにおいが漂ってきた。

「暗い路地へ？　遠慮するわ」

「通りで議論する話じゃない」

「議論の必要はないでしょう。わたしは言いたいことは言ったわ」

「今度はぼくが言う番だ」ランサムがガレットの腕を強く握りしめた。ガレットが振り払わなかったのは、彼が何を言うのか興味があったからだ。

ランサムは陰になっている人けのない玄関先の階段へ彼女を導いて、往診鞄と杖をおろして向きあった。

「きみにどう思われているのであれ」ぶっきらぼうに言う。「ぼくはきみを相手にその手の駆け引きは決してしない。フェンシングクラブで起きたことのあとで、ぼくの気持ちをよくも疑えたものだ。それともきみのそばにいるとぼくが盛りのついた雄牛のようになることに気づいていないのか？」

「気づいているわ」ガレットは小声で鋭く言った。「でも男性の勃起を引き起こすのは性的欲求ばかりじゃないでしょう」

ランサムがあっけに取られた顔になる。「なんだって？」

「性的興奮とは関係なく勃起する持続勃起症というものがあって、それにはさまざまな原因があるわ。陰嚢の摩擦、会陰の外傷、痛風、前立腺管の炎症——」並べ立てる途中でガレットはランサムに引き寄せられ、ふたりの体がぶつかった。

彼の全身が小刻みに震えているのを感じてガレットはぎょっとした。耳のそばでくっという声が聞こえ、それでようやくランサムが笑いをこらえていることに気づいた。

「何がそんなにおかしいの？」彼の胸板にふさがれて、問いかける声がくぐもった。ランサムは何も言わず、言うことができず、激しく首を振って苦しげに笑いを押し殺すばかりだ。

「医師として断言するけれど、不随意の勃起におかしなところは何もないわよ」

ランサムはいよいよ笑いが止まらない。

「医師としての話はもうやめてくれ。このとおりだ」彼が懇願する。

ガレットは口をつぐみ、ランサムがどうにか笑いの発作を鎮めるのを待った。

「原因は陰嚢の摩擦じゃない」笑いの残る声でランサムはようやく言った。震える息を吐き、頭の横をさする。「遠まわしな言い方はなしのようだから、遠慮なく言わせてもらおう。あれは何度も夢見た女性を腕に抱いたせいだ。きみのそばにいるだけでぼくは血圧が上昇する。だが、きみを求める権利はぼくにはない。今夜きみの前に姿を見せるべきではなかった」

ガレットは驚きのあまり言葉を失った。ランサムは率直さを武器のようにふるうと、ぼうっとした頭で考える。もはや彼の気持ちはごまかしようがなくなってしまった。秘密主義の男性にしては意外だ。

「あなたに選択肢はなかったわ」ガレットはようやく言った。「わたしが呼びだしたんだもの」ランサムの肩に頬を寄せてつけ加える。「あなたは呼び子の精霊ね」

「願いをかなえることはできない」

「じゃあ、二流の精霊だわ。わたしは昔からくじ運が悪いの」

笑いまじりの吐息がガレットの髪にしみこみ、ランサムの指先が彼女の耳のやわらかな縁をなぞる。

ガレットは顔をあげた。すぐそばにランサムの口があり、あたたかで清潔な吐息がかかる。とたんに彼女は胃がひっくり返った。

キスの経験ならある。一度はセント・トーマス病院で看護師として働いていたとき。相手は魅力的な医師だった。それにパリ大学でも医学生仲間と。どちらのときもがっかりした。男性と唇を重ねる感覚は不快ではなかったけれど、あれを夢心地と表現する気持ちはまるで理解できない。

だけどイーサン・ランサムが相手なら……ひょっとして違うのだろうか。

彼はじっと動かない。視線が熱く絡みあい、ガレットの体をわななきが駆け抜ける。ランサムはキスをするつもりだ。そんな考えが頭をよぎり、期待感で体の力が抜けそうになる。

心臓がどくどくと激しく打った。

だがランサムはふいにガレットを放すと、自嘲するように唇をゆがめた。「食事をする約束だったな。腹が減っては戦はできぬだ」

大通りへ引き返し、人々の声がするほうへ足を進めた。角を曲がると、大勢の人でにぎわうクラーケンウェル・グリーンが前方に現れた。どの店先にも明かりがともされ、少なくとも一〇〇はくだらない露店がずらりと二列に並んでいる。ここはもともと木立と芝生に囲まれた散歩道のある共有草地だったのが、今では舗装された広場に変わり、周囲には民家に店舗、宿屋、工場、酒場、コーヒーハウスが立ち並んでいる。広場の中央は舞台になっていて、バイオリンやコルネットの伴奏で、ジグやホーンパイプ、ポルカを踊っていた。流しの歌い手が人混みを縫っては足を止め、滑稽な歌や哀感たっぷりのバラッドを披露する。

その光景にガレットは目をみはった。「土曜の夜市みたい」

「地下鉄ロンドン・アイアンストーン線の開通祝いだ。鉄道会社の社長のトム・セヴェリンが、街の各所で市場や演奏会を自腹で開いている」

「建前上はそうでも」ガレットは苦笑いを浮かべた。「ミスター・セヴェリンは一シリングも出していないはずよ」

ランサムはガレットを振り向いた。「セヴェリンを知っているのか？」

「よく知っているわ。彼はミスター・ウィンターボーンの友人なの」

「だが、きみの友人ではないんだな？」

「親しい知り合いと言っておきましょうか」ランサムの眉間にしわが刻まれるのを目にし、喜びのさざ波がガレットの背筋を駆け抜けた。まさか彼は嫉妬しているのだろうか？「ミスター・セヴェリンは策士よ。それに便宜主義者でもある。自分の利益のためならなんでも利用するわ。友人をだしにしてでも」

「要するに実業家か」ランサムが端的にまとめる。

ガレットは笑い声をあげた。「それは間違いないわね」

ふたりは人混みをまわりこんで露店の並びへ向かった。店先はそれぞれ携帯用のガスランプや獣脂ランプ、もしくはろうそくの火に照らされている。料理は冷めないよう、鉄製の火壺にのせられた大きな容器や、ブリキと真鍮でできた機器の中に入れられていた。上部の小さな穴から湯気が噴きだして、おいしそうなにおいが漂う。

「どんな料理が食べたい――」ランサムは言いかけて、露店のそばで言い争う声へと注意を向けた。シルクのリボンで彩られたフェルトの帽子をかぶったバラ色の頬のぽっちゃりとした若い女性が、平たいバスケットを赤毛の警官に取りあげられそうになっている。野次馬が集まりだし、げらげら笑う者もあれば、ここぞとばかりに警官を罵る者もあった。

「マギー・フリエルじゃないか」ランサムは悲痛な声をあげた。「あの一家のことはよく知っている。マギーの兄とは友だちだったんだ。止めに入ってもかまわないか？」

「ええ、行ってあげて」ガレットは即答した。

ガレットはバスケットを引っ張りあうふたりのほうへ進んでいくランサムを追った。「なんの騒ぎだ、マクシーヒー？」ランサムが警官に問いただす。「生意気な口をきくからリボンを没収してやるんですよ」警官が女性の手からバスケットをもぎ取った。中には糸や端切れ、木片に巻きつけられたレースとリボンが入っている。

女性は泣きべそをかいてランサムに向き直った。「生意気ってだけじゃ、あたしからリボンは没収できない、そうだよね？」

「没収できるし、実際にそうしてるだろうが」マクシーヒーが言い返す。怒りと興奮とで顔が真っ赤になり、そのうえ眉も髪も赤いからまるで炭火だ。

「偉そうに！」女性がわめく。「あんたなんか猫に食われちまえ。それでその猫ごと悪魔に食われるがいい！」

「そこまでだ、マギー」ランサムは静かに割って入った。「お嬢さん《カーリン》、治安を守るのが役目の警官に、もう少し優しい口をきいても害はないんじゃないか？」返事はなく、ランサムは片手をあげてそのまま待つようマギーに身ぶりで示すと、警官へ向き直って声を低めた。

「マクシーヒー、マギーがリボンを売って暮らしているのはわかってるだろう。それを取りあげるのは、彼女の口からパンを取りあげるのと同じだ。情けをかけてやってくれ」

「あいつはおれにひどいあだ名をつけたんですよ」

「〝赤猿〟ってかい？」マギーがあざけった。「それとも〝がに股〟のほう？」

マクシーヒーがにらみつける。

「マギー」ランサムは穏やかにたしなめて目顔で制した。「からかうのはやめろ。仲直りのしるしにリボンをあげたらどうだ？　彼の恋人も喜ぶだろう」

「恋人なんかいやしません」警官がぶつぶつ言う。

「へえ、そりゃあ意外だね」マギーは嫌みたっぷりに驚いてみせた。

ランサムがマギーの顎を人差し指でそっと押さえる。

マギーはため息をつき、マクシーヒーに向き直った。「いいよ、わかった。リボンをやればいいんだね」

「おれがリボンをもらってどうすんだ？」マクシーヒーは顔をしかめた。

「あんた、ばかなのかい？」マギーがあきれた顔になった。「女を口説いたこともないって？　好きな娘にあげて、瞳の色によく似合うって褒めるんだよ」

警官はしぶしぶバスケットを返した。

「スローン、アイアタン」マギーはランサムにそう言って、リボンをバスケットから引っ張りだした。

ランサムに引っ張られてその場を離れながら、ガレットは問いかけた。「彼女、最後になんて言ったの？」

「アイルランド人は迷信深い。だから別れの言葉を使うのを避けて代わりに〝スローン〟と言う。意味は〝無事にいってらっしゃい〟だ」

「もうひとつのほう……アイアタンは？　あれはどういう意味？」

「アイアタンはイーサンのアイルランド風の呼び方だ」

音楽のように耳に心地よい響きだ。「いい呼び方ね」ガレットは静かに言った。「だけどあなたの姓のランサム……これはイングランドの名前でしょう？」

「アイルランドのウェストミーズ州には三〇〇年以上前からある姓だ。ただし公衆の面前でぼくにアイルランド人だと証明させるのはなしだ、お嬢さん《ラス》……お互いに恥をかく」

「心配しないで」ガレットは微笑んだ。

ふたりで歩きながら、ランサムがガレットの腰に手をまわした。「クラーケンウェル・グリーンに来たことは？」

「あるけれど、ずいぶん前になるわね」ガレットは緑の丘に立つ、塔と尖塔《せんとう》がそれぞれひとつずつの小さな教会のほうにうなずきかけた。「あれはセント・ジェームズ教会？」

「ああ《アィ》。そしてあそこにあるのがキャノンベリー・ハウス。はるか昔のロンドン市長が娘のエリザベスと住んでいた場所だ」ランサムは遠くの屋敷を指さした。「娘が若きコンプトン卿と恋仲になったのを知ると、市長は結婚を禁じて娘を塔に閉じこめた。しかしコンプトン卿は塔に忍びこんでエリザベスをパン屋のバスケットに隠して運びだし、その後めでたく結婚した」

「パン屋のバスケットに人が入るの？」ガレットはいぶかしんだ。

「当時のパン屋のバスケットは男が背負うぐらい大きかったらしい」

「そうだとしても想像できないわ」

「エリザベスがきみみたいな体つきなら問題はない」ランサムはほっそりしたガレットの体

へ目を走らせてから言い添えた。「きみならポケットにでも入る」

ガレットはからかわれるのに慣れておらず、笑いをもらして頬を薄紅色に染めた。

露店と手押し車のあいだを縫って進むふたりのまわりでさまざまな訛りが飛び交う。アイルランド訛りにウェールズ訛り、イタリア訛り、フランス訛り。店主や行商人の多くがランサムと顔見知りで、軽口を交わし、挨拶代わりの悪態をぶつけあう。〝そいつは口八丁手八丁の悪たれだぞ〟とか〝顔がいいだけのならず者だ〟と冗談まじりにガレットに忠告する人はひとりやふたりではなかった。そんな手のかかる若造に言うことを聞かせるにはこうするんだと、みんなが山ほど助言してきた。

露店で売られている料理の豊富さには圧倒された。衣をつけて揚げたハドック、塩漬けの豚肉がどっさり入った豆のスープ、バターをのせた熱々のジャガイモ、殻付きの焼きガキ、ツブ貝の酢漬け、広くて浅い容器に盛られた卵大の脂肪《スエット》の茹で団子《ダンプリング》。ミートパイは食べ歩きしやすいように半月形になっていた。トロッターと呼ばれるサンドイッチには、真っ赤な豚肉のソーセージとボローニャソーセージを乾燥させたもの、塩漬けの牛タン、それに霜降りのハムの薄切りがはさまれている。

さらに奥へ進むと今度は甘いものの店だ。プディング、焼き菓子、砂糖で太い十字が描かれた丸パン、レモンケーキ、アイシングのかかったジンジャーブレッドナッツ。タルトはスグリにグーズベリー、ルバーブ、サクランボと四種類もある。

ランサムは店から店へとガレットを案内し、彼女の興味を引いたものはなんでも買ってくれた。熱々のグリーンピースとベーコンを、紙を円錐《えんすい》に丸めた中へ入れたもの。プラム入りの小さな焼き菓子。ストゥファータと呼ばれる香辛料のきいたイタリアの子牛のシチューは、ひと口でいいから味見するようランサムに促されて、ガレットはあまりのおいしさにぺろりと平らげてしまった。けれどもくねくねした白いものがソースに浸《つ》かっているスパゲッティと呼ばれる食べ物は、なんと言われても食指が動かなかった。

「いいえ、わたしは結構」ガレットは警戒心もあらわに言った。

「マカロニと同じようなものだ」ランサムは粘った。「穴を開ける代わりに紐状にしてあるだけだ」

ガレットは見慣れない食べ物に尻ごみした。「回虫にそっくりだわ」

「回虫じゃない。小麦粉と卵でできているんだ。ひと口食べてごらん」

「無理よ。本当に無理」ランサムがそれをフォークの先に巻きつけるのを見つめるうち、ガレットは蒼白《そうはく》になった。「ああ、お願い、わたしの前では食べないで」

ランサムが笑いだす。「きみはそんなに腰抜けだったのか？　医師なのに？」

「どこかへやってちょうだい」ガレットは懇願した。

ランサムは困ったように笑ってかぶりを振った。「ここで待っていてくれ」店のそばに立っていた男の子ふたりにブリキの皿を渡したあと、何か別のものを買っている。戻ってくると、茶色いガラス瓶に入った飲み物を差しだした。

「ジンジャービール？」

「ブラケット・ロッソだ」

おずおずと飲んでみたガレットは、赤ワインの甘い口あたりに小さな賛嘆の声をあげた。瓶から飲みながら、広場中央にできた人垣に沿ってふたりで歩いた。「みんな何を待っているの?」

「すぐにわかる」ランサムはガレットを西側へといざなった。そばには古代建築風の切り妻が巨大な円柱に支えられた四季裁判所がそびえている。

「女学校時代の校長のミス・プリムローズにこんなところを見られたら大目玉だわ」ガレットは小さく笑った。「食べ歩きは育ちの悪さの証拠だとよく言われたものよ」

「学校はどこへ行ったんだい?」

「ハイゲートよ。実験的な寄宿学校で、おばのマリアが学費を出してくれたの。数学にラテン語に科学と、女子にも男子と同じ教科を学ばせるのよ」

「つまりそれがきみの問題の始まりか」ランサムが言った。「女子に科学はわからないと誰もきみに言わなかったんだな」

ガレットは笑った。「実際には、父方の親戚はみんな口をそろえてそう言ったわ。そんな学校へ送りこむなんてと大騒ぎだった。祖母なんか、学問は女の頭に深刻な負荷をかけるから、心身ともに病んで一生治らないと断言したんだから。しかも将来わたしのおなかから生まれる子どもたちまでおかしくなるって! だけどおばは頑として譲らなかった。おばには感謝してもしきれないわ。最後は父も折れたの。一〇歳になったわたしを父が持て余していたのが一番の理由ね」

四季裁判所にたどり着くと、ランサムは太い円柱と石造りの階段のあいだへガレットを引き寄せた。ひんやりとした暗がりは少し湿っぽく、石と錆《さび》のにおいがした。ランサムは鞄と杖をおろしてから、ガレットを振り返った。まっすぐなまなざしは好奇心をたたえている。「寄宿学校は好きだったかい？」

「ええ。本物の教育を受けられるのがうれしかった。人生が変わったわ」ガレットは階段の壁にもたれかかり、ワインをもうひと口飲んだ。思い出にふけりながら続ける。「もちろん寄宿舎での生活は家族と暮らすのとは違っていた。生徒が教師になつくのはよしとされなかったわ。生徒は悲しいことやつらいことがあったら、それを自分の胸にしまって忙しくするよう努めるの。ミス・プリムローズは生徒に忍耐と自立を学ばせようとしたわ」唇をそっと噛む。「ときどき思うのよ……わたしはその教えに忠実すぎたのかしらと」

「どうして？」ランサムが壁に肩をつけてガレットを見おろした。大きな体が彼女を包みこむようだ。

ガレットはひとりでしゃべりすぎたことに気づいた。「わたしの子ども時代の話なんてつまらないわね。話題を変えましょう。あなたは――」

「きみの話は面白い」ランサムがさえぎった。低い声はベルベットのようになめらかだ。

「言いかけたことの続きを話してくれ」

ガレットは神経をなだめるためにもう一度ワインを飲んだ。「わたしは……他人を近づけないところがあるの。レディ・ヘレンのように仲のいい友だちにさえ、相手が驚いたり、困惑したりすることがわかっている話は言いだせない。自分の仕事が仕事だから、人と距離を置くのが習い性となっているし……早くに母を亡くしたせいで……人と親しくなることができないみたい」

「単に習慣というだけだ」街灯の明かりが、ランサムの瞳の奥からサファイア色の輝きを引きだす。「いつの日かきみも心を許せるくらい誰かを信頼するだろう。そうなれば気持ちを押し隠すこともなくなる」

四季裁判所前の舗道沿いを歩く少女の声に、ふたりは会話をさえぎられた。「花、花だよ！新鮮な切り花だよ！」少女が立ちどまった。「レディへの花束はいかがですか？」

ランサムが振り返った。少女は色とりどりのスカーフを長い髪に巻き、黒いドレスの上に端切れを縫いあわせたエプロンをつけている。手にしたバスケットは茎をリボンで結んだ小さな花束でいっぱいだ。

「結構よ――」ガレットは断ろうとしたが、ランサムがそれを無視してバラにスイセン、スミレ、ワスレナグサ、ナデシコの小さな花束を見まわした。

「いくらだ？」少女に尋ねた。

「一ファージングです」

ランサムがガレットへ首をめぐらせる。「スミレは好きかい？」

「ええ」ガレットはためらいながら言った。

ランサムは花売りの少女に六ペンスやり、花束をひとつ手に取った。

「ありがとう！」少女は客の気が変わったら大変とばかりに小走りで去っていった。

ランサムは紫色の花束を手にガレットへ向き直った。彼女の上着の襟に手を伸ばし、リボンが結ばれた茎をボタンホールへ器用に挿す。

「スミレからはすぐれた血液浄化薬が作れるわ」ガレットは沈黙を埋めたい一心で、ぎこちなく説明した。「咳や熱の治療にも使えるのよ」

ランサムの頰につかの間、えくぼが現れた。「それに緑色の瞳の女性によく似合う」

ガレットは花束を見おろし、やわらかな花びらに触れた。「ありがとう」彼女はささやいた。「男性から花をもらうのは初めてよ」

ランサムのまなざしが彼女の顔を探る。「きみは男たちをそれほど怖がらせているのか？」

「ええ、わたしは恐ろしいの」ガレットはいたずらっぽい笑い声をあげた。「自立しているし、頑固だし、人に指図するのが大好き。女性的な細やかさに欠けるのよ。わたしの職業は男性を不快にするか、怖がらせるか。ときにはその両方ね」肩をすくめて笑う。「だからタンポポ一本もらったことがないわ。でも自分の選んだ生き方をするだけの価値はあった」

ランサムは彼女に見入っていた。「きみは女王だ」静かに言う。「世界の果てまで旅しようと、きみの半分でも気概のある女性は見つからないだろう」

ガレットは膝がゼリーになったかのようだった。溶けてゆく脳の片隅で、体がほてって心地よく、自分が饒舌《じょうぜつ》になっている理由に思いあたった。眉間にしわを寄せてワインの瓶を持ちあげ、うさんくさそうに見つめる。

「飲みすぎてしまったわ」ランサムに瓶を返した。「少し酔ったかもしれない」

ランサムが眉をあげる。「それぐらいじゃ、野ネズミだって酔いはしない」

「ワインだけではないの。今日の午後、ドクター・ハヴロックがウイスキーで誕生日を祝ってくれたから。判断力がこれ以上鈍ると困るわ」

「どうして？」

理由を探したが見つからず、ガレットは沈黙した。

ランサムは暗がりの奥へガレットを引き寄せた。その手が彼女の頭を自分の肩へそっと押す。ベストのしなやかな革がガレットの顔に触れた。ランサムが優しくガレットの頬を撫でた。小鳥の羽か、ちぎれやすいケシの花びらを撫でるように。彼の指にはスミレの甘い芳香がまとわりついている。ガレットはぼんやりと思った。スミレの香りは今後、永遠にわたしの胸にこのひとときをよみがえらせるだろう。

「きみはひとりで責任を負うことに慣れきっている」ランサムが小声で言った。「一日じゅう休みなく。よろめいても、抱きとめてくれる相手なしに」彼の声が耳に絡みつき、ぞくりと震えが走った。「だが今夜はぼくが休みを与えよう。足がふらついたら、ぼくが支える。飲みたければ、もっとワインを飲めばいい。あとで音楽とダンスもある。きみの髪に似合うリボンを買って、深夜にワルツを踊ろう。どう思う？」

「愚かな男女に見えるでしょうね」そう言いながらも、ガレットはランサムのたくましさとぬくもりに包まれて肩の力を抜いた。骨がなくなったみたいに、彼の硬い体へ寄りかかる。なめらかなぬくもりがこめかみをかすめ、ガレットの腕とうなじの産毛が逆立った。初めは息をするたびに胸と胸がぶつかっていたのが、いつしか呼吸が重なりあって動きがひとつになる。近くで睦《むつ》みあう数組の男女がこっそり口づけを交わすのを頭のどこかで意識した。これまでは街中で臆面もなく戯れる人たちの気が知れないと思ってきた。だけど今は違う。暗がりに隠れているのは恐ろしいものばかりとは限らない。暗がりはささやかな魔法をかけられる場所でもある。

街灯の明かりが落とされ、ショーウィンドウや酒場の明かりが次々と消えていく。どこか近くで女性が歌っていた——大道芸人がゲール語のバラッドを歌っているのだろう。風にのって繊細な旋律を紡ぐしなやかな声が、聴く者の耳に砕けた心の破片を注ぎこむ。

「なんて歌かしら？」ガレットは尋ねた。

「《ドーナル・オグ》。母が好きだった歌だ」

「どんな歌詞なの？」

ランサムは返事をためらうかに見えた。長い沈黙のあと、ガレットの耳元で静かに訳しはじめる。「石炭みたいに真っ黒な悲しみがわたしを取り囲む。あなたは未来と過去をわたしから奪い去り、東と西をわたしから取りあげた。あなたはわたしの空から盗んでいった。太陽と月と星たちを。わたしの思い違いでないのなら、神さえも」

ガレットは心を揺さぶられて何も言えなかった。

イーサン・ランサムは今のガレットの暮らしには決してなじまないし、彼女の暮らしがこれからどんな形を取ろうともなじむことはないだろう。ランサムは異質な、つかの間のまぶしい存在。夜空を駆け抜けて摩擦で身を燃やす流れ星だ。

けれどもガレットはランサムが欲しかった。彼を求めるあまり、混乱した考えがまっとうな計画に思えてくる。

広場に集まる群衆が今か今かとざわめいていた。ランサムはガレットが抗議の声をあげるのを無視して、彼女の体をそっと反転させようとした。

「振り返って見てごらん」

「何を見るの？」ガレットはこのまま彼にもたれていたかった。ランサムはガレットを後ろ向きにさせ、彼女の背中を引き寄せて腰に腕をまわした。一分と経《た》たないうちに耳をつんざく長い飛翔音《ひしょう》が空を切り、爆発音とともに青い火花が夜空に飛び散った。思わず身じろぎするガレットをランサムが抱きすくめる。小さな笑い声が彼女の耳をくすぐった。

ロンドン中心部の空に三〇発を超える花火が次々に打ちあげられた。歓声があがる中、さまざまな花火が夜空を彩る。火の渦がらせん状に巻きあがる花火、火花が羽のように尾を引く花火、色とりどりの星が降り注ぐ花火。広場の人波の上で妖精みたいに光が躍った。

ガレットはランサムにもたれ、彼の肩に頭をのせた。胸を占める感情は喜びと驚きのあいだで揺れていて、見る角度で色の変わる玉虫織りのシルク地のようだ。これは現実なのだろうか？　自分は安全なわが家のベッドにいる代わりに深夜の街中にいて、スミレと焦げたりンのかすかなにおいのする夜気を吸いこみ、男性の腕に包まれて花火を見物している。

幾重もの服越しでも、弾力のあるたくましい体が、ガレットがかすかに体を動かすたびにランサムの筋肉も動いて彼女を受け入れるのが感じ取れた。ランサムが頭の位置をさげていき、やわらかな熱い唇がガレットの首の横に押しあてられるのがわかった。

ハープの弦をつまびくように、繊細でいてはっきりとした震えがガレットの体を駆け抜ける。ランサムの口は敏感な場所を探りあて、甘美な愛撫を施しながら、そこにとどまった。実用本位のブーツの中でガレットはつま先を丸めた。ガレットが逆らわないでいると、ランサムの唇はさらに下へと滑り、夜になって伸びた髭がやわらかな肌をかすめた。彼がもう一度キスをする。時間をかけて丹念に、まるでガレットの乱れた鼓動をなだめるかのように。いくつもの熱いものが背筋を走りおり、体じゅうのやわらかな部分へ飛び散る。手のひらと膝の裏に汗が浮かび、ふいに腿のあいだの恥ずかしい場所が目覚めて熱を持った。

首の横をついばみながらおりていくランサムの唇に、ガレットはあらゆる感覚を奪われていった。心臓が打つたびに炎を血管へ送りこむ。両脚はくずおれてしまいそうだが、ランサムの腕が彼女を支えてくれていた。ガレットは身をこわばらせ、わななき、声を嚙み殺した。やがてランサムは頭をもたげると、片手をガレットの喉へ向かわせた。指先が軽やかに探索し、彼女の素肌に熱気と冷気の震えを織りなしていく。

最後の花火が夜空をゆっくり落ちていくのをガレットはおぼろげに意識した。群衆は散り散りになり、露店へ戻る者たちもいれば、楽団が演奏を始めた広場中央に集まる者たちもいる。ランサムは四季裁判所正面の奥まった薄闇でガレットを抱いたままでいた。人々が手を叩き、ダンスをするさまをふたりで眺める。父親や母親は子どもたちを肩車し、年配女性たちの輪は懐かしい歌を口ずさむ。年配男性たちはパイプをくゆらせ、子どもたちはいたずらをしようと走りまわる。

ランサムがガレットの髪に頬を寄せてささやいた。「政治家や貴族には、ぼくたちはみんな同じに見えるだろう。労働者は知性も魂もない荷役用の動物だと連中は思っている。苦労の連続で心がすり減っていて、人を亡くす苦しみも感じないだろうと。だが労働者ひとりひとりの胸には感情も誇りもある、それは貴族連中となんら変わりない。民衆は駒ではないんだ。捨て駒にされていい人間はひとりもいない」

「捨て駒にされるって、誰に？」

「自身の権力と利益しか眼中にない身勝手なやつらにだ」

ガレットはつかの間、黙りこんだ。〝身勝手なやつら〟とはランサムの雇い主のことだろうか。アイルランド自治に反対する国会議員を指しているのかもしれない。アイルランド問題に関して、ランサムはどちらの立場に立っているのだろう？　ギルドホール爆破を企てた秘密結社に共感しているのだろうか？　罪のない人々を巻きこむ陰謀に彼が荷担しているとは信じがたい。今の言葉のあとではなおさらだ。けれども心が乱れていて、ランサムの本当の姿を客観視できなくなっていることも否定できない。

ガレットは彼に向き直った。ランサムの本当の姿を知りたいのかどうかわからずに気持ちが揺れている。だが臆病になるのはやめなさいと自分を叱責し、彼の目をまっすぐ見つめた。

「アイアタン……」ランサムの手にわずかに力が入るのがわかった。「噂を耳にしたの。あなたとあなたの仕事について。何を信じればいいのかわたしにはわからない。だけど――」

「質問はなしだ」ランサムがガレットから手を離しておろす。「ぼくがなんと返事をしようと、それを信じるのは愚か者だ」

「わたしに嘘をつくというの？」

「ぼくは誰にでも嘘をつく」

「それでもギルドホールで祝賀会が開かれた夜のことはどうしても訊いておきたいわ。亡くなった男性のことだけれど……あなたは彼の死に何かかかわりがあるの？」

ランサムがガレットの唇に指先で触れて言葉を封じようとする。

「真実を知ったらわたしはあなたを見直す？　それとも見そこなう？」彼女は食いさがった。

「どちらだろうと関係ない。明日にはぼくたちは赤の他人に戻る。今夜という時間がなかったかのように」

その声は、ふたりの関係は終わりだとはっきり告げていた。

これまでガレットの頭と心が衝突したとき、勝つのはいつでも頭だった。けれども今回、彼女の心は精いっぱい奮闘した。過去の経験のどれとも違う関係が始まりかけたばかりのときに、いきなり終わらせることはとうてい受け入れられない。

「それは無理だと思うわ」ガレットは言った。

「お互いわかっているはずだ。ぼくはきみのような女性にはふさわしくない」ランサムが静かに言った。「きみはいずれ立派な夫を持つだろう。暖炉の前で子どもたちと戯れ、日曜には家族を連れて教会へ行く、優しい心を持った夫を」

「夫くらい自分で選ばせてほしいわ」ガレットは言い返した。「もし夫を持つなら、軟弱な相手は絶対に選ばない」

「優しさと軟弱さは別のものだ。女性に優しくなれるのは強い男だけだ」

ガレットは手を払ってランサムの言葉を退けた。頭の中でいくつもの考えがぶつかりあっているときに教訓は聞きたくない。「わたしは子どもを持つつもりはないわ。仕事があるんだもの。母親業ばかりが女の務めではないのよ」

ランサムは小首をかしげてガレットを見つめた。「男の医師は家庭を持つことができる。なぜきみには無理だと決めつける？」

「それは……いいえ、話をそらさないで。わたしはあなたと話をしたいの」

「話しているだろう？」

じれったさと欲望がないまぜになって、ガレットは向こう見ずな気分になった。「こんなところでする話じゃないわ。どこかふたりきりになれる場所へ行きましょう。間借りしている部屋はないの？　アパートメントは？」

「ぼくの住んでいるところへ連れていくわけにはいかない」

「どうして？　危険な場所なの？」

なぜかランサムは返事をするのに時間をかけた。「ああ。きみにとっては」

薄闇の中で素肌がどこもかしこも熱を帯びる。目に見えない跡をつけられたかのように彼の唇がまだ喉に感じられた。「わたしは気にしないわ」

「気にするべきだ」

ガレットは黙りこんだ。空気が張りつめ、酸素が取り除かれたかのように希薄に感じた。今夜は人生で一番幸せな夜のひとつとなった。どこからともなく彼女の手の中へ落ちてきた贈り物。自分の幸せについてこれまでは考えたこともなかった。目標に向かって働くのに忙しすぎた。

ハンサムな謎の男にころりとまいってしまう結婚適齢期を過ぎた寂しい女なんて、よくある話だ。とはいえ時とともにイーサン・ランサムの危険な魅力は色あせ、いずれはただの平凡な男に見えることだろう。ほかの男性と少しも変わらない普通の男に。

けれども影の落ちた彼の顔を見あげたとき、ガレットは思った。たとえランサムが普通の男であったとしても、わたしには彼が普通に見えることはこれからも決してない。

そして問いかける自分の声が聞こえた。「家まで送ってもらえる?」

7

昼であれ夜であれ、恐ろしい速さで走る馬車の中で言葉を交わすのは不可能だ。馬車は交通規則や物理法則など、はなから無視して車体を揺らし、傾け、道路から車輪を浮かせて勢いを落とすことなく角を曲がる。

もっとも、馬車に乗り慣れているガレット・ギブソンは顔色ひとつ変えなかった。座席の隅に腰を据え、通り過ぎる景色を平然と見つめている。

イーサンはガレットの感情を読むことができずに、その表情をちらりと盗み見た。ギルドホールで開かれた祝賀会について彼が質問に答えるのを拒むと、ガレットは黙りこんだ。彼女はようやく分別を取り戻し、イーサンにはかかわってはならないと理解したのだろう。それでいい。今後、ガレットはイーサンを近づけないようにするはずだ。

今夜、明らかになったことがひとつあるとすれば、それは彼にとってガレットは大きな危険になりうるということだ。彼女のそばにいると自分が自分でなくなる……いや、本来の自分になるのが問題なのだろうか。どちらにせよ、最も冷静であるべきときに、ガレットがいると仕事に対して迷いが生じる。

〝生きつづける秘訣《ひけつ》は〟イーサンはジェンキンのもとで働く仲間のひとり、ウィリアム・ギャンブルに一度言われたことがあった。〝いっさいを顧みないことだ〟

それは正しい。何かを気にかけるようになれば、一瞬で判断をくださなければならないとき、選択にぶれが生じる。右へかわすか、左へかわすかといったささいなことでさえも迷うようになるだろう。この仕事は自分の命を惜しむようになればおしまいだ。今までは自分の将来を達観していた。運が尽きればそれまでだと。

ところが近頃のイーサンは冷静さを見失っていた。求めるべきではないとわかっていることを、気づくと求めてしまっている。今夜、彼は恋に憂き身をやつす愚か者のように必死になってガレット・ギブソンの気を引こうとした。彼女が呼び子を吹くなり、訓練された牧羊犬のごとく飛んでいった。ガレットを連れて街をそぞろ歩き、花火を眺めるあいだ、両手は彼女の体の上をさまよっていた。あんな大胆なふるまいに出るなど、正気の沙汰ではない。

だがガレットのような女性のそばで、どうすれば正気を保っていられるだろう? ガレットは五月の朝のごとくイーサンを魅了した。品行方正でありながら型破り。世慣れているのに純真。あのレディ然とした涼やかな声で〝不随意の勃起〟と言われると、それだけで達しそうになる。

ガレットを求めるあまり、胸がよじれる。ベッドに横たわる彼女に覆いかぶさるさまを想像すると……体がわなわなと震えた。威厳を失うまいとするガレットから少しずつそれをはぎ取り、足の指のあいだにキスをして、膝の裏のやわらかなくぼみに――。

いいかげんにしろ。イーサンは顔をゆがめて自分を叱責した。ガレットは彼のものではない。そうなることは永遠にないのだ。

馬車は同じ外観をしたジョージ王朝様式のテラスハウスが立ち並ぶ地区に近づいた。中流階級向けの整然とした住宅街で、石畳の歩道があり、まばらに植えられている木々は風雨にさらされてくたびれた風情だ。馬車はガタガタと音をたてて真紅の煉瓦造りの家の前で停まった。手すりのついた地下の入口は使用人と配達人用のものだろう。上階の一室には煌々《こうこう》と明かりがともされ、開け放たれた窓から男たちの声が流れてきた。三人……いや、四人か。

イーサンは往診鞄と杖を持って馬車から降り、ガレットに手を差し伸べた。ガレットに手助けは不要だが、彼女はその手を取ると、コルセットでさえ拘束できない軽やかさで降り立った。

「ここで待っていてくれ」イーサンは御者に言った。「玄関まで送ったら戻ってくる」

「待ってる分の代金もちょうだいしますよ」御者が釘を刺し、イーサンは短くうなずいた。

ガレットがイーサンを見あげる。澄んだまなざしはまじめそのもので、突きだされた唇や流し目より一〇〇〇倍も蠱惑《こわく》的だ。イーサンはこれほどまっすぐに見つめてくる女性に会ったことがなかった。「一緒に中へ入って、ミスター・ランサム」

運命の歯車がきしみをあげて停止した。歩み去るべきなのはわかっている。いや、今すぐ全力疾走でここを離れるべきだ。それなのにイーサンは躊躇《ちゅうちょ》した。

「先客がいるだろう」重い口調で言い、上階の窓へ視線を向けた。

「あれは毎週集まる父のドロー・ポーカー仲間よ。たいてい深夜まで上の部屋にいるわ。一階がわたしの診察室になっているの。そこなら邪魔されずに話ができるわ」

イーサンは逡巡《しゅんじゅん》した。それが今は、父親やその友人たちがいる彼女の家へ入ろうかどうかと迷っている。いったいなぜこんなことになった？

「大切な人《アクーシュラ》」イーサンはうめくように言った。「中へ入るわけには――」

「手術室と小さな実験室もあるの」ガレットが何気ない口調で続けた。

実験室と聞いてイーサンは興味を引かれた。「そこには何があるんだ？」思わず尋ねた。「ラットやウサギか？　バクテリアを入れたシャーレか？」

「残念だけれど」ガレットの唇が弧を描く。「実験室の用途は薬剤の調合と器具の殺菌よ。それに顕微鏡でスライドガラスを見るためね」

「顕微鏡があるのか？」

「最新式の医療用顕微鏡で」ガレットは説明した。「接眼レンズはふたつ、ドイツ製よ。ひずみを修正する色消し集光レンズ付き」イーサンの表情を見て微笑む。「見せてあげるわ。一〇〇倍に拡大した蝶《ちょう》の翅《はね》を見たことはある？」

御者はふたりの会話にちゃっかり聞き耳を立てていた。「おい、兄ちゃん、ぼんくらじゃないんだろ？」御者台からイーサンにはっぱをかけた。「突っ立ってないで、レディと一緒に中へ入りな！」

イーサンは御者をにらんだあと、硬貨を渡して帰らせた。ガレットのあとに続いて玄関前へ行く。「長居はしない」ぼそりと言った。「それに誰かに引きあわせようとするのはやめてくれ」

「ええ。だけどわが家のメイドと顔を合わせるのは避けられないわね」

ガレットが上着のポケットから鍵を取りだす。イーサンは玄関のドアをしげしげと観察した。上部にかかっている真鍮の表札には〝ドクター・G・ギブソン〟と刻印されている。視線を下へ滑らせたイーサンは、ドアの取っ手の横にある鉄製の箱型錠を目にしてぎょっとした。これほど古いデザインにお目にかかるのは、監獄で錠前師の見習いをしていたとき以来だ。

「ちょっと待った」イーサンはガレットがドアを開ける前に制止した。往診鞄と杖をガレットに手渡してしゃがみこみ、顔をしかめてじっくりと調べる。旧式の錠前は、通りに面した出入口につけるには笑ってしまうほどお粗末だ。おそらくこの家が最初に建てられたときに設置されたものだろう。「これは旧式のウォード錠だ」彼はあきれ果てた声で言った。

「ええ。しっかりした頼りになる錠前よ」ガレットは満足げな声だ。

「これが頼りになるなんてとんでもない！　タンブラーさえない代物だ。これじゃ錠前がないのと変わらない」イーサンは信じられない思いで時代遅れの錠前をさらに調べた。「きみの父親はなぜこれを放置している？　元警官なら、これではまずいとわかるだろう」

「今までなんの問題もないのよ」

「それは運がよかっただけだ」これまでベッドで眠るガレットをロンドンじゅうの犯罪者から隔てるものが、がらくた同然の錠前ひとつだったのかと思うと、イーサンはぞっとして心臓が激しく打った。夜の街を徘徊《はいかい》するけだものから充分に身を守らなかった女性がどんな目に遭うか、彼はその目で見て知っていた。しかもガレットは名の知れた医師で、称賛と反感の両方を抱かれている。何者かが侵入しようと思えば、拍子抜けするほど簡単だっただろう。そして彼女を好きにしていたかもしれない。イーサンは考えるのも耐えられなかった。

ガレットは懐疑的な笑みを浮かべて立っている。彼の言葉を大げさだと思っているらしい。彼女に理解させようにも言葉が見つからない。イーサンはドアの前にかがみこんだまま、丸い形の平たいベルベットに蝶結びにしたリボンと小さな羽根飾りがついている、ガレットの帽子を身ぶりで示した。「それを貸してくれ」

ガレットは眉をあげた。「わたしの帽子を？」

「ハットピンだ」イーサンは手を伸ばして待った。

ガレットはキツネにつままれたような顔をして、帽子を頭に留めている、端に真鍮の小さなメダルがついた長いピンを引き抜いた。

イーサンは受け取ったピンを四五度の角度に折り曲げた。鍵穴に差し入れ、慣れた手つきでまわす。五秒後、カチャリと音をたてて錠が開いた。彼は急ごしらえの解錠工具を引き抜くと、立ちあがってガレットへ返した。

「わたしが鍵で開けるより、あなたがハットピンで開けるほうが速いんじゃないかしら」ガレットがかすかに眉根を寄せ、曲がったハットピンを見つめた。「ずいぶん器用なのね」

「問題はそこじゃない。今のはどんな不器用な泥棒にでもできる」

「そうなの？」ガレットは考えこんで唇をすぼめた。「新しい錠前に交換したほうがいい？」

「そうだ《アイ》。今世紀に製造されたものに替えてくれ！」

腹立たしいことに、ガレットは少しも心配している様子がない。目尻にしわを寄せる。

「わが家の安全を気遣ってくれるのはありがたいけれど、わたしの父は元巡査よ」

「引退した警官では門を飛び越えることもできないだろう」イーサンは憤然と言った。

「わたしだって自分の身を守ることぐらい――」

「そこまでだ」イーサンは殺気だった声で警告した。これ以上自信たっぷりにひと言でも聞かされたら、怒りを爆発させてしまう。自分の面倒は自分で見られるとか、これまでひとりでも平気だったとか、杖の扱い方なら心得ているからどんな相手も怖くないとかいった言葉はもう充分だ。「今すぐ錠前を替えるんだ。それにあの表札はドアから外してくれ」

「どうして？」

「きみの名前が記されている」

「だって医師は表札を掲げるものよ」ガレットが異議を唱えた。「表札がなければ、患者が訪ねてこられないわ」

「それならいっそ、ドアに宣伝文句を貼りつけたらどうだ？〝無防備な女性宅、薬剤取り放題〟と」イーサンはガレットが言い返すよりも先に続けた。「地下と一階の窓にどうして鉄格子をつけていない？」

「それは患者を呼びこもうとしているからよ。追い払うのではなくね」

イーサンは顎をさすってぶつぶつ言った。「つまりどこの誰ともわからない連中が出入りしているわけか。そいつらがどうふるまおうと止める者はいない。頭がどうかしたやつを中へ入れてしまったらどうするんだ？」

「頭がどうかした人にだって医療は必要でしょう」理屈は通っている。

イーサンはガレットをにらみつけた。「せめて窓に鍵はついているんだろうな？」

「ついているところもあったと思うけれど……」ガレットは言葉を濁した。イーサンが小声で悪態をつくのを聞いて、穏やかな声で請けあう。「何も心配することはないわ。王冠用の宝石がここに保管されているわけでもないし」

「きみという宝石がいる」イーサンはぶっきらぼうに言った。

ガレットが目を大きく見開いて、まばたきもせずに彼を見つめた。親密な空気が流れ、息苦しさが増す。

イーサンは大人になってから、誰にも本心を見せたことはなかった。ジェンキンにさえ。ところがガレット・ギブソンの家の玄関先にたたずみ、探るようなまなざしで見つめられると、彼女には何ひとつ隠せないのだと実感した。ガレットの目には何もかも見透かされる。

くそっ、なんてことだ。

「中へ入って」ガレットが静かに言った。

イーサンはガレットのあとに続いた。自分はほかに何を言い、何をするのだろうか。ドアを閉めたあとは帽子を握ってその場に立ちつくし、ガレットが指先を引っ張って手袋を取るさまに見とれた。染色されたなめし革の中から美しい手が現れる。ほっそりとした上品で精巧な指は、時計職人の工具を連想させた。

誰かが近づいてくる足音が地階から聞こえた。現れたのはキャップをかぶって白いエプロンをつけた女性で、豊満な胸にふくよかな体つき、頰は紅潮し、茶色の目は生き生きしている。「おかえりなさいませ、お嬢様」女性はガレットの手袋と帽子を受け取った。イーサンのほうへ向けられた目が丸くなる。彼女は息をのんでお辞儀をした。「帽子をお預かりしましょうか？」

イーサンは首を振った。「すぐに帰る」

「この方は患者さんよ」ガレットはメイドに言うと、スミレの花束をボタンホールから抜き取り、上着を手渡した。「診察のために来てもらったの。診察中は誰も中に入れないようにして」

「診察って、なんのです？」メイドがいたずらっぽく言った。イーサンの頭のてっぺんからつま先まで見おろし、ふたたび視線をあげる。「どこも悪いようには見えませんけど」

ガレットは眉をひそめた。「患者さんの外見についてあれこれ言うのは失礼だとわかっているはずよ」

メイドがガレットの耳元へ口を寄せ、小声で言った。「この今にもぽっくり逝きそうなよろよろの病人に対して、お嬢様にできることがあればいいですけどって言おうとしたんですよ」

「そこまでにしてちょうだい、イライザ」ガレットはぴしゃりと言った。「さがって結構よ」

メイドの図々しさに、イーサンは床を見つめて笑いを噛み殺した。

イライザが地階へ戻ると、ガレットはばつが悪そうに言った。「いつもはあんなに無作法ではないのよ。いいえ、今のは嘘だわ。わが家のメイドは無作法なの」玄関右手にある待合室へイーサンを通す。「ここは患者さんとご家族に待ってもらう部屋よ」

ガレットが窓の鎧戸《よろいど》を閉めるあいだ、イーサンは広い室内をゆっくり見てまわった。家具は低い長椅子が一脚、布張りの肘掛け椅子が二脚、それに小ぶりのテーブルがふたつだ。暖炉の炉棚は白く塗られている。書き物机がひとつ、そして田園風景を描いた明るい絵画が一枚。どこにも埃《ほこり》ひとつついておらず、木工品はつややかに磨かれていて、窓のガラスはピカピカだ。たいていの家は家具で床が埋めつくされ、壁には柄物の壁紙が貼られて息苦しく感じるものだが、この場所は静かで気持ちが落ち着いた。イーサンは絵画をそばで見ようと近寄った。太った白いガチョウが一列になって農家の戸口の前を行進している光景だ。

「いつか本物の絵を購入したいと願っているの」ガレットがイーサンの隣へ来て言った。「それまではこれで我慢よ」

イーサンの視線は絵の隅に記された小さな頭文字に引き寄せられた。〝G・G〟彼の顔にゆっくりと笑みが広がる。「この絵はきみが描いたのか？」

「寄宿学校の美術の授業で」ガレットは認めた。「素描の腕は悪くなかったけれど、色を塗るとなると、まともに描けるのはガチョウだけだったわ。一度はアヒルにも挑戦したのよ。でも先生の評価がさがったから、結局ガチョウに戻ったの」

長い三つ編みを垂らした勤勉な女学生を想像し、イーサンは微笑んだ。ピンできちんとまとめられた豊かな髪の上を球形ガラスのテーブルスタンドが放つ明かりがよぎり、ガレットの髪から赤と黄金色の輝きを引きだす。ガレットのような肌は見たことがない。すべすべとなめらかで、庭園に咲き誇るバラのように淡く色づいている。

「そもそもガチョウを描こうと考えた理由は？」イーサンは尋ねた。

「学校の向かいの池にガチョウが棲《す》みついていたの」ガレットは遠い目をして絵を眺めた。「ミス・プリムローズが窓から双眼鏡で観察しているのを見かけることがたびたびあったわ。ある日、思いきってガチョウの何がそれほど面白いのかと訊いたら、ガチョウは人間と同じように愛情や悲しみを抱くことができるのだと教えてくれた。ガチョウは生涯同じ相手と添い遂げて、もし雌が怪我をしたら、雄は群れが南を目指して飛び立っても雌と一緒に残る。つがいの片方が死んだら、残されたほうは食欲を失い、群れを去って悲しみに浸ると」細い肩をすくめる。「その話を聞いてから、ガチョウが好きになったわ」

「ぼくもだ」イーサンは言った。「中に栗を詰めてローストしたやつは特に大好きだ」

ガレットが笑った。「わが家では鳥料理をおろそかに扱うのは禁物よ」警告し、指でイーサンを招く。「手術室を案内するわ」

ふたりは家の裏手にある部屋に入った。さまざまなにおいが鼻を刺激する。石炭酸、アルコール、ベンゼン、そして彼には特定できないそのほかの薬品。ガレットはガスランプに次々と火をともした。まぶしい光が傾斜した床やガラス張りの壁から影を追い払い、頭上の反射板にあたって跳ね返る。部屋の中央には手術台が据えられていた。隅にある金属製のスタンドから可動式の反射鏡がいくつも延びていて、さながら機械仕掛けのタコといった体だ。

「わたしはジョゼフ・リスター卿が開発した方法を用いているの」ガレットが誇らしげに室内を見まわして言った。「パリ大学で講義を受けて、彼が執刀した手術で何度か助手を務めたわ。ジョゼフ・リスター卿の手術法は、傷の化膿《かのう》の原因は体内に侵入して増殖する雑菌のせいだとする、細菌学者のパスツールの学説に基づいているの。ここの手術器具と消耗品は常時殺菌されていて、患者の傷は消毒液で洗ってから清潔なガーゼで覆われる。これらの処置のおかげで患者が助かる確率がぐんとあがるわ」

ときに悲劇的な結末を迎えるのがわかっていながらも、ガレットは人の生死にかかわる責任を自ら背負っているのだ。「きみは仕事の重圧とどうやって折り合いをつけているんだ?」イーサンは静かに問いかけた。

「人は慣れるものよ。危機感と緊張感があるからこそ、自分の限界を超えられるときもあるわ」

「それはわかるな」彼は小声で言った。

「ええ……あなたならわかるでしょうね」

ふたりの視線がぶつかり、あたたかいものがイーサンの体に流れこむ。ガレットはなんと美しいのだろう。高い頬骨が顎の線の力強さにしっくりと調和している。蠱惑的な口がやわらかな弧を描いた。「ドクター」彼は振り絞るように声を出した。「ぼくはそろそろ失礼——」

「あそこが実験室よ」ガレットがさえぎった。部屋の別の場所へ歩いていき、間仕切りを折りたたむ。新たなガスランプをともすと、温水と冷水の出る炻器《せっき》の流しに、燃焼皿がついた銅製の乾燥器、金属製のテーブル、大理石の天板が照らしだされた。棚には蓋付きの容器に皿、フラスコ、ほかにも複雑な器具が整然と並んでいる。

ガレットが流しへと向かって水を出した。イーサンは半ば足を引きずるようにしぶしぶ彼女の横へ行った。ガレットは試験管に水を入れ、イーサンからもらったスミレの花束を活けた。木製のラックに試験管を立てたあと、紫檀の箱から顕微鏡を取りだしてランプのかたわらに置く。「使ったことはある？」

「一度。フリート・ストリートの薬剤師が持っていたのを見せてもらった」

「なんのために？」

「証拠を調べるためだ」イーサンは小さな鏡とレンズを調整するガレットを眺めた。「当時はまだK管区所属で、未解決の殺人事件を見直していた。ある男が折りたたみ式の剃刀《かみそり》で自殺し、剃刀は遺体のすぐそばで見つかった。だが、剃刀はほとんど閉じていたんだ。自分の喉をかき切ったあとに刃を閉じようとするのはおかしい」

イーサンはすぐさま言ったことを後悔した。女性に話すにはまるでふさわしくない内容だ。

「傷の深さはどれほどだったの？」意外にもガレットは質問してきた。

「頸動脈と頸静脈の両方が切断されていた」

「では即死ね」ガレットは言った。「自殺なら、剃刀を閉じている暇はないわ」

女性を相手にこんな議論ができるとは新鮮だ。「第一容疑者は義理の弟だった」イーサンは説明した。「この男には動機も機会もあった。被害者が殺されてから数時間のうちに、容疑者はコートの袖に血がついているのを目撃されていた。その日の午後、肉屋に立ち寄ったときに袖がカウンターをかすめたんだとそいつは主張した。血痕が動物のものか人間のものかを証明するすべはない。この事件は棚上げにされ、証拠は署に保管された。ぼくは捜査資料を読んだあと、証拠の剃刀と血痕のついた生地を薬剤師のところへ持っていって、顕微鏡で調べさせた。すると剃刀の裏のギザギザした部分に二種類の物質が絡まっているのが見つかった。うちひとつは服の繊維で、青いウールのコートと完全に一致した」

「もうひとつは？」

「白いプードルの毛だった。義理の弟はまさにその種類の犬を飼っていると判明したんだ。犬の毛はコートに付着していたのが凶器へと移動したんだろう。尋問されて男は観念し、犯行を認めたよ」

「科学的分析法を捜査に取り入れたのはお見事ね」

イーサンは肩をすくめた。彼女の賛嘆のまなざしに喜びがわきあがるのを隠そうとする。

「あなたは興味を持つんじゃないかしら。今では動物と人間の血を区別する方法が存在するのよ」ガレットが言った。「鳥や魚、爬虫類《はちゅう》の血球は楕円形《だえん》だけれど、人間を含む哺乳類のものは円形なの。それに加えて、人間の血球はたいていの生き物のそれより直径が長いわ」

「なぜ血球のことにそんなに詳しいんだ？」

「学べることはすべて学ぼうとしているからよ」ガレットの表情が翳った。「父は血液の病気を患っているの」

「深刻なのか？」イーサンは静かに問いかけた。

彼女はかすかにうなずいた。

ガレットを待ち受ける悲しみを理解し、遠くない未来の別れが心の片隅に常にあることを知り、イーサンは彼女へ手を伸ばしかけた。ガレットを抱きしめ、つらいときにはそばにいると約束してやりたい。だがそんな自分が腹立たしく、全身の筋肉が張りつめるのを感じた。

階段をおりてくる荒い足音がして、ふたりは手術室の閉ざされたドアへ目をやった。玄関広間にいくつもの声が響く。ガレットの父親とカード遊びをしていた客が帰るところらしい。

「イライザ」ひとりが声をあげた。「ドクター・ギブソンはいつも顔を見せてくれるのに、今夜はどうしたんだ？」

「お帰りが遅かったんです」メイドが返答する。

「どこにいる？　帰りに挨拶ぐらいしておこう」

イライザの声が徐々に甲高くなった。「ちょっと、いけませんよ、ミスター・グレッグ。患者さんの診察中なんですから」

「こんな時間に?」むっとした様子で別の男が言う。

「ええ、ミスター・オクスリー」イライザは口から出任せを並べた。「お気の毒に、すねぼねを折ったんです」

耳慣れない言葉にイーサンはガレットに目顔で問いかけた。

「脛骨《けいこつ》のつもりよ」ガレットはまいったとばかりにうなだれてイーサンの肩に額をのせた。

イーサンは笑って彼女の肩にゆるく腕をまわした。ガレットは洗いたての服の香りがし、その下に冷たい塩気がかすかに感じられた。芳香に導かれてぬくもりを帯びた喉を指でたどりたい。そして胴着《ボディス》の下へその指を潜りこませたい。

ドアの外ではイライザが〝すねぼね〟を折るのがいかに危険かを説き、適切な処置を怠ると〝不調膝〟や〝不全足首〟、最悪の場合には〝歩行困難病〟になると熱弁をふるっている。まことしやかなメイドの口ぶりに、ガレットは腹立たしげに身震いした。

「ぼくたちのために取り繕ってくれているんだ」イーサンはささやいた。

「だけどイライザのでたらめをあの人たちが外で繰り返したら」ガレットがささやき返す。

「〝すねぼね〟の調子が悪いと訴える患者がここの待合室へ押し寄せるわ」

「新しい医療分野だ。きみはその開拓者になるだろう」

ガレットのくぐもった笑い声が聞こえた。それは気の毒にと三人の警官が口々に言うあいだ、ガレットはイーサンにもたれかかったままでいた。やがて男たちは上機嫌で別れの挨拶をして帰っていった。イーサンはいつしか反対の腕もガレットの体にまわしていた。彼は腕をほどこうとしたが、鋼鉄製のばねをまっすぐに伸ばそうとするかのようだった。

「きみはお父さんのところへ行ったほうがいい」やっとの思いで促した。

「イライザが父の世話をするから、そのあいだ、あなたにいくつかスライドを見せるわ。虫の翅に……花粉粒……花弁……何が見たい？」

「馬車の内部だ」イーサンは静かに言った。「きみとふたりきりでいることはできない」

ガレットが彼のベストの縁に触れ、薄い革を握りしめた。「イーサン」ピンク色のすりガラスの奥で明かりがともるかのように、ガレットの顔に赤みが差す。「これでお別れでは悔いが残るわ。ときどき……ひそかに会うことはできるでしょう？ 誰にもわからないように。お互い相手にはなんの要求もしない。ただ……好きなようにふるまうだけ」

いつものきびきびした口調からかけ離れたガレットの口ぶりに、イーサンは動揺した。胸の内をさらすのにどれほど勇気が必要だっただろう。ガレットが何を差しだそうとしているのかははっきりしない。彼女自身がそれをわかっているのかさえ。だが、それはどうでもいい。ガレットが与えてくれるならなんでも欲しい。しかしそんなことは不可能なのだと彼女に理解させなければならない。たとえ可能だとしても、ガレットにはふさわしくない行為だ。

「きみは男とその手の取り決めを交わしたことがあるのか？」

ガレットの瞳は真夏の緑、生い茂る野草の色だった。「わたしは自分で決断する女よ。結果は自分で引き受けるわ」

「答えはノーだ」イーサンは優しく言った。ガレットの返答は沈黙だった。イーサンは続けた。「きみは自分の評判を危険にさらすことになる。仕事もだ」

「そんなことはあなたよりずっとよくわかっているわ」

「男とベッドをともにしたことはあるのか？　一度でも？」

「それがなぜ関係あるの？」

返事を避けるガレットの反応に、欲望がイーサンのみぞおちを貫いた。「答えはノーだ」彼はいっそう優しく繰り返した。ゆっくり息を吸いこんで落ち着こうとするが、ガレットがまだ誰のものでもないと知って血が騒ぐ。ガレットは自分のものだ。どんな罰をくだされようと彼女が欲しくてたまらない。しかし自分の欲求よりもガレットの幸せのほうがはるかに大切だ。

「ガレット……ぼくは問題だらけの男だ。誰にもきみに危害を加えさせないと誓ったとき、その中にはぼく自身も含まれていた」

ガレットの額にしわが刻まれる。ベストを握る彼女の拳が松材の継ぎ目のように固くなった。「わたしはあなたも、あなたが抱えている問題も怖くない」緑色の瞳が真剣になり、まぶたを半分閉じてイーサンを引き寄せる。「キスして」ガレットが小声でせがんだ。

「帰るよ」イーサンは短く言うと、そうできるうちに体を引いた。

だがガレットはイーサンと一緒に動いて手を伸ばし、フェンシングクラブで習ったやり方で彼の頭を両側からつかんだ。ガレットの指は力強く、イーサンの体に衝撃が走った。

「キスして」ガレットが命じた。「でないと鼻をへし折るわよ」

ガレットの脅し文句にイーサンはかすれた笑い声をあげ、かぶりを振って彼女を見おろした。この恐れ知らずの有能な女性は、ガチョウが好きで、スパゲッティを恐れ、メスをふるって手術で患部を切開することもできれば、同じメスをナイフ代わりに投げもする。

イーサンの中には常に冷静な一面が存在したが、一番必要なときにそれが見つからない。自分が内側からばらばらばらになっていく。もうこれまでの自分に戻ることは二度とないだろう。

「きみはぼくを破滅させる」イーサンはささやいた。

ガレットの体に両腕をまわし、ひとつにまとめられたなめらかな髪を片手で握りしめる。ガレットがイーサンの頭を引き寄せたとき、イーサンは闘いに敗れた。抗う意志はすべて消え、世界が終わるかのように唇を重ねる。

イーサンにとって、たしかに世界は終わりつつあった。

8

正直に言うと、初めは少しぎこちないキスだった。ガレットはまるで頬にキスをするかのように、無邪気に唇をすぼめて突きだしている。イーサンはこれほど燃えあがっていなければ微笑んでいただろう。すぼまったガレットの唇を口でかすめ、言葉にはせずに、こうするんだと戯れながら優しく教えて、彼女がおずおずと唇を開くまでそっと口を押しつけた。

これまで渇望に苦しんだすべての時間が、ひたすらあがいてきたすべての歳月が、この瞬間へとイーサンを導いた。彼の魂が鎧のごとくまとってきた傷はガレットに触れられて消えた。ガレットはイーサンの舌が優しく差し入れられるのを許して小さな歓《よろこ》びの声をあげ、さらに奥へと迎えようとした。優雅な手を彼の頭へと持ちあげ、細い指で耳の後ろや髪を探る。その感触があまりに心地よく、イーサンは喉を鳴らすことしかできなかった。

キスはひそやかな夢見心地の何かへと変わり、情熱となめらかさ、優しさと欲情の、口にされない言葉が交わされた。イーサンはガレットに飢え、彼女をあがめ、あまりに長いあいだ求めていたが、自分の腕に抱くつもりはこれまでなかった。ガレットがこんなふうに自然に身を預けてくるところを想像したこともだ。彼は生まれて初めて圧倒されていた。ガレットを自分の体で守ろうとするように引き寄せる。ガレットは切なげな声をもらし、膝からくずおれてイーサンにしがみついた。

イーサンはガレットを軽々と抱えあげて金属製のテーブルの縁にのせ、彼女の頭を片手で自分の肩へと導いた。ガレットはされるがままで、スカートの下の脚を押されて開いた。彼女の吐息は切れ切れで、スズメの羽ばたきを思わせた。

〝今すぐ奪え〟欲情にまみれた声がイーサンにささやきかけてくる。自分ならガレットをじらすこともできる。彼女のほうからこのテーブルの上で求めさせることも。想像を絶する快感が、どちらも経験したことのない官能の嵐がふたりを待っているだろう。すべてを犠牲にするだけの価値はある。

「ぼくを信用するな」イーサンは乱れた声でなんとか警告した。

ガレットの吐息が彼の喉にかかる。「どうして？」彼女がささやいた。「わたしの実験室で誘惑するつもり？」

まさにそうする寸前であることにガレットは気づいていないらしい。

イーサンはガレットの髪に口をうずめ、恐ろしげな器具となんだかわからない液体が入ったフラスコの並ぶ棚へ視線をさまよわせた。「こんな場所にいながら自制心を保っていられる男がいるか？」わざと皮肉を言う。もっとも実際には、ここには何か扇情的な雰囲気があった。冷たく硬い表面の実験室。そして彼の腕の中にいる緑の瞳の美しい生き物。ここではやわらかなものはガレットだけだ。

「科学はロマンだもの」ガレットは皮肉に気づかずにうっとりと言った。「この実験室は発見されるのを待つ謎と驚きに満ちているわ」

イーサンは唇の端をあげ、ガレットの背骨を手のひらでなぞった。「ぼくの目に映る驚きはきみだけだ、アクーシュラ」

ガレットがイーサンを見ようと顔を引いた。ふたりの鼻先が触れあう。「その言葉はどういう意味なの?」

「アクーシュラか? これは……女友だちを差す言葉だ」

ガレットは少しのあいだ考えたあと、疑うように微笑んだ。「それは嘘ね」

イーサンがもう一度キスをしたのは純粋な反射作用だった。欲望が脳に達するよりも先に衝動に反応していた。ガレットがふたりの唇をぴたりと重ねあわせ、イーサンは原始的な満足のうめきをもらした。ガレットの腿がイーサンの腰をはさみこみ、無邪気に締めつけてくるのを感じて、彼の下腹部は熱くなった。

指がボディスのボタンへひとりでに向かい、イーサンは自分を呪った。あと少しだけだ。そのあとはこの歓びを死ぬまで噛みしめていられる。ボディスの前がはらりと開き、小さなシルクのリボンで結ばれたシュミーズ、それに簡素な白のコルセットが現れた。しなやかなプレートがついたコルセットは乗馬や運動時に着用するたぐいのものだ。イーサンは小さなリボンを慎重にほどいて、ゆるんだシュミーズの内側へ人差し指を滑らせた。指の背がガレットの胸に触れた瞬間、イーサンは強烈な興奮に襲われて胸苦しさを覚えた。上質の白いコットンを引きおろし、コルセットの縁からのぞく淡いピンク色の頂をあらわにする。

身を乗りだしてガレットを自分の腕に寄りかからせると、骨入りの生地の下へ指を潜らせ、張りのあるなめらかな乳房の重みを手のひらに受けた。頭をおろしていき、バラ色の先端を口に含んで、硬くなるまでそっと引っ張る。ガレットは小さな声をあげて体をわななかせた。まるで猫が前足でこねるかのように彼の肩を何度も握る。

イーサンにとって、体の交わりとは常に取り引き、もしくは武器であった。彼は男女を問わずどのような相手でも誘惑し、厳重に守られている秘密を明かさせるすべを教えこまれていた。刺激し、じらし、満足させ、欲望のあまりわれを忘れさせる方法はいくらでも知っている。たいていの者が慎みを超えていると見なす行為を自らして、自分もされたことがある。しかし今このときのような親密さは経験したことがない。

信じがたい肌のなめらかさを味わいながら、時間をかけて反対の胸へとキスでたどっていく。イーサンの唇がシュミーズの縁に到達すると、ガレットは体を揺すってそれをおろそうとした。じれったそうな彼女の動作にイーサンは短く微笑んだ。胸を手のひらですくいあげ、薄紅に染まる中心をわざとよけて真っ白なふくらみに口づける。ガレットがイーサンの髪へ指を滑りこませ、自分が求める場所へと彼の口を導こうとした。イーサンは逆らい、尖った先端にそっと息を吹きかけた。ガレットがしびれを切らして体を震わせても、彼は狂おしいほど長いあいだ、胸の頂にとどまって互いをじらした。しかしやがてイーサンは屈し、硬い先端に口をつけて深く吸いこみ、舌を這わせた。

耐えられるのはそこまでだった。イーサンは頭を引いて口を離した。キスを求めてガレットが上半身を起こそうとするのを、首を振って押しとどめる。これほどの高ぶりを覚えたことはない。下腹部がこわばり、脈打つたびに鈍く痛んだ。

「ここまでで終わりだ」イーサンはかすれた声で言った。自分を止められるうちにやめなくては。

ガレットが腕を彼の首に巻きつける。「今夜は一緒にいて」

イーサンは欲情と切望に駆られてガレットのほてった頬へ鼻をすり寄せた。「だめだ。ぼくはきみに優しくできない。欲望の際へときみを駆り立ててそこにとどめ、隣近所すべてに聞こえるほどの大声できみに悪態をつかせて歓喜の悲鳴をあげさせるだろう。そして長く激しいクライマックスをきみにもたらしたあとは、うるさい女だときみを責めるんだ。それがきみの望みか？　意地の悪い薄情者とひと晩ベッドで過ごすことが？」

イーサンの肩に押しあてられてガレットの声がくぐもる。「そうよ」

彼は笑いに喉を震わせた。

テーブルの端からガレットが両脚を垂らしている。白いコットンの長靴下、実用本位のブーツ。腿を開いた姿はみだらに見えそうなものなのに、おてんば娘を思わせた。ガレットがこんな無防備な姿を見せているとは信じられない。

イーサンは身を乗りだして唇を重ねた。ガレットは小さく体を震わせて口を開き、彼に自分を味わわせた。イーサンの手がスカートの下へ忍びこんで腿の上へと向かうのに気づき、ガレットの脚の引きしまった筋肉がこわばった。

女性用のドロワーズはどれほど上品な作りでも必ず股に長い切れ目がある。立っているときは慎み深かろうと、座ると合わせ目が開いてさえぎるものはない。イーサンはドロワーズの開いている部分へ手を伸ばし、内腿の繊細な肌に親指をそっとのせた。

ガレットは口づけをほどき、イーサンの喉に顔をうずめた。

イーサンはガレットの背中に腕をまわして彼女を引き寄せる一方で、親指を上へ滑らせ、秘めやかな場所をそっとかすめた。

ガレットが興奮するか興味を覚えそうなことを推測して、耳たぶの後ろのくぼみにささやきかけた。「インドでは男は結婚前に、性愛術が記された古代の書物に従って妻を歓ばせる方法を身につける。官能をもたらす抱擁や口づけ、手技、嚙み技について学ぶんだ」

「嚙み技？」ぼんやりとした様子でガレットが問い返す。

「甘嚙みだ。少しも痛くはない」イーサンは実践しようと身をかがめ、ガレットの首をそっと嚙んだ。彼女が小さな声をもらして背中をそらす。「相性の合う人との結びつきは高次の結合と言われている」イーサンはささやいた。「肌にしるしを残すほど愛に陶酔した者たちの情熱は、一〇〇年経っても冷めることはないそうだ」

ガレットの声は震えている。「あなたはその性愛術をどれか学んだの？」

彼女の肌の上でイーサンの唇は弧を描いた。「ああ《アイ》。だが、まだまだ初心者だ。知っている体位はほんの一二〇種類だからね」

「一二〇……」イーサンがやわらかな部分に二本の指で優しく触れて前後させると、ガレットの言葉が途切れた。彼女は唾をのみこんでから、どうにか声を出した。「解剖学的にありえない数だわ」

イーサンはガレットの顎の先端を唇でかすめた。「きみは医学の専門家だ」優しくからかう。「ぼくには反論できない」

イーサンの指先が敏感な場所を探りあて、ガレットは体をよじった。「誰から教わったの?」かろうじて尋ねる。

「カルカッタにいた女性からだ。彼女と会うのは初めてだった。最初のふた晩は体の接触はいっさいなかった。床に敷いた竹のマットにふたりで座って話をした」

「何について?」ガレットがとろんとした目でイーサンを見つめた。やわらかな秘密の部分を愛撫されて、頬の赤みが深まっていく。

「一夜目、彼女はカーマについて説明した……これは欲望や切望を意味する言葉だが、魂と五感の健康……美や芸術、自然を愛することも指す。二夜目は体の歓びについて語りあった。彼女はこう言った。真の男はおのれの意志を使って女性をいとおしみ、心ゆくまで満たすため、相手の女性がほかの男を求めることはないと」

三夜目、彼女はイーサンの服を脱がせると、彼の手を自分の体へ引き寄せてささやいた。〝女は優しい性質だから、始まりは優しくされることを求めるの〟

イーサンにとって、その女性にであれ、誰にであれ、優しさを示すことは最も難しい部分だった。彼は自分の内にあるあらゆる種類の弱さをいつも恐れていた。しかし選択肢はなかった——ジェンキンが求めるものになるために必要なことをするのがイーサンの使命だった。

これは違う。この女性はイーサンを丸ごと所有している。イーサンの優しさも荒々しさも、善良さも悪辣さも。

イーサンは顔を寄せると長いキスをして、何がガレットの体を震わせ、何が彼女の呼吸を速くさせるのかを学んでいった。そのあいだじゅう、指はガレットの腿のあいだをからかい、戯れる。親指と人差し指で香気を解き放つように、繊細な内側を刺激した。ガレットが小さな声をもらしてイーサンの手のひらへと体の中心を押しあげる。イーサンは熟れた敏感な箇所のまわりを指でたどり、近づきながらも触れずに周囲をもみほぐした。

「ああ、お願い」ガレットが息をのみ、ゆるやかな責め苦に身をよじった。

イーサンは円をしだいに狭めていった。最後はふくらんだ芯にたどり着き、羽根のように軽やかにそこをかすめる。ガレットが切迫した声をあげ、イーサンの腰にまわした両脚に力をこめた。ガレットの腰が持ちあがってクライマックスの間際で止まった瞬間、イーサンは彼女から手を離した。ガレットがほとんど怒ったように彼の首をつかんで引き寄せようとする。

「焦らないでくれ」イーサンはぎこちなく笑ったが、自分自身、獰猛な欲求に汗が流れ、体が痛いほど熱を持っていた。「ぼくを絞め殺してもしかたがないだろう」

ガレットが眉をさげ、拳を滑らせてイーサンのベストを握りしめた。「なぜやめたの？」

イーサンは額と額を触れあわせた。「きちんと女性を満足させるには、どんなに短くてもパン生地ができあがるぐらいの時間はかけなければならないと教わった」

ガレットがなすすべもなく身をよじる。「それってどれぐらいの時間？」

「知らないのかい？」イーサンは愉快になって尋ねた。

「ええ、料理はからきしなの。どれぐらい時間がかかるの？」

イーサンは笑みの浮かぶ唇でガレットの頬をかすめた。「教えたら、きみは時間を計りそうだ」

彼はガレットの敏感な部分を押し開き、うっすらと潤うまで愛撫した。女性の体からしたたる蜜の冷たさとあたたかさに、強烈な興奮がイーサンの体へ送りこまれる。イーサンはガレットの体を探り、指先を沈めた。狭い部分が収縮して抵抗するのを感じ、優しい言葉やなだめる声――アイルランドでは慰撫《スーザリング》と呼ばれる――をかけ、慎重に奥へと進んだ。指が押し入ってくるのを感じて、ガレットが動きを止めた。

「体の力を抜いて」イーサンはささやいた。「そうすれば歓びを与えられる場所に指が届く」

ガレットは当惑した様子になり、かすんだ目で彼を見あげた。「それはどこのこと？　生殖生理学を学んだけれど、そんな場所は――」イーサンがガレットの胸へ手を伸ばして先端をすばやく二度つねると、彼女は小さく叫んだ。ガレットの体が反射的にイーサンの指をきつくとらえる。それがゆるむなり、イーサンはさらに奥を探り、ガレットの口を自分の口でふさいだ。スカートの下で彼女の両脚が大きく開き、体がのけぞる。

ガレットの奥はやわらかできつく引きしまり、イーサンを狂おしく求めていた。イーサンはつややかな蜜に親指を滑らせて秘密の部分を愛撫し、もてあそぶ一方で、自分が渇望している営みを人差し指で模倣して彼女の中へ優しく進めていった。

耐えがたいほど張りつめて石のごとく硬くなっている下腹部を金属製のテーブルの端に押しあてた。空いているほうの手をスカートの中へ差し入れ、雨だれのように指先でそっと叩いてガレットという楽器を演奏する。かすかに熱を帯びた周囲をなぞったあと、そのあいだをくすぐり、ふくらんだ中心部を何度もかすめた。どれほどガレットにせかされようがかまわず、容赦なく時間をかけ、指をゆっくり動かして彼女の歓びを高め、彼女とともに自分をも苦しめる。ガレットの喉からすすり泣くような声がもれた。イーサンは口でガレットの口を押し開くと、その声を舌でなめ取り、自分の指の動きに合わせて彼女の体が震え、跳ねるのを楽しんだ。

もはやガレットはイーサンに与えられる感覚に逆らうことができず、もがくのをやめて、もっと速く激しく親密にと求めた。だがイーサンはなおさらゆっくりと、容赦のない忍耐強さで彼女の緊張をさらに高めていった。ガレットの内側が力強く脈打ちはじめ、腿がイーサンを両側からきつく締めあげる。イーサンは鋭いクライマックスの悲鳴を口で受けとめ、ガレットを愛撫して探った。持ちあげる力もないようにガレットの頭ががくりとイーサンの肩に落ちる。ガレットがもらした歓喜と解放の小さな声は何よりも甘美だった。

しばらくするとイーサンは両手を離し、彼女の体に腕をまわした。「できることならきみを夜も昼も愛したい」彼はささやいた。「ぼくたちのあいだに限界はない。体面も。暗がりの中にきみとぼくのふたり……それだけでいい」ふたりの体のあいだにそっと手を滑りこませてガレットの胸を包みこみ、キスをしてからコルセットの中へ優しく戻す。反対側の乳房にも同じことを繰り返してから、ボディスを締めあげた。

ガレットはイーサンの前に静かに座っている。イーサンが最後のボタンを留め終えると、ガレットは鼓動を打つ彼の胸に手を置いた。「また会いに来て。わたしのもとへ戻ってくる方法を探しだして」

イーサンはガレットの細い体を抱き寄せ、髪に頬をあてた。「それはできない」

「あなたが望めばできるはずよ」

「だめだ」自分のことは最低のろくでなしだと思いこませるのが一番安全だ。見境なく愛欲にふけった今夜のあとではなおさらだ。だがどんな形であれ、ガレットをだますのには耐えられない。彼女にだけは嘘をつきたくない。「ガレット……ぼくはじきに追われる身になる。指導者を裏切った。発覚すれば、ぼくの命はファージング硬貨一枚の値打ちもなくなる」

ガレットはつかの間、沈黙し、イーサンのシャツのボタンをもてあそんだ。「それはジャスパー卿のこと？」

「ああ《アイ》」

「ギルドホールで祝賀会が開かれた夜と何か関係しているの？　それに急死したあの男性、ミスター・プレスコットのことも？」

的確な推理にイーサンは苦笑した。時間さえあれば、ガレットはキャンディの缶のようにイーサンの口をこじ開けてしまうだろう。

彼の沈黙を肯定と受け取り、ガレットが淡々とした口調で質問した。「あなたがミスター・プレスコットを殺したの？」

「話せばぼくの命をきみの手に預けることになる」

「命を預けられるのには慣れているわ」

たしかに、とイーサンは軽い驚きを覚えた。ガレットは人の生死にかかわる事柄を彼よりもよほど頻繁に扱っている。イーサンは返事を待つガレットの顔を見おろし、ゆっくりと告白した。「ぼくは彼の死を偽装し、ひそかに国外へ逃れる手伝いをした。引き換えに情報を得るためだ」

「何についての情報を？」

イーサンは躊躇した。「政府の役人が絡んだ陰謀だ。暴露に成功すれば、犠牲を払うだけの価値はある」

「その犠牲があなたの命なら、そんな価値はないわ」

「ひとりの男の命ぐらい、大勢の命と秤《はかり》にかければたいしたものじゃない」

「いいえ」ガレットは今や切迫した声になり、イーサンのシャツを握りしめた。「すべての命にかけがえのない重さがあるのよ」

「それはきみの仕事の信条だ。ぼくの仕事ではその逆を信じる。使い捨ての駒、それがぼくだ」

「そんな言い方をしないで。何をするつもりなのかわたしに聞かせて――」

「ガレット」イーサンは静かにさえぎり、ガレットの頭を両手ではさんだ。「さよならを言うのはぼくのやり方じゃない。口づけしてお別れだ」

「でも――」

イーサンはガレットの唇をキスでふさいだ。暴力と影の中を走り抜けた幾千もの夜のあと、さわやかな春の朝の静けさへ倒れこんだような気がした。これほど間近に喜びを感じたことはない。だがすべての喜びと同様に、そこには移ろいゆくときのほろ苦さがあった。

「ぼくのことは忘れてくれ」唇が離れたあと、イーサンはささやいた。

そして振り返ることなく立ち去った。


眠れないままベッドの中で悶々《もんもん》と過ごしたガレットは、翌日はいつもどおり、朝の務めに取りかかった。父を起こして薬をのませてから、パンにバター、紅茶の朝食をとりつつ、新聞に目を通した。コーク・ストリートの診療所に到着するとすぐに入院患者を診てまわり、カルテに記入して看護師へ指示を与え、予約の時間に訪れた患者たちの診察を開始する。

表面的には何もかもいつものままだ。けれどその下では、惨めさとめまいと面はゆさをいちどきに味わっていた。自分を律しようと努めるのは体力を消耗した。

いつかふたたびイーサン・ランサムに会えるだろうか？　あんなことをされたのに、彼を忘れられるわけがない。イーサンの男性的で巧みな手を、ゆっくりとした口づけを、優しいささやきを思い返すたび、床へ溶け落ちてしまいたくなる。〝暗がりの中にきみとぼくのふたり……それだけでいい〟

イーサンのことを考えていると、頭がどうにかなりそうだ。

何もかもが癇《かん》にさわった。朝の挨拶をする看護師たちの明るい声に、ガレットは顔をしかめた。医療用品の棚と部屋は整理整頓が行き届いていなかった。廊下や休憩室で話す職員の声がキンキン響いた。昼食は職員用の食堂でとったものの、いつもなら快活なあわただしさを楽しむところが、とにかく不快でならなかった。まわりの会話に耳をふさぎ、コールドチキンにクレソンとキュウリのサラダを美しく盛りつけたものと、サクランボとタピオカ入りのデザートを、暗い顔をして口へ運んだ。

午後にはさらに診察の予約が入っており、ガレットが手紙をいくつかしたためて請求書の支払いをすませると帰宅時間になっていた。疲労と憂鬱を引きずったまま馬車を降りて自宅の玄関へ向かい……そこでぴたりと足を止め、困惑顔でドアに目を凝らした。

見慣れた表札はそのままだが、旧式の錠前はブロンズの彫りこみ錠に替わっていた。ドアノブも新たにブロンズ製のものになっており、重厚な輪を口にくわえたライオンの頭の形をしたノッカーが取りつけられている。よくある怖い目をして歯をむいたライオンではなく、このライオンはなかなか愛嬌《あいきょう》があった。戸枠は修繕と補強がなされ、古い蝶番《ちょうつがい》も堅牢《けんろう》な作りのものに替わっていた。ドアの底面には隙間風を防ぐ目張りがつけ加えられている。

ガレットはノッカーへおずおずと手を伸ばした。立派な彫刻を施されたブロンズ製の円盤に輪がぶつかり、小気味よい音をたてる。もう一度叩く間もなくドアがなめらかに開いて、満面に笑みを浮かべたイライザが往診鞄と杖を受け取った。

「おかえりなさいませ、お嬢様。まあ、このドアをご覧くださいな！　キングス・クロス一立派なドアだって、あたしは断言しますね」

「誰がこれを？」中へ入りながらガレットはようやく問いかけた。

イライザが怪訝《けげん》な顔をした。「お嬢様が錠前師を呼んだんじゃないんですか？」

「わたしではないわ」ガレットは手袋と帽子を取ってメイドに渡した。「なんという名前だった？　いつ来たの？」

「今朝方、お嬢様がお出かけになったあとですよ。あたしは旦那様を散歩のために公園までお連れして、一時間も留守にはしてませんでしたが、戻ってきたら錠前師が玄関で仕事をしてました。名前は訊きませんでしたね。その人は旦那様と挨拶を交わしながら仕事の仕上げをして、鋼鉄製の鍵をいくつか渡すと引きあげていきました」

「ゆうべの男性と同じ人ではなかった？　わたしの患者と？」

「いいえ、もっと年配でしたよ。白髪頭で背中が曲がってて」

「知らない男が勝手に玄関を開けて錠前を替えていたのに、あなたも父も相手の名前を尋ねなかったの？」ガレットは耳を疑い、顔をしかめた。「イライザ、その男はこの家から盗み放題だったのよ」

「てっきりご存じだと思ってたんです」メイドは言い返し、ガレットに続いて手術室へ入った。

ガレットは気をもみつつ、薬品や器具がなくなっていないかどうか確かめた。何も動かされた様子はない。間仕切りをどかして実験室へ行き、箱の中に顕微鏡があるのを確認した。振り返り、医療用品の棚へ視線を走らせたところで棒立ちになった。

木製のラックに並ぶ一二本の試験管がスミレでいっぱいになっていた。実用一点張りの室内で、青い花びらは宝石のように色鮮やかだ。小さな花束の列から甘い香りが立ちのぼる。

「どこから来たんですかね？」イライザが隣に来て問いかけた。

「謎の錠前師がいたずらのつもりで置いていったんでしょう」ガレットは花束をひとつ取り、頬と唇に触れあわせた。指が震える。「試験管がすべて汚染されてしまったわ」怒った声を出そうとした。

「お嬢様、あの……泣いてらっしゃるんですか？」

「とんでもない」ガレットは憤然と言い放った。「わたしが泣いたりするもんですか。あなたも知っているでしょう」

「お顔が真っ赤ですよ。目も潤んでますし」

「炎症反応よ。わたしはスミレに過敏なの」

イライザはぎょっとしている。「それなら全部捨ててきましょうか？」

「いいえ」ガレットは咳払いをして声をやわらげた。「いいえ、そのままでいいの」

「大丈夫ですか？」

ガレットはゆっくりと息を吐き、いつもの口調でなんとか返事をした。「疲れているだけよ、イライザ。心配することは何もないわ」

打ち明けられる相手は誰もいない。イーサンのために沈黙を守らなければならない。彼に言われたように忘れよう。所詮イーサンはただの男性だ。

世の中に男性はいくらでもいる。また別の人が見つかるだろう。

〝きみはいずれ立派な夫を持つだろう。暖炉の前で子どもたちと戯れ……〟いつの日かイーサンは子どもを持ちたがるのだろうか？　ガレット自身は？　彼女には子どもを持つどころか、そもそも結婚する合理的理由がない。なのに、それについて考える気になっている自分に気づいて愕然《がくぜん》とした。

ふと頭をよぎった考えに、自分の正直な気持ちが表れている気がした。この人だと思う相手に出会うと、絶対にしないはずだったことのリストがにわかにうんと短くなるものだ。

9

ジェンキンの執務室のドアはわずかに開かれたままになっていた。イーサンは足を止めて戸枠をノックし、胃が沈むのを感じながらも表面的にはくつろいだ様子を保とうとした。彼の最も有用な才能のひとつである感情を閉ざす能力を失っていた。全神経と欲求がむきだしだ。隠さなければならない嘘が山ほどあるのに、自分の考えがガラスのごとく透けて見えている気がする。

ガレット・ギブソンと過ごしてからの一週間はずっとこの調子だ。自分がまるでガレットを入れる器としてだけ存在しているかのように、自身の内側の奥深いところに、あらゆる思考と感覚の中心に彼女への思いがある。

失うものがなかった頃、人生ははるかに簡単だった。ガレットのもとへ行かずにいるのは途方もなくつらい。イーサンを押しとどめているのは彼女の安全を守らなければならないという思いだけだ。

「入りたまえ」ジェンキンの悠然とした声がした。

イーサンは執務室に入った。新築の庁舎へは使用人や下級職員が使う裏口から入った。人目を忍ぶ必要がなくても、厚い金箔《きんぱく》張りの漆喰《しっくい》と、石張りの床にそそり立つ大理石の円柱列のある華美な正面玄関と大広間を通過するよりはそちらを選んだだろう。この建物は息が詰まる。仰々しい内装には、地上のほぼ四分の一を支配して一ミリたりともその領地を譲り渡すことを拒絶する、帝国の権力と威光を知らしめる意図があった。

ジェンキンの求めにより、ホワイトホールに立つ最新の建物に入った各省庁は相互に通り抜けすることが禁止されている。内務省に通じる出入口は恒久的に施錠され、外務省やインド省、植民地省から直接行くことはできなかった。ひとつ屋根の下にありながら、内務省へ行くにはいったん外へ出てぐるりとまわり、別の階段をあがらなければならない。省庁間の自由なやりとりはジェンキンの策略と陰謀の邪魔になる。

角部屋となる執務室から見える隣の建物には、かつては闘鶏場が入っていた。今もあればジェンキンは喜んだだろうとイーサンは思った。ジェンキンは生き物が血を流すのを楽しむたぐいの男だ。

室内には熱い空気が立ちこめ、毛をむしり取った鶏を蒸し煮にできそうなほどだった。ジェンキンは夏場でさえ暖炉の火を絶やさない。暖炉の前に二脚置かれた重厚な革張りの喫煙用椅子《スモーキングチェア》の片方を占めている諜報組織の統括者《スパイマスター》は、長身で短剣《スティレット》のごとく細く、優雅な風貌が目を引いた。薄くなりはじめた金髪と厳格な面立ちの上にオレンジ色の火影を躍らせ、ジェンキンは漂う葉巻の煙越しにイーサンを見据えた。シナモン色の瞳はあたたかく見えそうなものだが、そうであったことはなぜか一度もない。

「ランサム」ジェンキンが愛想よく声をかけ、テーブルの葉巻入れをイーサンのほうへ押しやる。「今夜はいろいろと話しあうことがある」

煙草の葉の味は嫌いだが、ジェンキンからの葉巻は好意のしるしであり、断る者はいない。イーサンは腰をおろすと、彫刻を施された象牙の葉巻入れから一本取りあげた。年長の男の注意深い視線を意識しつつ、定められた手順を慎重に実行する。ジェンキンは細部の重要性を常に強調した。紳士は葉巻の火のつけ方、乗馬の仕方、しかるべき自己紹介のやり方を身につけているものだと。

〝おまえが生まれながらの紳士で通用することは今後もないだろうが〟ジェンキンからそう言われたことがある。〝注意を引かずに上流階級に溶けこむことはできるだろう〟

彫刻入りの銀製のカッターで葉巻の端を切ったあと、長いマッチ棒に火をつけ、外側の包みをあぶる。口にくわえてゆっくりまわしながら煙草の葉に火を移し、慣れたしぐさで煙を吐いた。

ジェンキンが微笑んだ。めったにないことだ。自分の笑みは捕食動物が餌を食らうさまを連想させるのを意識してのことかもしれない。「では仕事に入ろう。フェルブリッグには会ってきたか？」

「会いました」

「今度は何に文句をつけてきた？」ジェンキンは小ばかにしたように問いかけた。

スコットランドヤード警視総監フレッド・フェルブリッグとジェンキンのあいだには熾烈《しれつ》

な対抗意識があった。ジェンキンと彼が擁する八名の諜報員は、フェルブリッグと六名の〝現役の〟私服警官からなる彼のチームにとって直接のライバルとなった。ジェンキンはスコットランドヤードをあからさまに見くだし、協力も情報の共有も拒絶した。ロンドン市警察は無能な愚か者どもの集まりだと公言していて、人員が必要なときにはわざわざダブリンから王立アイルランド警察隊の派遣を要請した。

しかも内務省でのジェンキンの地位は正式なものですらなかった。彼とその諜報部隊はこれまで議会で承認されていない。スコットランドヤードとフレッド・フェルブリッグが怒りを煮えたぎらせるのも無理はなかった。

ジェンキンは息をするようにやすやすと権力を掌中におさめる。その影響力は計り知れず、はるか外国の港や領事館にまで及んでいた。諜報員、工作員、情報提供者による国際的な諜報網が作りあげられ、その全員がジェンキンの指示のみに応じる。

「この一年、大使館から機密情報がまったくあがってこないと噛みついてきました」イーサンは言った。「どの領事館もあなたへ直接機密情報を渡しており、それがいっさい共有されていないと」

ジェンキンがほくそ笑む。「国家の安全が危機にさらされているときだ。わたしには自らの判断によって自由にふるまう権限がある」

「フェルブリッグは内務大臣と面会して、この件について不満を訴えるつもりです」

「愚か者めが。彼らの前に出て子どものように泣き言を言えばどうにかなると考えているのか？」

「泣き言を言うだけではないでしょう」イーサンは言った。「あなたが重大な情報を隠すことで英国民を危険にさらしており、その事実を証明する情報をつかんでいると言っています」

ジェンキンが投げつけた視線は、カブの皮むきができそうなほど鋭かった。「どんな情報だ？」

「二日前にフランスのル・アーヴルからロンドンへ向けて出航したスクーナー船に関する報告です。ダイナマイトを八トン、起爆装置二〇箱を積載していました。あなたはその事実を知っていながら報告を怠った。フェルブリッグはそれを内務大臣に訴えるつもりです」イーサンは言葉を切ると、葉巻をゆっくり吸いこんで煙をひと筋吐きだし、抑揚のない声で続けた。「ロンドン港湾警察は警戒する指示さえ受けていなかった。その後、船は謎の失踪を遂げています」

「その船舶はわたしの手の者が管理している。港湾警察に知らせる必要はない。こちらの計画を邪魔されるだけだ」短い間があった。「誰がフェルブリッグに情報を伝えた？」

「ル・アーヴルの港湾職員です」

「名前を知りたい」

「かしこまりました」

あとには沈黙が続き、イーサンは葉巻に感謝した。何かすることを、目のやり場を、もてあそぶものを与えてくれる小物に。ジェンキンにやすやすと心を見透かされるのは昔からで、彼に何かを隠すのは不可能に近い。イーサンは消えたダイナマイトについて問いつめそうになるのをなんとかこらえた。ジェンキンはダイナマイトを使って何か恐ろしいことを企んでおり、イーサンはそれに吐き気と怒りを覚えた。

しかし心の片隅では嘆いてもいた。ジェンキンとのあいだには六年に及ぶ絆《きずな》がある。導き手を求めていた若者と、自分の思うとおりに鍛えあげる相手を探していた年長者。

イーサンはジェンキンを崇拝していた初めの数年を強いて振り返った。あの頃、ジェンキンは知識と知恵の泉に見えたものだ。多種多様な講師から受ける訓練はいつ終わるとも知れなかった……情報収集、戦闘と銃器、住居侵入、破壊工作、サバイバル技術、無線電信、符《ふ》牒《ちょう》と暗号。だがジェンキン自らが時間を割いて指導にあたるときもあった。ワインのテイスティングに礼儀作法、カードゲームのやり方、上流階級の者たちと交わるすべ。ジェンキンはまるで……父親のようだった。

サヴィル・ロウにある仕立屋へ連れていかれた日のことは今も覚えている。顧客になるには得意客からの紹介が必要とされる店だ。

〝いかなるときもベストにはポケットを四つ作らせるように〟ジェンキンはオーダーメイドの服に初めて袖を通して目を輝かせるイーサンが面白かったらしく、そう説明した。〝上部にあるこのポケットには汽車の切符と鍵を入れる。反対側は小銭だ。下のふたつは時計、ハンカチ、それに紙幣用だ。紳士は小銭と紙幣を同じポケットには決して入れないことを覚えておけ〟

あの思い出と、そのほか数えきれない日々が感謝の明かりをイーサンの胸にともし、それは八トンのダイナマイトでさえ吹き消せるものではなかった。イーサンはその明かりにしがみついて胸の怒りを鎮めた。

ジェンキンの冷ややかな声が聞こえた。「わたしが爆発物をどうしたのか、質問しないのか？」

イーサンは顔をあげるとまっすぐ相手に視線を据えて微笑んだ。「ええ」

ジェンキンが納得した様子でさらに椅子に身を沈めた。「おまえは優秀だ」彼はささやいた。イーサンはその言葉に喜びを覚える自分を嫌悪した。「おまえとわたしはこの世界を同じ視点から眺めている」年長の男は続けた。「大義のためには多少の命は犠牲にせざるをえないという醜い現実を、たいていの者は直視できない」

その口ぶりは紛失した爆発物が新たなテロ計画に、ギルドホールで未遂に終わった陰謀に類するテロ計画に使われる予定であるかに聞こえた。「イングランド人の犠牲者が出たらどうするんです？」イーサンは尋ねた。

「今さら何を言っている。狙いはわが国の民でなければならない……広く知られた人物であればあるほどいい。ギルドホールの爆破計画が成功していれば全国民が衝撃を受け、激怒していただろう。世論はなんの罪もない英国民を殺したアイルランド過激派を総攻撃し、アイルランドの自治権をめぐるすべての論争に幕が引かれていたはずだ」

「しかし犯人はアイルランド過激派ではなかった」イーサンはゆっくりと言った。「犯人はわれわれです」

「あれは共同事業とでも呼ぼうか」ジェンキンはクリスタルガラスの灰皿に葉巻の灰を落とした。「いいかね、喜んで暴力に訴えようとするアイルランド人反政府分子には事欠かない。やつらが騒ぎを起こすよう支援を続けなければ、アイルランド自治法案などという狂気の沙汰が現実に法制化されかねないんだぞ」彼が一服すると、葉巻の先端が邪悪な赤い眼《まなこ》のごとく光った。「アイルランド人に自治ができると考える者はおしなべて頭がどうかしている。アイルランド人は法律を尊重することを知らない野蛮な民族ではないか」

「公平な法律であれば、彼らも尊重するでしょう」イーサンは言い返さずにいられなかった。「アイルランド人はイングランド人よりも高い税金を払わされながら、与えられている権利はイングランド人の半分です。公平さに裏打ちされていない義務の遂行は難しいでしょう」

ジェンキンが煙を吐きだした。「なるほど、おまえは正しい」しばし口をつぐんで続ける。「自治法案に強固に反対する者でさえ、アイルランドが公平に統治されているとは言わないだろう。しかし、アイルランド独立が答えではない。大英帝国に及ぶ損害は計り知れないからな。われわれの関心はイングランドの利益のために何が最善かということのみにある」

「女王陛下と国家のために、わたしが命を捧《ささ》げていることはあなたもご存じでしょう」イーサンは冗談めかして言った。

ジェンキンはごまかされず、イーサンを観察した。「われわれの努力の結果として罪のない命が失われることに良心の呵責《かしやく》を覚えているのか?」

イーサンは冷ややかに見返した。「良心など、わたしにとってはネクタイと同様に無用の長物です。公の場では身につけることもありますが、ひとりのときにはないほうがましだ」

ジェンキンが小さな笑い声をたてた。「今週、とある警護の任務でギャンブルの手伝いをしてほしい。内務大臣の屋敷で慈善のための夜会が開かれる。国会議員と閣僚が多数出席する。昨今の政情不安を考えると、用心するに越したことはない」

イーサンの鼓動が速まった。これは内務大臣タザム卿が暮らすロンドンの屋敷へ出入りする千載一遇の機会だ。しかしウィリアム・ギャンブルの名が出て顔をしかめる。この諜報員仲間は命じられれば躊躇なくイーサンを撃つような男だ。ジェンキンはときおり闘犬用のブルテリアのように部下同士を戦わせては楽しんだ。

「警護はギャンブルの得意とするところではありません」イーサンは言った。「できればわたしに采配を取らせてください」

「この任務はすでにギャンブルに託してある。彼が立てる計画に忠実に従うように。おまえは屋敷の外周に集中し、危険要因になりうる地形の特徴や構造をすべて分析してギャンブルに報告しろ」

イーサンは反抗的な目で見返したものの、抗議はしなかった。

「夜会にはふたりとも参加してもらう」ジェンキンが続けた。「言うまでもないが、目を光らせ、耳をそばだてろ。ギャンブルは副執事になりすます」

「わたしは?」イーサンは慎重に問いかけた。

「おまえはダラムから来た、建設業で財をなした投機家だ」

こいつはいい。夜会のあいだ、ギャンブルを顎で使って楽しめそうだ。だが続くジェンキンの言葉に、つかの間の満足感は吹き飛ばされた。

「街へ出てきた野心的な若者であるからには、妙齢のレディを同伴するのが好ましいだろう。より自然な偽装になる。誰か一緒に行く者を調達しろ。魅力的でたしなみのある女だ。だがおまえの手が届かないほどの名家の生まれでは困るな」

その言葉に具体的な脅しの響きはなかったが、イーサンの胃は急降下した。彼はインドの導師に教わった方法で無意識に呼吸を整えはじめた。ひとつひとつの息がなめらかに流れるよう……四拍かけて吸いこみ、四拍かけて吐きだす。

「女性の知り合いはいません」穏やかに言った。

「ほう?」軽く驚いたふうを装うジェンキンの声が聞こえた。「近頃、実に興味深い女と懇意にしているのではなかったかな? ドクター・ガレット・ギブソンだったたか」

もはや胃が急降下しているようには感じない。胃が窓を突き破ってガラス片の雨を浴びているかのようだ。ジェンキンが名前を口にするほど彼の注意を引いた者は、その後の寿命が短くなる。

ジェンキンがふたたび話しかけるのをイーサンは凍りついた脳のどこかで認識した。「上質の葉巻を途中でもみ消してはならない、ランサム。それではいきなり惨殺するようなものだ。いい葉巻は敬意を持って最後まで燃やすに値する。ところで、わたしの質問に答えていないな」

イーサンはつぶれた葉巻を見おろした。灰皿に押しつけたことさえ気づいていなかった。くすぶる煙の流れが鼻孔に嚙みつく。「なんの質問でしょうか？」単調な声音で問い返した。

「言うまでもない、ドクター・ギブソンとの関係だ。話してくれないか」

イーサンの顔がこわばった。石膏で覆われて、それが乾燥していくかのようだ。本物に見える笑みを繕わなければならないと混乱した頭の中を探っていると、〝陰嚢の摩擦〟という言葉が浮かんだ。頰をゆるめるにはそれで充分だった。椅子の背に悠然ともたれかかり、ジェンキンへと視線を向ける。イーサンの冷静さに、ジェンキンの顔に驚きがよぎった。もう大丈夫だ。

「関係などありません」イーサンはさらりと否定した。「誰がそんなことを言ったんです？」

ジェンキンはその質問を無視した。「おまえはクラーケンウェル地区でドクター・ギブソンを尾行していた。夜市へ連れていき、その後自宅まで送っている。その関係をなんと呼ぶんだ？」

「ただの戯れですよ」自分があとをつけられていたと知り、イーサンは意志の力を総動員して平静を保った。別の諜報員につけられたに違いない。おそらくギャンブルだ。愚劣なやつめ。

「ドクター・ギブソンは遊びで手を出していい相手ではない」ジェンキンが言った。「彼女は誰とも違う。英国医師会におけるただひとりの女……そうなるためには何が必要だ？　卓越した意志、冷静な判断力、そしていかなる男にも引けを取らない度胸。しかも聞くところによれば見た目もなかなかだそうじゃないか。美人だとさえ聞いている。一部からは聖者と見なされ、ほかからは悪魔とそしられている。おまえも魅力を感じているんだろう」

「珍しい女というだけです」

「何を言うんだ」ジェンキンが愉快そうにたしなめる。「ただ珍しいというだけではないはずだ。ドクター・ギブソンを辛辣に中傷する者でさえ、あの女が非凡であることは否定しないと思うが」

イーサンはかぶりを振った。「彼女はうぬぼれが強い。それに頭が火打ち石並みに固いんですよ」

「何もドクター・ギブソンに興味を持つことに反対しているわけじゃない。むしろその逆だ」

「女はお荷物だと口癖のようにおっしゃっていましたが」

「ああ、そうだ。だが修道士のように暮らせと命じた覚えはないぞ。身体的な欲求は適度に発散しなければならない。禁欲生活が長引くといらいらしやすくなるものだ」

「いらいらしてなどいません」イーサンは言い返した。「ドクター・ギブソンにはなんの関心も持っていないんです。土を入れたバケツほどの魅力しか感じません」

ジェンキンは笑みを嚙み殺しているようだ。「〝むきになって言いすぎだわ〟」イーサンが理解していないのを見て取って問いかける。『ハムレット』に出てくるせりふだ。読むように一冊与えただろう？」

「途中までしか読んでいません」イーサンはぼそりと言った。

ジェンキンが機嫌を損ねたのは明らかだ。「理由は？」

「ハムレットはしゃべってばかりで行動に出ない。あれは復讐《ふくしゅう》抜きの復讐劇です」

「読み終えていないのになぜわかる？」

イーサンは肩をすくめた。「どう終わるかに興味はありません」

「あの戯曲は人間の堕落という現実に直面した男の物語だ。ハムレットは堕落した世界に身を置き、そこでの〝正しいこと〟と〝間違っていること〟は自分の判断次第で変わる。〝この世界には善も悪もない。考え方によって善にも悪にもなりうる〟わけだ。おまえにはハムレットの立場を理解するだけの想像力があると思っていたが」

「自分が彼の立場なら」イーサンはむっつりとして言った。「うろついてぶつぶつ言う以上の行動を取ります」

ジェンキンが向けた嘆かわしげなまなざしには父性と愛情がにじんでいた。関心と優しさのこもったその表情の何かが、父親を求めてやまないイーサンの心の片隅に突き刺さり、痛みが走った。

「あの戯曲は男の魂を映す鏡だ」ジェンキンが言った。「最後まで読んで、おまえの目に映ったものをわたしに話してくれ」

自分の魂の姿など見たくもない。向かいに座る男に似ていたらと思うとぞっとする。

だが、イーサンの魂は母からも影響を受けているはずだ。母が環境ゆえに罪を犯したこと。そして立派な男となるよう息子に期待をかけていたこと。気がつくとそれについて考えていることが増えた。母は晩年になると信仰に救いを求め、自分だけでなく、息子の魂の救済を始終案じていた。母の命がコレラによって奪われたのはイーサンがK管区に配属となってからまもなくだ。

青い制服姿の息子を初めて目にし、誇らしげに涙を流した母の姿はまぶたに焼きついている。これで息子は救われたと母は思ったのだ。

くそっ、母はジャスパー・ジェンキン卿をどれほど恨むことか。

「ドクター・ギブソンについてだが」ジェンキンが続ける。「おまえは女の趣味がいい。知性のある女はベッドの外でも、ベッドの中と同様に楽しませてくれるものだ」

イーサンの気持ちを知れば、ジェンキンはイーサンを動かす駒としてガレットを利用するだろう。彼女が脅され、危害を加えられる恐れがある。ある日ガレットは忽然と姿を消し、イーサンがジェンキンに命令されるままに口にするのもおぞましい行為をやり遂げるまで、二度と姿を見られなくなるかもしれない。

「わたしは簡単に手に入って、簡単に切り捨てることのできる女のほうが好みですよ」イーサンはそっけなく言った。「ドクター・ギブソンとは違って」

「違うものか」ジェンキンは冷然と言った。「ランサム、おまえもわたし同様、わかっているはずだ……切り捨てることのできない相手などいない」

イーサンはホワイトホールをあとにして徒歩で北へ向かい、テムズ川沿いの道路と散歩道であるヴィクトリア・エンバンクメントを横切った。花崗岩《かこうがん》で表面を覆われた堤防に沿って走る新たな散歩道は数年前に完成し、チャリング・クロスやフリート・ストリート、それにストランドの交通渋滞を緩和するものと期待されていたが、日中は特に目に見える違いは生じなかった。しかし夜になると、このあたりはかなり静かだ。ときおり換気口の鉄格子から立ちのぼる煙や蒸気がトンネル、電信線、地下鉄、そしてガス管に水道管と、足元に地下世界が広がっていることを歩行者に思いださせる。

石炭や飼料専用の埠頭《ふとう》のそばをぶらぶらと歩き、掘削装置や臨時雇いの労働者の作業場がある入り組んだ路地にたどり着いたところで、イーサンは巨大な採石機の裏にすばやく身を隠して待った。

二分もしないうちに、人影が路地へ入ってきた。

予想したとおりギャンブルだった。オオカミを思わせる細面と鋭い眉は暗がりの中でも見間違えようがない。イーサンと同じく長身ではあるが、人波の中で目立つほどではなかった。太い腕にブルドッグのような厚い胸板。ギャンブルの力のほとんどは上半身に備わっている。

ウィリアム・ギャンブルに関して称賛すべきところは多々あれど、好ましいところは皆無に等しかった。すぐれた運動神経の持ち主で押しが強く、残忍な拷問にも耐えることができ、必ず復活を遂げる。その粘り強さで、ジェンキンの部下の中では誰よりも厳しく鍛え抜かれていた。不平も言い訳も決して口にせず、誇張も自慢もいっさいしない。それらの資質すべてにイーサンは一目置いていた。

だがニューカッスルの炭鉱労働者の家に生まれたギャンブルは、幼少時代の過酷な極貧生活によって優しさや柔軟さという資質を根こそぎ失っており、狂信と紙一重の熱心さでジェンキンをあがめるようになった。ギャンブルには感傷や同情心はかけらもなく、イーサンも一度はそれをあの男の強みだととらえたものの、結局は弱点でしかないのがわかった。会話の中で人々が無意識のうちに与えるちょっとした手がかりや合図をギャンブルは見落としがちだ。その結果、的を射た質問をすることができず、しばしば答えを誤解した。

イーサンは動かず、倉庫のあいだのさらに奥へとギャンブルが入ってくるのを見守った。相手が背中を向けるまで待って、コブラのようにすばやく背後から飛びかかる。折り曲げた右肘をギャンブルの猪首《いくび》にまわし、自分の胸へと引き寄せた。相手が暴れるのを無視して、右手で自分の左腕を握り、左手でギャンブルの後頭部を押しだして首への圧迫を強める。激痛と酸素遮断の合わせ技はものの数秒で効果をあげた。

ギャンブルは降参して抗うのをやめた。

イーサンは敵意のにじむ静かな声で相手の耳に問いかけた。「いつからぼくのことをジェンキンに密告していた？」

「数週間前だ」ギャンブルが喉にまわされたイーサンの腕を握り、苦しげに声をあげた。

「あとをつけるのは簡単だった……女にうつつを抜かす間抜けめ……」

「おまえはその間抜けにこれから喉頭をつぶされるんだ」イーサンはさらに気管を締めあげた。「おまえは罪のない女性を危険にさらした。彼女に何かあったら、脊髄を引き抜いて、塩漬けの豚みたいに吊《つ》りさげてやる」

ギャンブルは息を求めてあえぎ、返事どころではなかった。

ここで片づけてしまおうか。つかの間、イーサンは衝動に屈しかけた。あと少し左手を押しだすだけでこいつは確実に窒息死する。

イーサンは低く罵り、ふいに腕をほどいて相手を突き飛ばした。

ギャンブルはぜいぜい喉を鳴らして向き直った。「あの女に何かあったら」かすれた声でやり返す。「それはおまえの責任だ。ジェンキンにばれないとでも思ったか？　おれでなければほかの誰かが密告してた」

「密告者になればジェンキンに気に入られると考えているのなら、おまえは大ばか者だ」ギャンブルが防御の構えを取るのを見て、イーサンは冷ややかに言い放った。「おまえを殺すつもりならすでにそうしている」

「殺すべきだったな」

「ぼくは敵じゃない」イーサンはいらだった。「いったいなんのために争って時間と労力を無駄にするんだ？」

「ライバルは容赦なく排除せよ」ギャンブルはジェンキンの教えを引用した。「さもなくば、いつか相手に取って代わられる」

イーサンは鼻を鳴らした。「ジェンキンの口まねをすると余計に愚かに見えるぞ」

「おれの知ってる限り、どんなことに関してもジェンキンが間違ってたことは一度もない。おれたちがインドへ送りだされる前に、いつかおれたちふたりのどちらかが片方を殺すだろうとジェンキンは予言した。おれは最後に立ってるのは自分だとジェンキンに言った」

イーサンは冷たい笑みを浮かべた。ジェンキンは人を操る冷血漢だ。あいつが手まわしオルガンを鳴らすたびに、どうしてぼくたちが二匹の猿よろしく踊らなければならない？」

「それが任務だからだ」

イーサンはゆっくりとかぶりを振った。「違うな、ギャンブル」苦りきった口調で言う。「どっちも自分がジェンキンのお気に入りになりたいからだ。ジェンキンがおまえとぼくを選んだのは、あの男に認められるためなら、ふたりともどんなに汚いことでもやってのけるとわかっていたからだ。だが、もううんざりだ。こんなのは仕事じゃない。悪魔との取り引きだ。ぼくは博識じゃないが、悪魔との取り引きがうまくいったという話は聞いたことがない」

灰色の一週間だった。ガレットは空虚な心を抱え、その日その日を機械的に過ごした。食べ物は味がしなかった。花は香りがなかった。睡眠不足で目が腫れぼったい。人にも物にも注意を払うことができない。これから単調な日々が死ぬまで延々と続くように思えた。一番落ちこんだのは、火曜の夕方にクラーケンウェル救貧院をいつものように訪問し、そのあと思いきって銀の呼び子を短く一度だけ鳴らしたときだった。

返事はなかった。

たとえどこか近くでガレットのことを見守っているとしても……イーサンは姿を見せてはくれないのだ。

もう二度と会えない。そう実感し、ガレットは喪失感の闇へと沈みこんだ。

彼女の父は、自分にはわからない理由で落ちこんでいる娘に、誰しも憂鬱になることはあると言って励ました。何よりの特効薬は陽気な人たちと一緒に過ごすことだと。

「別のことはない？」ガレットは物憂げに問い返した。「陽気な人たちと一緒にいても、今のわたしがしたいのは、走ってくる馬車の前へその人たちを突き飛ばすことだけだわ」

しかし翌朝、ガレットはついに憂鬱さ以外の何かを感じることができた。それは診療所の新しい患者を診察中のことで、八カ月前に出産したばかりの時計職人の妻ミセス・ノトリーはまたもや妊娠したのではと危惧していた。ガレットは体を調べたあと、大丈夫だったと患者を安心させた。「妊娠の兆候となるものは何ひとつないわ。でも心配する気持ちはわかる。授乳中は月経が止まることが多いのよ」

ミセス・ノトリーはほっと胸を撫でおろした。「神様、ありがとうございます」ハンカチで目元をぬぐう。「夫もあたしも、どうしたものかと途方に暮れてたんです。四人も子どもがいるのに、またすぐに増えたら食べていけやしません。いつまた子どもができるかと、ひやひやしどおしなんですよ」

「避妊法は何を用いているの？」

ミセス・ノトリーは赤面し、ガレットの率直さにばつが悪そうな顔をした。「月のものが終わってから、日にちを数えるようにしてます」

「ご主人は膣外射精《ちつがい》をされているの？」

「とんでもない。男が妻の体の外に出すのは罪になると、教区牧師がおっしゃってました」

「膣洗浄や海綿などの避妊法を考えたことはある？」

ミセス・ノトリーは仰天した。「そんなのは自然に反しますよ」

いらだちの波が胸に押し寄せたが、ガレットはかろうじてにこやかな表情を保った。「ときには自然に逆らうことも必要よ。そうでなければ水道水や紐靴も発明されずじまいでしょう。現代女性であるわたしたちは、食事と衣服をきちんと与えて、ちゃんとした大人に育てられる数以上の子どもを産む必要はないわ。望まない妊娠の危険を減らす安全な方法をいくつか説明するわね」

「いいえ、結構です」

ガレットは眉根を寄せた。「理由を訊いてもいい？」

「教区牧師は、大家族は神様のお恵みで、神様からの贈り物を拒んではならないとおっしゃってます」

これが別の日、別の気分のときであれば、こう考えてはどうかと根気よく患者の説得にあたっていただろう。ところがガレットは気づくと舌鋒《ぜっぽう》鋭く言い放っていた。「何人子どもを持とうと余計なお世話だと牧師に言ってやりなさい。彼が養育費を援助してくれるのなら話は別だけれど。その牧師の言い分では、神様があなたの家族を救貧院送りにしたがっているようなものよ」

ミセス・ノトリーがぎょっとした様子で椅子から立ちあがった。手には涙に濡れたハンカチをまだ握りしめている。「牧師や神様の悪口を言うなんて、女の医者を信用したあたしがばかだったわ」言い捨てて、診察室から足音も荒く出ていった。

ガレットは腹立たしさと後ろめたさに頭を垂れ、机に突っ伏してつぶやいた。「ああ、やってしまったわ」

五分もせずにドクター・ハヴロックが来て、ドアのところに立った。何が起きたか耳にしているのは、彼が口を開く前から表情でわかった。

「患者は機械ではない。それはわたしが言うまでもないだろう」ハヴロックが感情を交えずに言った。「患者たちはわれわれのもとへ、体と心の問題を抱えてやってくる。きみには患者の意見と……感情を丁寧に汲《く》み取る義務がある」

「どうしてミセス・ノトリーの教区の牧師は、医師が助言を与えるのを邪魔するんでしょうか？」ガレットは言い訳がましく口にした。「自分の仕事に専念して、人の仕事に口出しするのはやめてもらいたいわ。わたしは彼の教会へ行って説教することはありません。違いますか？」

「たしかにそうだ。そして彼の教区の信者はそのことに大いに感謝しているだろう」

ガレットは視線と落とし、疲労を覚えて顔をこすった。「わたしの母は出産の際、適切な治療を受けられずに命を落としました。わたしは女性の患者に自分自身を守り、自分の体の面倒を見る方法を知ってもらいたいんです。せめて自身の生殖器の働きは理解すべきです」

ハヴロックのかすれた声がやわらいだ。「きみも重々承知しているように、女性は幼少の頃から、自分の体の働きに関心を持つのは恥ずべきことだと教わるものだ。若い女性は性に関する知識がないのをよしとされ、婚礼の夜に初めて性行為に直面して苦痛と困惑を耐え忍ぶ。わたしが受け持っている女性患者の中には、自分の体について話すのは恥と考えて、人形を指さして痛みのある場所を教える人もいる。道徳的にも法的にも、自分の体の健康に責任を持つ権利はないと言われてきた女性が、そんなことをしなければならないのがどれだけ苦痛かはわたしには想像もつかない。わたしにわかるのは、きみもわたしも、そんな女性を非難する立場にはないということだ。ミセス・ノトリーのような患者と話すときには忘れないようにしてほしい。彼女たちは普段、自分たちのことなど何も理解してくれない男の医師の診療に耐えているんだと……きみにまで突き放される必要はない」

ガレットは反省して小声で言った。「彼女にお詫びの手紙を書きます」

「それがいい」長い間があった。「きみは今週ずっと不機嫌だっただろう。どんな悩みがあるにしろ、職場へ持ちこむのはいただけない。必要なら休暇旅行にでも行きなさい」

休暇旅行？　いったいどこへ？　行って何をするというのだろう。

ガレットを注視するハヴロックの顔が真剣になる。「今のきみの気分を考えると言いだしづらいのだが……内務大臣の屋敷で開かれる夜会にわたしの同伴者として出席してもらえないかね？　長年つきあいのある医師仲間のドクター・ジョージ・ソルターからぜひにと頼まれていてね」

「申し訳ありませんが、遠慮させていただきます」ガレットはふたたび机に突っ伏した。

「ドクター・ジョージ・ソルター」ハヴロックが繰り返す。「この名前に聞き覚えは？」

「ありません」ガレットはくぐもった声をあげた。

「つい先日、彼は枢密院の主任医務官に任命されている。ソルターは救貧院の状況についてきみが作成した報告のことを知って、きみを夜会へ連れてくるよう言ってきたんだよ」

「自分を焼き討ちにしたい気分です」

「いいか、ソルターは女王陛下の相談役だぞ！　大英帝国全体の公衆衛生に関する立法と行政を方向づけることに携わっている。彼はそれらの問題について女性の観点を取り入れたがっているんだ。女性と子どもに関連することだからな。現場の情報に基づく見解と助言を提供するのに、きみ以上に適任の女性はいない。これは一生に一度あるかないかの機会だ」

ガレットは喜ぶべきなのはわかっていた。けれども社交行事のために着飾り、政府関係者が集まっている場に加わるのだと思うと気がふさいだ。ガレットは顔をあげてうつろな目をハヴロックに向けた。「騒々しいパーティ会場で会うのは気が進みません。わたしが彼の執務室を訪ねるわけにはいきませんか？　ポルカを踊ってぴょんぴょん跳ねながらでは、まじめな話をするのは無理でしょう」

ハヴロックが白い眉をさげる。「きみはそれ以上まじめになる必要はない。たまには愛嬌を振りまいてみてはどうかね」

「わたしが医療の道へ進んだ理由のひとつは、愛嬌を振りまく必要がないからです」

「その目標は完璧に達成したな」ハヴロックは顔をしかめた。「だが、とにかく夜会には行ってくれ。そして愛想よくする努力をしてくれ」

「ミセス・ハヴロックも同行されるんですか？」

「いや、妻は親戚を訪ねてノリッジに行っている」ハヴロックはポケットからハンカチを取りだし、ガレットに差しだした。

「必要ありません」ガレットはいらだたしげに断った。

「いや、必要はある」

「泣いてなんかいません」

「そうだな。だが鉛筆の削りかすが額についているぞ」ハヴロックは無表情を保ちながらも、満足げな響きが声ににじむのは止められなかった。

10

どんなおとぎ話で主人公を困難から救う妖精も、ガレットの夜会の準備に全力で取り組むレディ・ヘレン・ウィンターボーンの手際のよさにはかなわなかっただろう。ヘレンは百貨店の主任裁縫師ミセス・アレンビーに、まだ袖を通していない新調したばかりの自分のドレスを仕立て直してほしいと頼みこみ、ガレットが衣装代を出すのを拒んだ。「わたしとわたしの家族はこれまでさんざんあなたの世話になっているでしょう」ヘレンは譲らなかった。「そのお返しをする楽しみをわたしから取りあげないで。あなたの美しさに見合うドレスを着てほしいの」

夜会当日を迎えた今、ガレットはヘレンの広々とした着替え室で、化粧台の前に腰かけていた。ヘレンに頼まれた彼女の侍女が髪を結いあげているところだ。

雇い主に気に入られるために名前とアクセントをフランス風にする多くの侍女とは違い、ポリーヌは生粋のフランス人だった。中背の魅力的な女性――ほうきの柄のように痩せていて、早くにつらい経験を耐え忍んだ人特有の厭世《えんせい》的な鋭い目をしている。ガレットとフランス語で言葉を交わしながら、ポリーヌは少女の頃パリでお針子をしていたこと、毎日一八時間シャツを縫わされて飢え死にしかけたことを話した。亡くなった親戚が遺《のこ》してくれたわずかばかりのお金でロンドンへと海を渡り、メイドの仕事にありついて仕事を覚え、ついには侍女になったのだという。

ポリーヌにとって、夜の催しへの身支度を手伝う仕事には手抜かりひとつあってはならない。ガレットの姿を入念に確認したあと、毛抜きを取りあげると、二本の指で彼女の皮膚を押さえて横へ引っ張り、眉を抜きはじめた。

抜かれるたびにちくりと痛く、ガレットは思わず尋ねた。「抜かなければならないの？」

「はい《ウィ》」ポリーヌは作業を続けた。

「今のままでも充分細いでしょう？」

「これでは毛虫です」ポリーヌは容赦なく毛抜きをふるった。

ヘレンが穏やかな声音で割って入る。「はみでた長い毛を抜いているだけよ、ガレット。わたしも抜いてもらっているの」

ヘレンの両端がきれいに整った流線形の美しい眉を眺め、ガレットはしぶしぶ従った。自由奔放だった眉がおとなしくなると、ポリーヌはやわらかなブラシを使って顔全体におしろいをのせ、肌がなめらかで均一になるよう仕上げを施した。

錬鉄製の台座にのったアルコールランプの上にポリーヌがカール用のこてをかざすのを見て、ガレットは顔を曇らせた。「それをどうするの？　わたしの髪をカールさせるつもりならやめて。医師がそんな頭をするなんて、体面にかかわるわ」

ポリーヌはガレットを無視して髪をいくつかに分けてピンで留めると、波打つ髪をひと筋取って櫛《くし》で梳《す》き、紙に包んだ。そして紙ごとこてに器用に巻きつける。蒸気が立ちのぼり、ガレットは身をこわばらせた。急に動いて額にやけどでもしたら大変だ。一〇分ほどのち、ポリーヌはこてを滑らせて紙を外した。

コルク栓抜きそっくりの縦巻きロールを凝視してガレットは青ざめた。「ああ、なんてこと。これではマリー・アントワネットだわ」

「ワインを運ばせましょうね」ヘレンはにこやかに言い、いそいそと呼び鈴の紐を引きに行った。

ポリーヌが髪をひと筋残らずくるくるとはずませるあいだ、ヘレンはおしゃべりでガレットの気をそらした。時計が八時を打ち、ヘレンの年の離れた異母妹カリスが部屋に入ってきた。六歳の女の子はひらひらの白いネグリジェ姿で、淡い金髪は小分けにして巻かれ、キャラコの細い布で結ばれていた。

カリスがガレットの巻き毛におずおずと触れて問いかけた。「ぶとうかいにいくの?」

「正確には夜会よ」

「やかいって?」

「音楽と軽食を楽しむ夜の集まりね」

カリスは姉のもとへ行って膝に座った。「おねえちゃま」真剣な顔で尋ねる。「やかいにはおうじさまもくる?」

ヘレンは妹の体に腕をまわして引き寄せた。「来ることもあるんじゃないかしら。どうして？」

「ドクター・ギブソンはまだおむこさんをつかまえてないでしょ」

ガレットは笑いをもらした。「カリス、わたしはつかまえるのならお婿さんよりも野ウサギがいいわ。結婚する気はないの」

カリスがおませな目を向ける。「もっとおおきくなったら、きっとしたくなるよ」

ヘレンは笑みを浮かべた顔を、白い布があちこち結ばれた妹の髪にうずめた。

ポリーヌはガレットの椅子をまわして化粧台に背を向けさせると、髪を分けてヘアピンで留めていった。目の細かい櫛を使って逆毛を立て、ひねって留める。「できました《セ・フィニ》」ようやく宣言し、前と後ろから確認できるようガレットに手鏡を渡した。

エレガントな髪型になっていたのは、ガレットにとってうれしい驚きだった。前髪はゆるやかに波打つがままにされ、後れ毛が額の上で軽やかに揺れている。残りの髪は小冠の形に結いあげられて耳とうなじがあらわになっていた。仕上げに挿された透明のガラスビーズ付きヘアピンが、カールした髪に光を散らす。

「マリー・アントワネットではありませんでしょう？」ポリーヌが得意顔で言った。

「ええ、まったく違うわ」ガレットははにかんだ笑みを浮かべた。「ありがとう《メルシー》、ポリーヌ。すばらしいできよ。あなたは芸術家《テュ・エ・ザルティスト》ね」

ガレットが淡い青緑色のシルク地にきらめく透き通った生地を重ねた上品なドレスをまと

うのを、侍女は細心の注意を払って手伝った。ひだ襟《フレーズ》のついたドレスには、ほかに装飾品は必要ない。裾の部分が後ろに長く引きずるようになっていて、ウエストとヒップの曲線がくっきりと浮かびあがる。ひだ飾りに縁取られた裾は床まで優雅に流れ落ちていた。ガレットはボディスの胸元が深くくれているのが気になったが、ヘレンとポリーヌは少しも不適切ではないと言って安心させた。袖は薄い生地が肩先を覆うだけで、肩と腕が大胆に露出している。ガレットはスカートの裾を注意して持ちあげ、青いシルクに輝くクリスタルのビーズが刺繍《ししゅう》されたヒール付きの靴に足を入れた。

姿見の前へ行き、新たな自分の姿に大きく目をみはる。ふんわりとしたきらめく豪華なドレスを着て、喉も胸元も腕もあらわにしているのはおかしな気分だ。本当にこんな格好で外へ出て大丈夫だろうか？

「変じゃないかしら？」不安になって尋ねた。「みっともない気がするわ」

「そんなことあるものですか」ヘレンが力をこめて言う。「こんなに美しいあなたの姿を見るのは初めて。まるで……散文が詩に生まれ変わったみたい。変だなんて、なぜそんなことを言うの？」

「こんなドレスで着飾っていたら、医師らしくもないと言われそうだわ」ガレットは言葉を切り、苦笑して続けた。「考えてみれば、キャップに白衣でもそう言われてきたわね」

化粧台の上に残ったガラスビーズで遊んでいたカリスが無邪気な声をあげる。「あたしにはドクター・ギブソンはいつだっておいしゃさんにみえる」

ヘレンが妹に微笑みかける。「カリス、知っていた？　ドクター・ギブソンはイングランドでひとりだけの女のお医者さんなのよ」

カリスは首を振り、丸く見開いた目に好奇心をたたえてガレットを見つめた。「どうしてほかにいないの？」

ガレットは微笑んだ。「女はお医者さんの仕事に向いていないと思いこんでいる人がたくさんいるの」

「でもおんなのひとだって、かんごしさんにはなれるでしょ」カリスが子どもらしいまっすぐな理屈で言う。「どうしておいしゃさんにはなれないの？」

「実は女のお医者さんは大勢いるのよ。アメリカやフランスなんかには。でもわたしたちの国では女がお医者さんの資格を取ることはできないの。今はね」

「そんなのおかしい」

ガレットは自分を見あげる女の子に笑いかけた。「夢をかなえるのは無理だと言う人は必ずいるわ。だけど、そういう人たちにあなたを止めることはできないの。あなたがそういう人たちと同じ考えにならなければ」

ウィンターボーンの屋敷に到着したドクター・ハヴロックは、称賛の目でガレットを眺めたあと、これならどこに出ても恥ずかしくないと請けあって彼女を自分の馬車に乗りこませた。行き先はアルベマール北端のグラフトン・ストリートに立つ内務大臣の屋敷だ。周辺に立ち並ぶ屋敷の多くは官僚の住まいで、彼らは社会的身分の高い者らしく暮らすことは自分たちに絶対不可欠だと主張して、費用は国持ちにしている。〝応接室での仕事は執務室での仕事の一部〟というのが官僚たちの言い分で、この夜会のように贅沢三昧《ぜいたくざんまい》の社交行事も最終的には公益のためになるらしい。それも一理あるのだろうとガレットは思う。けれども高級官僚が役得を心ゆくまで享受しているだけに見えるのも事実だった。

ふたりは豪奢《ごうしゃ》に飾り立てられた屋内へ通された。どの部屋も美術品と巨大な生花でいっぱいで、壁はシルクか手描きの壁紙で覆われている。少なくとも四〇〇人が招待されているのがほどなく明らかになったが、この会場に無理なく収容できるのはせいぜいその半分だろう。こみあう室内は人いきれでむんむんし、レディたちがまとうシルクやサテンには汗じみが浮かび、紳士たちは黒の夜会服の中でうだっていた。使用人たちは冷やしたシャンパンとシャーベットをトレイにのせ、肩や肘に小突かれながら人混みを縫っている。

内務大臣の妻のレディ・タザムがガレットの世話役を買ってでた。山ほど宝石をつけた銀髪の女性は慣れた様子で人だまりをすいすい抜け、次から次へとガレットを大勢の客に紹介した。ふたりはやがて五、六人の年配男性の輪にたどり着いた。威厳をたたえた紳士たちは、人が落ちたばかりの井戸を囲んでいるかのように、全員がいやに深刻な顔つきだ。

「ドクター・ソルター」レディ・タザムが声を張りあげると、灰色の頰髭をたくわえた紳士が振り返った。がっしりとした体つきの背の低い男性で、優しげな顔をし、小ぎれいに整えられた顎髭の下で肉が垂れている。

「こちらのすてきな女性が」レディ・タザムが紹介する。「ドクター・ガレット・ギブソンですわ」

ソルターはどう挨拶しようかとためらう様子を見せたあと結論に達したらしく、手を伸ばしてガレットの手を強く握った。それは男性同士の挨拶で、ふたりが同等の立場であることを示していた。

ガレットはたちどころに彼が好きになった。

「リスターの愛弟子《まなでし》のひとりだね？」八角形の眼鏡の奥でソルターの目が輝く。「先月、きみが執刀した手術の話を『ランセット』で読んだ。鎖骨下動脈の二重結紮《けっさつ》の初めての成功例だ。きみの技術はすばらしい」

「運に恵まれました。ジョゼフ卿が開発中の縫合糸を使うことができたのですから」ガレットは謙遜して言った。「そのおかげで敗血症と出血の危険性が抑えられたのです」

「その縫合糸については読んだことがある」ソルターが言った。「腸線からできているとか？」

「そうです」

「どういうふうに使うんだい？」

ガレットはソルターとともに最新の外科技術談義を繰り広げ、すっかりくつろいでいる自分に気づいた。ソルターは親しみやすく、偏見がなく、彼女を見くだす男性たちとはまるで違う。実のところ、かつての師であるジョゼフ卿を少なからず思い起こさせた。ハヴロックから夜会へ出席するよう求められたときに渋ったことをガレットは申し訳なく思った。ハヴロックが正しく、自分は間違っていたことを認めなければならない。

「できれば」ソルターが切りだした。「公衆衛生について、ときおりきみの意見が聞きたい」

「できる限りのお手伝いを喜んでさせていただきます」ガレットは一も二もなく応じた。

「それは心強い」

そこにレディ・タザムが割って入り、輝く宝石で重くなった手をガレットの腕にのせた。

「失礼、ドクター・ギブソンをお借りしますわね、ドクター・ソルター。この人は引っ張りだこで、早く紹介してくれと皆さんうるさくて」

「無理もないな」ソルターは寛大に応じてガレットに会釈した。「ホワイトホールのわたしの執務室で次に会うのを心待ちにしているよ」

ガレットはレディ・タザムに引っ張られてしぶしぶその場を離れた。もっとソルターと話をしたかった。レディ・タザムも何も会話の邪魔をすることはないのに。〝引っ張りだこ〟と言うぐらいだからガレットに会いたがる客の列ができているのかと思ったが、そんなものはどこにも見あたらない。

レディ・タザムはふたつの窓のあいだにある金縁の大きな窓間鏡のほうへ進んでいった。

「あの人にぜひとも会ってもらわないと」明るい声で言う。「夫の側近で、個人的な友人でもあるの。わが国の安全問題における彼の重要性は、いくら誇張してもしすぎることはないわ。それに怖いぐらい頭の切れる人で……わたしの貧相な脳みそではとてもついていけないのよ」

ふたりは窓間鏡の前に立つ金髪の男性に近づいた。細身の体型は中世フランスの美術作品から抜けだしたかのようだ。彼にははっとさせる何かが、嫌悪を覚えさせるにもかかわらず、惹きつけられずにはいられない何かがあった。だがガレットはその正体を特定することができなかった。彼女にわかるのは、この男性と目が合ったときに胃がよじれたことだけだ。幅の狭い顔に深く埋めこまれた目は、蛇のように赤褐色でまばたきひとつしない。

「ジャスパー・ジェンキン卿」レディ・タザムが声をかける。「こちらはドクター・ギブソンよ」

ジェンキンが会釈した。その目はガレットの表情のあらゆる細かな変化を観察していた。ひときわ難しい手術の前や緊急時にはいつもそうなるように、ガレットは冷静な揺るぎない目的意識が自分の上におりてくるのを感じてほっとした。だが表面的な穏やかさの下で、さまざまな考えが頭を駆けめぐる。彼はイーサン・ランサムが恐れている男だ。イーサンを葬ろうとするかもしれない男。レディ・タザムはなぜわざわざガレットをジェンキンに引きあわせたのだろう？　ジェンキンは、ガレットがイーサンを知っていることをなんらかの手段で探りだしたのだろうか？　仮にそうだとして、ガレットになんの用があるのだろう？

「ジャスパー卿は夫の腹心のひとりなのよ」レディ・タザムが気軽な口調で言った。「正直、彼の役職をなんと説明すればいいのかよくわからないの。タザム卿の〝公式な非公式顧問〟といったところかしら」

ジェンキンが短く笑う。自然な笑いではなかった。彼の表情筋は笑うために作られてはいないらしい。「正しい説明です、マイ・レディ」

〝国民の敵〟というのはどうだろうとガレットは思った。けれども愛想のいい表情のまま、澄まして挨拶した。「はじめまして」

「お目にかかるのを楽しみにしていた、ドクター・ギブソン。なんと並外れた人物だ。紳士の付属物としてではなく、実績によってこの夜会へ招かれた女性はきみひとりだ」

「付属物？」ガレットは眉をあげた。「この場にいる女性たちを称するのにふさわしい言葉だとは思いませんけれど」

「たいがいの女性は自ら付属物の役目を選択するものだ」

「それは機会がないからです」

レディ・タザムはぎこちない笑い声をたてると、少女じみたしぐさでジェンキンの腕に扇を軽く打ちつけた。「ジャスパー卿は冗談が好きなのよ」ガレットに向かって言い訳する。

ガレットの背筋に悪寒が走った。ジェンキンには堕落を魅力と取り違えさせる危険な魔力がある。

「見目のいい付属物を必要としているのはきみのほうではないかな、ドクター・ギブソン」ジェンキンが言う。「腕を組んで見せびらかすことのできるたくましい若者を誰か見つけよう」

「連れがすでにいますので」

「ああ、ドクター・ハヴロックだな。彼なら部屋の奥にいる。そこまで連れていこうか?」

ガレットはためらった。これ以上一秒たりともジェンキンの相手はしたくない。けれども彼の腕を取るのも不快だった。あいにく礼儀作法にのっとると、女性は社交の場では付き添いなしに室内を移動できない決まりになっている。

「お願いします」ガレットは不本意ながら応じた。

ジェンキンがガレットの後方へ視線を移す。「おや、少し待ってもらえるかな……わたしの知人がこちらへ向かってくる。どうやらきみと顔を合わせたいらしい。わたしから紹介させてもらおう」

「遠慮します」

身を乗りだして耳元でささやくレディ・タザムに、ガレットはいらいらと身震いした。

「いいから会っておきなさいな。名家とのつながりはないけれど、まだ若い独身の資産家よ。ダラムから来ている、建設関係で財をなした投機家。そのうえとびきりのハンサムときているから、わたくしの友人が〝青い瞳の伊達男《だて》〟とあだ名をつけたの」

ガレットは胸騒ぎがし、背の高い窓間鏡へと視線をあげた。モネの絵画のようにさまざまな色彩が鏡一面ににじんでいる。色のモザイクの中に自分の姿が映っていた……きらめく青緑色のドレス、結いあげられた髪の下の青白い顔。黒い人影が人波の中をガレットのほうへ近づいてくる。危険な香りのする優雅な身のこなし。あんな歩き方をする男性はひとりしか知らない。

手首と喉の血管が激しく脈打ちだし、ガレットは少しのあいだ目を閉じた。青い瞳の伊達男が誰なのか、なぜかわかる気がした。彼でしかありえない。何かがおかしいと頭が警鐘を鳴らしているのに、全身の感覚は期待に舞いあがっている。

興奮と欲望に肌が赤く染まるのを感じた。それを押しとどめるすべはない。この部屋はまるでオーブンだ。ガレットは生きたまま焼かれていた。なお悪いことに、ヘレンの細身のドレスに合わせていつもよりコルセットを数センチきつく締めており、今の今まで平気だったのが、にわかに息を吸うことができなくなった。

誰かが背後へ近づいてきた。ぶつかるようにすれ違う客たちの中で大きな影が足を止め、ガレットの隣に充分な空間ができるとそこへ進みでる。うだるような暑さにもかかわらず、ガレットの肌は粟立った。

体の中が氷と炎でいっぱいになる。興奮のあまり気分が悪くなりかけながら、彼女はイーサン・ランサムのこれまで見たことのない姿へと顔を向けた。黒と白の正装に身を包んださまはまさに男性美の化身で、洗練された装いには一分の隙もない。

「ここで何をしている？」イーサンが静かに問いかける。彼の本来の訛りになじんだ耳に、イングランド風のアクセントが不快に響いた。

ここは初対面で押し通すほうがいいのでは？　混乱と迷いから、ガレットは弱々しく問い返した。「お、お会いしたことがあったかしら？」

イーサンの冷ややかな表情の中で何かがやわらぐ。「ジャスパー卿はぼくたちが顔見知りなのを知っている。今夜の夜会で警護の任務を手伝うようぼくに指示を出したが、きみも出席することは伝え忘れたらしい。それにどういうわけか、きみの名前は招待客の名簿に載っていなかった」険しい目でジェンキンを見据えた。

・「ドクター・ギブソンに必ず出席してもらうよう、わたしからタザム卿夫妻に念を押しておいた」ジェンキンがなめらかな口調で説明した。「今夜の催しが活気づくと思ってね……とりわけランサム、きみにとっては。若い人たちが楽しむ姿を見るのはどんなときでもいいものだ」

イーサンは歯を食いしばった。「わたしには仕事があるのをお忘れのようですね」

ジェンキンが微笑む。「一度に複数のことをこなすきみの能力に信頼を置いているのでね」イーサンのこわばった顔からガレットの赤くなったそれへ視線を移した。「ドクター・ギブソンを軽食室へお連れしたらどうだ。いささか驚かせすぎたらしい」

イーサンが年かさの男を長いあいだにらみつけるあいだ、緊張感が金属糸のごとくあたりに張りつめた。ガレットはイーサンが自制心を失うまいとこらえているのに気づいて、彼に身を寄せた。レディ・タザムの顔から愚かしい笑みが消えはじめる。ジェンキンでさえ、イーサンがガレットへ向き直ったときはわずかにほっとしたように見えた。

ガレットはイーサンの腕を取り、つややかな高級生地に指先を沈めた。

「きみと知り合いになれてよかった、ドクター・ギブソン」ジェンキンが言うのが聞こえた。「予想どおり、鋭い機知の持ち主だ」わずかな間のあと、つけ加える。「そしてさらに鋭い舌鋒も」

イーサン・ランサムとこんな場所で遭遇したことに面食らっていなければ、ぴしゃりと言い返すところだ。けれどガレットはうわの空で会釈すると、イーサンに導かれてその場をあとにした。

瓶詰めのオリーブさながらにぎゅう詰めの会場を通り抜けるあいだ、話すことはほとんどできなかった。話をしたいわけでもない。会話ができたとしても三つ、四つ言葉を並べるのがやっとだっただろう。イーサンと一緒にいるのが信じられない。ガレットの視線は彼の形のいい耳へ向かった。そこに口づけたい。髭がきれいに剃られている部分に唇を押しあて、呼吸を感じられる喉へとおろしていきたい。けれどもイーサンは頑《かたく》なで近づきがたく見え、キスに応えてくれるかどうか自信が持てなかった。

イーサンは無言でガレットを導き、次々と部屋を抜けて階段の踊り場まで行った。片隅に鉢植えのヤシがいくつも固まって置いてある。ヤシは使用人用の区画へ続いているらしい簡素な小さいドアを隠すよう配置されていた。

ガレットはやっとの思いで声を出した。「あなたが指導者だと言っていたのはあの人のことでしょう？　彼はなぜ今夜わたしがここに来るよう仕向けたの？」

「ぼくへの警告だ」イーサンはガレットを見ずに吐き捨てた。

「なんのために？」

その質問は自信で固められたイーサンのうわべにひびを入れたようだった。「ジェンキンは知っているんだ。きみにかかわるところでは、ぼくが……優先順位をつけることを」イーサンはヤシの奥へとガレットをいざない、通用口のドアを開けて使用人用の階段の踊り場に出た。ふいに騒音から解放された。薄暗い階段はひんやりしていて、換気口から流れこむ微風が湿気と空気のよどみを緩和している。

「優先順位」ガレットは注意深く繰り返した。「どういう意味？　何よりわたしを優先するの？」

ふたりは角のところで立ちどまった。向かい側の壁の照明が淡い光を投げかけ、イーサンの頭部と広い肩の輪郭が浮かびあがる。彼に見おろされて、ガレットは小刻みに震えだした。イーサンが間近にいるのを意識して鼓動が速くなる。

「何もかもよりきみを優先する」イーサンは荒々しく言い放つと、顔を寄せて唇を奪った。

11

激しい口づけに、ガレットは溶け落ちるようにイーサンにもたれかかった。切迫した声が喉につかえる。強烈な歓びを覚え、感情があふれだしたが、もっと欲しくてたまらない。何もかもがまどろっこしく感じる。イーサンの体は硬くて重みがあった。正装に包まれた荒々しい力。ガレットはイーサンの黒い上着の下へ手を滑りこませ、引きしまった腰の曲線から筋肉に覆われた肋骨と胸板へとたどっていった。彼女に触れられてイーサンは身をこわばらせたあと体を震わせ、頭を傾けて唇をさらに深く重ねあわせた。それでも物足りない。ガレットはもっと彼を、彼のすべてを感じたかった。思いきってイーサンの腰へ手を伸ばして引き寄せる。張りつめたものが体にぶつかり、ガレットはあっと小さな声をあげた。

イーサンはキスをやめると声を押し殺してうめき、ガレットの耳たぶをそっと噛んだ。熱い吐息が耳にかかる。ガレットの下腹部で熾火《おきび》が火の粉を噴きあげ、体じゅうの感じやすい場所へ熱をまき散らす。頭がぼんやりとして力が入らず、息と鼓動が乱れた。

イーサンが唐突に顔をあげた。指を一本立てて、ガレットの唇に押しあてる。

ガレットは口をつぐみ、耳の奥で鳴り響く鼓動越しに聞き耳を立てようとした。

足音、それに足音の反響が階段の下のほうから響いてくる。グラスや磁器がぶつかる音、料理がのった重いトレイを厨房《ちゅうぼう》から運ぶ使用人のふんという掛け声がした。

このままでは使用人用の階段で抱きあっているところを見つかってしまう。そう気づき、ガレットの心臓が止まった。しかしイーサンはガレットをさらに隅へと押しやり、自分の大きな体で彼女を覆い隠した。ガレットは顔を見られないようイーサンの胸にうずめると、彼の上着の襟を握りしめた。

足音が近づいてきて止まる。

「かまわないでくれ」イーサンは首をめぐらせ、くつろいだ声で言った。「長居はしない」

「かしこまりました」従僕は通り過ぎていった。

従僕が階段からいなくなるのを待ち、イーサンがガレットの髪にささやいた。ピンで留めた巻き毛が彼の吐息に揺れる。「きみは見るたびにきれいになる。ここにいてはだめだ」

「ここへ来たのは――」

「わかっている。ジェンキンが手をまわしたんだ」

ガレットは首をそらしてイーサンを見あげた。ガレットの表情が不安にこわばったのは、自分ではなく彼の身を案じてだった。「わたしたちが知り合いだということを、ジャスパー卿はどうやって探りあてたの？」

「彼の部下のひとりがぼくを尾行して、ふたりで夜市へ行くのを見ていた。今後、ジェンキンはきみを使ってぼくを操ろうとするだろう。チェスの名人気取りでまわりの者は皆、彼の駒というわけだ。きみを守るためならぼくがなんでもすることをジェンキンは知っている」

ガレットは驚いて目をしばたたいた。「仲たがいを装うのはどう？」

イーサンはかぶりを振った。「見抜かれる」

「だったら、どうすればいいの？」

「まず、きみはいとまを告げて帰るんだ。レディ・タザムには憂鬱症の発作だと言えばいい。ぼくが馬車を見つけてくる」

ガレットはイーサンから離れて後ろへさがり、憤慨してにらみつけた。「憂鬱症は不安感や無気力に陥る心の病よ。手術の真っ最中にそんな発作を起こす恐れがあると思われたら、医師としてのわたしの評判がどうなるかわかっているの？　それにお互いの気持ちをジャスパー卿に知られてしまった今、わたしの自宅がここより安全とは言えないわ」

イーサンがはっとしてガレットを見た。「お互いの気持ち？」

「わたしが人目を忍んで使用人用の階段にあなたといる理由がほかにある？」ガレットはそっけなく言った。「もちろん、わたしもあなたを思っているわ。あなたのように情熱的な言い方はできないけれど――」

話している途中でイーサンの口に口をふさがれた。指がガレットの顎と頬を支え、彼女の内に眠るどこまでも深い泉から歓喜を汲みあげる。ガレットは無我夢中でイーサンの首にしがみつき、つま先立ちになってさらにキスを深めた。

イーサンが荒々しく息を吸いこんで胸をふくらませたかと思うと、彼女の腕をつかんで引き離した。「きみは帰るんだ、ガレット」息を乱して告げる。

ガレットは頭を働かせようとした。「なぜここにいてはいけないの？」

「ぼくには重要な仕事がある」

「何をするの？」

秘密を打ち明けることに慣れていないらしいイーサンが答える前に躊躇した。「あるものを入手しなければならない。誰にも見つからずに」

「ジャスパー卿にも？」

「とりわけ彼には」

「手伝うわ」ガレットはすかさず申しでた。

「手伝いは必要ない。きみはここを離れろ」

「帰ることはできないわ。変に思われるし、わたしにも守るべき体面があるのよ。それにわたしがいれば、会場から抜けだす口実ができるでしょう。なんであれ、あなたが探しているものをこっそり手に入れられるわ。わたしを連れていって。そうすればジャスパー卿も、あなたがどこかで……その、わたしたちが今していたようなことをしていると考えるはずよ」あ
イーサンの顔は花崗岩から削りだされかのように険しい。けれどもガレットの頬を指の背でなぞる手つきは優しかった。「〝オオカミの耳をつかんでとらえる〟という表現を聞いたことはあるか？」

「ないわ」

「つかまえていようと放そうと、どっちにしても危ないという意味だ」

ガレットは彼の手に頰をすり寄せた。「あなたがオオカミなら、わたしは放さない」

イーサンはガレットを帰らせるのは無理だとあきらめたらしく、静かに悪態をつくと、彼女を引き寄せてかかとが床から浮くほどきつく抱きしめた。イーサンの口がガレットの首を探りあて、口づけとも甘嚙みともつかないことをする。あくまで優しいが、歯の先を押しあてる。舌の平らな部分を這わされ、衝撃が腿のあいだを駆けおり、ガレットは息をのんだ。

「今夜のぼくはエドワード・ランドルフだ」彼が静かに言った。「ダラムから来た建設業者」

ガレットが理解するまでに少し時間がかかった。思いきって芝居に荷担することにする。

「はるばるダラムからどんなご用でいらしたの、ミスター・ランドルフ?」

「国会議員を何名か説得して、建築を規制する法案に反対票を投じてもらうためです。街にいるあいだ、ロンドン観光を楽しんでいます」

「一番ご覧になりたいのは何かしら? ロンドン塔? それとも大英博物館?」

イーサンが顔をあげた。「今、見ているものです」焼けつくようなまなざしがガレットの視線と絡みあう。数秒後、イーサンは軽食室へと彼女を連れていった。

12

間断ない物音が空気を濃密にしていた。話し声に笑い声、踏まれた床がきしむ音、銀器や磁器、グラスがぶつかる音。トレイがカタカタと鳴り、扇がぴしゃりと閉じられる。客たちはレモネードや氷菓を求めて長テーブルを囲んでいた。デザートがのったトレイを手に従僕が入室すると、イーサンは相手が目的地にたどり着く前に手を伸ばしてひと皿取った。手際のよいすばやい動きは従僕の目に留まりもしなかった。イーサンはテラコッタの鉢に植えられた背の高い羽状ヤシがある一角へガレットを連れていき、ガラスの器を差しだした。こんもりと盛られたレモンシャーベットに、真珠貝の小さなスプーンが添えられている。ガレットはありがたく受け取って、さわやかな氷菓をひと口味わった。舌の上ですっと溶け、心地よい冷たさが喉を滑り落ちる。

イーサン・ランサムの顔を見あげたガレットは非現実感に襲われた。非の打ちどころのない彼の風貌にかすかに不安を覚える。

もうひと口レモンシャーベットを食べてから、ガレットはおずおずと問いかけた。「最後に会ってからどうしていたの？」

「元気にしていた」イーサンが言った。もっとも表情は、彼が少しも元気でなかったことをうかがわせた。

「何をしているのか想像しようとしたけれど、あなたの日課がどんなものかまるで想像がつかなかったわ」

イーサンはどこか面白がっている様子だ。「ぼくには日課と呼べるものはない」

ガレットは小首をかしげてイーサンを見あげた。「日課があるのは気に入らないの？　毎日決まりきった仕事をするのは嫌い？」

「面白い仕事であれば悪くはない」

「どんな仕事でも選べるとしたら、何がしたいの？」

「たぶん警察関係の仕事だろう」イーサンの視線が室内をさまよう。その表情は読み取れなかった。「時間をかけたい趣味ならひとつある」

「何？」

「錠前の考案だ」

ガレットは困惑してイーサンを見つめた。「それはミスター・ランドルフとしての話？」

イーサンの唇が愉快そうにぴくりと動く。彼はガレットを見おろした。「いや。ぼくは子どもの頃から錠前をいじっていた」

「どうりでわが家の玄関に文句をつけたわけね」ガレットは手を伸ばしてイーサンの頬のえくぼに触れたいのをこらえた。「改善してくれてお礼を言うわ……錠前に蝶番……それにライオンの頭のノッカー。あれは本当に気に入ったわ」

イーサンが静かに言った。「スミレは気に入ってもらえたかな？」

ガレットはためらったあと、首を振った。

「気に入らなかった？」イーサンはいっそう静かに言った。「どうして？」

「二度とあなたに会えないかもしれないことを思いだしたから」

「たぶん今夜が最後だ」

「あなたは会うたびにそう言うわ。そのくせ、びっくり箱みたいにいきなり目の前に現れる。疑わしいものね」ガレットは言葉を切り、恥ずかしそうに言い添えた。「わたしはうれしいけれど」

イーサンのまなざしがガレットの顔を愛撫する。「ガレット・ギブソン……この地上にいる限り、ぼくがいたいと願う場所はきみのいるところだ」

ガレットはつい悲しげな笑みを浮かべた。「そう願ってくれるのはあなたひとりね。わたしはこの二週間、ずっと不機嫌だったの。まわりの人ほぼ全員にあたり散らして、逃げていった患者もひとりふたりいたわ」

イーサンの声はベルベットのごとくなめらかだ。「ぼくはきみの不機嫌を治す特効薬になれたかな？」

ガレットはイーサンを見つめ返す勇気のないまま、かすれた声で認めた。「ええ」

それからはふたりとも黙っていた。互いの存在を意識して胸がふさがり、体が発する目に見えない信号を神経が拾っていく。ガレットはシャーベットを最後にもうひとすくいした。ほとんど溶けてしまっているのに、うれしさが喉を締めつけてなかなかのみこめなかった。

イーサンは器をそっと取りあげ、通りすがりの使用人に手渡した。ふたたびガレットを応接室へ連れていき、五、六人の紳士淑女の歓談の輪に加わる。イーサンは社交の場の礼儀作法に精通していて、いかにも紳士らしく慣れた様子で自己紹介をした。彼がまわりの女性の視線を一身に集めていることは見逃しようがなかった。女性たちはイーサンのそばでまつげをはためかせ、髪に手をやり、ひとりは胸元を扇であおいで注意を引こうとまでした。ガレットは世慣れた女を気取って面白がろうとしてみたものの、そんな余裕はたちどころに、こみあげるいらだたしさに追いやられた。

内務大臣のタザム卿が応接室の入口に現れて談笑をさえぎり、今から大広間で音楽会を開くのでそちらへどうぞと高らかに告げた。暑苦しそうな客たちはぞろぞろと移動しはじめた。イーサンはガレットとともに部屋の隅へさがり、ほかの客たちを先に行かせた。

「後ろの席しかなくなってしまうわ」ガレットは言った。「椅子が残っていればの話だけれど」

「わかっている」

ガレットは気づいた。客たちが音楽鑑賞をしている隙に、イーサンは目的のものを盗むつもりなのだ。

なじみのあるかすれた声が彼女の思考に割りこんできた。「わたしのエスコートはお役御免かね、ドクター・ギブソン？」ドクター・ハヴロックが上機嫌で問いかけた。「もっとも、相手がミスター・レイヴネルであれば喜んで譲ろう」

ガレットは驚いてまばたきをした。ハヴロックが人違いをするとは珍しい。彼女はイーサンの無表情な顔をちらりと見てから同僚に視線を戻した。「ドクター・ハヴロック、こちらはダラムからいらしたミスター・ランドルフです」

ハヴロックが困惑した顔でイーサンをまじまじと見た。「これは失礼。てっきりレイヴネル家の方だと思った」ガレットへ顔を向ける。「伯爵の弟君にそっくりじゃないかね？」

「どうでしょう」ガレットは言った。「ミスター・レイヴネルとはお会いしたことがないんです。レディ・ヘレンはいつか引きあわせると言っていますが」

「ミスター・レイヴネルは診療所へ来たことがあるだろう」ハヴロックが指摘する。「レディ・パンドラの手術後の見舞いに。あのとき会っていないのか？」

「残念ですけれど」

ハヴロックが肩をすくめ、イーサンに微笑みかけた。「ミスター・ランドルフ、でしたか？お目にかかれて光栄です」ふたりは固い握手をした。「念のためにお教えしておくと、あなたと一緒にいるのはわが国屈指の才女ですぞ。ドクター・ギブソンは女性の体に男の頭脳を持っていると言えるでしょう」

最後の部分にガレットは苦笑いを浮かべた。ハヴロックが褒め言葉のつもりで言ったことはわかっている。「ありがとうございます」

「ドクター・ギブソンとは知りあったばかりですが」イーサンが言った。「彼女の頭の中身はいかにも女性らしいというのが、ぼくが持った感想です」からかいの言葉が続くのを予期して、ガレットはかすかに体をこわばらせた。女性は気まぐれだとか、浅はかだとか、お決まりの文句だろう。ところがイーサンの口調にあざけりの響きは少しもなかった。「鋭敏で細やかな感性、機転のよさ、思いやりにあふれた考え方……ええ、ドクター・ギブソンは女性らしい心を持っています」

思いがけない言葉にガレットは驚いてイーサンを見つめた。

その短い瞬間、イーサンは本当に世界中の何より彼女を優先しそうに見えた。ガレットのすべてが――いいところも悪いところも含めて――見えていて、ずっとそのままでいてほしいと思っているかのように。

どこか遠くからハヴロックの声が聞こえた。「きみの新しい友人は弁が立つな、ドクター・ギブソン」

「ええ、本当に」ガレットはイーサンから無理やり視線を引きはがした。「このままミスター・ランドルフのお相手をしていてもかまわないですか？」

「もちろんだ」ハヴロックは応じた。「これでわたしも音楽会から逃れられる。喫煙室で友人たちと葉巻を楽しむほうがいいのでね」

「葉巻ですって？」ガレットはわざと驚いたふりをした。「煙草は百害あって一利なしの贅沢品だと、いつもあれほどおっしゃっているのに？　つい先日も、再婚後は一服たりともしていないと豪語されていましたよね」

「わたしの強固な意志は誰にも打ち負かすことはできん」ハヴロックが言った。「とはいえ、たまにはな」

ハヴロックが立ち去ったあと、ガレットはイーサンを観察した。「ミスター・ハヴロックの言ったことにも一理あるわ……たしかにあなたはレイヴネル家の人たちとよく似ている。中でもその目よ。どうしてこれまで見落としていたのかしら。奇妙な偶然ね」

イーサンはそれについては何も言わず、顔を曇らせて問いかけた。「レディ・ヘレンはなぜきみをウェストン・レイヴネルに引きあわせようとしているんだ？」

「お互いに気が合うのではないかと考えているようよ。だけどまだ会う時間がなくて」

「会わなくていい。あいつには近づくな」

「どうして？　彼が何をしたの？」

「あいつはレイヴネルだ。理由はそれで充分だ」

ガレットは眉をあげた。「あの一族が嫌いなの？」

「そうだ《アイ》」

「レディ・ヘレンのことも？　あんなに優しくて思いやりのある人はふたりといないわ。道理のわかる人なら彼女を嫌いになんかなれないはずよ」

「具体的に嫌いな相手がいるわけじゃない」イーサンは低い声音で言った。「あの一族自体が嫌いなんだ。もしきみがレイヴネルとつきあうなら、ぼくはこの手であいつを絞め殺す」

ガレットは唖然《あぜん》とし、一瞬言葉を失った。非難の目で冷ややかにイーサンを見据える。「あきれた。立派なあつらえの夜会服の中身は、原始的な衝動を抑える能力もない、嫉妬深い乱暴者というわけ?」

イーサンは表情を変えずにガレットを見つめ返したが、すぐに愉快そうに目をきらめかせた。彼女に顔を寄せてささやく。「きみは永遠に知らないほうがお互いのためだ、大切な人《アクーシュラ》。ぼくの夜会服の下にあるものを」

ガレットは簡単に赤面するたぐいの女ではないのに、気づくとビーツのように真っ赤になっていた。イーサンから目をそらし、顔が燃えるようにほてるのをなんとかしようとする。

「一族自体が嫌いだなんて。彼らがあなたに何かしたの?」

「それは重要じゃない」

何かあるのは明白だ。けれどもレイヴネル家とイーサン・ランサムのあいだになんらかの確執があるとヘレンからは聞いたことがない。イーサンの敵意はどこから来ているのだろう? いずれ彼を問いただそうとガレットは心に決めた。

ふたりは客たちがあらかた大広間へと去るまで軽食室に残り、最後の数名に紛れて部屋をあとにした。遠くで最初の演奏者を紹介するレディ・タザムの声があがった。ショパンの《華麗なる大ポロネーズ》を奏でるピアノの澄んだ音色が冷たい小川のせせらぎのように廊下へと流れてくる。だがイーサンは音楽が聞こえるほうには向かわず、ガレットを連れて屋敷の反対端へと廊下を進み、家族用の階段をおりていった。

「どこへ向かっているの？」ガレットは尋ねた。

「タザムの書斎だ」

一階へおりて玄関広間を横切り、静まり返った廊下を進んだ。角に近い部屋にたどり着くと、イーサンはドアの取っ手を試した。開かない。

彼はかがみこんで錠を調べた。

「開けられそう？」ガレットは小声で尋ねた。

「ピンタンブラー錠を？」答えは明白と言わんばかりにイーサンが問い返す。彼は上着の内ポケットから極細の金属棒を二本取りだした。先が曲がっているほうを慣れた手つきで鍵穴の下側に差し入れ、もう一方の金属棒で内側のピンをひとつずつあげていく。カチッ。カチッ。カチッ。あっという間にシリンダーが回転してドアが開いた。

イーサンは暗い室内へガレットを導き入れると、ポケットからスチール製の小さなマッチ箱を出し、壁から延びる蝙蝠《バットウィング》の翼形ランプをすばやくともした。翼の形をしたガラスシェードを炎が満たし、白い光を室内に投げかける。

ガレットは周囲を見まわし、暖炉の前におとなしく座っているアイリッシュセッターにぎくりとしたが、すぐに剝製《はくせい》だと気づいた。書斎は大量の装飾品であふれんばかりだ。口の細い花瓶から広がるクジャクの羽根、銅像、置物、飾り箱。壁のほとんどはそびえるようなクルミ材の黒い高級家具で覆われていて、その引き出しや棚のいくつかには前面に鍵が取りつけられていた。壁に残されたわずかな空間は犬や狩猟風景の絵画、もしくはガラス張りの額縁に入った小ぶりの工芸品や骨董品《こっとう》で埋められている。ベルベットのカーテンが引き開けられた窓ガラスの向こう側では、鉄製の飾り格子がそれぞれの窓を守っていた。

イーサンは机の向こうへ行き、壁の腰板の上部に指を軽く這わせている。

「何を探しているの？」ガレットは声を潜めて問いかけた。

「帳簿だ」イーサンが腰板の枠を押すと、表からは見えない秘密の留め金が外れて板が勢いよく開いた。中から現れたのはずいぶんと奇妙な物体だった。鉄製の台座に据えられた、鋼の巨大な球体だ。

ガレットはイーサンの背後へ行った。「それはなんなの？」

「砲弾形金庫だ」

「なぜ四角じゃないの？」

「安全性が高くなるからだ。爆薬を仕掛けられる場所がないため、金庫の扉を爆破することができない。分解しようにも、ボルトもリベットもねじもないし、くさびを打ちこめる接合部分もない」イーサンはかがみこむと、錠面中央に取りつけられている、端に数字と目盛りがついた真鍮製の奇妙なダイヤルを調べた。「鍵のない錠だ」ガレットが尋ねるよりも先にイーサンが小声で言う。彼は上着から真鍮の円盤を取りだした。ひと振りすると、細長い円錐形に伸びる。それは伸縮式のラッパ形補聴器で、ガレットが診ている高齢患者の多くが同じものを使っている。困惑している彼女の前で、イーサンは補聴器の細いほうの先を耳の穴に入れると、反対側を金庫に密着させてダイヤルをまわし、耳を澄ました。「錠を開けるための暗証番号が必要だな。内蔵の円盤がたてるカチッという音が、必要な組み合わせの数がわかる」作業に注意を戻し、補聴器を押さえてダイヤルをまわす。「三つだ」やがて言った。「さて、ここからが難しい……それが何かを探りあてるんだ」

「手伝えることはある？」

「いいや、きみには……」イーサンは言いかけて何か思いついたらしい。「統計グラフの作成の仕方は知っているか？」

「知らないと困るわ」ガレットはイーサンの隣にしゃがみこんだ。「そうでないと患者の診察記録をきちんと管理できないでしょう。折れ線グラフ？　それとも散布図？」

「折れ線グラフで頼む」イーサンは感嘆したように軽く首を振りながらガレットを見やった。うっすらとえくぼが浮かんでいる。彼はポケットに手を入れて、ページに方眼が薄く印刷された小さな手帳を取りだし、ガレットに手渡した。「開始位置の番号は座標の横軸、接触点の番号は縦軸だ。ぼくがダイヤルの番号を試して、どれを表に記入するかをきみに教える」

「金庫破りが方眼紙を使うなんて知らなかった」ガレットは小さな鉛筆を受け取った。

「普通は使わない。だが現在、この金庫を破ることができるのはこの国でおそらくぼくひとりだろう。これは独自の定則を持つ機械装置だ。製作した職人でさえ破ることはできない」

「それならあなたは誰に教わったの？」

イーサンは躊躇してから言った。「あとで説明する」仕事に取りかかり、補聴器をふたたび金庫へ押しあてる。イーサンが慎重にダイヤルをまわして音を聞き取り、一連の番号をささやくのを、ガレットは手際よくグラフに書き取った。一〇分もせずに作業は終了し、彼女は手帳と鉛筆をイーサンに返した。彼は表に記された二本の折れ線を調べ、交わる点にしるしをつけた。「三七……二一……一六」

「順番は？」

「試してみるしかない」イーサンは大きい順に番号をまわしたが、何も起こらなかった。次に小さい順にまわしてみる。すると魔法のように金庫の内部で機械音がなめらかに響いた。

「やったわね」ガレットはささやいた。

イーサンは集中力を維持しようとしながらも、笑みをこらえきれない様子だ。「きみにはすぐれた犯罪者になる素質がある」立ちあがって金庫の取っ手を押しさげる。厚さ二〇センチほどの丸い扉が音もなく開き、内部があらわになった。

いくぶん拍子抜けしたことに、中身は書類と帳簿が積み重なっているだけだった。しかしイーサンの呼吸は速まり、眉間にしわが刻まれた。ガレットには、書類を取りだして机にのせる彼の頭の中を思考が駆けめぐっているのが感じられた。イーサンが帳簿の束を調べて目当てのものを見つけだして広げた。大急ぎでページを繰りながら、一度に何十もの見出しに目を走らせる。

「ここにいるのがそろそろ見つかるな」イーサンは顔をあげずに言った。「ドアの前へ行って、隙間から外を見張っていてくれないか。近づいてくる者がいたら教えてくれ」

イーサンの声は冷静で、帳簿を調べる動きはすばやくも慎重だ。

ガレットは不安に胃が引きつった。ドアのそばに行くと、ドアと戸枠のあいだにかろうじて外がのぞけるだけの隙間があった。イーサンはせいぜい幅五ミリの隙間にも気づくほど部屋の細部に目を光らせていたのだと知り、ガレットは驚いた。

ぱらぱらと帳簿をめくって二、三分が経過したところで、イーサンは上着から折りたたみ式ナイフを取りだして開いた。ナイフを滑らせてページを数枚切り取る。

「それで終わり?」ガレットは小声で尋ねた。

イーサンがかすかにうなずく。その顔に表情はない。どうしてそこまで冷静でいられるのだろうとガレットは不思議に思った。彼女は全身から不安がしみだしそうなのに。

ガレットが廊下に注意を戻すと何かが動くのが見え、胃がひっくり返った。「誰か来るわ」彼女はささやいた。返事がなかったのでガレットが首をめぐらせると、イーサンは書類と帳簿をもとどおりに積み重ねているところだった。「誰かが――」

「わかってる」

ガレットはもう一度隙間からのぞいた。遠くにあった人影がどんどん大きくなり、またたく間に男がドアの向こう側に来た。ドアノブがガチャガチャ鳴って、彼女はあとずさりした。ガレットが取り乱した視線をイーサンに向けると、彼は書類を金庫に戻して錠をいじっている。

外からドアに鍵が差しこまれた。

ガレットの心臓は空へ向かって飛びだしそうだった。どうすればいい? なんと言い訳をすればいいだろう？　混乱のさなか、イーサンの静かな声が聞こえた。

「動くな」

ガレットはその言葉に従い、全身の動きを止めた。

物理法則に逆らうすばやさでイーサンは金庫を閉め、その上の壁の腰板を戻した。切り取ったページを手早く折りたたみ、上着の内側にしまう。ドアの鍵がまわると同時に、彼は机に手を突いてひらりと飛び越えた。

猫さながらのしなやかさで着地するイーサンを、ガレットは振り返った。次の瞬間、彼の腕が自分の体にまわされた。ガレットの動転した声をイーサンの口がかき消す。

むさぼるような激しいキスに押されてガレットの頭が後ろへ倒れるのを、イーサンがうなじをとらえて手で支える。イーサンの舌先が唇のあいだで炎のようにひらめき、ガレットは唇を開かずにいられなかった。ガレットの骨がとろけて意識が遠のいていくまで、イーサンはきつく抱きすくめてキスを深めた。ガレットはこのまま闇と官能の世界へ崩れ落ちていってしまいたかった。

イーサンがガレットの顔を撫でながら重ねた唇をそっと離し、彼女の頭を自分の肩にのせた。ガレットを優しく守るその手つきは、書斎へ入ってきた男に対する威嚇的な口調とは対照的だった。「なんの用だ、ギャンブル？」

13

「この部屋は立ち入り禁止だ」耳ざわりな非難の声があがった。「ここで何をしてる？」

「見ればわかるだろう？」イーサンが冷ややかに言う。

「この件はジェンキンに報告する」

ガレットはイーサンの胸に抱きしめられたまま侵入者へちらりと目をやった。燕尾《えんび》服を着た執事、もしくは副執事のようだけれど、ふるまいはまるで違う。イーサンと同様に身体的な敏捷《びんしょう》性を感じさせるが、より屈強そうだ。短く刈りこまれた黒髪が好戦的に張りでた額を強調していた。肌は若々しくてしわがなく、頬と顎にちらほらでこぼこがあった。並外れて太い首に押されて、立ち襟の喉元が少し開いている。ガレットは男の生気のない目を見つめ、街中で会ったら通りの反対側へ渡って避けたくなるたぐいの男性だと考えた。

ガレットが体をこわばらせるのを感じ、イーサンは彼女のうなじのやわらかな毛を探った。彼の手つきがガレットをなだめ、無言の励ましを伝えてくる。

「部屋はほかにいくらでもあるのに」ギャンブルが問いかける。「なぜタザムの書斎にいる？」

「せっかく手伝いに来たんだから、書類の整理でもしようかと思ってね」イーサンが皮肉を言った。

「おまえは警備の手伝いに来たんだろ」

「おまえこそ警備の仕事はどうした？」

緊張感が室内にみなぎる。ガレットはイーサンの腕の中で身じろぎした。〝オオカミの耳をつかんでとらえる〟というたとえをイーサンから聞いたばかりだが、今は毛を逆立ててうなる二匹のオオカミにはさまれている気分だ。

ギャンブルがガレットを見据えた。まるでライフルの照準を合わせるかのような目つきだ。「おまえをずっと見ていたぞ」ガレットは今夜の夜会のことを言っているのかと思ったが、ギャンブルは続けた。「昼であれ夜であれ好きなときに自分の行きたいところへ出かけて、男の仕事をするとはな。女は家でバスケットの修理をしてればいいんだ。女が男になろうとするより、そのほうがよっぽど世の中のためになる」

「男になりたいとは思わないわ」ガレットは冷ややかに言った。「それでは後戻りするようなものでしょう」腰にまわされたイーサンの腕がこわばるのを感じ、彼女は硬い筋肉を強く握って挑発にのらないよう無言で促した。ガレットはギャンブルの立ち襟に視線を戻して観察した。襟の片側が反対側より数ミリ外へ押しだされている。襟の先端から喉の腫れがわずかに見て取れた。「喉のしこりはいつから？」

ギャンブルが驚いて目を見開く。

彼に答える気はないようなので、ガレットは自分の見立てを述べた。「その位置のしこりは甲状腺腫の可能性があるわ。その場合はヨウ素の服用で簡単に治せるの」

ギャンブルが反感をむきだしにして、にらみつけた。「余計なお世話だ」

イーサンが小さなうなり声をあげてギャンブルのほうへ足を踏みだすのを、ガレットはすばやく両手で胸板を押さえて止めた。「やめて、ミスター・ランサム。いい考えではないわ」内務大臣の金庫から盗んだ情報が上着のポケットに入っているのだから、なおさらだ。

ガレットの手のひらの下で、張りつめた筋肉が徐々にゆるむ。「しこりを放置したら」イーサンは期待をこめて尋ねた。「あとどれくらいでこいつの喉はふさがる？」

「失《う》せろ」ギャンブルが吐き捨てた。「さもないとおれの拳でおまえの喉をふさいでやる」

書斎を出たあと、イーサンはガレットを連れて廊下を戻り、大階段の下の空間へ彼女を引き入れた。影の中にふたりはたたずんだ。ここは風が通らず、空気がひんやりとして少しよどんでいる。イーサンの目には優雅で女性的なガレットの姿だけが映っていた。ドレスの表面を光が躍り、小さなクリスタルの飾りが髪の中できらめいている。

繊細な外見に反して、ガレットには驚くべき不屈さが、イーサンが称賛してやまない強靭さがあった。彼女が選んだ人生には、女性とはなんであり、なんではないのか、女性は何になれるのかを示しつづける終わりのない義務がついてまわる。失敗や普通の人としての弱さを世間はガレットに許さない。イーサンにはとうていできないほど、彼女がそれらすべてを耐え忍んできたことは神が知っている。

ガレットがギャンブルに言ったことを思い返してイーサンは白状した。「ギャンブルの喉の腫れだが……あれはおそらくぼくが原因だ」

「どういうこと？」

「この前の晩、あいつがぼくをつけてジェンキンに密告していたのがわかって、路地でつかまえて首を絞めあげたんだ」

ガレットがチッチッと舌を鳴らす。イーサンはそうやって彼女に叱られるのを心ひそかに楽しんだ。「暴力に訴えるのはいけないわ」

「やつはきみを危険にさらした」イーサンは弁明した。「そしてぼくを裏切った」

「だからといって、あなたが暴力をふるう言い訳にはならない。報復以外の選択肢があるでしょう」

暴力的な報復の正当性について熱弁をふるってもよかったが、イーサンはしおらしく頭を垂れ、ガレットの反応をこっそりうかがった。

「それはさておき」ガレットが言った。「ミスター・ギャンブルの喉の腫れはあなたが引き起こしたものではないわ。あれはほぼ間違いなく甲状腺腫よ」廊下へと身を乗りだして近づいてくる者がいないことを確かめてから、イーサンに視線を戻す。「書斎に侵入した証拠は何も残していないわよね？」

「ああ。だが金庫が破られたことは次に開けようとしたときにわかる。帳簿を処分されないよう、番号の組み合わせを変えておいた」

ガレットはイーサンに身を寄せた。「どんな情報を盗みだしたの?」

上着にしまったページが焼きつくかのようだ。ナッシュ・プレスコットから聞いたとおり、帳簿には貴重な情報が含まれていた。イーサンが手にした秘密は大勢の人の命を終わらせることもできれば、救うこともできる。イーサンが何をしたかを知れば、その場で彼を撃とうとする者が最低でも一〇人はいるだろう。

「ジェンキンにタザム、それに内務省の連中が、政治的過激派と共謀して、英国民を標的とした爆弾攻撃を企てていた証拠だ」

「これからどうするの?」

ガレットにはすでにあれこれ話しすぎている。ここまで深く巻きこむつもりはなかったのに。しかしこの情報をしかるべき相手にすみやかに渡せば、ガレットが標的となるのを回避できるはずだ。「切り取ったページをスコットランドヤードへ持っていく。ジェンキンを追い払う絶好の機会に警視総監は飛びつくだろう。明日ホワイトホールは天地がひっくり返ったような騒ぎになる」

ガレットがイーサンの上着の襟に片手でそっと触れた。「何もかもうまくいけば、あなたとわたしは自由に――」

「いいや」イーサンは静かにさえぎった。「前に言っただろう。ぼくはきみのような女性にはふさわしくない」ガレットの戸惑いを目にして、イーサンは自分に足りないものを、彼女が求めても与えることのできないものを理解させるすべを模索した。彼がガレットに見合う紳士になることは永遠にない。「ガレット……ぼくはディナーベルや、炉棚の上の置き時計や、ティーテーブルのある暮らしとは無縁だ。夜更けまで外をうろつき、昼まで寝ている。住んでいるのはハーフムーン・ストリートの貸し部屋で、食料品庫は空っぽ、床には絨毯《じゅうたん》ひとつない。唯一の装飾品はシルクハットをかぶって自転車に乗っているサーカスの猿の絵で、前の住人が置いていったものだ。ぼくはひとりでいることに慣れすぎている。人が人に対してなしうる最悪の行いをこの目で見たことがあり、それをずっと胸に抱えている。ぼくは誰も信用しない。ぼくの頭の中は……とてもきみには見せられない」

ガレットは考えこみ、長いあいだ沈黙していた。「わたしも、人が人に対してなしうる最悪の行いを目にしたことがあるわ」しばらくして口を開く。「もはやたいがいのことでは驚かないわね。あなたがどんな暮らしを送ってきたかは薄々わかっているし、あなたをおとなしい家庭人にするつもりは毛頭ないの」

「ぼくは自分の生き方を変えられない」

「その年で？」ガレットが眉をあげる。

まるで大人ぶった青二才に対して話しているかのようなガレットの口ぶりに、イーサンはむっとするのと同時に愉快な気分になった。「ぼくは二九歳だ」

「ほらね」それで何かが証明されたかのようにガレットが言う。「だったら、まだそこまで頭は固くないはずよ」

「年は関係ない」表面的な会話という見せかけの下で、ふたりのあいだには真剣なやりとりが交わされていた。ガレットに求められるかもしれないことを、自分が正気をなくした瞬間に約束しかねないことを考えると、イーサンは渇望と恐怖に胃を締めつけられた。「ガレット」突き放すように言った。「ぼくは型にはまった暮らしになじめない」

ガレットの唇の端がさもおかしそうにあがる。「わたしの暮らしが型にはまっていると思う？」

「ぼくの暮らしに比べれば」

ガレットはイーサンの内面をのぞきこんで見定めるかのようだ。彼女の緑色の瞳に縛りつけられて、イーサンは何もできずにその場に立ちつくした。一緒に過ごすことのできない時間を思うと名残惜しさで胸が詰まる。ガレットを求める気持ちは耐えがたいほど強烈だ。しかし自分のような男には、避けられない報いが待ち受けている。

「じゃあ、これで終わり？」ガレットが問いかける。「本にはさんで押し花にしたスミレと、玄関の新しい錠前……それだけがあなたとの思い出になるの？」

「ほかに何が欲しい？」イーサンはためらうことなく尋ねた。「言ってくれ。きみのためなら王冠を飾る宝石であろうと盗んでくる」

ガレットがまなざしをやわらげ、手を伸ばして彼の頬を撫でた。「猿の絵をちょうだい」

イーサンは目を丸くしてガレットを見つめた。聞き間違いだろうか。

「あなたのもうひとつの仕事が終わったら、わたしの家まで持ってきて」ガレットが言う。

「お願い」

「いつ？」

「今夜」

　雷に打たれたかのような衝撃だった。すべての社会及び道徳の規範に反することをたった今口にしたのが嘘のように、ガレットは純真そのものの顔つきだ。「大切な人《アクーシュラ》」イーサンは声を絞りだした。「きみと夜をともにすることはできない。それはきみの夫となる男の権利だ」

　ガレットがまっすぐイーサンを見つめた。「わたしの体はわたしのものよ、それを差しだすか差しださないかはわたしが決める」つま先立ちになってイーサンの唇にそっと唇を押しあてた。華奢《きゃしゃ》な手で彼の頬を覆い、こわばった顎の上に親指を置く。「あなたに何ができるのかわたしに見せて」彼女はささやいた。「試してみてもいいわ。一二〇種類の体位のうちのいくつかを」

　イーサンは立っているのも難しいほど下腹部が張りつめた。頭の位置をさげていって、互いの額を触れあわせる。ガレットに触れることができるのはそこだけだ——もし手で触れたら、自制心は跡形もなく吹き飛んでしまうだろう。

　イーサンはざらつく声で言った。「あれは初めての経験としてはふさわしくない」

「それなら初めてのときはどうするのか教えて」

「くそっ、ガレット」イーサンは小声で言った。彼女について知りたくないことがある。一糸まとわぬ背中の曲線。秘められた肌の香りと手ざわり。誰にも見られたことのない場所の色。結ばれた瞬間に彼の首にかかる荒い吐息。ひとつになった体が刻む甘い律動。そんなことを知ればガレットとの別れは拷問に変わる。彼女なしで生きるのは死よりもつらい苦しみとなる。

もっとも、イーサンは週明け前には袋に詰められてテムズ川に沈んでいるだろう。

ガレットがイーサンを見あげた。明るく輝く瞳が挑みかける。「わたしの寝室は二階、階段の右側よ。ランプをつけておくわ」唇がかすかに弧を描いた。「玄関の鍵は……開けておく必要はないわね」

14

イーサンは夜会の会場からスコットランドヤード警視総監フレッド・フェルブリッグが暮らす高級住宅地、ベルグレイヴィアへまっすぐ向かった。盗んだ証拠はフェルブリッグのもとへ持っていくのが理にかなった選択だ、彼は内務省の共謀者たちを裁きにかける権限と動機の両方を持っているのだから。

タザムとジェンキンの犯罪が明るみに出たら、しばらくは波風が立つだろう。逮捕に辞職、特別委員会、尋問、それから裁判。しかし正しいことをすると信頼できる相手がいるとしたら、それは秩序と慣例を重んじる敬虔《けいけん》なる男、フェルブリッグだ。何よりフェルブリッグはジェンキンを忌み嫌っている。スパイマスターという内務省内でのジェンキンの非公式な地位と、彼が手ずから選んだ諜報員によるうさんくさい情報収集法をフェルブリッグが問題視していることは、スコットランドヤードで知らない者はいない。

深夜にベッドから引きずりだされたフェルブリッグは、寝間着にガウンを羽織り、不機嫌な顔で自分の書斎に現れた。ジンジャー色の頬髭、背が低く痩せ細った体型、それに房のついたナイトキャップの先が頭の後ろに垂れているさまが、小さな妖精を連想させる。怒った妖精だ。

「これはいったいなんだ？」フェルブリッグは顔をしかめ、机の上に置かれたページを見おろした。

「内務省がギルドホールの爆破犯とつながっていた証拠です」イーサンは静かに言った。

絶句して椅子に座りこむフェルブリッグに向かって、イーサンは内務大臣の金庫のこと、政府の秘密の資金が反政府組織や過激派に流れていた事実を示す記録のことを話しだした。

「これはル・アーヴルを出航したあと行方がわからなくなった爆発物に関する項目です」イーサンはページの一枚を押しやった。「ダイナマイトの供給先はアイルランド独立を目指す秘密結社〈フェニアン団〉のロンドン拠点となっています。また彼らには現金や、庶民院の傍聴席への入場許可証も提供されていました」

フェルブリッグはナイトキャップを引きずりおろすと、汗の浮いた顔をそれで押さえた。

「いったいなんのために庶民院の傍聴を？」

「下見をしていた可能性があります」それでも察しのつかない警視総監に、イーサンは淡々とつけ加えた。「国会議事堂爆破の」この男がジェンキンに出し抜かれつづけてきたのも無理はないと、胸中で納得した。フェルブリッグを愚鈍と呼ぶのは、公平とは言いきれないとしても的外れではない。

警視総監はページに覆いかぶさるようにしてのろのろと目を通した。

フェルブリッグが証拠を吟味するのを眺めながら、イーサンは何かが引っかかった。ジェンキンが守るべき無辜《むこ》の民の殺害を企てていると知れば、フェルブリッグは決して見て見ぬふりはしないだろうと踏んでいた。この男はジェンキンを目の敵にしている。これまでジェンキンからさんざん軽視され、侮辱されてきたのだ。フェルブリッグには個人的にも警視総監としても、この情報を利用してジェンキンを失脚させるだけの理由がある。

それなのに、イーサンはいやな予感がした。フェルブリッグの表情は硬く、落ち着かない様子でたらたらと汗を流している。寝耳に水だったためとも受け取れるが、その反応にはどこか違和感があった。てっきり怒りをみなぎらせ、宿敵を葬るまたとない材料を与えられて驚喜するものと予想していた。ところがフェルブリッグは顔面蒼白になって黙りこんでいる。イーサンはそれが気になってならなかった。

だが賽《さい》は投げられた。もはや後戻りはできない。なんであれ、何かが動きだしたのだ、こうなってはフェルブリッグが行動に出るまで、自分は陰に身を潜めておくしかない。

「きみは明日どこにいる？」フェルブリッグが問いかけた。

「街中のどこかに」

「連絡を取るにはどうすればいい？」

「令状を取り、捜索と押収ができるだけの証拠はお渡ししました」イーサンはフェルブリッグを見据えた。「必要なときはこちらから連絡します」

「帳簿そのものはまだタザム卿のもとにあるんだな？」

「そうです」番号の組み合わせを変えたことには触れずにおいた。イーサンはフェルブリッルーグの目を見つめつづけたが、相手は一、二秒で視線をそらした。

この小心者は何を隠しているんだ？

「この件はすみやかに善処する」フェルブリッグが言った。

「そう期待します。あなたは正義漢で通っています。国会議事堂の裁判官の前で、〝忠実、公平かつ誠実〟にご自分の職務を果たすと宣誓された」

「ああ、そうだとも」フェルブリッグは見るからにいらいらして言った。「用がすんだなら帰ってもらえないかね、ランサム。こっちは睡眠時間を返上して、きみが持ちこんできた問題をこれから片づけねばならん」

そう聞いて、イーサンは少し気分が軽くなった。

自分の貸し部屋へ戻り、労働者風の服装に着替えた。コットンのズボンに胸元の開いた上着、頭からかぶるシャツ、それに短い革のブーツ。がらんとした室内をしばし歩き、なぜ自分はこれまでずっと世捨て人のように暮らしてきたのだろうかと初めて不思議に思った。むきだしの壁、粗末な家具、いい暮らしをするだけの余裕はあるのに。しかしここがイーサンの選んだ場所だ。イーサンの仕事には匿名性と孤立が求められ、その存在の中枢にジェンキンがいる。そうなる選択をしたのもイーサンだ。理由は自分でもわからないし、検証したくもない。

猿の絵の前で立ちどまり、しげしげと見つめた。こんなものをガレットはどうするつもりだろう？　これは広告に使われたイラストで、商品名の部分は切り取られている。シルクハットをかぶってにんまりする猿が、遠巻きに眺める観客の前で自転車を漕《こ》いでいる。その目がたたえているのは憂いか狂気か、イーサンにはどちらとも判断がつかなかった。見えないところにサーカスの団長がいて、そいつが猿に服を着せて、芸をさせているのだろうか？　この猿は疲れたらやめさせてもらえるのか？

　こんなどうでもいい絵をガレットはなぜ持ってくるよう言ったんだ？　この絵がイーサンの何かを物語ると考えたのだろう——そんなことは断じてないが。ガレットに見せるのはやめだとイーサンは決めた。こっちが恥をかく。なぜ壁に貼りっぱなしにしていた？　そもそもなぜ話題に出した？

　自分は今夜で姿を消すのがお互いのためだ。世界の反対側へ行って名前を変え、別の人間になろう。それで寿命も延びる。ガレットのほうはこれまでにも増して輝かしい業績をあげ、ゆくゆくは病院を建て、後進の教育にあたり、人々の励みとなるだろう。結婚して子どもを持つかもしれない。

　だがイーサンの胸の中で、ガレットは思い出の影として生きつづける。いくつかの言葉は、耳にするたびに彼女を思いださせるだろう。警官の呼び子の音もそうだ。それにスミレの香り、緑色の瞳、夜空を覆いつくす花火、レモンシャーベットの味も。

　猿の絵に手を伸ばしかけ、小さく悪態をついてその手を引っこめた。

　ガレットのもとへ行くことを考えると……恐れと不安が胸を満たす。それに希望も——イーサンのような生業《なりわい》の男には致命的となる感情だ。

一夜にどれだけの価値がある？　ふたりはそれぞれどんな代償を払わされる？

日だまりのぬくもりを帯びた花びらが肌に舞い落ちるようなやわらかさが顔をかすめ、ガレットはまどろみから目を覚ました。熱い吐息が頬にかかる。イーサン。ガレットは微笑んで身じろぎした。誰かのかたわらで目覚める喜びを初めて噛みしめる。彼は夜気と霧のにおいがした。ガレットは夢の途中であるかのように何やらつぶやいて体をすり寄せ、イーサンの甘い口づけを受けとめる。上掛けの下で素足のつま先が丸まった。

「あなたが入ってくるのに気づかなかった」ガレットはささやいた。彼女は眠りが浅く、寝室は床板がきしむ――イーサンは物音ひとつたてずにどうやって近づいたのだろう？

イーサンはガレットに覆いかぶさり、彼女の髪を撫でている。波打つ長い髪はうなじでひとつにまとめ、リボンで結んであった。イーサンが濃いまつげを伏せ、簡素な白いネグリジェに包まれたガレットの体を見おろした。彼が細かなひだの寄る胸元にそっと手をのせると、中指の先端が鎖骨の上のくぼみにあたる。そこはとくとくと脈打っているのが見える箇所だ。イーサンが彼女の顔へ視線を戻す。

「ガレット……こんなことはすべきじゃない」

ガレットはイーサンの顎の下に唇を押しあてて、うっとりとする香りを吸いこみ、髭剃り跡の残る肌にキスを浴びせた。「服を脱いで」彼女はささやいた。

イーサンが唾をのみこむ動きがガレットの唇に伝わってくる。彼は乱れた息を吸いこんで立ちあがった。

小さなベッドの上に起きあがるガレットの前で、イーサンは急がずに服を脱いでいく。ひとつひとつが放られて山を作った。ガレットはこれほど美しい体を見るのは初めてだった。均整の取れた長い四肢、広い肩と胸、長年鍛え抜かれた体は硬く引きしまって光沢を帯びている。すりガラスのランプシェード越しに投げかけられる明かりが、イーサンが動くたびにさまざまな筋肉の曲線をとらえ、力強い体の表面に銀色の三日月を思わせる輝きが浮かびあがる。彼が恵まれた体格をしているのは知っていたが、こうして実際に見るのはまた別の話だ。ああ、イーサンは美しい。全身が肉体美そのものだ。全裸でもなんら臆することのない、最も美しい年頃の男性。

これまで人の裸にうろたえたことなど一度もなかったガレットだが、気後れして、欲望に体を震わせた。

イーサンはベッドへ戻る前に、ガレットの鏡台と化粧台の上の私物に視線を走らせた。そろいの真珠貝のブラシと櫛、女学生時代に作った刺繍入りのランプ敷き、鉤針《かぎばり》編みのカバーがついたヘアピン入れ――ずっと昔に女学校時代の校長のミス・プリムローズからもらったものだ――そしてアーモンドオイルの軟膏を入れた小さな磁器の瓶。イーサンが壁にかかった小さな額縁に目を留めた。額には赤ん坊用の手編みの小さなミトンがひと組入っており、両方の手の甲をリボンの花が飾っている。

「わたしが生まれるときに母が作ってくれたものなの」ガレットは気恥ずかしさを覚えなが

ら言った。「壁に飾るようなものではないけれど、母の形見はそれしかなくて。とても手先が器用だったそうよ」

イーサンがガレットのそばへ来てベッドに腰をおろした。彼女の両手を取って唇へ持ちあげ、指と手のひらにキスをする。「じゃあ、きみの手はお母さん譲りだ」

ガレットは体を寄せ、イーサンの髪に頬を寄せた。「絵は持ってきてくれた？」

「ドアのところにある」

彼女はイーサンの肩に顎をのせ、壁に立てかけてある長方形の包みに目をやった。「見てもいい？」

「あとでだ」イーサンが言った。「あれをいったいどうするんだか。目つきの悪い猿の絵だぞ」

「目つきが悪いのには正当な理由があるはずよ」ガレットは体を引いてイーサンを見つめた。「自転車のサドルは臀部《でんぶ》の擦過と会陰の麻痺《まひ》を引き起こす場合があるわ」

イーサンにはなぜかそれがおかしかったらしい。瞳が笑いに輝き、頬にえくぼが現れる。ガレットはこらえきれずに小さなくぼみに指先で触れた。身を乗りだしてそこに唇を押しあてる。

「これを見るたびにキスをしたかったの」ガレットは告白した。

「これって？」

「あなたのえくぼよ」

イーサンは純粋に戸惑っている様子だ。「ぼくにえくぼはない」

「いいえ、あるわ。笑うと現れるの。誰にも言われたことはない？」

「ああ」

「鏡で見たことは？」

イーサンの目の端にしわが寄る。「普段、鏡に向かって笑いかけはしない」彼はガレットのうなじに手をまわし、あたたかな唇で彼女の唇を求めた。なめらかな舌が差し入れられ、ガレットは唇を開いた。甘美な味に頭がしびれていく。イーサンはガレットの頭をベッドへおろし、けだるげなキスで彼女の感覚にゆっくり炎をともしていった。ネグリジェの上で両手を優しく動かし、薄手のモスリン越しにガレットの体の形を学んでいく。

ガレットはイーサンの背中へ手をまわし、はっと目を開いた。背中の筋肉がなんて発達しているのだろう。左右それぞれが隆々と盛りあがっている。「すばらしいわ」

イーサンが顔をあげて目顔で問いかける。

「見事な僧帽筋と三角筋ね」ガレットはうっとりと言った。両手を彼の体にさまよわせる。

「それに広背筋はくっきりと割れている」

イーサンが笑いだしながら、ネグリジェの胸元の紐をほどく。「大げさだな。こっちが恥ずかしくなる」

彼の重さがのしかかり、ガレットの腿を押し開いた。胸にイーサンの唇を感じた。あらわにされた肌の上をそっとかすめている。ガレットの呼吸が深まり、鼓動が速くなる中、イーサンはあらゆる場所に手をさまよわせ、ネグリジェを引っ張り、その下へ潜りこませていく。ほどなくガレットは服をすべて脱がされて、イーサンの肌ざわりと荒々しさ、なめらかさ、硬さに覆われていた。主導権はイーサンが握り、自分を達人の、ガレットを初心者の領域へと導いていった。

薄衣が肌をかすめるような繊細な手つきで、彼の力強い両手がガレットの細い体の上を動く。「ずっと夢見ていた」イーサンがささやいた。「きみと初めて出会ったとき、頭のどこかで声がした。〝彼女が欲しい〟と」

ガレットはイーサンの胸に唇をつけて微笑んだ。小さな乳首に唇をすり寄せ、舌で触れる。

「それならなぜわたしを追いかけなかったの？」

「ぼくには高嶺《たかね》の花だとわかっていた」

「それは違うわ」ガレットは優しく抗議した。「わたしは高貴な生まれのレディではなくて、平凡な女よ」

「きみに平凡なところなどない」イーサンがガレットの長い髪をもてあそびだす。指を髪にくぐらせ、ひと房持ちあげて毛先で自分の唇と頬をくすぐる。「なぜきみにスミレの花をあげたか知りたいかい？　スミレは小さくて美しいが、街の歩道の割れ目からでも顔を出すほどたくましい。廃屋の暗い玄関先や煉瓦の壁の足元で、宝石みたいに鮮やかなスミレが身を寄せあっているのを見たことが何度もある。日光やまともな土がなくても、スミレはちゃんと花を咲かせる」

イーサンは頭をおろしていき、素肌に落ちたランプの明かりを味わうかのようにガレットの胸に唇を寄せた。

「ぼくが来るまでランプをともしておく必要はなかった」彼はささやいた。「昼の明かりの中でも、夜の暗がりの中でも、ぼくはきみを見つける」ゆっくりとキスをし、舌先で胸のあいだに熱く濡れた軌跡を描いていく。イーサンの吐息がかかり、湿った肌がひんやりとした。イーサンはガレットのへそへと顔をさげていき、小さなくぼみに優しく息を吹きかけ……思いがけない香りに気づいたらしく、動きを止めた。「レモン」小声で言って、香りの源を探す。

「それは……海綿よ」ガレットは慎重に言った。喉と顔がかっと熱くなる。レモン汁に浸した海綿の挿入は避妊法のひとつだ。「それを……体の中に……」

「ああ、知ってるよ」イーサンは小声で言い、ガレットのへその下に鼻をすり寄せた。

「知ってるの?」

「ぼくはくちばしの黄色い若造じゃない」

イーサンがガレットの腿を手で優しく押し広げ、指先を膝の内側に滑りおろし、ふたたびあげていく。おろして……あげて……催眠術を思わせる動きは、精巧な触手にじらされているかのようだ。イーサンの口が脚の付け根に触れ、ガレットの敏感な箇所にしびれにも似たさざ波を送りこみながら、くぼみに沿って下へと向かう。彼女の秘部にイーサンの指がゆっくり潜りこみ、もみしだいて撫でながら、やわらかな部分を親指で割った。彼の舌が差しこまれて上へとあがり、ガレットを開いていく。

ガレットは小さな声をあげて体をこわばらせ、イーサンの頭を押した。

イーサンは体を起こして肘をついた。輝く瞳が優しくからかう。「驚かせたかな？」

ガレットは頭が働かなかった。全身が脈打っている。「少しだけ」おぼつかない口調で言った。「初めての経験だから」

「だが、さっきはずいぶん冒険好きな口ぶりだったじゃないか。体位がなんとかとか」イーサンが指でみだらな戯れを開始する。

ガレットの体の内側から欲望がはじけた。肌から蒸気が噴きあがるさまが見えないのが不思議だ。「さ、最初はもっと慎み深い方法から始めて、段階を踏んで冒険に挑戦するんだと思っていたわ」

イーサンが物憂げに口の片端をあげる。「きみがぼくをベッドへ誘ったのは、慎み深い恋人が欲しいからじゃないだろう」敏感な合わせ目に親指を沈め、潤った部分をかきまわした。

歓喜のわななきがガレットの体の奥に向かって走る。

イーサンの瞳が青い炎を凝縮したように燃え、ガレットの心の動きがそこに記されているかのように、ほてった肌の表面をなぞっていった。

「きみは知りたかったはずだ。どれだけぼくがきみを感じさせるのかを。情熱にわれを忘れるのがどんなものかを。愛の行為のあとでぼくの腕に抱かれる感覚を。ぼくは今ここにいる、そしてこれから持てるすべてをかけてきみを抱く」

イーサンの指が優しく分け入り、潤った箇所を開いていく。ガレットは陶然となり、イーサンの頭がさがっていって力強い肩がぴくりと動く様子を眺めた。イーサンがゆっくりとガレットを味わいはじめる。なんて心地よいのだろう。意識が遠のいてしまいそうだ。舌でなだめられ、いたぶられ、押し入られ、ぐるりとかきまわされる。ガレットの肌はつやと湿り気を帯びた。秘められた部分が熱くふくらみ、体の深いところが満たされないままにむなしく高まっていく。イーサンがガレットの性の深遠な秘密を探り、誰も知らない彼女の味わいに満足のうめきをもらした。お願い、お願い、お願い。ガレットは懇願したかったが、口かららもれるのはすすり泣く声だけだ。イーサンがかきたてる情熱の前では、自尊心が入りこむ余地はない。

彼がしていることからガレットの注意をそらすものは何もなかった。マーチングバンドが盛大に楽器を鳴らして寝室を通過しようが気づかなかっただろう。純粋に肉体だけの存在となって無我夢中で身をよじるガレットを、イーサンは腿の下に滑らせた両手で抱えこみ、動かないよう押さえつけた。秘められた部分の奥に眠る芯をすすりあげ、舌先をひらめかせる。ガレットは必死になってイーサンの腕をつかんだ。盛りあがる筋肉は硬く、彼女の指の力ではへこみさえしない。

イーサンが舌で新たな旋律を刻みはじめ、なめらかな動きで本のページをめくる指のように、感じやすい芯の上を右から左へと移動させた。強烈な感覚が体じゅうを駆けめぐり、押さえつける彼の腕の中でガレットの腰はなすすべもなく跳ねあがった。軽やかなイーサンの舌は止まることを知らず、めくるめく高みへとガレットをいざなう。クライマックスへと押しあげられて、ガレットは背中を弓なりにそらした。息が止まり、鼓動と鼓動のあいだの区別さえつかないほど心臓が乱れ打つ。続けざまに何度も歓喜の震えに襲いかかられ、最後まで残っていた緊張感は小さな震えとともに砕けて消えた。時間の感覚がなくなる。イーサンが口で彼女をなだめて安らぎをもたらす。やがてガレットは脱ぎ捨てられた手袋のように力なく四肢を垂らした。イーサンが隣に横たわって彼女を腕の中へ抱き寄せた。ガレットがイーサンの肩に向かってくたびれた小さな声をあげると、彼は笑った。

「気に入っただろう」イーサンの声には男としての満足感がにじんでいた。

ガレットは夢見心地でうなずいた。

イーサンがガレットの腰に手を置き、向かいあった体勢になるようにそっと引き寄せた。「体の力を抜いて」彼はささやいた。「ぼくを受け入れてくれ」

大きくて硬いものがガレットの腹部にあたった。焼けつくように熱い。イーサンの情熱の証《あかし》がガレットの興奮をあおり、彼のものになり……満たされ……奪われたいという渇望がふたたび目覚める。組み敷かれたくてガレットが彼の肩へ腕を滑らせると、イーサンは横向きのまま彼女の片脚を自分の腰へのせた。それからガレットに覆いかぶさり、首の横にキスをしてそっと歯を立てる。彼女の体に手を滑らせ、探って撫でた。たくましい体がのしかかってくる。

イーサンはふたりの体のあいだに片手を差し入れて、こわばったものの角度をずらすと、ガレットの腿のあいだへあてがい、硬い先端で彼女の秘部を割った。ガレットは身構えて体を硬くした。けれどもイーサンは入ってこようとはせずに優しく押しあてるだけで、熱を発する高まりは入口でとどまっている。イーサンがガレットの唇をついばみ、吸いあげ、じゃれあうように舌を絡めた。手で彼女の胸を包みこみ、硬い頂の上で手のひらをそっと回転させてから先端を指でつまむ。

手慣れた愛撫のもとでガレットはただ身をよじるしかなく、イーサンの高まりを押しあてられたまま体を波打たせせた。体の入口が熱を帯びて押し広げられていく。そこに感じる彼はありえないほど大きい。ガレットが怖くなって動くのをやめようとすると、イーサンが手を滑りおろし、指で戯れながらそこをほころばせた。体の奥に欲望が募り、ガレットは官能的な指使いに身を任せたい衝動に屈服した。イーサンがゆっくりとガレットに自分を受け入れさせていく。ああ、彼の指の動きはなんて甘美なのだろう——。

「息をして」イーサンがささやく。

ガレットは息をのんだ。体が押し広げられて痛み、彼を包みこんで痙攣《けいれん》する。イーサンは優しく忍耐強く、徐々に進んでいった。濡れた指先で撫でられ、もまれ、円を描かれ、ゆったりとしたひとときが過ぎるうちに、信じられないことにガレットはふたたび高みへとのぼりつめていった。今度はいっぱいに満たされていた。

歓びの最後のさざ波が引いていくと、イーサンは体の位置を変えるためにベッドに上体を起こして座った。軽々とガレットを持ちあげて自分の上にのせ、両脚を自分の腰にまわさせる。両手でガレットのヒップを抱え、彼女を傷つけないように結びつきの深さに気をつけた。

ガレットはどうすればいいのかわからず、イーサンの首に腕をまわした。

彼女を見つめるイーサンの瞳は暗く翳ってかすんでいる。「こうしてきみの中にいると……あまりに感じすぎてこのまま達してしまわないのが不思議なほどだ」

ガレットはふたりの額を触れあわせた。吐息がまじりあい、感情が高まる。「教えて。何をすればいいの」

「動かないで。じっとしているんだ。ぼくがどれほどときみを求めているか感じてくれ」イーサンが息を吸いこんで体を震わせた。厚い筋肉に覆われた腿がガレットの下でぴくりと動く。その小さな動きに、ガレットの視界に星が散った。イーサンがガレットのヒップの角度を変えて小刻みに動くと、どこか深い敏感な場所に彼があたるのを感じた。

ガレットがイーサンの口へと唇を寄せ、イーサンが荒々しく熱い口づけでそれに応える。彼女の小さなあえぎをのみこみながら、イーサンは動きつづけた。一方、ガレットの体は彼を包みこんで脈打っていた。彼女の下で、彼女のまわりで、イーサンの体はこんなにも力強い。ガレットを簡単に粉々にしてしまえるだろう。けれどもイーサンの手は慎重にガレットを抱えている。まるで彼女が繊細な品物で、壊すのを恐れているかのように。

ガレットはイーサンの肩へと口をさげ、塩気と男性的な味を楽しんだ。緊張が解けてさらに深くイーサンを迎え入れることができ、今やふたりの体は深く結びついていた。彼が突きあげるのに合わせて動くと、ガレットの中で痛みと歓喜と驚きがはじけた。ガレットに軽く爪を立てられて、イーサンの背中の厚い筋肉が歓びに震える。そこには目に見えない彼のしるしが残された。

ついにイーサンがクライマックスの波にのまれて息を止め、動きを乱した。ガレットの喉元へとくずおれて顔をうずめ、仲間とはぐれた野生動物のように静かな声をたてる。ガレットはイーサンの頭に両腕をまわして、つややかな髪に唇をすり寄せた。体にはクライマックスを迎えた衝撃がいまだ残っている。彼女は熱気の中でイーサンとひとつに溶けあい、やがて張りつめていたものがゆっくりほぐれていった。

ふたりは体を絡めたまま横たわり、夜の闇が薄らいで白みはじめるまでうとうとしては愛撫を交わした。イーサンが夜明けの気配とともに体を伸ばして起きあがり、ベッドから脚をおろした。

ガレットは膝立ちになると、イーサンの背中に体をすり寄せた。〝行かないで〟口から出かかった懇願の言葉の代わりに静かに言った。「問題が解決したら、すぐにわたしのもとへ戻ってきて」

イーサンは長いあいだ黙っていた。「努力はする、大切な人《アクーシュラ》」

「もしうまくいかなかったときは……どこかへ姿を消さなければならないときは……わたしを連れていくと約束して」

イーサンがようやく振り返る。「いとしい人……」小さくかぶりを振った。「それはできない。きみには家族がいる。友人に患者に、医師の仕事……きみの居場所はここだ。それを全部捨てれば、人生が台なしになる」

「あなたがいなければ人生に意味はないわ」言葉が口をついて出るなり、それは真実だとガレットは気づいた。「医師の仕事はどこでもできる。少しなら貯《たくわ》えもあるわ。どこかに身を落ち着けたら、あなたが仕事を見つけるまで、しばらくわたしの稼ぎで食いつなぐことができる。父を一緒に連れていかなければならないけれど、でも――」

「ガレット」さまざまな感情がイーサンの顔を次々とよぎり、彼は奇妙な笑みに唇をゆがめた。ガレットの頭を両手で包みこんで、短くも激しく口づける。「金銭的な支えは必要ない。ぼくには……いや、それはどうでもいい。とにかく無用の心配だ」彼女の頭を胸に引き寄せてそっと揺らし、髪にすばやくキスをする。「来られるようなら、また来る。本当だ」

ガレットはほっとして目を閉じ、イーサンの体に腕をまわした。


次の日の夕方、イーサンはブラックフライアーズ橋の歩道を歩いていた。この橋はテムズ川の堤防の一番低い部分同士を、旅行鞄用の留め金付きベルトのように結びつけている。赤御影《みかげ》石の巨大な橋脚の上に据えられた錬鉄製の五つの橋桁が、橋の急傾斜を支えていた。馬車や歩行者はどちら側から来るにしろ、反対側までうんざりするほど距離があった。

夕暮れが迫っていても、工場のうなりやシューッという音、造船所の作業音、それに近くの鉄道橋からの騒音で大気はいまだ濃厚だった。

イーサンは橋の手すりのくぼみが連なる箇所を通り過ぎた。説教壇の形をしたくぼみでは、浮浪者たちが古新聞にくるまって寝ている。イーサンの足音にも誰ひとり身じろぎせず、物音もたてない。イーサンは手すりのそばに場所を見つけると、サザーク側の魚屋で買った夕食をとりはじめた。ロンドンでは一ペニー出せば、上流階級のどんな金持ちにも引けを取らない食事にありつける。パン粉をまぶし、鉄鍋で熱した脂身で揚げた新鮮なハドックやタラの切り身などがそうだ。中まで火が通って、外側はからりとキツネ色に揚がったものが、紙に包まれてレモンをひと切れ添えられ、塩とパセリを振りかけられて売られている。

湾曲した手すりに寄りかかってのろのろと食べながら、自分が置かれた状況に思いをめぐらせた。日中はずっと移動し、交差点を掃く掃除人やごみ収集人、広告板を体の前後にかけて歩くサンドイッチマン、靴磨き、手綱持ち、パイの売り子、それにスリの中に紛れ、目立たないよう通りを徘徊した。骨の髄まで疲れたが、貸し部屋でじっとしているよりも街中のほうが安全に感じられた。

包み紙を丸めて手すりの向こう側へ落とし、一〇メートルほど下の汚れた黒い水面に落下するのを眺めた。テムズ川への排水や汚物の垂れ流しを減らそうとする種々の取り組み——法律の厳格化、下水管路と下水処理場の新設——が続いているにもかかわらず、川の水の酸素濃度は魚や海生哺乳類が棲むには低すぎる。

小さな紙くずは不透明な川面《かわも》の下にゆっくりと消えた。

イーサンはセント・ポール大聖堂の円屋根へと視線をあげた。ロンドンで最も高い建築物だ。その向こうには乳白色に輝く雲がおぼろに広がり、薄紅色や橙色《だいだいいろ》の筋がところどころに走るさまが、光が脈打つ血管のようだった。

ガレットの姿が頭に浮かんだ。静かなひとときにはいつも彼女のことを思う。この時間なら自宅にいるだろう。家はここからさほど遠くなく、五キロ程度だ。頭の片隅で、ガレットがいそうな場所とそこまでの距離を常に意識していた。彼女への思いは穏やかさと楽しさをイーサンの胸にもたらし、自分にも人間味があることを気づかせてくれる。

雷鳴のような轟音《ごうおん》が、ブラックフライアーズ橋とサザーク橋のあいだを通る列車の到来を告げた。鉄道の騒音には慣れているイーサンも、鋼板の桁や鉄製のレール支持具、鉄道車両の連結器が甲高くきしむ音に顔をしかめた。シュッシュッと蒸気が噴きだす音に、火室で燃焼する石炭がごうごうと合いの手を入れる。イーサンは川面に背を向けると、ふたたび歩道を歩きだした。

いきなり胸を突かれた。棍棒《こんぼう》で強打されたかのような衝撃を受け、イーサンは尻もちをついた。肺から空気が叩きだされ、喉を詰まらせながら息を吸いこむ。低いうなりを伴う奇妙な感覚が体を駆けめぐった。

力を振り絞らなければ立ちあがれなかった。脚がまともに動かず、脳が送りだす混乱した信号に反応して筋肉がぶるぶる震えて隆起する。奇妙な感覚は焼けつく恐ろしい何かに、火よりも熱い何かに変わった。人の体がここまでの痛みを抱えられるものなのか。イーサンは原因がわからずに自分の体を見おろした。シャツの前面に黒く濡れたしみがどんどん広がっている。

撃たれたのか。

イーサンが呆然《ぼうぜん》として視線をあげると、ウィリアム・ギャンブルが短銃身リボルバーを手にこちらへ歩いてきた。

耳をつんざく列車の轟音が延々と続く中で、イーサンはよろよろとあとずさりし、手すりに背中を預けて体を支えた。

「フェルブリッグの正義感をあてにしてたのか？」騒音が薄れると、ギャンブルが訊いた。「あの男は所詮役人だ。上層部には必ず従う。タザムとジェンキンが自分たちの計画はすべて大儀のためだとあいつを納得させた」

イーサンは無言でギャンブルを見つめた。なんてことだ。罪のない大勢の人々が、女性や子どもも含めて体を引きちぎられ、殺されるのを警視総監が黙認するというのか……それもこれも政治的利益のために。

「……おれが警備を任されてたその鼻先でタザムの金庫から証拠を盗みだしやがって。このろくでなしが」ギャンブルがいらいらと言う。「ジェンキンがおれの頭に銃弾を撃ちこまなかったのは、そもそもドクター・ギブソンを夜会に招いて結果的におまえを手伝わせることになったのは、ジェンキン自身だったからというだけだ」ゆっくりとイーサンに近づいてくる。「こんなふうにおまえを始末したくはなかった。おれが求めてたのは公正な戦いだ」

「充分に公正だ」イーサンはどうにか声を絞りだした。「おまえに狙われることぐらい……予期すべきだった」塩気が喉に絡み、咳をすると地面に血が飛び散った。石造りの手すりの隙間から、眼下に広がる黒い水が見えた。体を起こし、ぐったりと手すりにもたれかかる。

勝つすべはない。この場を切り抜けるすべも。

「ああ、おまえなら予期できたはずだ」ギャンブルが同意する。「しかしおまえはこの数週間、緑色の目をした女にうつつを抜かしてのぼせあがってた。あの女がこの結末をもたらしたんだ」

ガレット。

イーサンがガレットを思いながら死んでいくことを彼女は知らない。イーサンにとって自分がどれだけ大切な存在だったのか、ガレットが知ることは永遠にない。せめて彼女に思いを伝えていたら心置きなく死ねただろう。だがイーサンがいなくてもガレットはうまくやっていく。これまでと同じように。彼女は強く、柔軟だ。自然の力を備えた女性。

ガレットに花を持っていく者がいなくなるのだけが心残りだ。

命が尽きようとしているときに胸には怒りも恐怖もなく、ただ魂を焦がす愛だけがあるとはなんと不思議なのだろう。イーサンは愛の中へ溶けて消えていこうとしていた。残っているのはガレットが与えてくれた感情だけだ。

「あの女にそれだけの価値があったか？」ギャンブルがあざけった。

イーサンは背後の手すりをつかみ、かすかに微笑んだ。「ああ《アイ》」

次の瞬間、体をそらし、反動をつけて脚を振りあげた。イーサンの体は手すりを越えて一回転し、水面めがけて足から落下した。彼は落ちながら、銃弾がさらに次々と発射されるのをくらくらする頭のどこかで意識した。息を止めて水没の衝撃に身構える。

世界が破裂し、汚臭を放つ凍《い》てつく暗黒にのみこまれた。業火がひとつ残らず消えたあとの地獄とはこんな感じだろうか。死の水。イーサンは力なくもがいた。目が見えず、息もできない。やがて体が限界に達した。

下へ下へと引っ張られていく。冷たい無音の世界には時間も、光も、自我もない。大きな川、数百万人が暮らす大都市、そして移ろう空の下へとイーサンは消えた。彼の体はただの藻《も》屑《くず》だ。弱っていく鼓動がひとつの名前の響きを耳によみがえらせる……ガレット……ガレット。彼女はどこかにいる。ここからそう遠くないところに。イーサンはその思いにしがみついて、悠久のときを流れる川の底へと沈んでいった。

15

「イライザ」ガレットは目をこすりながら、げんなりして言った。「父が欲しがるからって、わざわざ用意する必要はないのよ」

メイドが身構えるように振り返った。厨房にはミンスミートパイの甘ったるいにおいが漂っている。「ひと切れだけですし、お嬢様の指ぐらいに薄く切りましたから。さあ、お嬢様もどうぞ――」

「わたしは結構よ。前もって渡してある一週間分の献立表に従ってちょうだい」

「ああいった病人用の食事は旦那様のお口には合わないみたいです」

「父は病人なのよ」

診療所で長時間働いたあとで帰宅すると、イライザが父の好物のミンスミートパイを作っていた。胃腸の弱い父にミンスミートパイは濃厚すぎる。それに材料費だって恐ろしく高くつく――二・五キロのスグリとレーズン、一・三キロのリンゴ、一・三キロのスエット、一キロの砂糖、一キロの牛肉、ワインとブランデーが五百ミリリットルずつ、さまざまな香辛料。それらをまぜたものをパイ生地に詰めて焼きあげると、べたべたした黒っぽい代物になる。

二階の父の部屋からは物音ひとつ聞こえてこない。イライザがひと切れ運んでいったということは、今頃はむさぼるように食べているに違いない。「一、二時間で腹痛を訴えるはずよ」ガレットは言った。「ミンスミートパイの材料は、どれも父の体に悪いものばかりなの。スエットも砂糖も」

イライザが反抗心と後ろめたさの入りまじった表情で言い返した。「以前は毎週日曜に召しあがってたんですよ。それなのに、もうひと口も食べられないなんて。旦那様は何を楽しみになさればいいんですか？　奥様に先立たれ、甘いお菓子も食べられず、ほとんど外出もできず、視力が弱って読書もままならない……ただ部屋にこもって、次のポーカーの日が来るのを指折り数えて待っていらっしゃるんです。たまにささやかな楽しみを味わうぐらい、いいじゃありませんか」

ガレットは口から出かかった反論の言葉をのみこみ、イライザが言ったことを考えた。メイドの言い分にも一理ある。スタンリー・ギブソンはもともと精力的かつ活動的なたちで、巡査としてロンドンを巡回していた。ところが今はひっそりした部屋で毎日を過ごしている。明るくて居心地のいい部屋ではあるが、それでも監獄にいるような気分になるときもあるだろう。たまに楽しみにふけったからといって悪いわけではない。健康を保つことばかりに気を取られ、ささやかな楽しみを奪うのは間違っている。

「あなたの言うとおりだわ」ガレットはしぶしぶ認めた。

イライザがぽかんと口を開けた。「本当ですか？」

「たしかに、たまにはささやかな楽しみが必要ね」

「さすがはお嬢様です」

「でも、そのささやかな楽しみのせいで眠れないほどの胃痛を起こしたら、あなたも父の世話を手伝ってね」

メイドが満面に笑みを浮かべる。「はい、お嬢様」

ガレットが二階へ行くと、父は満足げな顔でミンスミートパイを食べていたが、何も問題はないと言い張った。ガレットは階下に戻り、家の正面側にある待合室へ行くと、書き物机に座って郵便物を整理しながら、イライザが運んできたミンスミートパイを少し食べた。ふた口かじるのがやっとだった。甘くて香りの強い食べ物はもともと好きではないので、父とは好みが合わない。ガレットに言わせれば、材料をごちゃまぜにしてパイ生地に詰めたところで、味はごちゃごちゃしたままだ。しかも濃厚すぎて消化が悪い。

ただでさえ、パイを食べる前から胃がむかむかしていた。イーサンがスコットランドヤードに犯罪の証拠となる情報を伝えていると思うと、一日じゅう気が気でなかった。すでに捜査機関が動きだしているとすれば、タザム卿とジャスパー卿は自己保身に奔走しているだろう。イーサンはロンドンの地理に精通しているし、誰よりも頭が切れる。彼は自分の身は自分で守れるはずだと、ガレットは自らに言い聞かせた。

二、三日して陰謀を企てた者たちが投獄されたら、イーサンはここを訪ねてくるだろう。長身でハンサムな彼が少し緊張した面持ちで玄関に現れる様子を思い浮かべると、ガレットは胸が躍った。イーサンを招き入れたら、将来について……ふたりの将来について話しあおう。離れ離れになるよりも、一緒にいるほうが幸せになれるとイーサンを説得してみせる。彼から求婚してくることはないだろうから、こちらから結婚を申しこむしかない。

どうやって結婚を申しこめばいいのだろう?

小説では、男女が月夜の散歩をしながら結婚の約束を交わしたことが既成事実として書かれているけれど、詳細は読者の想像にゆだねられる。求婚者はひざまずくという話を聞いたことはあるが、患者を担架に乗せるときでもない限り、そんなことをするつもりはない。ロマンティックなことを言うのはあまり得意ではないから、やはりイーサンから求婚してもらったほうがいいかもしれない。あの魅力的なアイルランド訛りで、詩的な言葉をささやいてくれるだろう。そうだ、なんとかして彼に求婚してもらおう。

ほとんど何も知らない男性と自分は本当に結婚するつもりなのだろうか? 別の女性が同じ状況にあれば、ガレットはしばらく様子を見て、夫になる男性についてもっとよく知るべきだと忠告しただろう。うまくいくよりも失敗する可能性のほうが高いのだから。

とはいえ、ガレットは今まで多くのことをあとまわしにしてきた。ほかの若い女性たちが求婚されているあいだも、学業と仕事に明け暮れていた。医師になるのは昔からの夢だったし、天職だと思っている。彼女を愛し、大切にしたいと言ってくれる相手がいつか必ず見つかると信じていたわけでもないし、誰かに頼らなければ生きていけないと感じたこともない。決して後悔はしていない。これが自分の望んだ人生だ。でも……責任ある大人らしく慎重にふるまうのにうんざりしているのも事実だ。誰かに愛され、求めあい、われを忘れるほど夢中になってみたいと心が訴えている。そして危険を冒してでも身も心も捧げたいと思った相手はイーサン・ランサムが初めてだ。彼になら、心に秘めた考えや気持ちも打ち明けられそうな気がする。イーサンはわたしをばかにしたり傷つけたりしないし、対等に扱ってくれるだろう。そのぶん要求も多いはずだし、遠慮や隠しごとも許さないはずだが。期待に胸が高鳴ると同時に恐ろしくもあった。

そのときライオンの頭の形をしたノッカーがドアに打ちつけられる音が聞こえ、ガレットは現実に引き戻された。患者や配達人が訪ねてくる時間はとっくに過ぎている。数秒後、またしても玄関のドアを叩く音が鳴り響いた。

そんなに大きな音でノックをして死んだ人を起こす気なのかと、イライザがぶつぶつ言いながら急ぎ足で廊下を歩いていく。「こんばんは」メイドの声が聞こえた。「どういったご用件ですか？」

くぐもった話し声がした。

会話の内容までは聞き取れず、ガレットは眉をひそめ、椅子に座ったまま体をひねって待合室のドアに目をやった。

まもなくイライザが折りたたまれたカードを手に姿を見せた。眉をひそめ、唇を嚙む。

「トレニア卿の従僕です。家の前で待ってるから、これを渡してほしいと」

ガレットは手を伸ばし、カードを受け取った。封蠟《ふうろう》をはがしてみると、わずか数行の短い手紙だった。急いでいたのか斜めに走り書きされ、〝t〟の字の横棒や〝i〟の字の点が省略されている。トレニア伯爵夫人――ケイトリンからだった。

〝ドクター・ギブソン

至急、レイヴネル・ハウスに来てもらえないかしら。お客様が事故に巻きこまれたようなの。慎重な扱いを要する問題なので、この件はくれぐれも他言無用で。友情に感謝します。

K〟

ガレットは椅子が倒れそうになるほど勢いよく立ちあがった。「怪我人よ。レイヴネル・ハウスに向かうわ。往診鞄に手術器具一式が入っているかどうか確認して、上着と帽子を取ってきて」

ありがたいことに、イライザはあれこれ質問せずに早足で出ていった。急患が出たときは、いつも彼女が手を貸してくれる。

レディ・ヘレンとパンドラの診察を行ったことはあるが、レイヴネル家のほかの人たちは、普段は信頼の置けるかかりつけ医に診てもらっているはずだ。なぜかかりつけ医を呼ばないのだろう。手が空いていなかったのだろうか？　それともガレットのほうがこの事態にうまく対処できると判断されたのだろうか？

ガレットの手招きに応じて、金髪で長身の従僕が診察室に足を踏み入れた。

「誰が怪我をしたの？」ガレットは鋭い口調で尋ねた。

「申し訳ありませんが、わかりません。お嬢さ……いえ、ドクター。見知らぬ人です」

「男性？　女性？」

「男性です」

「何があったの？」従僕が口ごもったので、ガレットはしびれを切らした。「どんな怪我なのか知る必要があるのよ。適切な薬品を持っていくために」

「銃による事故です」

「わかったわ」ガレットは即答し、細々したものがいっぱい詰まった針金製のバスケットをつかみ、中身を床にぶちまけた。薬品を置いてある棚に駆け寄ると、小瓶を選んで次々とバスケットに入れていく。クロロホルム、エーテル、石炭酸、ヨードホルム、コロジオン、ビスマス溶液、消毒綿、リント布のガーゼ、包帯、グリセリン、腸線縫合糸、イソプロピルアルコール、金属塩……。「これを運んで」従僕にバスケットを差しだす。「それからこれも」滅菌水の入った大きな水差しを持ちあげ、それも手渡した。従僕は空いているほうの手で水差しを抱えたとたん、少しよろめいた。「さあ、行きましょう」ガレットが大股で廊下に出ると、イライザが上着と帽子を持って待っていた。「どれくらいかかるかわからないわ」メイドに告げ、急いで上着を身につけた。「父が胃の不調を訴えたら、寝室の戸棚にある消化薬をのませてあげて」

「わかりました」イライザがガレットに重い革製の往診鞄と杖を渡す。

従僕が足早に玄関へ行き、両腕に荷物を抱えたまま必死でドアを開けようとしたので、イライザが急いであとを追い、代わりにドアを開けた。

紋章も装飾もない黒の馬車が停まっているのを見て、ガレットは立ちどまった。疑わしげな視線を投げ、従僕に尋ねる。「なぜ紋章がついていないの？　レイヴネル家の馬車は側面に一族の紋章が描かれているはずよ」

「トレニア卿のご判断です。内密に事を運びたいとおっしゃいました」

ガレットはその場を動かなかった。「レイヴネル家で飼っている犬の名前は？」

従僕は少し気分を害したらしい。「ナポレオンとジョゼフィーヌ。黒いスパニエルです」

「レディ・パンドラはたとえばどんな言葉遊びをするのか教えて」

双子のひとりのパンドラは、〝いらいら狂う〟や〝どすんと座り傾向がある〟というように、普通の人が使わないような言葉を発明する。彼女自身はその癖を直そうとしているのだが、今でもときどき口をついて出てしまう。

従僕は一瞬考えてから答えた。「たしか〝子羊諸島〟と」彼はガレットを納得させようと、意を決したように言った。「レディ・トレニアが編み物の毛糸が入ったバスケットを置き忘れたときに、おっしゃっていました」

いかにもパンドラが言いそうなことだ。ガレットはうなずいた。「行きましょう」

キングス・クロスからサウス・オードリーのレイヴネル・ハウスまでは五キロほどの距離だが、五〇〇キロもあるように感じられた。馬車の揺れで小瓶がぶつかりあい、中で薬品が跳ねている。ガレットは往診鞄を膝に抱えてバスケットを片手で押さえ、じりじりしながら待った。高貴な身分なのに偉ぶらず、常に親切で優しいレイヴネル家の人たちのためなら、できることはなんでもするつもりだった。

現トレニア伯爵のデヴォンは前伯爵のいとこで、先々代と先代の伯爵が相次いで亡くなったため、思いがけなく爵位を継承することになった。デヴォンはまだ若く、広大な領地を管理した経験などなかったにもかかわらず、立派なことに借金で破綻寸前だった領地を運営する重荷を背負った。そのうえ、当時は全員未婚だったレイヴネル家の三姉妹――ヘレン、パンドラとカサンドラ――に対する責任も引き受けたのだ。簡単に見捨てることもできただろうに。

ようやくジャコビアン様式の屋敷が見えてきた。四角い建物には、渦巻き模様や付け柱やアーチや胸壁などの豪華な装飾が施されている。大きな屋敷にもかかわらず、心地よいあたたかみを感じさせる、古びた趣のある住まいだ。馬車が停まったとたん、すぐさま従僕がドアを開け、別の従僕がガレットに手を貸しに来た。

「これをお願い」ガレットは前置きなしに言うと、薬品の入ったバスケットを手渡した。「気をつけて。腐食性と引火性の高い薬品がたくさん入っているから」

従僕は不安を抑えた目でガレットをちらりと見ると、慎重な手つきでバスケットの持ち手を握った。

ガレットは従僕の手を借りずに馬車から降り、小走りで敷石を進んで玄関に向かった。

戸口でふたりの女性が待っていた。ぽっちゃりした銀髪の家政婦のミセス・アボットと、金髪で青い瞳のレディ・カサンドラだ。彼女の顔はどこかカメオを思わせる。ふたりの背後の玄関広間を、従僕やメイドがあわただしく行ったり来たりしていた。手には水の入ったバケツや、汚れたタオルやリネンのようなものを持っている。

あたりに漂う空気に、ガレットは鼻をひくつかせた。有機物と腐食性の化学薬品がまじったような……出どころがなんであれ、腐ったような鼻を突くにおいだ。

ガレットはミセス・アボットの手を借りて帽子と上着を脱いだ。

「ドクター・ギブソン」カサンドラが口を開いた。美しい顔が心配そうにこわばっている。

「すぐに駆けつけてくれてありがとう」

「何があったのか教えてください」

「あまり詳しくはわからないのよ。河川警察が決して口外しないでほしいと言って、男性をここに連れてきたの。どうやら川に投げこまれたらしいんだけど、川から引きあげたときにはすでに息をしていないと思ったそうよ。でもすぐに咳きこんで、うめき声をあげたらしいの。男性の財布の中にいとこのウェストの名刺が入っていたのと、ほかにどこへ運べばいいかわからないから、ここに連れてきたらしいの」

「かわいそうに」ガレットはしんみりと言った。テムズ川の有毒な水にさらされたら、健康な人でも重体に陥るだろう。「その男性はどこにいるんですか？」

「ふた部屋続きの図書室に運びこまれました」ミセス・アボットがそばの廊下を指さした。

「目を覆いたくなる惨状です。トレニア卿ご夫妻が体の汚れを洗い流そうとしていらっしゃいます。少しでも楽になるようにと」困りきった顔で首を振った。「絨毯も家具も……すべて台なしです」

「伯爵ご夫妻はなぜご自分たちの手で見知らぬ人の世話を焼いているの？」ガレットは困惑して尋ねた。

そのとき、男性が廊下からこちらにやってきて会話に加わった。「見知らぬ人ではないからだよ」気さくな感じの深みのある声で、アクセントは上流階級のものだった。

声のしたほうへ顔を向けた瞬間、ガレットは高揚感と混乱を覚え、息をのんだ。イーサン。あの青い目……焦げ茶色の髪……がっしりした体格……でも彼ではない。落胆が胸に押し寄せた直後、悪い予感がして背筋に寒けを感じた。

「ウェスト・レイヴネルだ」男性はガレットの背後に立っているカサンドラに目をやった。「ドクターと少し話をさせてもらえるかい？」カサンドラと家政婦が立ち去ると、ウェスト・レイヴネルはガレットに向き直り、静かな声で言った。「怪我をした男はどうやらきみの知人らしい。急に呼び立てたのは彼が望んだからだ」

不安がちくりと胸を刺した。ほんの数口食べただけのミンスミートパイが喉元までせりあがってくる。ガレットは唾をのんで吐き気を抑え、勇気を奮い起こして尋ねた。「ミスター・ランサムなんですか？」

「ああ」

今度は鋭い釘を打ちこまれたように胸に痛みが走った。不吉な胸騒ぎを覚え、身動きもできない。顔が小刻みに震え、ゆがむのを感じた。

ウェスト・レイヴネルは、ガレットが事態をきちんと理解できるようにゆっくりと説明した。「胸に銃弾を受けて大量出血した。傷口からの出血は止まったようだが、容体は深刻だ。意識がとぎれとぎれなんだ。治療をしてもらおうと思ってきみを呼び寄せたわけじゃない。最期の別れにもう一度きみの顔を見たいと彼が言ったんだ」

めまいがするような恐怖に襲いかかられたが、ガレットは必死に頭を働かせようとした。思いきり声をあげ、泣き崩れたかった。しかしイーサンに危害を加えた者たちのことを考えたとたん、怒りの炎が燃えあがり、息苦しくなる絶望感を焼き払った。よくもこんなひどいことを。激しい怒りによってガレットは冷静さと気力を取り戻し、往診鞄の持ち手を握る手に力をこめた。

「彼のところに案内してください」落ち着き払った口調で言う自分の声が聞こえた。「わたしが治します」

16

「彼がどれほど重症なのかわかっていないようだね」ガレットの先に立ってふた部屋続きの図書室に向かいながら、レイヴネルが言った。「瀕死《ひんし》の状態なんだよ」

「深刻さならよくわかっています」ガレットは足早に廊下を進んだ。「たとえ一発でも、胸部に銃弾を受けたら生死にかかわります。ましてやテムズ川の水は細菌や硝酸塩や有毒な化学物質で汚染されています。充分に消毒するのは難しいでしょうね」

「それでも助かる見こみがあるのか？」レイヴネルが疑わしげに尋ねた。

「必ず助けてみせます」自分の声が震えているのに気づき、ガレットはいらだってかぶりを振った。

やがてふたりは、ふた部屋をつなげた広々とした図書室に足を踏み入れた。壁際にマホガニーの書架が並び、部屋の中央には巨大なテーブルと低い長椅子、ほかにも重厚な家具がいくつか置かれている。床に敷きつめられたペルシア絨毯はびしょ濡れで、水の入ったバケツとタオルが散乱していた。ひどい悪臭と、馬の体を洗ったり頑固な汚れを落としたりするのによく使われる石炭酸石鹸の鼻を突くにおいが充満している。

小柄で華奢な体つきのレディ・トレニア――ケイトリンと、たくましい体格をした夫のデヴォンが身をかがめ、ぴくりともせずに長椅子に横たわっている人物をのぞきこんでいた。その光景を見た瞬間、ガレットは動悸《どうき》が激しくなり、室内の明かりが目の前で明滅したような気がした。「こんばんは」必死に平静を装ったが、うまくいかなかった。

伯爵夫妻が同時に顔をこちらへ向けた。

鳶色《とびいろ》の髪をした、猫を思わせる美しい顔立ちのケイトリンが心配そうにガレットを見た。

「ドクター・ギブソン」ケイトリンは力なくささやいた。

「伯爵夫人」ガレットはうわの空で挨拶し、黒髪で背の高い伯爵に向かって小さくうなずいた。「トレニア卿」続いてイーサンに視線を移した。

長身の体がガタガタ震えていなかったら、彼はすでに死んでしまったのだと思っただろう。顔に生気がなく、唇が青ざめ、閉じた目は落ちくぼんでいた。体はキルトに覆われているが、両肩と片腕はむきだしになっている。片方の手のひらを上に向け、指をわずかに丸めているが、爪はくすんだ薄紫色になっていた。

ガレットは往診鞄を置き、折りたたんだタオルの上にひざまずくと、脈拍を調べるためにイーサンの手首に触れた。しかし脈が弱くて測れなかった。血管はつぶれて、色も薄くなっている。ああ、なんてことだろう。大量に出血したのだ。もはや手の施しようがない状態かもしれない。

ガレットが触れたとたん、イーサンがぴくりと動いた。豊かなまつげが持ちあがり、神秘的な青い目が光った。彼は視線をさまよわせ、ガレットを見つけるとようやく焦点を合わせた。「ガレット。ぼくの命はもう……長くない」

「おかしなことを言わないで」ガレットはきっぱりと反論した。「すぐに健康な状態に戻してあげるわ」

ガレットがキルトをめくろうとすると、イーサンは大きな冷たい手で彼女の手を制した。「ぼくは助からない」彼はかすれた声で言った。

その言葉を聞いたとたん、ガレットはかつてないほどに背筋が寒くなった。まともに返事ができたことに自分でも驚いた。「診断はわたしに任せて」

イーサンがガレットの手を自分の指で包みこむ。そこにはぬくもりも力強さも感じられず、彼女はたまらなく不安になった。「ガレット……」

ガレットは空いているほうの手でキルトをそっと引きおろし、撃たれた傷をあらわにした。驚くほどきれいで、小さな丸い傷口だった。肌に弾力性があるので、銃弾の直径は傷口よりも大きかったはずだ。

イーサンがガレットの目を見つめ、苦しそうに話しはじめた。「初めて見た瞬間、きみがぼくの世界の中心になると悟った。ずっときみが好きだった。もし運命を選べるなら、きみと別れたくなかったよ。大切な人《アクーシュラ》……ぼくの鼓動、魂の息吹……きみより美しいものなどこの世界に存在しない。地面に落ちるきみの影さえ、ぼくにとっては日の光だ」

彼は言葉を切り、目を閉じた。体に震えが走る。必死に意識を集中させようとしているらしく、痛みに眉根を寄せている。

ガレットは手を引き抜くと、おぼつかない手つきで往診鞄の中をかきまわし、聴診器を引っ張りだした。胸が押しつぶされそうだ。イーサンにすがりつき、大声で泣きたくてたまらない。わたしはそんなに強くない。こんなことには耐えられない。神様、お助けくださいどうかお願いです……。

しかしイーサンの土気色の顔に視線を落とした瞬間、苦悩は断固とした決意に取って代わられた。彼を死なせるわけにはいかない。

鎖骨の真上から胸郭の下側にかけて、ガレットはさまざまな部分に聴診器をそっとあてた。呼吸は浅く速いが、肺は損傷を受けていないようだ。ささやかな朗報にしがみつき、医療器具に手を伸ばして皮下注射器のケースを見つけだすと、モルヒネ注射液を用意した。

「イーサン」静かな声で尋ねた。「どんな種類の銃だったか教えて。どれくらいの距離から撃たれたの？」

イーサンがうっすらと目を開けてこちらを見つめたが、ガレットの言っていることを理解できないようだ。

トレニア卿が背後から答えた。「火薬でやけどを負っているから、至近距離から撃たれたんだろう。射出口はない。大口径の銃で、球形の弾丸を低速で発射したとも考えられる」

そうであることを願った。重い弾丸のほうが体内にできる穴も大きいので、弾丸を取りだすのが容易になる。

「ジェンキンの手下の仕業だそうだ」トレニア卿が話を続けた。「プロの殺し屋なら球形ではなく、もっと現代的な円錐形の弾丸を使用したかもしれない。そうだとしたら、弾丸の一部が銅か鉄の薬莢《やっきょう》に包まれているはずだ」

「ありがとうございます、閣下」先端が尖った弾丸なら、体内を跳ねまわらずにまっすぐ進んだ可能性もある。しかも弾丸が金属の薬莢に覆われているとすれば、体内に鉛の破片が飛散せずにすんだかもしれない。

トレニア卿が訳知り顔でこちらを見た。ぎりぎりのところで命を救うために、この場でイーサンの手術を行うつもりだと察したようだ。トレニア卿も黒に縁取られた青い瞳をしている……イーサンと同じ目だ。自分は頭がどうかしているのだろうか？　だめだ、今は目の前の仕事に集中しなければ。

「何を用意すればいいかしら」ケイトリンがガレットの隣に来て尋ねた。「大きなバケツ三杯分のお湯が沸いているし、今もどんどん沸かしているところよ。石炭酸石鹸で体の汚れを洗い落としていたの」

「ありがたいです」ガレットは言った。「従僕に運んでもらったバスケットに、手術に使う薬品が入っています。次亜塩素酸ナトリウムというラベルのついた瓶を見つけて、中身をすべてバケツの水の中に入れていただけますか？　その水を使って図書室のテーブルを隅々まで消毒したら、清潔なリネンのシーツを敷いてください。それから、できるだけたくさんのランプが必要です」トレニア卿のほうを見た。「閣下、使いをやって、ドクター・ハヴロックをここへ呼んでいただけないでしょうか？」

「ぼくが連れてこよう」

「ありがとうございます。それから、ルーセル輸血器を持ってきてほしいと伝えてください。ドクター・ハヴロックは渋るかもしれませんが、どうしても必要なんです」ガレットは長椅子のかたわらにかがみこんだまま、消毒液でイーサンの腕を拭き清めた。慣れた手つきでモルヒネの入った注射器を上に向けると、管状の針先から透明な薬液が一滴出るまでピストンを押しあげ、ガラスの注射筒の空気を抜いた。

イーサンが感覚を取り戻したらしく、身じろぎして目をしばたたいた。「ガレット」誰かはわかっているのに名前に確信が持てないのか、探るような口調だった。彼はガレットが持っている注射器に目をやった。「そんなものは必要ない」

「体内に残っている銃弾を探しはじめたら、注射を打っておいてよかったと思うわよ」

イーサンは動揺したらしく、呼吸が荒くなり、胸が上下した。「ぼくの胸を開くつもりじゃないだろうな……茹でたハムの缶詰みたいに」

「これは適切な治療よ」

「手術を無事に乗り越えたとしても、熱病で死ぬに決まってる」

「手術を無事に乗り越えたら、間違いなく熱が出るでしょうね。それもひどい高熱が。あんなに汚れた川の中に入ったんだから、あらゆる細菌に感染しているはずだもの。でも幸い、さまざまな種類の消毒液を持ってきたから、すぐに細菌を除去できるわ」

「まったく、なんて女性だ……ああ、くそっ、それは？」

「モルヒネよ」注射器のピストンを押し、たくましい腕に薬液を注入した。

ガレットを止めることはできないと悟ったらしく、イーサンはおとなしくなった。「きみはロマンティックな言葉のひとつも言えないのか」彼はぼやいた。

いつものイーサンらしい口調だったので、ガレットはつい頬をゆるめそうになった。「おあいにくさま。そういう考え方は医学校に捨ててきたわ」

イーサンは顔をそむけた。

ガレットは彼への愛情と心配で胸が締めつけられた。唇が震えだしたので、口を引き結ぶ。イーサンは自分が死の瀬戸際にあることをわかっていて、避けられないものとして受け入れている。意識がはっきりしている最期の瞬間に、愛する女性の腕の中で過ごしたいと願っているのだ。

しかしガレットはイーサンを抱きしめる代わりに、この手で手術器具を使うことにした。愛情をこめてイーサンを見つめる代わりに、内臓の挫傷と裂傷を調べるのだ。

そう、ロマンティックとはほど遠いけれど、それが自分のやり方だ。全力を尽くしてイーサンを救わなければ、彼に愛される女性にはなれない。

ガレットは注射器を脇に置き、形のいいイーサンの耳に視線を落とした。身をかがめ、唇でそっと耳たぶに触れる。「アイアタン」彼女はささやいた。「よく聞いて。これがわたしの仕事なの。必ずあなたを救って看病するわ。ずっとそばにいるから、わたしを信じて」

イーサンが頬をすり寄せてきた。ガレットの言葉を信じていないようだ。ろうそくの燃えさしのように、彼の目が弱々しく光った。

「愛していると言ってくれ」イーサンは低い声をもらした。

ガレットは恐怖に襲われ、頭の中をさまざまな言葉が駆けめぐった。〝愛しているわ。あなたが必要なの。お願いだからそばにいて〟けれども口に出したら、イーサンを失ってしまいそうな恐ろしい予感がした。今から彼の命を救おうというのに、まるで安らかにこの世界から去るのを許すようなものだ。

「あとで言うわ」ガレットは優しく返した。「手術が終わって、あなたが目を覚ましたら」

ドクター・ハヴロックが到着する前に、イーサンは巨大なオーク材のテーブルの上に移された。骨が砕けたり、鉛の破片が飛び散ったり、さらに損傷を与えられたりしないように、ウェスト・レイヴネルと三人の従僕が壊れものを扱うように慎重に運んだ。イーサンはうわごとを言ったり、うめき声や言葉にならない叫び声をあげたりした。

ガレットはケイトリンの手を借りてイーサンの全身をくまなく消毒液で拭き清めると、手術に備えて銃創のまわりの毛を剃った。下腹部を隠すために腰にタオルを巻いてから、清潔なコットンの毛布を体にかけた。青ざめた肌は磨きあげられた大理石の彫像を思わせた。

あんなに強健だった男性が弱っている姿は見るに忍びなかった。モルヒネが効いているとはいえ、イーサンはまだ苦痛を味わっているはずだ。しかし血圧が低下している状態なので、投与量をこれ以上増やすわけにはいかなかった。

ハヴロックが到着したとき、ガレットは心底ほっとした。熟練の医師がそばにいてくれるのは心強いし、これでどうにかイーサンが一命を取りとめられるかもしれない。ハヴロックは雪のように白い、ライオンのたてがみに似た髪型をしている。わずかに伸びた頬と顎の髭が銀色に光っていた。イーサンがうわごとを言うたびに優しくなだめながら、ハヴロックはてきぱきと診察した。

やがて診察を終えると、ハヴロックはガレットを伴って図書室の奥へ移動した。ふたりだけで相談するためだ。

「循環虚脱を起こしかけている」ハヴロックは深刻な表情を浮かべ、声を潜めた。「実のところ、これほど多量の出血に耐えている患者は初めてだ。銃弾は左の胸筋を貫通している。動脈が切断されていても不思議はない」

「やはりそうですか……でもそれなら即死していたはずです。なぜ出血が止まったんでしょうか？　胸腔《きょうこう》に血液がたまっているとしたら肺機能障害を起こすはずなのに、その兆候は認められません」

「考えられるのは、動脈が収縮して、損傷部位からの出血が一時的に止まっているということだ」

「それが腋窩《えきか》動脈だとすれば、切断された血管を結紮すれば、腕にも血液を供給できるのでは？」

「そのとおりだ。側副血行路が形成されるだろう。だがその方法は勧められん」

「だったらどうすればいいですか？」

ハヴロックがガレットを見つめた。優しいまなざしを向けられるのは気に入らなかった。

「気の毒だが、できるだけ安らかに逝かせてやることだ」

ガレットは平手打ちを食らったような衝撃を受けた。「なんですって？」彼女は呆然とした。「いやです。なんとしても助けます」

「無理だ。きみから教わった無菌手術の点から見てもな。この患者は体の内外とも汚染されている。助かる見こみはない。無益な手術を受けさせるのは身勝手で愚かな行いだ。一日かそこら死を遅らせることができたとしても、彼は言いようのない苦痛を味わうだろう。敗血症にかかって多臓器不全を起こすだろうからな。わたしは良心にかけてそんなまねはできん。きみの良心にかけてもな」

「わたしの良心についてはわたしが考えます。とにかく力を貸してください、ドクター・ハヴロック。ひとりでは手に負えないんです」

「医学的事実が手術の正当性を示していないうえに、患者を不必要に苦しめる可能性がある。どう考えても医療過誤じゃないかね」

「わたしはかまいません」ガレットはやけになって言った。

「将来が台なしになるとしてもか？　いいかね、きみの医師資格を取り消そうと手ぐすね引いて待っているやつらが大勢いるんだぞ。イングランド初の女性医師が不祥事で職を追われたとなれば……きみのあとに続こうとしている女性たちはどうなる？　きみの治療を受けられなくなる患者たちは？」

「今、この男性のために何もしなければ、わたしはこの先、誰の役にも立てません」感情が高ぶり、ガレットの体が震えた。「そのことでいつまでも苦しむでしょう。救える機会があったのに救おうとしなかったことを後悔しながら生きていくなんて、わたしには耐えられません。あなたは彼のことを知らないからです。もし逆の立場だったら、彼はわたしのためになんでもするはずなんです。だからわたしも彼のために力を尽くさないと。どうしても救わなければならないんです」

初老の男性は理解できないという顔つきでガレットを見た。「どうやら冷静さを失っているらしい」

「わたしは至って冷静です」

「彼はゆうべ、タザム卿の屋敷できみと一緒にいた男だな」

ガレットは頬がかっと熱くなったが、ハヴロックの視線を受けとめてうなずいた。「実は知り合いなんです。彼はわたしの……大切な人です」

「そうか」ハヴロックは黙りこみ、白い無精髭の生えた頬をさすった。こうしているあいだもイーサンに残された貴重な時間が刻々と過ぎていく。

「輸血器は？」ガレットは早く次の行動を決めたかった。

ハヴロックが険しい表情になる。「わたしは今までに輸血を七回試みたことがあるが、一例を除いてすべての患者がショック状態に陥り、もがき苦しみ、脳卒中か心不全を起こした。血液が適合する場合とそうでない場合がある理由はいまだ解明されていない。この治療が失敗したらどうなるか、きみは見たことがないだろう。わたしはこの目で見たんだ。患者にあんな苦しみを味わわせる治療を二度とするつもりはない」

「輸血器を持ってきていただけたんですか？」ガレットは食いさがった。

「ああ」ハヴロックが歯ぎしりした。「あの装置を使えば、きみたちはふたりともひどい目に遭う。正直になるんだ、ドクター・ギブソン。きみは本当に患者のために行動しようとしているのか？　それとも自分自身のためか？」

「両方です！　ふたりのために行動しようとしてるんです」

ハヴロックが浮かべた表情から、自分が間違った答えを言ったのだとわかった。

「患者はもちろん、きみの不利益になることに手を貸すわけにはいかん」ハヴロックは言った。「常軌を逸しているぞ、ガレット」

ファーストネームで呼ばれたのは初めてだった。

ガレットが打ちひしがれて無言のまま立ちつくしていると、ハヴロックは厳しくも訴えかけるようなまなざしを投げ、その場を離れた。

「帰ってしまわれるんですか？」ガレットは当惑して尋ねた。

ハヴロックは返事もせずに図書室から出ていった。

ガレットはむなしさに覚え、呆然とした。ドクター・ウィリアム・ハヴロックは仕事のパートナーであり、助言者であり、理解者であり、信頼できる友人だった。どんなに複雑な状況下でも善悪を見分けることができる人だ。そのハヴロックが彼女を見捨てて去っていった。ガレットのすることにはいっさいかかわるつもりはないと。間違っているのは彼ではなく、ガレットのほうだと。ハヴロックは自らの主義を貫いたのだ。それにひきかえ、自分は……。イーサン・ランサムのこととなると前後の見境がなくなってしまう。なぜなら彼を愛しているからだ。

ガレットは衝撃と絶望に襲われた。まばたきをして、こみあげる熱い涙をこらえる。胸が苦しい。

ああ、泣きだしてしまいそうだ。

部屋の入口に誰かが立っていた。ウェスト・レイヴネルだ。戸枠に広い肩をもたせかけ、冷静な目でうかがうようにこちらを見ている。日に焼けた顔の中で、青い瞳がきらめいていた。

ガレットはうつむき、喉にこみあげてくるものを何度ものみこんだ。もはや警戒心はなかった。レイヴネルはきっと嫌悪感と憐《あわ》れみを感じているのだろう。どちらにせよ、何かひと言、声をかけられただけで完全に打ちのめされてしまいそうだ。

「試しにやってみればいい」レイヴネルがこともなげに言う声が聞こえた。「ぼくが手伝おう」

ガレットははじかれたように顔をあげて彼を見つめた。しばらくして、レイヴネルが手術の手助けを申しでてくれているのだと気づいた。二度咳払いをし、こわばった筋肉をほぐしてから、ようやく口を開く。「医学の訓練を受けたことはありますか？」

「一度もない。でも指示を出してくれたらなんでもするよ」

「血を見ても大丈夫ですか？」

「それは問題ない。ぼくは農業に従事しているんだ。血なら見慣れている。動物のものも、人間のものも」

ガレットは袖口で頬の涙をぬぐい、半信半疑の目でレイヴネルを見た。「農業はそんなに血がかかわるものなんですか？」

レイヴネルが歯を見せて笑った。「まあ、とにかく苦手ではないってことだ」その笑顔がなぜかイーサンの笑顔に似ているように思え、ガレットは胸が痛んだ。レイヴネルは上着の内ポケットからハンカチを引っ張りだすと、進みでてガレットに差しだした。

ガレットは泣いているのを見られたことに恥ずかしさを覚えつつ、手渡されたハンカチで目元をぬぐい、はなをかんだ。「話をどれくらい聞いていましたか？」

「ほとんど全部だ。図書室じゅうに響いていたからね」

「あなたもドクター・ハヴロックが正しいと思いますか？」

「どの部分がだい？」

「手術で苦痛を味わわせることなく、できるだけ安らかにミスター・ランサムを逝かせてあげるべきだと」

「いや、きみは感動的な臨終の場面を台なしにした。ぼくは〝地面に落ちるきみの影さえ、ぼくにとっては日の光だ〟の続きを早く聞きたかったのに、きみは鬼軍曹みたいにあれこれ命令を出しはじめた。ランサムに手術をしたほうがいい。今夜はもう、彼の口から気のきいたせりふは出てきそうにないし」

ガレットは戸惑い、眉をひそめた。こんな状況で冗談を言うなんて不謹慎だと思わないのだろうか？ それともそんなことはまったく意に介さない人なのだろうか？ おそらく後者だろう。その一方で、レイヴネルの穏やかでのんきなところに心強さを感じた。場合によっては少々不愉快な人物になるようにも思えるけれど、彼なら緊張を強いられる場面でも取り乱したりしないだろう。今、必要なのはまさしくこういう人だ。

「わかりました」ガレットは言った。「厨房へ行って、上半身を石炭酸石鹸とお湯で洗ってきてください。必ず爪のあいだもごしごし洗うように」彼女がレイヴネルの両手に視線を落とすと、優雅な長い指は見るからに清潔で、爪も短く切ってあった。

「何を着ればいい？」レイヴネルが尋ねた。

「漂白したリネンかコットンのシャツを。手を洗ったら、決してどこにも……特にテーブルやドアノブには触れずにすぐ戻ってきてください」

レイヴネルは短くうなずき、意気揚々と立ち去った。まもなく廊下から彼の声が聞こえた。

「ミセス・アボット、ぼくは今から厨房で体を洗う。たくましい上半身が見えないように、目を覆っておくようメイドたちに伝えたほうがいいんじゃないか？」

レディ・トレニアがガレットのもとにやってきた。「どこのメイドの話をしているつもりかしらね」ケイトリンは誰にともなく言った。「わが家のメイドたちは流し場に詰めかけて、一番眺めのいい場所を取ろうとするはずよ」

「彼は信頼できる人ですか？」ガレットは訊いた。

「ええ、とっても。ウェストは領地の農場と借地を管理しているの。羊の出産から病気にかかった家畜の世話まで、さまざまなことを経験しているわ。なんでもそつなくこなす人よ。吐き気を催すほど不快なことでもね。わたしも普段は平気なんだけれど……」ケイトリンは言葉を切り、悔しげな表情を浮かべた。「ふたり目の子を妊娠しているの。つわりがひどくて」

ガレットは心配になって伯爵夫人を見つめた。ケイトリンは脂汗をかき、青い顔をし、はっきりわかるほどふらついている。汚染された水の悪臭で気分が悪くなったのだろう。「ひどい汚染にさらされると体にさわります。すぐにお風呂に入って、風通しのいい部屋で横になってください。それから、ジンジャーティーを淹《い》れてもらうといいでしょう。胃が落ち着きますよ」

「わかったわ」ケイトリンは微笑んだ。「ウェストと使用人たちがあなたの力になるわ。夫も、ミスター・ランサムがなるべく早くロンドンから離れられるように手配するそうよ。回復するまで安全な場所にいたほうがいいでしょうから」

「わたしの能力を買いかぶりすぎです」ガレットは重い口調で言った。

「パンドラの手術を成功させたじゃないの。あなたなら奇跡を起こせると確信しているわ」

「ありがとうございます」困ったことに、ガレットの目にまた涙がこみあげてきた。

ケイトリンが小さな手でガレットの両手をそっと握った。「最善を尽くして、運命のなりゆきに任せるの。全力を尽くしたら、どんな結果になろうと自分を責めちゃだめよ」

ガレットは弱々しい笑みを浮かべた。「お言葉ですが、奥様は医師がどういうものなのか、よくおわかりではないようですね」


「動脈鉗子《かんし》」リネンを敷いたトレイに並べた滅菌済みのピカピカの手術器具を指さしながら、ガレットは順に説明した。「捻転鉗子。縫合鉗子。ピンセット。切断メス。両刃の切断メス。切除メス。尖刃メス。円刃メス。直剪刀《せんとう》。反剪刀――」

「手術を進めながら教えてくれ。〝切断メス〟から先はひとつも頭に入ってこなかった」

ウェスト・レイヴネルがガレットと並んで図書室のテーブルの前に立った。イーサンは気を失っていて、体には清潔な白いシーツとコットンの毛布をかけてある。ガレットは滅菌したリント布を詰めた円筒型の吸入器の中に、慎重な手つきでクロロホルムを数滴垂らした。レイヴネルはシルク張りの管でつながれているマスクをイーサンの鼻と口にあてている。

ガレットはシーツをそっと折り返し、見事に鍛えあげられた上半身をあらわにした。

「まるで筋肉の標本だな」レイヴネルの冗談めかした声が聞こえた。「存在すら知らなかった筋肉があちこちに見えるぞ」

「ミスター・レイヴネル」ガレットは大きな洗浄用注射器を手に取った。「お願いですから、発言は最小限にとどめてください」塩化亜鉛溶液を押しだして傷口を消毒し、注射器を脇に置いた。「ネラトン探針を取ってください。先端に素焼きの磁器がついているものです」

探針を挿入してみると、銃弾は体内をまっすぐに進み、第一肋骨の手前でわずかに斜め上方にそれたのだとわかった。探針の先が何やら硬いものに触れた。探針を引き抜くと、先端に青いしるしが表れていた。

「それはなんだい？」レイヴネルが尋ねた。

「鉛と接触すると、磁器が青く変色するんです」

銃弾は主要な血管と神経が走っている場所まで到達していたが、幸いにも、引きしまった厚い筋肉に守られていた。

家族や愛する人の手術では執刀すべきではないと、ガレットは医学校で教わった。手術には客観的な判断が必要だからだ。しかしイーサンのじっと動かない顔を見たとたん、自分は医師人生において最も難しい手術を愛する男性に行おうとしているのだと気づいた。神様、どうかお助けくださいと、ガレットは心から祈った。

「刃先の丸いメスを取ってください」

レイヴネルがおそるおそる手術器具を手渡す。鎖骨のすぐ下を切開しようとしたとき、彼が質問する声が聞こえた。「この部分も見ていないといけないのかな？」

「わたしが頼んだときに、正しい器具を渡してもらいたいんです」ガレットは鋭い口調で答えた。「そのためには目を開いておいてもらわないと」

「訊いてみただけだよ。目はちゃんと開けている」

分裂した線維組織と筋膜に用心しながらメスを入れ、切開部を固定した。

銃弾はシャツかベストの繊維片らしきものとともに腋窩動脈を貫通していた。ドクター・ハヴロックの見立てどおり、動脈の切断端が収縮し、血管鞘《しょう》におさまっていた。反対側は鉛の銃弾でふさがれている。

「数分以内に出血多量で死んでもおかしくない状態だったわね」ガレットは小声で言った。

「でも銃弾が一時的に動脈に開いた穴をふさいでいる。さらに凝固した血が、破れた血管の穴に栓をしているんだわ」傷口を見つめたまま言った。「針に糸を通せますか?」

「ああ」

「よかった。鉗子を使ってその瓶から腸腺縫合糸を取りだして、トレイに置いてある一番細い針に通してください」彼女はイーサンの腕の位置を上にずらし、胸に対して直角になるようにした。

ガレットがふたたびメスを入れようとしているのを見て、レイヴネルは尋ねた。「胸を負傷したのに、なぜ脇の下の近くを切ろうとしているんだ?」

「まず、動脈の遠位端を縛る必要があるからです。お願いですから、集中させてください」

「これは失礼。家畜の手術しか見たことがないものでね。彼が伝染病にかかった牛なら、何が起きているのか正確に把握できるんだが」

「ミスター・レイヴネル、話をやめてくれないのなら、あなたをクロロホルムで眠らせて、わたしひとりで手術を行います」

レイヴネルはようやくおしゃべりな口をつぐんだ。

それから数分かけて、ガレットは集中を要する作業を行った。腋窩部の神経網や静脈を傷つけないように気をつけながら、二箇所の動脈を結紮した。それから銃弾と衣服の小片を取りだし、損傷した組織を切除し、傷口を洗浄して破片や細菌を洗い流した。ガレットの指示でレイヴネルも掻爬《そうは》器を使い、露出した切開部を消毒液で洗浄した。ガレットはゴム製の排液管を挿入すると、石炭酸で処理したシルク糸で丁寧に縫合して固定し、ホウ酸ガーゼで傷口を覆った。

「終わったのか？」レイヴネルが訊いた。

イーサンの状態を判断するのに忙しくて、ガレットはすぐに返事ができなかった。

膝と足がまだらに変色し、顔色は死人のように白くなっている。心拍数は一分間に四〇まで下がっていた。

衰弱してきている。

「まだです」ガレットは必死で冷静になろうとした。心が千々に乱れる。「ええと……わたしたちのほかに……もうひとり誰かが必要です。ひとりに血を提供してもらって、もうひとりにはわたしの手伝いをしてもらいます。あの……ルーセルの装置はどこかしら」

「輸血器のことを言っているのか？」レイヴネルは尋ねた。「たいていはうまくいくものなのか?」

ガレットはレイヴネルを見ずにぽつりと答えた。「少なくとも患者の半数が一時間以内に死亡しています」

そのとき、部屋の隅からトレニア卿の静かな声が聞こえた。「その機器ならここにある」

トレニア卿が手術の様子を見ていたとは知らなかった。施術に集中していたため、ガレットは彼が戻ってきたことさえ気づかなかった。

トレニア卿が進みでて、光沢のある紫檀の箱をテーブルに置いた。「どうすればいい?」

「箱を開けてください。ですが中に入っているものにはいっさい触れないように。どちらかに血を提供していただいて、もうひとりには輸血器のほうを手伝っていただきます」

「ぼくの血を採ればいい」トレニア卿がためらわずに言った。

「だめだ」ウェスト・レイヴネルが言った。「ぼくが提供者になろう。ランサムが生き延びたら、腹立ちもひとしおだろう」レイヴネルは薄笑いを浮かべ、ガレットと視線を合わせた。屈託がなく、何があっても動じないレイヴネルの存在に、パニックを起こしかけていたガレットの心は鎮まった。

「わかりました」彼女はゆっくりと息を吸った。「トレニア卿、テーブルの向こうの洗面器で手を洗ってから、石炭酸液に手を浸してください。ミスター・レイヴネルはシャツを脱いでテーブルの上に座って、ミスター・ランサムの右腕のすぐそばに左腕を置いてください」

輸血器はすでに滅菌されていた。機械仕掛けの海の生物を思わせる奇妙な形の装置で、ガラス製のカップから未加硫ゴムの管が何本か延びている。一本は吸引器につながっていて、もう一本は分岐部に小さな栓があり、先端に針がついている。別の管には輸血量を調整するバルーンポンプがついていた。

箱からそっと持ちあげると、ガレットの手の中で扱いにくい装置がかすかに震えた。前に一度、輸血の手伝いをしたことがあるが、そのときの執刀医はもっと単純な旧式の装置を使用した。

ドクター・ハヴロックがこの場にいてくれたら、この珍妙な装置の扱い方について助言を与えてくれただろうに。

ガレットが輸血器から視線をあげたとき、ウェスト・レイヴネルがシャツを脱いで軽やかにテーブルにあがった。ガレットは目をしばたたいた。さっきはイーサンの鍛え抜かれた体について軽口を叩いていたけれど、レイヴネルも負けず劣らずたくましい体つきをしている。筋骨隆々としているのは重いものを運ぶのに慣れているからだろう。しかしそれよりもガレットが驚いたのは、体も顔と同じようにこんがりと日焼けしていることだ。しかも上半身全体が。

シャツも着ないでこんなに日焼けするまで外で日光を浴びるだなんて、どういう紳士なのだろう？

ガレットの表情を見て、レイヴネルがにやりとした。うぬぼれた目が愉快そうに光る。

「農場の仕事だよ」彼はこともなげに言った。「採石場でも働いているんだ」

「半裸でですか？」ガレットは厳しい声で尋ね、輸血器を清潔なリネンの上に置いた。

「切りだした石を荷馬車に積んでいるだけだ。頭のよくないぼくにはうってつけの仕事だが、シャツを着たままやるのは暑くてかなわない」

ガレットはにこりともしなかったが、レイヴネルのユーモアの感覚がありがたかった。おかげでヒステリーを起こさずにすんでいる。何しろひとつ間違えれば――静脈に気泡が入っただけでも――イーサンはすぐさま死に至ってしまう。

トレニア卿がガレットのそばに来た。「さて、ぼくはどうすればいい？」

ガレットは消毒済みのガラス容器を手渡した。「これに煮沸した水をたっぷり入れてください」

伯爵が仕事にかかっているあいだに、ガレットはレイヴネルの胸に聴診器をあてて心拍を調べた。規則正しく力強い鼓動で、まるで雄牛のような心臓だ。輸血器の吸水器に水を満たし、たっぷりと筋肉のついたレイヴネルの腕に駆血帯をきつく巻いた。「拳を握ってください」たくましい腕の筋肉が収縮した。「理想的な尺側正中皮静脈だわ」腕の内側をイソプロピルアルコールで消毒する。「駆血帯を巻かなくても、血管が見つかったでしょうね」

「きみに静脈を称賛されるなんて有頂天になりそうだ」レイヴネルが言った。「管の先に七センチもの針がついていなければね」

「できるだけ痛くないようにするつもりですが、不快に感じるかもしれません」

「胸に銃弾を受けるのに比べればたいしたことはないが、泣き言のひとつも言いたくなるな」

兄の伯爵がくだけた口調で言った。「おまえが意気地なしなのは周知の事実だ。気がすむまで泣き言を言えばいい」

「目をそらしたければどうぞ、ミスター・レイヴネル」ガレットは小声で告げた。「拳は握ったままで」

「ウェストと呼んでくれ」

「そんななれなれしい呼び方はできません」

「きみはぼくの尺側正中皮静脈から生命の源を抜き取っているんだ」レイヴネルが指摘した。「ぼくはもっと浅い関係の女性たちともファーストネームで呼びあっている。ああ、ちくしょう！」ガレットが湾曲した注射針を静脈に挿入したとたん、レイヴネルが口汚い言葉を吐いた。彼は自分の血液がゴム製の管を通って吸引器に入っていくさまを見つめ、顔をしかめた。「どれくらいの血液が必要なんだ？」

「おそらく三〇〇ミリリットル程度でしょう。脈が正常に戻るまで輸血します」今度はイーサンの弛《し》緩《かん》した腕に駆血帯を巻き、静脈を探した。まったく見あたらない。「トレニア卿、彼の腕を強く押さえてもらえますか？　ここところを……」ガレットが指示した場所を伯爵が指で押さえる。

それでもだめだった。静脈が一本も見えない。

脈も触れない。

イーサンが最期の息を吐いた。

そして呼吸が止まった。

「だめよ、絶対に死んじゃだめ」ガレットは激しい口調で言うとイーサンの腕を消毒し、メスを手に取った。「こんな仕打ちはあんまりだわ。このろくでなし！」冷たい肌を手際よくつまみ、すばやくメスを入れて弱った血管をあらわにした。「有溝ゾンデを」歯を食いしばったまま言った。トレニア卿が器具の並んだトレイの前で迷いはじめたので、ガレットは鋭い口調で命じた。「先が尖っている器具です」トレニア卿はすばやく器具を取りあげ、ガレットに手渡した。

ガレットはすぐさま有溝ゾンデで静脈をつまむと、メスで血管を横に切開して挿管した。トレニア卿が管を押さえているあいだにガレットは輸血器につなぎ、バルーンポンプと吸引器を使って管の中の空気を抜いてから滅菌水を流した。この手の輸血器を使うのは初めてなのに、脳がいつもより一〇倍速く回転しているらしく、なぜか手が勝手に動いた。銀色の栓をひねると、血液が静脈に流れこむ。

ふたりの男性はようやく密封された管によってつながれた。

ガレットはバルーンポンプを押し、イーサンの心臓に負荷をかけないようにゆっくりと血液を送りこんだ。声に出さずに、何度も同じ言葉を唱える――戻ってきて、戻ってきて、戻ってきて……。

一分ほど経ったとき、生気が失われた体に驚くべき変化が起きた。ふたたび脈が打ちはじめ、みるみる顔に血の気が戻ってきた。イーサンの胸が一度、二度とふくらんだかと思うと、深い呼吸をして、断続的にあえぎ声を発しはじめた。さらに一分が経つと、彼は汗をかき、体をびくっと震わせた。

ガレットは安堵《あんど》のため息をついたが、思わず泣くような声が出て恥ずかしくなった。涙がこみあげるのを感じ、片手で目を覆って必死に自制心を取り戻そうとしたものの、罰あたりな言葉をもらすと同時に、ひと粒の涙が頬から顎へと伝い落ちた。

「きみは実に優雅に悪態をつくんだな」ウェスト・レイヴネルが感情を押し殺した声で言うのが聞こえた。「そんなふうに自然に言える女性はめったにいない」

「パリ大学で学んだんです」ガレットは片手で目を覆ったまま言った。「なんならフランス語で悪態をつきましょうか？」

「いや、遠慮しておくよ。きみに心を奪われてしまうかもしれないからね。ところで、ランサムはもう充分な血液を得たんじゃないかな？　その証拠に、ぼくは少し頭がくらくらしてきたよ」

ガレットは手術器具と輸血器をきれいにすると、イーサンの生命兆候《バイタルサイン》を確認した。これで一〇回目だ。脈拍一〇〇。体温三七・二度。呼吸数三〇。ひどく汗をかき、身じろぎしている。麻酔の効果が徐々に弱まっているようだ。

ガレットはイーサンの世話をミセス・アボットに任せ、ふらつく足で図書室の隅まで行き、彫刻が施された梯子の段に腰をおろした。前かがみになって頭を膝に預ける。急な発作を起こしたように、全身がわなわな震えていることをぼんやり意識していたが、どうすればいいかわからなかった。その場にうずくまると、歯の根が合わないほどの震えに襲われた。

誰かがやってきて、隣にしゃがみこんだ。大きくてあたたかな手が彼女の背中に置かれる。ガレットが横目でちらりと見ると、ウェスト・レイヴネルだった。彼は軽口をいっさい叩かず、穏やかで親しみのこもった表情を浮かべている。ガレットは心が落ち着いてくるのを感じた。レイヴネルの手の感触は、イーサンがうなじを撫でたり、そっとつかんだりするときの触れ方にどことなく似ていた。ガレットは徐々に緊張がほぐれ、体の震えもおさまってきた。レイヴネルは慰めるように彼女の背中に手を添え、ただじっとしていた。やがてガレットは震えるため息をつき、身を起こした。

レイヴネルは静かに手を離すと、ウイスキーかブランデーか、アルコールの入った小さなグラスを黙って差しだした。ガレットはありがたく受け取った。グラスの縁に歯があたってカタカタと鳴ったが、彼女はひと口飲んだ。口あたりのいい琥珀色《こはくいろ》の熱い液体が、張りつめた神経と震えを鎮めてくれた。

「そろそろ一時間だ」レイヴネルは言った。「輸血は成功したってことだろう?」

ガレットはグラスの中身をもうひと口飲んだ。「銃弾による負傷が原因で命を失うことはもうないと思います」グラスを握りしめ、物憂げに言った。「ただし、銃弾とともに体内に入ったものが原因で命を落とす可能性はあります。ウイルス、細菌、致死性の微生物、化学汚染物質。あの川に入るくらいなら、毒薬の中に浸ったほうがましなくらいです。水の神のネプチューンも五分もしないうちに死んでテムズ川に浮かぶでしょうね」

「まだ死ぬと決まったわけじゃないだろう。ランサムの家系は頑丈で、根っからのろくでなしばかりだ。誰よりもしぶとく生き延びることは本人がすでに証明済みじゃないか」

「彼の家族と面識があるんですか？」

「なんだ、ランサムはきみに話していなかったのか。彼はレイヴネル家の一員なんだ。実の父親は先々代の伯爵だ。ランサムが非嫡出子として生まれなかったら、今頃はぼくの兄ではなく、彼がトレニア卿になっていたはずだ」

17

ガレット・ギブソンが呆然とした緑の目で見つめてきたので、ウェストはかすかに微笑んだ。「どうりで似ているわけね」しばらくして彼女が言った。

図書室の片隅で膝を引き寄せて座るガレットの姿はやけに小さく見えた。この一時間半のあいだ、彼女は険しい目をして、気を張りつめながらその場を取り仕切っていた。血管や細胞組織に重要な細かい処置を施すために、ミリ単位の作業を驚くべき正確さで行った。ウェストは手術についてはまったくの無知だが、ガレットが非凡な手技を用いていることは彼にもわかった。

ところが今の彼女は疲労困憊し、優秀な外科医が、帰宅途中で道を間違えて途方に暮れた女学生のようになっている。

ウェストはガレットに大いに好感を抱いた。それどころか、ヘレンがふたりを引きあわせようとしたのに、まともに取りあわなかったことを後悔したほどだった。女性医師と聞いて、男を敵視しているつんけんした中年女性を頭に思い描いていた。かなりの美人だとヘレンは言ったが、話半分に聞いていた。ヘレンは善意の塊のような人なので、誰のことも過大評価しがちだからだ。

しかしガレット・ギブソンはかなりの美人で、魅力的な女性だ。知性と教養を備え、どこかとらえどころのない感じがして……心には優しさを秘めている。ウェストは興味をそそられた。

それにしても今夜は驚きの連続だった。まず、イーサン・ランサムが瀕死の状態で運ばれてきた。彼を運んできたふたりの河川警察官はおびえきっていて、この事件にはいっさいかかわりたくなさそうだった。なぜかというと、彼らはブラックフライアーズ橋の下に巡視船を停め、規則に反して携帯用の酒瓶からウイスキーを飲んでいたからだ。すると橋の上から会話が聞こえ、殺人が行われようとしているのを知った。殺し屋が立ち去ったあと、警官たちは負傷した男を引っ張りあげてポケットを探ってみたが、身元を示すものは何も入っておらず、ウェストの名刺だけが出てきたそうだ。もれ聞こえた話の内容から、事件を上司に報告すればさらに厄介なことになると思ったらしい。

「誰の仕業だ？」悪臭にまみれたランサムが長椅子にぐったりと倒れこんだとき、ウェストは尋ねた。

「ジェンキンの手下のひとりだ」ランサムは必死に意識を保ち、あえぎながら言った。目の焦点が合っていなかった。

「ジェンキンが命じたのか？」

「ああ。警察を信用するな。フェルブリッグもだめだ。連中に居場所を突きとめられたら

「……」

「見つかりっこない」

「きっとここに来る」

やれるものならやってみろ。身内が受けたひどい仕打ちを見て、ウェストは怒りを覚えた。

ケイトリンが身をかがめ、やわらかな白い布で瀕死の男の顔から汚れを拭き取った。ランサムは何秒か気を失ったが、うめき声とともに意識を取り戻した。「人を……呼んでもらえませんか？」ケイトリンが優しく尋ねると、イーサンは聞き取りにくい声で何やらぼそぼそと答えた。なぜかケイトリンには理解できたようだった。彼女は当惑と悲しみの入りまじった表情でウェストのほうを向いた。「ドクター・ギブソンを呼んでほしいそうよ」

「キングス・クロスのギブソン家の？　かかりつけ医を呼んだほうが早いだろう」

「医師としての彼女を求めているわけではないの」ケイトリンが静かな声で言った。「愛する女性に会いたがっているのよ」

医師と政府の諜報員。ありそうにない組み合わせだとウェストはそのとき思った。しかし、ふたりが一緒にいるところを目にした今、彼らは本人たちにしかわからない固い絆で結ばれていることを理解した。

ウェストは立ちあがり、ガレットのこわばった顔を見おろした。張りつめた神経が今にも切れそうな表情をしている。ガレットはうつろな目でこちらを見つめ返したが、疲労感に打ちのめされ、質問すらできないようだ。

「ドクター」ウェストはいたわりをこめて言った。「兄がランサムをハンプシャーへ連れていく手はずを整えたそうだ。数時間後にここを発《た》つつもりだ」

「彼には絶対安静が必要です」

「ここは安全ではない。ランサムにとっても、ほかのみんなにとってもね。選択の余地はないんだ」

ガレットがわれに返り、目つきが鋭くなった。「ちょっとした振動でも命を落とす可能性があるんです。移動させるなんてとんでもないわ」

「慎重かつ迅速に運ぶと約束するよ」

「でこぼこの田舎道を？」ガレットは小ばかにしたように言った。

「専用列車で移動する。夜が明けるまでには領地に到着するだろう。人里離れた静かな場所だ。ランサムは人目を気にせずに傷を癒やせる」

ウェストはエヴァースビー・プライオリーに帰るのが待ち遠しかった。実際、ロンドンに嫌気が差しはじめていた。迷路のように入り組んだ道、そこに立ち並ぶ建物、往来するおびただしい数の馬車や列車、ごみと煙、けばけばしく尊大な雰囲気。もちろん、ときどき無性に都会が恋しくなることもあるが、何日か過ごすとハンプシャーに帰りたくてたまらなくなる。

レイヴネル家の古い領主館《マナーハウス》は丘の頂上にあるので、近づいてくる者がいれば数キロ先からでも見える。何万エーカーもの領地は、征服王ウィリアム一世の時代から代々受け継がれてきた土地だ。非嫡出子とはいえ、直系血族のイーサン・ランサムが先祖伝来の屋敷で敵から身を守るのはふさわしい気がする。あの屋敷なら、ランサムもガレット・ギブソンも安全だろう。いや、なんとしてもふたりの身の安全を守ってみせる。

ガレットが首を振った。「父を置いていくわけにはいきません……高齢で、病気も抱えているので……」

「父上も一緒に連れていけばいいじゃないか。さあ、移動中にランサムに必要なものを教えてくれ」

普通の状況であれば、ガレットはこの計画に不服を唱えていただろう。しかし今は感覚が麻痺しているらしく、黙ってこちらを見つめている。

「きみが一緒に行きたくないなら」ウェストは一瞬の間を置いて言った。「ランサムのために看護師を雇おう。かえってそのほうがいいかもしれないな。ロンドンにとどまれば、きみの体面も保てるし――」

「彼をここから駅まで運ぶのに、診療所の救急馬車が必要です」ガレットがむっとした表情でさえぎった。「ハンプシャーから向こうの屋敷まで運ぶときにも。救急馬車を持っていかないと」

「馬車を丸ごと?」ウェストは訊き返した。どうやって列車におさめればいいのだろう。

「担架とマットレスで間に合わせられないかな?」

「救急馬車の骨組みには、衝撃を吸収する特別なばねが取りつけてあるんです。あれに乗せずに動脈の結紮がゆるんだら、大量出血を起こします。あとは携帯用の水タンクと冷蔵庫、ランタン、バケツ、洗面器、リネンとタオル――」

「全部書きだしてくれ」ウェストはあわてて言った。

「それから、わが家のメイドも一緒に連れていかなければなりません。父の世話をしてもらうために」

「どうぞ好きなように」

ガレットが緑の目を細めた。「なぜそこまでしてくださるんですか？　ミスター・ランサムはレイヴネル家にあまりいい感情を持っていません。それどころか、敵意を抱いていると言ってもいいほどなのに」

「先々代の伯爵のせいだよ。エドマンドがランサムと彼の母親にひどい仕打ちをしたんだ」ウェストはゆったりしたシャツの袖をまくりあげ、ガレットが貼った絆創膏に触れた。血はすでに止まり、絆創膏を貼った部分がかゆくなってきた。「喜んでランサムに手を貸そうと思うのは、以前ヘレンとパンドラが世話になったからだ。もちろん好むと好まざるとにかかわらず、彼は数少ないレイヴネル家の人間でもあるしね。兄とぼくは幼くして両親を亡くしたから、心のどこかでばかげた妄想を抱いているんだ。大家族のにぎやかな夕食や、犬や子どもたちが家の中を走りまわる光景を」

「ミスター・ランサムはそういうことを望まないと思いますけれど」

「そうかもしれないな。でも人は自分が思うほど単純じゃない。胸に銃弾を受けたのをきっかけに、考え方ががらりと変わるかもしれないだろう」

屋敷の中で旅支度があわただしく進められているようだったが、ガレットにはぼんやりとしかわからなかった。彼女はイーサンに付き添っていた。もともと優雅だったレイヴネル家の図書室は見るも無残な状態で、布張りの長椅子は泥水でびしょ濡れになり、絨毯もしみだらけだ。もはやガレットの力の及ばないところでものごとが進んでいた。トレニア卿とウェスト・レイヴネルはガレットの意見を聞かずにさまざまな決断をくだしているようだが、彼らの話に加わる気力さえなかった。

イーサンは徐々に麻酔から覚めていったものの、見当識障害を起こし、麻酔の副作用と有毒なテムズ川の水に浸かった後遺症でひどく苦しんでいた。ガレットのことはかろうじて認識できるようだけれど、彼女が質問を投げかけてもイエスかノーの返事しかなかった。ガレットはイーサンの苦痛をやわらげるためにできる限りのことをした――モルヒネをもう一度注射し、冷たい水で顔を洗い、頭の下に小さな枕を入れた。ガレットはテーブルの前に座ると、腕を組んで頭をのせた。少しのあいだ目をつぶり、眠りに引きこまれていった。

「ドクター」ケイトリンの優しい声が近づいてきた。

ガレットははじかれたように顔をあげ、どうにか気を取り直した。「奥様、ご気分はいかがですか?」

「だいぶよくなったわ、ありがとう。お父様とメイドの旅支度を手伝うために、使用人をふたりあなたの家に向かわせたの。それとトレニア卿とわたしから提案したいことがあるのよ」

「なんでしょうか？」

「もともとわたしたちは夏のあいだはロンドンを離れるつもりだったの。だけどエヴァースビー・プライオリーに引きこもる前に、パンドラの義理のご両親であるキングストン公爵夫妻の招待をお受けして、サセックスで二週間ほど過ごす予定なのよ。海辺にあるすてきな屋敷で、人の来ない砂地の入り江があって、来客用の部屋もたくさんあるの。あなたのお父様も、わたしたちと一緒にそちらに滞在したらどうかと思って。少しぐらいなら海水浴や日光浴を楽しんだってかまわないでしょう？　そのほうがミスター・ランサムが健康を取り戻すまで、あなたも看護に専念できるでしょうし」

「これ以上、奥様にご迷惑をおかけするわけにはいきません。ましてや公爵ご夫妻にまで――」

「あなたはパンドラの命の恩人ですもの。公爵ご夫妻は大歓迎すると思うわ。お父様を王族のように扱うはずよ」

ガレットはひりひりする目をこすり、うつろな口調で答えた。「父の世話はわたしがします。せっかくのお誘いですが――」

「お父様の身の安全の問題もあるわ」ケイトリンがやんわりと指摘した。「ミスター・ランサムがエヴァースビー・プライオリーにいるあいだに厄介なことが起きるとしたら、お父様には危害を受けない場所にいてもらったほうがいいでしょう」

「おっしゃるとおりかもしれませんね。いちおう本人に訊いてみます。初対面の方たちと一緒に過ごすのを喜ぶとは思えませんけれど」

「もちろんメイドも同行していいのよ」ケイトリンが心配そうな優しいまなざしを向けた。「お父様が到着したらここにお連れするから、話しあってみて」

「父はわたしと一緒に行きたがるはずです。父にはわたししかいないので」

ところがスタンリー・ギブソンがレイヴネル・ハウスに到着し、選択肢を提示されると、まったく予想外の反応を示した。

「海辺にある公爵の屋敷で休暇だって?」父は当惑した表情で声を張りあげた。「生まれてこの方、一度も海水浴をしたことのないこのわたしが? 一介の巡査だった男が上流階級の人たちと打ち解けてしゃべったり、金の皿で食事をしたり、極上のフランスワインを飲んだりするのか?」

「お父さん、もうわかったから」ガレットは言った。「いやなら無理しなくても――」

「とんでもない。お受けする!」父はふたつ返事で承諾した。「公爵閣下がわたしと親しくなりたいとおっしゃってるんだ。受けるに決まっとるだろう。わたしのような男と一緒に時間を過ごせば、公爵閣下のためにもなるんじゃないか。街を巡回していた頃の話から学ぶところもあるだろう」

「お父さん」ガレットはそれとなくたしなめた。「厳密に言えば、公爵閣下が望まれたわけではなくて――」

「これで決まりですね」イライザがあわてて口をはさんだ。「公爵閣下をがっかりさせるようなまねは決してしません。旦那様、あたしたちは気を引きしめてサセックスへまいりましょう。公爵閣下に喜んでいただけるように。母が口癖のように言ってるんです。人様のためになることをしなさいって。さあ、家政婦さんが部屋を用意してくださったそうですよ。朝の列車で出発するみたいだから、それまでゆっくりおやすみになってください」

ガレットが何か言い返す前に、ふたりはいそいそと図書室から出ていった。

レイヴネル家の人たちは奇跡のようなすばやさと手際のよさで、ガレットが書きだした品を夜が明けるまでにすべて調達した。イーサンは慎重に担架にくりつけられて、ふたりの従僕とトレニア卿の手で運びだされ、馬屋の裏に待たせておいた救急馬車に乗せられた。空はまだ真っ暗で、街灯から放たれる光が舗道にゆがんだ影を投げかけている。ガレットは幌《ほろ》馬車に乗りこみ、イーサンの隣に座った。どんな道順でどの方角に向かっているのかよくわからなかった。ウェストから聞かされているのは、ロンドンの南側にある専用の鉄道駅に向かい、そこから専用列車に乗って通常の許可や規則を無視して秘密裏に出発するということだけだ。念には念を入れて踏切に見張りをつけ、線路の分岐器を固定し、一度も停車することなく走れるようにするらしい。

一頭立ての救急馬車はゆったりとした速度で進んだ。衝撃を吸収するばねがついているとはいえ、振動で体が揺すられるとイーサンはうめき声をもらしはじめた。彼がどれほどの苦しみに耐えているのかは想像もつかない。ガレットはイーサンの手を握り、骨が砕けそうなほどきつく握り返されても手を放さなかった。

人里離れた森のように静かな暗い場所まで来ると、救急馬車が速度をゆるめた。ガレットは幌の下から外をうかがった。ツタに覆われた高い門と、宗教的な天使や、甘受の表情で腕組みしている男女や子どもたちの厳粛な像が見える。墓地の彫像だ。ガレットは恐怖に襲われ、這うようにして御者の隣に座っているウェスト・レイヴネルのもとへ行った。

「いったいどこへ連れていくつもりですか？　ミスター・レイヴネル」

ウェストが肩越しにちらりと振り返り、眉をあげた。「さっきも言っただろう。専用の鉄道駅だよ」

「墓地のように見えますが」

「墓地の中に駅があるんだよ。死者を埋葬地まで運ぶための専用鉄道で、実はぼくたちの共通の友人のトム・セヴェリンが所有しているロンドン鉄鉱石鉄道の本線や支線にもつながっているんだ」

「ミスター・セヴェリンにすべて話したんですか？　まあ、なんてこと。信用できる人なんですか？」

ウェストはかすかに顔をしかめた。「セヴェリンを信用しなければならない立場になりたい者など誰もいないよ」ウェストは正直に答えた。「だが専用列車を走らせる許可をすぐに出してくれる者は彼しかいない」

まもなくプラットホームのある煉瓦と石でできた大きな建物に到着した。入口の上部にどっしりした石の案内板が掲げられ、〝沈黙の庭〟と記されている。その真下には開いた本の形をした装飾とともに〝アド・メリオーラ〟と刻まれていた。「よりよい場所へ」ガレットは小声で訳した。

ウェストが驚いた表情になって振り向く。「ラテン語がわかるのか?」

ガレットは皮肉っぽい視線を投げた。「わたしは医師ですよ」

彼の顔にばつの悪そうな笑みが浮かんだ。「そうだった」

プラットホームの前で救急馬車が停まった。レイヴネル家の馬車のほかにも二台の馬車がすでに停まっている。停止したとたん、従僕たちとふたりの荷物運搬人が駆け寄ってきて、馬車から担架を運びだす作業に取りかかった。

「気をつけて」ガレットは鋭い声で命じた。

「うまくやるよ」ウェストは言った。「そのあいだに、きみは列車に乗っていてくれ」

「どこかにぶつかったり、揺らしたりしたら――」

「ああ、わかっている。任せてくれ」

ガレットは険しい顔で馬車から降り、周囲に目をやった。ドアのすぐ横に板ガラスの表示板があり、各階の案内が書かれている――地階には遺体安置室と地下祭室、倉庫、三等待合室。一階には礼拝堂と式服着替え室と二等待合室。二階には事務室と一等待合室。

ふたつ目の表示板には、一等、二等、三等の棺《ひつぎ》を乗せる車両が指示されていた。ガレットは表示板に目を凝らし、困惑してかぶりを振った。列車で運ばれる亡骸《なきがら》も、生きている乗客と同じように階級別に分けられるなんて。医師に言わせれば、生きていようと死んでいようと、服を着ていない体に階級など存在しない。富める者も貧しき者も、本来の姿は皆、変わらない。

そのとき、面白がるようなウェールズ訛りの男性の声が聞こえ、ガレットは物思いから現実に引き戻された。「おやおや、死体になってまで身のほどをわきまえなければならないとはな」

ガレットはあわてて振り向いた。「ミスター・ウィンターボーン！」思わず叫んだ。「あなたがいらっしゃるとは知りませんでした。ご迷惑をおかけして申し訳ありません」

雇い主はガレットを見おろして微笑んだ。近くにあるガス灯のかすかな光を受け、黒褐色の瞳がきらりと光る。「迷惑なものか。どのみち、毎朝これくらいの時間に起きているんだ。列車の準備がきちんと整っているかどうか確かめようと思ってね」

ガレットは目を見開いた。「あなたの列車なんですか？」

「客車はぼくのものだが、機関車とほかの車両はトム・セヴェリンのものだ」

「まあ、なんとお礼を言ったらいいのか――」

「礼などいらない。レディ・ヘレンとぼくはきみを家族の一員だと思っているんだからね。ヘレンがよろしくと言っていたよ。それから」ウィンターボーンは一瞬、言葉に詰まり、プラットホームのあたりに落ち着きなく目を走らせてからガレットに視線を戻した。「話は聞いた。ドクター・ハヴロックが手術に手を貸すのを拒んだそうだな。こんな言葉は慰めにもならないだろうが、ぼくは彼の判断には納得できない」

「どうかドクター・ハヴロックを責めないでください」

「きみは責めていないのか？」

ガレットはうなずいた。「〝愛する者が与える傷は忠実のしるし〟ですから」ガレットは苦笑し、旧約聖書の箴言《しんげん》の一節を引用した。「真の友だからこそ、過ちを犯していると思ったときには指摘してくれるのです」

「一緒に過ちを犯すのが真の友だろう」ウィンターボーンはにこりともせずに言った。「あいにく、ぼくはきみが間違ったことをしたとは思っていない。きみと同じ立場に置かれたら、ぼくも同じ選択をしただろうからね」

「本当ですか？」

「愛する人を救える可能性があるなら、ぼくはその可能性に賭けてみるし、誰にも邪魔はさせない」ウィンターボーンはガレットをしげしげと見つめ、はっきり言った。「さすがに体力の限界に達しているようだな。客車に個室がふたつある。ハンプシャーに着く前に少し眠ったほうがいい」上着のポケットに手を伸ばし、ずっしりと重そうな革袋を取りだした。

「受け取ってくれ」

ガレットがおそるおそる中をのぞくと、一〇〇ポンド紙幣がぎっしり詰まっていた。これまでの人生で手にしたこともない大金だ。「ミスター・ウィンターボーン、いただくわけには——」

「金ですべての問題が解決するわけではないが、持っていて困るものでもないだろう。何か必要なものがあれば遠慮なく言ってくれ。それからランサムの状態が回復したら知らせてほしい」

「はい。お心遣いに感謝します」

ガレットはウィンターボーンにエスコートされて列車に乗りこんだ。ふたりは鉄道員たちのそばを通り過ぎた。救急馬車を持ち運びやすくするために、彼らはせっせと車輪を取り外している。担架はすでに豪華な客車に運びこまれていた。ふたつの個室にはそれぞれ、温水と冷水の出る水道を備えた化粧室がついていた。さらに展望室と、ベルベット張りの可動式の椅子と読書用のランプを備えた談話室まであった。

ウィンターボーンが雇った大工たちが、担架を支えている交差した補強材を重い金属製のフックで壁に取りつけていた。客車のオーク材の壁にフックが直接固定されるのを見てガレットは思わずたじろいだが、こうしておけば列車が走りはじめても、揺れや衝撃を最小限に抑えられるだろう。

担架が仮設の寝台に変わると、ガレットはかたわらに椅子を移動させた。イーサンの乾燥した熱い額にそっと手のひらをあててから、手首を取って脈を調べる。彼は顔を赤くほてらせ、落ち着きなく体をよじり、苦しげな息遣いをしている。

ウィンターボーンが寝台の向こう側に歩み寄り、心配そうに眉間に深いしわを寄せた。

「不死身の男だと思っていたのに」しんみりと言った。「強大な敵を作ってしまったようだな。きみまで命を狙われなければいいが」

「ミスター・ランサムもそのことを危惧して、わたしと距離を置こうとしました」

ウィンターボーンが皮肉な笑みを浮かべる。「それでもどうしようもなく惹かれあったわけだな」

ガレットはかすかに微笑んだ。「わたしのせいです。彼の忠告を聞き入れようとしなかったから」イーサンの顔を見おろして言った。「ミスラー・ランサムは初めからこうなることを予期していました。こういう生き方しかできないと思っていたんです」

「その考えは間違っていると、きみが証明すべきかもしれないな」ウィンターボーンが小声で言うのが聞こえた。

「ええ」ガレットは言った。「その機会があれば、必ず証明してみせます」

18

ハンプシャーを目指して列車が南西へ向かって走りだすと、窓から見える景色がロンドンのくすんだ青灰色から、絵の具のパレットがはじけたような鮮やかな色合いに変わった。ピンクとオレンジ色の朝焼けが空を彩り、真っ青な空に溶けている。都会育ちの人の目には、ハンプシャーはおとぎ話に出てくるような場所に見えるだろう――曲がりくねった小川、鬱蒼とした森、果てしなく続く生け垣と、周囲に広がる青々とした牧草地。

イーサンは列車の心地よい揺れのおかげで浅い眠りに落ちていた。ガレットは粘土で像を造る気難しい芸術家さながらにイーサンにあれこれかまいたくなるのをこらえ、ウェスト・レイヴネルに注意を向けた。ウェストは窓際の席に座り、車窓を流れていく景色を興味深げに見つめている。

「どうやってミスター・ランサムを見つけだしたんですか？」ガレットは尋ねた。

ウェストはあたたかく怖いもの知らずな目をしていた。イーサンのどこか秘密めいた突き刺すような目つきとはまったく違う。どうやらいつ誰といても気楽な気分でいることができる人らしい。経済的、社会的変動に直面し、上流階級の人たちの伝統が失われようとしているこのご時世においては貴重な資質だ。

「レイヴネル家とのつながりを、ってことかい?」ウェストはさらりと言い、ガレットの返事を待たずに話を続けた。「少し前に先々代の伯爵が秘密信託として、ランサムに地所を遺贈していたことがわかってね。長年レイヴネル家に仕えた使用人の証言によれば、ランサムはエドマンドとアイルランド人女性とのあいだにできた非嫡出子らしい。その女性は娼婦だったそうだ」彼は唇をゆがめた。「エドマンドがその女性と赤ん坊を養おうとしなかったから、彼女は結局、クラーケンウェル監獄の看守と結婚したそうだ。おそらくつらい人生を送ったに違いない。エドマンドは母子を見捨てておきながら、良心の呵責を感じずに生きていたわけだから、どういう人間だったかは察しがつくだろう」

「ご自分の子じゃないと思ったのでは?」

「いや、エドマンドは自分が父親だと従者にこっそり打ち明けたそうだ。それにランサムの容貌は父親譲りだしね」ウェストはいったん言葉を切り、かぶりを振った。「まったく信じられないよ。まさかランサムをハンプシャーに連れていくことになろうとは。数週間前にロンドンで会ったとき、彼は敵意をむきだしにしていた。レイヴネル家の人間とはいっさいかかわりを持ちたくない様子だった」

「彼は母親思いなんです」ガレットは言った。「レイヴネル家の人たちと親しくなったら、亡くなったお母様の思い出を汚すことになると思ったのかもしれません」

ウェストが眉根を寄せた。「先々代の伯爵がランサムと彼の母親にどんな仕打ちをしたにせよ、気の毒だったと思っている。でもひどい目に遭わされたのはランサムだけじゃないこともわかってほしいんだ。エドマンドの子どもたちは彼の格好の標的だった。なんなら娘たちに訊いてみるといい。ピクニックパーティとは無縁の生活だったと答えるだろうから」

列車がガタンと揺れたとたん、麻酔で眠っているイーサンがうめいた。ガレットは彼の髪を撫でた。普段はサテンのようにつややかな髪が、犬の毛のようにごわごわしている。

「まもなく到着だ」ウェストが言った。「待ち遠しいよ。数日前にロンドンに向けて出発したばかりなのに、もう恋しくてたまらない」

「何が恋しいんですか？」

「カブ、干し草の梱《こり》、養鶏場の鶏、巣箱の蜜蜂。何もかもが恋しいよ」

「まるで生まれながらの農夫のような口ぶりですね」ガレットは愉快に思った。「上流階級の生まれ《ブルー・ブラッド》なのに」

「ぼくがかい？」ウェストがちらりとこちらを見た。目尻の小じわが深くなっている。「それを言うなら〝気性が荒い《レッド》〟だ。表には出さないようにしているけれどね」長い脚を伸ばし、腹部の上で指を組みあわせた。「ぼくたち兄弟はレイヴネル家の分家の出なんだ。だからぼくたちがエヴァースビー・プライオリーに足を踏み入れるのはおろか、デヴォンが伯爵位とそれに付随するもろもろを継承するとは誰も予想しなかったはずだよ」

「なぜあなたが領地と小作人の農地を管理することになったんです？」

「誰かが引き受けなければならなかったからだ。デヴォンは法律的な事柄や財政的な問題に対処するのに向いている。当時ぼくが農業に対して抱いていた印象といえば、干し草を絵のようにきれいに積みあげる仕事という程度だった。蓋を開けてみたら、もう少し複雑だったわけだが」

「農業のどういうところが好きなんですか?」

ウェストが質問に答えようと考えているあいだに、列車は煙を吐きながら、黄金色のハリエニシダの花に覆われた広大な丘の斜面を猛然とのぼりはじめた。「原野を切り開いて耕地にしながら、木の根が折れる音を聞いたり、鋤《すき》の刃が根株を掘り起こすさまを眺めたりするのが好きなんだ。四〇〇〇平方メートルの土地に一〇〇リットルの小麦をまくと、日光と雨と肥料が栄養となって、二三〇〇リットルの小麦が収穫できるのも楽しい。長年ロンドンで暮らしてきたから、自分にとって何か意味のあるものを求めていたんだろうな」夢でも見ているような遠い目つきになった。「季節の移り変わりを感じられる生活も気に入っているよ。海からやってくる夏の嵐、豊かな土壌と刈ったばかりの草のにおい。朝からごちそうを食べられるのも最高だ。半熟に茹でた産みたての卵、バターと蜂蜜を塗った熱々のマフィン、カリカリになるまで焼いた薄切りベーコンと厚切りのハンプシャーハム、ボウルいっぱいに盛った摘みたての熟れたブラックベリー――」

「お願いですから」ガレットは低い声で言った。「食べ物の話はやめてください」

ウェストが笑みを浮かべた。「少しやすんで、一日二日新鮮な空気を吸えば、食欲が出てくるよ」

列車は市場のあるオールトン駅には停止せずに、エヴァースビー・プライオリーの広大な領地の東側にある専用の小さな駅に停まった。

駅にはプラットホームがひとつだけあり、木の屋根には錬鉄製の渦巻き模様があしらわれていた。煉瓦と木材で造られた二階建ての信号所には、窓枠内が細かく区切られた窓ガラスと緑色の瓦屋根がついている。領地内にある採石場で採掘した赤鉄鉱を運ぶために建てられた専用駅なので、小さな建物や貨物施設がいくつかあった。さらに採石に使う荷馬車、駅と採石場とのあいだを行き来するトロッコ用の線路、蒸気削岩機、ポンプ、掘削機も見える。

ウェストが列車のドアを開けたとたん、早朝の穏やかな風が車内に吹きこんできた。「救急馬車をおろして組み立て直すのに数分かかると思う」一瞬の間を置いて、申し訳なさそうに言い添えた。「旅の最後の部分を乗りきるために、痛みを抑える薬を追加したほうがいいんじゃないかな。すべての道が舗装されているわけじゃないんだ」

ガレットは眉をひそめた。「彼を殺すつもりですか?」とがめる口調でささやいた。

「とんでもない。殺すつもりならロンドンに残してきた」

ウェストが客車からおりると、ガレットはイーサンのもとに行った。イーサンは目を覚ましかけていた。落ちくぼんだ眼窩《がんか》にはあざができ、唇はからからに乾いている。

ガレットがやわらかいゴムの管をイーサンの口にあてがうと、彼は冷たい水を数口飲んだ。

イーサンがまぶたを開き、焦点の定まらない目でガレットを見た。「まだ天国じゃないのか」かすれた声で言った。あまりうれしくなさそうな口ぶりだ。

「すぐによくなるわ。とにかく今はぐっすり眠って、傷を癒やして」

イーサンが外国語を耳にしたかのように考えこんだ顔つきになった。ガレットの言葉の意味を理解しようとしているようだ。まるで精神と体がばらばらになったみたいに、どこか弱々しく見える。しかも肌は焼けるほど熱いのに、悪寒でぶるぶる震えている。外傷性の炎症。ガレットの中の医師の部分が診断をくだす。創傷熱。消毒薬を大量に使ったのに、感染症が起きたのだ。悪寒のあとは一気に高熱が出るだろう。

ガレットはイーサンをなだめ、もうひと口水を含ませた。

「悪い病気にかかったみたいだ」水を飲んだあと、イーサンはかすれた声で言った。「なんとかしてくれ」

愚痴をこぼすのさえ、どれほどつらいことだろう。

「モルヒネを追加するわ」ガレットは急いで注射の準備をした。

注射が効きはじめる頃には、救急馬車はもとどおりに組み立てられ、背中の大きなおとなしい馬につながれていた。ゴムのついた車輪が起伏の多い地形を注意しながら進んでいくので、エヴァースビー・プライオリーまでの道のりはやけに長く感じられた。

やがて大きな丘の頂上に立つ、ジャコビアン様式の壮大な屋敷に到着した。石と煉瓦でできた建物は、胸壁やアーチや菱形《ひしがた》格子の窓でふんだんに飾られている。平屋根から突きだした何本かの精巧な煙突が、誕生日ケーキのろうそくを思わせた。

救急馬車が屋敷の前に停まったとたん、両開きのオーク材のドアが開き、四人の従僕と年配の執事が姿を現した。ガレットは前置きなしに、担架を取り外して馬車からおろすよう指示した。ガレットがいらだっているのに気づき、ウェストが横から口を出した。

「彼らは従僕だ。仕事の九割はものを運ぶことだよ」

「彼はものじゃないわ。わたしの……患者です」

「従僕たちはきみの大事な患者を落としたりしないよ」ウェストはガレットをエスコートして正面玄関を通り抜けた。「さあ、ドクター・ギブソン、ここにいる准将のような目つきをした朗らかな女性は家政婦のミセス・チャーチだ。それからあそこに並んでいるのが有能なメイドたち。彼女たちの紹介はあとにしよう。とりあえず、マーサという名のメイドがふたりいることだけ覚えておいてくれ。何か必要なものがあるときはその名前を呼べばいい」

ミセス・チャーチはガレットに向かってそそくさとお辞儀をすると、従僕たちに指示して怪我人を乗せた担架を二階へ運ばせた。丸々と太った家政婦は意外にも身軽に階段を駆けあがっていく。ガレットもあとを追いながら周囲にすばやく目を走らせ、不安がやわらぐのを感じた。かなり古い屋敷なのに清潔でよく換気されていて、蜜蠟と樹脂石鹸の香りが漂っている。白く塗られた壁と天井はなめらかで、かびや湿気の気配はない。ガレットがかつて働いていた病棟は、ここととは比べものにならないほどひどい状態だった。

イーサンが運ばれたのは狭いものの、きちんと片づいた部屋だった。開け放した窓に虫よけ用の網戸がはめてあり、涼しい風が室内に入ってくる。

「わたしたちが来ることが事前にわかっていたのかしら」病室にふさわしい環境にするため

に、磨きあげられた板張りの床に敷かれているはずの絨毯も、ベッドを覆う白いリネンも取り払われている。

「電報を打った」ウェストは簡潔に答え、従僕たちが担架をベッドの足元の床に置くのを手伝った。彼の掛け声に合わせ、細心の注意を払いながらイーサンを水平に持ちあげる。無事にベッドに寝かせると、ウェストは首筋の凝りをほぐしながらガレットのほうを向いた。

「きみは一睡もしていないだろう。看病はミセス・チャーチに任せて、二、三時間ほど仮眠を取ったほうがいい」

「ええ、あとで」ガレットは言ったが、そんなことをするつもりはなかった。標準からすれば清潔な部屋だが、決して無菌環境とは言えない。「お気遣いありがとうございます、ミスター・レイヴネル。でも、まずはわたしが看病します」ウェストを部屋から送りだし、ドアを閉めた。

ミセス・チャーチの手を借りて、移動中にイーサンの体をくるんでいたシーツと毛布を引きはがし、清潔なものと取り替えた。イーサンが着ているのはトレニア卿から提供された薄手のコットンのナイトシャツだ。もう少し経ったら、診療所から持ってきた、前も後ろも開きやすい病衣に着替えさせよう。

イーサンが目を覚まし、ぼんやりしたまなざしでガレットをちらりと見た。熱っぽい顔の中で、瞳が濃い藍色に光って見えた。彼は頭のてっぺんからつま先までガタガタ震えている。ガレットは毛布をもう一枚かけてやり、ざらついた頬にそっと触れた。無精髭の生えた顔を見るのは初めてだ。つい習慣で、むきだしの手首に指を滑らせて脈を探った。イーサンの手が動いたかと思うと、長い指をガレットの指に絡めてきた。彼は一度まばたきをして、また眠りに落ちた。

「まあ、ハンサムだこと。お気の毒に」家政婦が小さく声をあげた。「どんな怪我なんですか？」

「銃で撃たれたの」ガレットが首を振った。

ミセス・チャーチは絡みあった指をゆっくりとほどいた。「レイヴネル家の短気な血のせいです」暗い声で言う。「前途有望な若者がこういう目に遭うのは今回が初めてというわけじゃありません」

ガレットは驚き、探る視線を投げかけた。

「お顔を見ればわかります。レイヴネル家の血を引いていることは」ミセス・チャーチが言った。「高い頬骨、鼻筋の通った鼻、ゆるやかなV字を描いている生え際」思うところがあるらしく、イーサンの顔を見おろして言った。「先々代の旦那様……エドマンド伯爵の放蕩ぶりを知らぬ者はほとんどおりません。こちらの男性はエドマンド伯爵の非嫡出子でございましょう。ほかにもまだいるかもしれませんが」

「わたしは否定も肯定もしないわ」ガレットは小声で言い、眠っているイーサンの体に毛布をかけ直した。彼をかばいたい気持ちがこみあげる。体の自由がきかないばかりでなく、誰にも知られたくない秘密を病床で話題にされているのだ。「だけど怪我をしたのは短気を起こしたからじゃないの。罪のない人々を命がけで守ろうとしたせいで襲われたのよ」

ミセス・チャーチが不思議そうなまなざしでイーサンを見つめた。「善良で勇敢な男性なんですね。こういったご時世には、彼のような人がもっと必要です」

「ええ、本当に」ガレットはうなずいた。もっとも、英雄的な資質があると大っぴらに褒められたら、イーサン自身はちゃかしただろうけれど。

「どんな容体なんですか？」

ガレットは家政婦を手招きすると、ベッドから離れて窓辺に立った。「傷口が汚染されて、敗血症を起こしているの。これから危険なほどの高熱が出るはずよ。わたしたちは患者をきわめて清潔に保たなければならないわ。体から細菌を追いだして、傷口が化膿しないようにするために。さもないと……」胸が締めつけられ、ガレットは言葉を切った。窓のほうを向き、手入れの行き届いた庭園の曲がりくねった小道と、花を咲かせた蔓《つる》植物に覆われた石壁を見つめた。遠くに並んで立つ温室が朝の光を受けて輝いている。ロンドンとはまったくの別世界だ。静謐《せいひつ》で秩序が保たれている。ここでは悪いことは何も起こらない気がする。

ミセス・チャーチはガレットが話の先を続けるのを辛抱強く待っていた。

ガレットはそばにあるテーブルを顎で示した。生花を活けた小さな花瓶と、小さな額に入った絵画、さまざまな本や雑誌が置かれている。「テーブルの上のものを全部片づけないと。漂白したタオルも大量に必要なの。それとバケツ一杯の熱いお湯を運んでもらえるかしら。お湯は少なくとも三〇分はぐらぐら沸かして。それから従僕たちに指示して、救急馬車に積んである薬品や医療器具をなるべく早く運んでもらいたいの。それらを運びこんだあとは、わたしの許可なしには、あなた以外は誰もこの部屋に入れないように。患者の体に触れるときは、必ず石炭酸石鹸で両手をごしごし洗ってからにしてね。壁は塩化第二水銀溶液で洗浄して、床には消毒剤をまく必要があるわ」

「〈マクドゥーガル〉の消毒剤でも大丈夫ですか？　厩舎《きゅうしゃ》で使っているものですが」

「ええ、申し分ないわ」

ミセス・チャーチがテーブルの花瓶や読み物を片づけだした。「すぐに準備を整えます」

ガレットはこの家政婦を大いに気に入った。今後、ミセス・チャーチは計り知れない助けとなってくれるだろう。もしかすると、彼女への好意と疲労感のせいで口が軽くなったのかもしれない。ガレットは気づくと口にしていた。「彼がレイヴネル家の人たちに似ていることに、あなたはすぐに気づいたわね。レディ・ヘレンとパンドラは一度もそんなことを言ったことがないのに。わたしもわからなかったし」

ミセス・チャーチがドアの前で立ちどまり、笑みを浮かべた。「わたしは一五歳のときからレイヴネル家にお仕えしているんですよ、ドクター。細かいことに気づくのも使用人の仕事のうちです。わたしたち使用人は雇い主の癖や好みまで覚えます。表情を読み、求めていらっしゃることを先まわりして察知するんです。ですからレイヴネル家の方たちが互いに注意を払う以上に、わたしは皆さんに注意を払っているのだと思います」

ミセス・チャーチが部屋を出てドアを閉めると、ガレットはもう一度イーサンの手に触れた。がっしりした形のいい手だが、指の関節と指先がかすかにざらついている。天日に焼かれた石のように肌が熱を持っている。みるみる熱があがってくるだろう。血管と結合組織の中で、顕微鏡でしか見えない作用が起こっているはずだ。細胞と細菌と化学物質が目に見えないところで激闘を繰り広げている。わたしの手に負えないものばかりだと、ガレットはなすすべもなく胸の内でつぶやいた。

イーサンの手をそっとおろし、彼の胸に自分の手を置いた。毛布の上から、浅く速い呼吸を計測する。

イーサンへの愛情が全身に広がっていくような感覚に陥った。

手術の前にイーサンが言った言葉をおそるおそる思い返した。最期の言葉になるかもしれないと思いながら口にした言葉を。彼が自分に惹かれているなんてまだ信じられない。科学的な考え方しかできない現実主義者の自分が、あんなにもイーサンの情熱をかきたてたのだ。ガレットは彼の胸に手を置いて立ったまま思わず口にした。分別のある人生を送ってきて、今まで一度も発したことはおろか、考えたことさえない言葉だった。

「わたしのものよ」イーサンの胸の上で指を大きく広げた。散らばった真珠を拾い集めるように、大事な鼓動を手のひらに集めようとした。「あなたはわたしのもの。もうわたしのものよ」

19

翌日までにイーサンの熱は三九・四度まであがり、翌々日には四〇・五度に達した。熱に浮かされ、過去の記憶と血に取りつかれる悪夢の中をさまよい、興奮と消沈を繰り返した。わけのわからないうわごとを言ってはしきりに寝返りを打ち、一番強い鎮静剤を投与しても、苦痛がやわらぐことはなかった。高熱のせいでびっしょり汗をかくこともあったが、その直後に骨がきしむほどの悪寒に襲われ、ガタガタと体を震わせた。

ガレットは自分が用を足すとき以外はつきっきりで看病した。イーサンのベッド脇の椅子でうとうとし、ちょっとした音や動きで目を覚ました。ミセス・チャーチのことだけは信頼していて、シーツを取り替えたり、消毒液をしみこませた布でイーサンの体を拭いたりするのを手伝ってもらった。熱が急激にあがったときは、ふたりで防水の袋に氷を詰めてリネンでくるみ、彼の全身にあてた。ガレットは頻繁に傷口の膿《うみ》を出して洗浄し、いやがるイーサンに解毒作用のある強壮剤と水を飲ませた。傷は徐々に癒えていたが、三日目の夕方近くに、彼はまた手の届かない場所に引き返してしまい、ガレットにはどうすることもできなくなった。

「頭の中に九人の悪魔がいる！」イーサンは低い声で言い、必死にベッドから起きあがろうとした。「さっさと追い払ってくれ。さもないと――」

「しいっ」ガレットは氷で冷やした布を額にあてようとしたが、イーサンは切迫した声をあげ、身をよじって逃れた。激しく体を動かすと、大量出血を起こす恐れがあるというのに。「イーサン、じっと横になっていて。お願いだから」ガレットが枕に押し戻そうとすると、熱に浮かされたイーサンが押しのけたので、彼女はよろめいてあおむけに倒れそうになった。

ところが床に尻もちをつく前に、たくましい腕に背後から抱きとめられた。

ウェスト・レイヴネルだった。彼の服は外の空気と森の草木と、かすかに土くさい馬のにおいがした。普段なら不快に思ったかもしれないが、今は頼もしく感じられた。ウェストはガレットを立たせると、汗まみれになってベッドでのたうちまわっている人物に近づいた。

「ランサム」相手は病人なのに、きっぱりした口調で言った。「悪魔はいない。もうくたばったから、横になってやすむんだ。ここにいるのは善人ばかりだ」イーサンの額に手をあてた。

「とんでもなく熱いな。頭が割れるように痛いだろう。ぼくも熱を出したときは、いつもひどい頭痛に悩まされる」イーサンが胸の上から払い落とした氷囊を手に取り、頭のてっぺんにそっとあてた。

イーサンが急におとなしくなり、深い呼吸をしはじめたので、ガレットは驚いた。

「手は洗ったんですか？」彼女はウェストに尋ねた。

「ああ。でも言っておくが、ぼくがどんな細菌を持ちこもうと、ランサムには太刀打ちできないから安心してくれ」ウェストが眉根を寄せ、イーサンの青ざめた険しい顔を見つめた。

「熱はどれくらいあるんだ?」

「四〇・五度」ガレットはうつろな声で言った。「今が最悪の状態です」

ウェストはガレットに視線を移した。「きみが最後に食事をしたのはいつだい?」

「一、二時間前にパンとお茶を口にしました」

「ミセス・チャーチの話では、それは一二時間前だそうだ。しかもきみは三日間寝ていないらしいな」

「ちゃんと寝ています」ガレットはぶっきらぼうに答えた。

「体を横たえるという意味で言っているんだ。椅子に座っているなら眠ったとは言えない。今にも倒れそうじゃないか」

「自分の体調は自分できちんと判断できます」

「目の焦点もはっきり合っていないぞ。体が悲鳴をあげているんだよ。メイドたちがランサムの看病をしようとじりじりしながら待っているんだ。せめて彼の体を海綿で拭かせてやらないと、メイド長が暇をくれと言いだしかねない」

「海綿ですって?」ガレットは疲労のにじむ声を荒らげた。「海綿にどんな有害な細菌が付着しているかご存じですか? 少なくとも——」

「勘弁してくれ。細菌の話なら、耳にたこができるほど聞かされたよ」ウェストが怒りのまなざしを向けてきたので、ガレットはベッド脇の椅子に近づいた。「どうか頼むから、ベッドに入ってくれ……別にいやらしい意味で言っているわけじゃないぞ。一時間だけでいい。看病はぼくが代わるから」

「看護の経験があるんですか？」

ウェストは言葉に詰まった。「鼓腸症にかかった羊の看病を勘定に入れていいかい？」

ガレットはふたたびベッド脇の椅子に陣取った。「濃いお茶を一杯飲めば、頭がはっきりするはずです」頑なに言い張った。「今、目を離すわけにはいきません。彼は危機に瀕しているんですから」

「きみだって危機に瀕している。疲れ果てているせいで、そのことに気づいていないだけだ」ウェストが短いため息をついた。「よし、わかった。紅茶を持ってこさせよう」

彼は家政婦を呼び、ドアのそばで何やら耳打ちしてからベッドのほうに引き返してきた。

「傷の具合はどうなんだ？」ウェストがベッドの支柱にゆったりと腕をまわした。「治ってきているのか？」

「ええ、おそらく。でも、体内のどこかで二次感染を起こしたのかもしれません」

「その兆候があるのか？」

「いいえ、今のところは」ガレットは神経がすり切れそうだった。椅子に座ったまま、ベッドに横たわる男性を見つめる。

やがて紅茶が運ばれてきた。ガレットは小さく礼を言うと、受け皿を取りあげる気にもなれずに両手でカップを持ち、味わわずに一気に飲み干した。

「傷にはどんな手当てをしている？」ウェストがテーブルに並べられた薬瓶に目をやる。

「グリセリンと消毒薬を塗ってから、オイルに浸したモスリンを何枚か重ねて傷口を覆っています」

「そして今は氷嚢で体を冷やしつづけているというわけか」

「ええ。それと少なくとも一時間に一回は水を飲ませようとしているんですが……なかなか飲んでくれなくて……」そのとき頭の中で耳ざわりな音が鳴り響き、ガレットは言葉を切った。目をつぶったが、それが間違いだった。部屋全体が傾いて見える。

「どうした？」ウェストが尋ねる声がかなり遠いところから聞こえた。

「めまいがして」ガレットは小声で言った。「お茶をもう一杯もらえますか。いいえ、やっぱり……」しきりにまばたきをする。目を開けておくのに必死だった。ウェストが目の前に来て、ガレットが磁器のカップを落とす前に手から取りあげた。様子をうかがうようなまなざしを向けられ、ガレットは彼が何かしたのだと気づいた。

「お茶に何が入っていたんです？」あわてて椅子から立ちあがろうとした。「いったい何を入れたんですか？」部屋がぐるぐるまわりはじめる。彼女はウェストの腕に抱きかかえられるのを感じた。

「バレリアンをひとつまみ入れただけだよ」ウェストは平然と言った。「過労で倒れそうな状態じゃなかったら、そこまで効果を発揮しないはずだ」

「ただではおかないわよ」ガレットは声を張りあげた。

「ああ、わかっている。でもぼくを懲らしめる前に、ちょっとひとやすみしたほうがいいと思わないか?」

ガレットは拳でぶとうとしたが、ウェストは頭の位置をさげ、彼女が振りまわす腕をかいくぐった。膝からくずおれそうになったとき、ガレットは彼に抱きあげられた。

「放して! 看病をしないと……彼にはわたしが必要なのよ」

「きみが寝ているあいだ、基本的な看病ぐらいならどうにかなる」

「あなたには無理よ」ガレットは弱々しい声で言った。喉からすすり泣きがもれ、ぞっとした。「あなたの患者はみんな四本脚でしょう。か、彼には二本しか脚がないもの」

「面倒も半分に減るってことだ」ウェストがもっともらしく言う。

ガレットは怒りに任せてもがいた。イーサンが瀕死の状態にあるのに、この男性は現状を軽く考えている。それなのに自分はいまいましいほど簡単に抵抗を封じられた。

ウェストはガレットを抱えたまま廊下を進んでいった。ガレットは泣きやもうとした。目が焼けるように熱く、頭がずきずきする。しまいには重さに耐えきれなくなり、彼の肩に頭を預けた。

「なあ」ウェストがぼそりと言うのが聞こえた。「ほんの二、三時間だけだよ。目が覚めたら、好きなだけ仕返しすればいい」

「切り刻んでやるわ……ずたずたに」ガレットは嗚咽《おえつ》をもらした。

「わかった」ウェストがなだめるように言った。「最初にどの器具を使うかということだけ考えるんだ。へんてこな柄のついた両刃のメスなんかどうだい？」花柄の壁紙が貼られたかわいらしい寝室にガレットを運びこむ。「マーサ」彼は大声で呼んだ。「ふたりともだ。ドクター・ギブソンの世話を頼む」

地獄に神秘的な光景などあるはずもない。死の淵《ふち》、炎に焼かれて黒焦げになった人間の残骸。イーサンが閉じこめられていたのは、もっとひどい場所なのかもしれない。鋼の鉤爪を持つ悪魔が暗闇から飛びかかってきたからだ。イーサンは逃れようともがいたが、暴れれば暴れるほど鉤爪が肌に食いこんだ。悪魔たちはイーサンを地獄の炎に引きずりこみ、燃え立つ石炭の炎であぶり、イーサンが罵声をあげると、けたたましく笑った。

ときおり自分がベッドに横たわっているのを自覚することもあった。落ち着いた顔の天使がてきぱきと世話を焼いていて、苦しみから解き放たれた傷だらけのイーサンの体に新たな痛みをもたらした。悪魔のほうがましだと思うような痛みだった。記憶がとぎれとぎれで名前は思いだせなかったが、彼女が誰なのかは知っていた。その天使は華奢な体と情け容赦のない手で、必死にイーサンをこの世界につなぎとめようとしていた。イーサンはもう遠くまで来てしまったからそっちの世界には戻れないと伝えたかったが、彼の弱さよりも彼女の意志の強さのほうがうわまわっていた。

しかしあるとき、地を這うように火が燃え広がり、あたりが青い炎に包まれた。イーサンはあえぐような悲鳴をあげ、巻きあがる炎の渦から抜けだそうとした。そのとき頭上に光の輪が見え、男が手を差しだしてきた。父のたくましい腕と節くれ立った手だとわかると、イーサンは死にものぐるいで手を伸ばした。

「父さん」イーサンはうめいた。「炎が……ここから引きずりだしてくれ……助けて――」

「もう大丈夫だ。助かったぞ」力強い手に手を握られた。

「父さん、手を離さないでくれよ」

「ああ、離さないとも。さあ、おとなしく横になって」父はイーサンの体を引っ張りあげてあおむけに寝かせると、何やら冷たいもので顔と首を撫でた。「もう大丈夫だ。最悪のときは去った」これほど優しくしてもらったのは初めてだ。破裂しそうだった癇癪《かんしゃく》玉がしぼんでいくのを感じた。

イーサンは体の力を抜き、かすかに身を震わせた。心地よい冷たさが体にしみこんでいく。布を持つ手が動きを止めた。イーサンは手探りで父の手首を探し、深く考えずに大きな手を自分の顔に引き戻した。心の安らぐ動きがふたたび始まると、イーサンの疲れた心は静けさの中に戻っていった。

朝日がまぶたにあたっているのを感じて、イーサンは目を覚ました。誰かに包帯を引っ張られ、果実の皮のようにむかれたかと思ったら、焼けるように熱い液体をぽたぽたと肩に垂らされた。そのあいだも、男はずっと話しつづけていた。イーサンに話しかけているのではなく、ひとり言を言っているようだ。相槌《あいづち》を求めるわけでもなく、とりとめもなくしゃべりつづけている。

うるさくてしかたがない。

「……自分以外の男の体にこんなに触れるのは初めてだ。そういえば、女性の体にもずいぶん触れていないな。今回の一件が落着したら、修道士になるべきかもしれない」

男は前かがみになってイーサンの体をわずかに持ちあげながら、手際よく胸に包帯を巻いていった。

「……それにしても重いな。ハンプシャー種の豚みたいだ……筋肉がたっぷりついているから見た目より重いんだ。保証してもいい、きみは表彰されるほどのベーコンになれるぞ。念のために言っておくが、これは褒め言葉だからな」

次の瞬間、イーサンは不満のうめきをあげ、男の手を振りほどいて突き飛ばした。男が後ろへよろめいた。イーサンは周囲にすばやく視線を走らせ、体をひねってベッドの脇のテーブルから金属製の器具をつかみ取った。肩に突き刺すような痛みが走ったが、気づかないふりをして横向きに寝そべったまま、男をにらみつけた。

ウェスト・レイヴネルだった。頭をわずかに傾け、こちらを見つめている。「今日はずいぶん調子がいいみたいだな」わざとらしく陽気な口調で言った。

「ここはどこだ?」イーサンはかすれた声で尋ねた。

「ぼくたちの偉大なる祖先から受け継いだ領地、エヴァースビー・プライオリーだ」ウェストがイーサンの胸にちらりと目をくれた。包帯がほどけかけている。ウェストはまだ結んでいない包帯の端に手を触れようとした。「最後まで巻かせてくれ。そうでないと――」

「もう一度触れてみろ」イーサンは語気を強めた。「これでとどめを刺してやる」

ウエストははじかれたように手を引っこめ、イーサンが握っている器具に視線を落とした。

「なんだ、スプーンじゃないか」

「わかっている」

ウエストの口の端がぴくりと動いたが、彼は何歩か後ろにさがった。

「ガレットはどこだ？」イーサンは問いかけた。

「手術を行ったあと、はるばるハンプシャーまでやってきて、三日三晩、寝ずの看病をしていたから、少しやすんでもらっている。目を覚まして、夜のあいだにきみの熱がさがったと知ったらさぞ喜ぶだろう。というわけで、そのあいだ、ぼくが看病をすることになったんだ」ウエストはいったん言葉を切った。「だが今のところ、きみが意識を失っているほうがよかったよ」

イーサンは耐えがたい屈辱感に襲われた。熱に浮かされているあいだ、この男に看病されていたとは。なんということだ……しかも父の夢を見ていた……育ての父の優しさに……ずっと渇望していた愛情に触れた瞬間の夢を。たしか手を握ったはずだ。あれが思い違いでないとすれば――。

「そんなにかっかするな」ウエストは平静な声で言ったが、目が愉快そうにきらりと光った。「ぼくたちは身内同士じゃないか」

イーサンとレイヴネル家とのつながりについて、ウェストが面と向かって口にしたのはこれが初めてだった。イーサンは警戒の目を向け、無言を決めこんだ。

「実のところ」ウェストが話を続けた。「きみの血管にはぼくの血液が流れているわけだから、兄弟と言ったほうがいいかもしれないな」

イーサンは当惑して首を振った。

「輸血だよ」ウェストは説明した。「きみは三〇〇ミリリットルほど、ぼくの血を受け取った。レイヴネル一族の一八四九年産の……かなりの年代物だと思わないか？　手術のあと、きみの心臓は止まったが、輸血のおかげで生き返ったんだぞ」イーサンの表情を見てにやりとした。「元気を出せよ。きみはユーモアのセンスを磨いたほうがいい」

ところがイーサンの目に浮かんだのは、落胆でも怒りでもなく……驚きだった。輸血を受けて生き残る者はほとんどいないと聞いたことがある。それなのにウェスト・レイヴネルは――この無神経な男は――ぼくのためにわざわざ面倒で不快なことを買ってでた。自分の血液を提供したばかりか、危険を重々承知のうえでイーサンをエヴァースビー・プライオリーに連れてきて看病したのだ。

イーサンは自分にそっくりな青い目をのぞきこんだ。ウェストはイーサンがぶしつけな発言をすると思っているようだ。「ありがとう」イーサンは簡潔に言った。

ウェストが驚いた顔になって目をしばたたき、その言葉が本心かどうか確かめるようにまじまじと見つめてきた。「どういたしまして」ウェストも簡潔に答えた。ぎこちないものの気づまりではない沈黙をはさんで、さらに言った。「もしよかったらドクター・ギブソンが様子を見に来る前に、見苦しくないようにきみの身なりを整えておこうと思うんだが。断られる前に言っておくと、きみの髭は金属のブラシみたいにごわごわしているし、においはアンゴラヤギみたいだ。もちろん、自分が何を言っているのかはよくわかっているつもりだ。ぼく以外の誰かに身なりを整えてもらいたければ、従者を消毒液に浸してもかまわない。もっとも、彼がじっとしていられるかどうかはわからないがね」

ガレットはしびれるような重みに耐えかねて目を覚ました。頭が覚醒しないうちから、体が来るべき大惨事を感じ取っていた。

鎧戸の羽根板の隙間から、まぶしい朝日が差しこんでいる。ガレットは白い漆喰の天井をぼんやりと見あげた。

あれほどの高熱が出ていたのだ。イーサンはすでに避けられない結末を迎えただろう。瞳孔が拡大し、光をあてても反応しないはずだ。体温は室温まで低下しているに違いない。彼の抜け殻をこの腕に抱きしめても、魂はもう届かないところへ行ってしまったのだ。

イーサンとの最期のひとときを奪った、ウェスト・レイヴネルを決して許さない。

ガレットは老婆のような動きでそっとベッドを抜けだした。全身の筋肉と関節が痛くてたまらないし、肌もひりひりする。寝室とつながっている化粧室へ行って用を足し、ゆっくり時間をかけて顔を洗った。焦る必要はなかった。

見覚えのない緑の花柄のガウンが椅子に広げてかかっていた。床には室内履きも置いてある。たしかふたりのメイドの手を借りながらネグリジェに着替え、髪をほどいてもらったのだ。自分の服がどこにも見あたらないし、鏡台にはヘアピン一本置かれていない。ガウンを羽織り、前をかきあわせて腰の紐を縛った。室内履きはガレットの足には小さすぎた。

彼女は裸足《はだし》のまま部屋を出ると、悲しみの深い淵が待つ場所へ向かった。このまま歩いて境界を越え、底知れぬ深い淵に落ちてしまいたい。イーサンはガレットの人生を焼きつくし、彼女が完全に理解する前に消えてしまった。自分は彼の死を悼むしかない。

窓から入る日差しが床に降り注いでいる。使用人たちが普段どおりに仕事をしているのを見て、ガレットはたじろいだ。愛する人を亡くし、悲しみに暮れる人たちが家じゅうを黒い布で覆う理由がようやくわかった――どんな小さな刺激でも神経にさわるからだ。

病室から話し声が聞こえ、ガレットは歩みをゆるめた。ウェスト・レイヴネルがいつもの気楽な調子で誰かとしゃべっている。死者がいる部屋で不謹慎にもほどがある。

ところが怒りをあらわにする前にドアの前まで行くと、ベッドに身を起こして座っている人物が目に入った。ガレットは傘の骨のように体がぴんと張りつめた。片手を戸枠にかけ、どうにかバランスを保つ。

イーサン。

その瞬間、空気が炸裂《さくれつ》し、火花が目と肺に降り注いだ。一瞬、何も見えなくなり、息ができなくなった。ぞくぞくするような恐怖と喜びで、血が全身を駆けめぐる。これは現実なのだろうか？　自分の五感が信用できない。ガレットはうつろな目でウェストに視線を移した。

何度も目をしばたたくと、ようやくウェストの姿が涙でぼやけて見えた。ガレットはかすれた声で言った。「熱がさがったのに、わたしを起こしてくれなかったの？」

「そんなことをしてなんの得があるんだい？　きみには睡眠が必要だったし、ランサムは朝にはぴんぴんしているとわかっていたんだ」

「わたしが絶交するときに、あなたはぴんぴんしていられるかしらね！」ガレットは声を張りあげた。

ウェストが取り澄ました顔で眉をあげる。「ぼくはこれから毎朝、きみたちふたりから殺してやるという脅迫を受けつづけなければならないのか？」

「どうやらそのようだな」イーサンがベッドの上から言った。

聞き慣れた彼の声だった。皮肉っぽいけれど澄んだ声。イーサンが消えてしまいそうで怖くてたまらない。ガレットは震えながらも勇気を出して彼のほうを向いた。

イーサンは体を起こし、枕にもたれていた。顔を洗い、髭もきれいに剃ってある。数時間前に死線をさまよっていたことを考えると、異様なほど普通に見えた。イーサンはガレットに視線をさまよわせ、垂らした髪、ベルベットのガウン、裾からのぞく力の入った素足の指先を食い入るように見つめた。最果ての空や深い海の底を思わせるイーサンの青い目に、思いやりと心配と優しさがあふれた……ガレットだけに向けられた感情だった。

ガレットは腰まである水の中を進むような足取りで彼に近づいた。足元がおぼつかない。イーサンが手を伸ばし、ガレットの腕をつかんでそっと引き寄せ、ベッドの端に座らせた。

「大切な人《アクーシュラ》」片手でガレットの顔をそっと包み、親指で頬を撫でた。「大丈夫かい？」

「わたしは……」開口一番、気遣いの言葉をかけられたことに驚き、ガレットはくしゃくしゃに丸められた紙くずのようにその場にくずおれそうになった。

　イーサンはガレットをゆっくりと抱き寄せ、自分の怪我をしていないほうの肩に彼女の頭をもたれさせた。その瞬間、ガレットは安堵のあまりわっと泣きだしてしまい、自己嫌悪に陥った。うわべだけでも威厳を取り戻そうとしたが無理だった。イーサンが腕に力をこめ、彼女の髪を撫でながら耳元でささやいた。「まい《ア》った《ィ》な。つらい思いをさせてしまったようだね。さぞ心細かっただろう。これからはぼくがついているから大丈夫だ」ガレットは優しく慰められ、生まれたての赤ん坊のように無防備でか弱い存在になった気がした。

「そんなに強く抱きしめたら」ガレットはどうにか口を開き、イーサンから離れようとした。

「二次出血を起こしてしまうかも——」

　イーサンはますます腕に力をこめた。「強すぎるかどうかはぼくが自分で決めるよ」ガレットの背中にそっと手を這わせ、あやすような声をかけて体をすり寄せた。

「ぼくはもう用済みみたいだな」ドアのほうからウェストが言った。「邪魔者は消えるとしよう。だがその前に伝えておくよ。今朝、きみの患者の傷口の手当てをして包帯を取り替えたが、化膿している兆候はなかった。大麦湯を飲ませようとしたら拒否されたから、トーストを浸した湯を飲ませたんだ。そうしたら、本物のトーストをよこせと言いだし、要求がだんだん暴力的になって……結局、患者の機嫌を取らなければならなくなった。紅茶を運んでこいとも命じられた。ランサムはトーストを紅茶で流しこんでいたよ。それが原因で問題が起きていなければいいが」

「何か危害を加えられたの？」ガレットは小声で尋ねた。

「いや」ウェストは答えた。「だが、スプーンで脅された」

「あなたじゃなくてイーサンに尋ねたのよ」

イーサンの口元にかすかな笑みが浮かんだ。彼はガレットを見おろし、髪に指を絡めた。

「ぼくからの不平は何もない。大麦湯以外はね」ガレットの頭越しにドアの前に立つウェストを見ると、愛情がこもっているとは言えないが、いくらか親しみのこもった口調で声をかけた。「ありがとう、レイヴネル」初対面のときにひどいふるまいをしてすまなかった」

ウェストはこともなげに肩をすくめた。「きみにも家族がいるんだ。〝肉親扱いはまっぴらだ〟という気分だろうが」

その言葉を聞いた瞬間、イーサンが息をのんだのがわかった。「今のは『ハムレット』からの引用だろう？　この屋敷にも置いてあるのか？」

「シェイクスピアの戯曲が図書室にすべてそろっているよ」ウェストが言った。「もちろん『ハムレット』もある。なぜ興味があるんだ？」

「ジェンキンに読めと勧められたんだ。〝あの戯曲は男の魂を映す鏡だ〟と言っていた」

「へえ、そうか。どうりでぼくにはつまらなかったわけだ」

ガレットは体を引き、イーサンを見つめた。彼は顔が青ざめ、ひどく消耗している。顔を引きつらせているのは痛みをこらえているからだろう。「今後一週間は、ベッドで安静にしていなければだめよ。今のあなたには『ハムレット』は刺激が強すぎるわ」

「刺激が強すぎるだって？」ウェストが小ばかにしたように繰り返した。「あれは優柔不断な男の話だ」

「いいえ、女性不信の男性を描いた話よ」ガレットは言った。「とにかく、ミスター・ランサムにモルヒネ注射を打つわ。よく眠れるように」

「〝おやすみなさい、ハムレット様〟」ウェストは陽気に言い、部屋を出ていった。

ガレットがベッドから離れようとすると、イーサンはネグリジェとガウン越しに彼女の腿に手を置いて押しとどめた。「モルヒネはまだいらない。この数日、ずっとふらふらだったんだ」

イーサンは青白い顔をしている。げっそりとやつれて頬骨が浮きでているし、瞳の色もやけに青い。けれども、ほれぼれするほどハンサムだ。彼は生きていて、呼吸をしている。そしてガレットのものだ。ふたりのあいだには、あの秘密めいたエネルギーが流れていた。ほかの誰にも感じたことのない、目に見えない結びつきがそこにある。

「レイヴネルからだいたいのことは聞いた」イーサンが言った。「だが、きみの口から一部始終を聞きたい」

「彼から不機嫌で口やかましい女だと言われていたとしても不思議はないわ」

「ギリシア神話の女神アテナのように勇敢で賢明な女性だと言っていたよ。レイヴネルはきみに敬意を抱いているようだ」

「本当に？」ガレットは驚いた。「この数日間ほど自分を疑ったことはないわ。恐怖におびえたことも」不安になってイーサンを見た。「手術の傷が癒えたあとも、傷を負った側は力が入りにくいはずだわ。可動域も狭くなるかもしれない。でも何カ月か経てば、腕をあげても刺すような痛みを感じなくなるはずよ。無防備な状態には慣れていないだろうから、もし誰かと喧嘩することになって、傷口を攻撃されたら――」

「油断しないようにするよ」イーサンは苦笑いを浮かべ、さらに言った。「悪魔に誓って言うが、別に喧嘩が好きなわけじゃない」

「体力が戻るまでここにいるべきよ。少なくともひと月はどこへも行ってはだめ」

「そんなに待てないんだ」イーサンは静かに言った。

ふたりは黙りこんだ。話しあうべきことがあるのはわかっていたが、その件はひとまず置いておこうと暗黙のうちに了解した。

ガレットはためらいながらイーサンのナイトシャツの胸元に手を滑りこませ、包帯がきちんと巻かれていることを確かめた。イーサンがガレットの手に自分の手を重ね、自分のあたたかな胸に押しあてた。高熱に襲われているあいだ、彼女は気にも留めなかったけれど、きめの粗いシルクのような手ざわりだ。ガレットが指の関節で触れてみるとひどく親密な感じがして、蝶がひらひらと舞いあがったように胸が高鳴った。イーサンは空いているほうの手をガレットの頭の後ろにあて、自分のほうに引き寄せた。

イーサンの体を気遣いながら、ガレットは軽く唇を重ねた。イーサンの唇は熱く乾いていたが、これは熱のせいではない……忘れようにも忘れられなかった健康で清潔な男性のぬくもりだ。優しく唇を開かされ、ガレットが思わず受け入れると、砂糖入りの紅茶と魅惑的な彼の味をかすかに感じた。ああ、またこんなふうに唇を重ねられるなんて……。イーサンが頭を傾けてキスを深めたとたん、ベルベットにくるまれたかのように魅惑的な感覚に包まれた。ガレットはキスをやめようとしたが、イーサンは腕の力をゆるめようとしない。イーサンの胸を押し戻すわけにいかないのでうっとりとキスに酔いしれていると、彼が誘惑するようにガレットの唇を軽く嚙んだ。

ガレットはうろたえ、身をよじって唇を離し、息を切らした。「だめよ、あなたは数時間前まで死にそうになっていたのよ」

イーサンはまつげを半ば伏せてガレットの喉元を見つめ、激しく脈打っているくぼみを優しく撫でた。「きみとベッドに一緒にいるんだ。興奮するなというほうが無理だよ」

通りかかった使用人に見られないかと不安になり、ガレットは少しだけ開いたドアのほうをちらりと見やった。「血圧があがりすぎると、本当に命にかかわる事態になりかねないの。体を回復させるために、性的なことでエネルギーを消耗するのは禁止よ」

20

イーサンはガレットを誘惑するのにおよそ二週間かかった。

ガレットは彼の体を回復させるための具体的な計画を書きだした。一日目はベッドで身を起こし、枕にもたれてもよい。四日目か五日目にはベッドから出て、午前と午後に一回ずつ、一時間だけ椅子に座ってもよい、といった具合に。人の手を借りずに屋敷の中を歩きまわれるようになるまでには一カ月はかかるだろうとガレットは告げた。

ふたりはほとんどの時間を自由に過ごした。ウェストがロンドン滞在中に手をつけられなかった問題にかかりきりだったからだ。彼は借地人や土壌改良のことだけでなく、新しく購入した干し草を束ねる機械の使い方を教えるのにも忙しいようで、たいていは日の出とともに屋敷を出て、夕食まで戻らなかった。

いつもの診療所での仕事がないので、ガレットは子ども時代よりも暇を持て余し、ほとんどずっとイーサンと一緒に過ごした。彼は驚くべき速さで回復していた。感染の兆候はなく、傷口はきれいにふさがり、食欲も完全に戻った。厨房から運ばれてくる病人用のおいしい食事――ビーフスープ、ブラマンジェ、ゼリーやプディング――は受けつけず、普通の食事を好むようになった。

初めのうち、イーサンはよく眠った。痛みに耐えるために鎮静剤を投与したため、緊張がほぐれて眠気を催したようだった。彼が起きているあいだ、ガレットはベッドのそばに座り、『ハムレット』や『タイムズ』や『ポリス・ガゼット』を読んで聞かせた。ガレットは喜びを抑えきれない表情でイーサンのためにかいがいしく動きまわり、上掛けをかけ直したり、彼が飲んだり食べたりするのを見守ったり、強壮剤を小さなカップに計って分けたりした。ときにはベッドのかたわらでイーサンの寝顔をただじっと見つめていることもあった。そうせずはいられなかった。危うくイーサンを失いかけたあと、彼が清潔で栄養が行き届いた状態でベッドにくつろいでいることがうれしくてたまらなかった。

イーサンは息が詰まるような思いをしていただろうが——男性なら誰でもそう思うはずだ——ひと言も不平を言わなかった。それどころかガレットが忙しそうに薬品を並べ直したり、滅菌した包帯を巻いたり、石炭酸液を部屋じゅうに吹きつけたりするのを、かすかに笑みを浮かべて眺めていることさえあった。ガレットが万事うまく処理するのが好きだということをわかっているようだった。あるいはそうせずにはいられない性分だということを。

しかし二週目になると、イーサンが病室でじっとしていられなくなったので、ガレットは広い庭園を見渡せる二階の小さなテラスに出ることをしぶしぶ許可した。イーサンはシャツを脱ぎ、傷口をガーゼで覆った上半身をあらわにすると、虎のようにゆったりと座って日差しの下で伸びをしたりまどろんだりした。数人のメイドが、テラスの様子が見える上階の応接室の窓辺に集まっているのに気づき、ガレットは思わず笑った。やがてミセス・チャーチが来て、メイドたちを追い払った。上半身裸になったイーサンの姿をひと目見てみたいと思うのは無理もない。彼は謎めいていて、ハンサムで、たくましい体をしているのだから。

ガレットは太陽の光を浴びてのんびり日々を過ごしながら、エヴァースビー・プライオリーのゆったりした時間の流れに適応しようとした。ほかに選択の余地はなかった。ここでの時間は異なる速さで進んでいた。その昔、壁の厚い屋敷の中に一二人もの修道士を住まわせていたという話だし、談話室の暖炉は人が立って入れるほど巨大だ。ロンドンでは、機関車が線路を走る騒々しい音がどこにいても耳に入ってくるが、ここではめったに聞こえなかった。代わりに、生け垣をねぐらにする鳥のチフチャフやムシクイのさえずりや、近くの森でキツツキが木をつつく音、農耕馬のいななきが聞こえてくる。屋敷の南側正面のほうからも、大工と職人たちが金槌やのこぎりを使う音が響いてくるものの、ロンドンの公共工事の騒音とは大違いだった。

エヴァースビー・プライオリーでは一日に二回、食事の時間があった――栄養たっぷりの朝食と、快楽主義的な夕食だ。朝食と夕食のあいだには、さまざまな残り物がきれいに盛りつけられ、サイドボードに並べられる。夏草を食べた牛のミルクから作ったクリームとバターとチーズはふんだんに供された。肉汁たっぷりのやわらかなベーコンと燻製《くんせい》のハムはほぼ毎食出され、そのままの場合もあれば、細かく刻んでサラダやしゃれた料理に使われている場合もあった。菜園で採れた野菜や、果樹園で熟した果実も豊富だった。ガレットはロンドンではいつも質素な食事を手早くすませていたので、ここでは無理してゆっくり食べ、食後もテーブルにとどまろうと努めなければならなかった。果たすべき責任も予定もないのだから、焦る必要はなかった。

イーサンが昼寝をしているあいだに、幾何学模様を取りこんだ整形式庭園《フォーマル・ガーデン》を散歩するのがガレットの習慣になった。夏の花を植えた花壇は手入れが行き届いていたが、わざと少しだけ手を入れないままにしてある箇所があり、整然とした庭園に無造作な魅力を添えていた。

庭園にいると、なぜか考えがまとまりやすかった。頭の中が整理されるだけでなく、より深いところで思考できる気がした。こういうことだったのだと、あるとき散歩をしながらガレットはひそかに思った。休暇を取って旅するのはどうかとドクター・ハヴロックが勧めた理由がようやくわかった。

愛らしい天使が戯れるブロンズ像が立つ噴水と、丸みを帯びた花びらが幾重にも重なる白いキクの花壇を通り過ぎながら、あのときハヴロックが言っていた別の言葉も思いだした。〝生きることも知性を磨くことも、煎じつめれば愛することなんだよ。愛がなければ、われわれは木や石も同然だ〟

今にして思えば、彼に勧められたことをふたつとも実行したわけだ。最初はそのつもりはなかったとはいえ、休暇旅行に出かけた。そして愛する人に出会った。

どちらもなんてすばらしいのだろう。自分のせいで母が死んでしまったという罪悪感から逃れようとがむしゃらに生きてきたから、自分に何かが欠けているかもしれないなんて今まで気づきもしなかったし、考えたことさえなかった。青天の霹靂《へきれき》とはまさにこのことだ。都会の舗道の隙間から顔を出した野生のスミレのように、愛がどこからともなく現れ、ガレットの心に根をおろした。

ふたりは出会ってまだ間もないから機が熟すまで待つべきだと、ハヴロックは忠告したかったのだろう。性急すぎると誰もが言うかもしれない。けれどもイーサン・ランサムという男性について、ガレットが確信できることがいくつかあった。イーサンはガレットの欠点をすんなり受け入れてくれるし、ガレットも同じだ。自分の欠点を受け入れられないときでも、互いに相手の欠点は受け入れられるだろう。それに彼は無条件にガレットを愛してくれる。自分たちは今、人生の岐路に立っている。一か八《ばち》か賭けてみる勇気があれば、これを機会にふたりで新たな方向へ進むのもいいだろう。

ガレットはまわり道をして屋敷に帰ろうと思い、曲がりくねった小道を歩いていたら、菜園と鶏小屋のある場所にたどり着いた。エヴァースビー・プライオリーの鶏たちは金網の囲いがついた一般的な小屋ではなく、宮殿に暮らしていた。煉瓦と塗装した木材でできた建物にスレート屋根、透かし細工の胸壁、正面には白い列柱が並んでいた。母屋からゆるやかに外側へ延びているふたつの翼棟が、舗装された中庭と鳥たちが利用する小さな池を取り囲んでいる。

ガレットが建物の裏手にまわってみると、果樹の木立の中に金網を張りめぐらした放し飼いの囲いがあった。囲いの片隅で年配の庭師が立ち話をしていて、年下の男性が地面にしゃがみこみ、柵板を修理している。

年下の男性は切れた針金をペンチで器用に継ぎあわせていた。立派な体格をしていて、見るからに健康そうだ。形の崩れた帽子に隠れた顔を見なくても、深みのある声からウェスト・レイヴネルだとわかった。

「いったいどんな手入れをすればいいんだ？」ウェストが悔しげに言った。「いったん冷床から出して、温室に戻してみよう」

庭師もいらだちをにじませ、低い声で応じた。

「まったく、いまいましいランめ」ウェストが罵った。「できることをしてみてくれ。責任はすべてぼくが引き受ける」

年配の男性はうなずき、よろめくような足取りで立ち去った。

ガレットがそばにいることに気づき、ウェストはペンチを持ったまま立ちあがると、帽子のつばに触れて礼儀正しく挨拶した。作業ズボンにしわくちゃのシャツを着て、袖をまくりあげている。上流階級の紳士というよりは農夫のお手本のような格好だ。「ごきげんよう、ドクター」

ガレットは微笑んだ。紅茶にこっそりバレリアンを入れるなんて強引すぎるけれど、ウェストはよかれと思ってしたのだと認めないわけにはいかなかった。イーサンが順調に回復しているのだから、ウェストを許してあげよう。「ごきげんよう、ミスター・レイヴネル。邪魔するつもりはなかったんだけれど、鶏小屋をちょっと見てみたかったから。すばらしい鶏小屋ね」

ウェストは頭をかがめ、汗まみれの顔をシャツの袖の上の部分でぬぐった。「ぼくたちがこの屋敷に住みはじめたときは、屋敷よりも鶏小屋のほうがはるかにいい状態だったんだ。このあたりでは、どうやら人間よりもメンドリのほうが優遇されるらしい」

「あのあずま屋はなんのためにあるの？」

「鳥が巣を作るためだよ」

「何羽ぐらい――」ガレットは言いかけたが、騒々しい音と気配に驚いて黙りこんだ。二羽の大きなガチョウが耳をつんざく鳴き声をあげ、翼を広げてこちらに突進してくる。好戦的なガチョウたちは囲いの内側にいて、ガレットは外側にいたが、思わず飛びすさった。

ウェストがすぐさまガレットと殺気立ったガチョウたちのあいだに入り、彼女の腕を軽くつかんで体を支えた。「失礼」ウェストの青い目に愉快そうな色が浮かんだ。彼はガチョウのほうを向くと、ぴしゃりと言い放った。「よさないか。さもないと、おまえたちの羽をむしってマットレスの詰め物にするぞ」ウェストに導かれてガレットが囲いから遠ざかると、ガチョウたちはおとなしくなったが、それでも彼女をにらみつけている。「あいつらの無作法をどうか許してくれ。初対面の人には敵意をむきだしにするんだ」

ガレットはつばの広い麦わらのボンネットをまっすぐに直した。片側に小さなリボンと花の飾りがついた帽子はぺしゃんこにつぶれていた。「ガチョウが見張り役というわけね」

「そのとおり。ガチョウは縄張り意識が強くて、鋭い視覚を持っているんだ。天敵が近くに来たら、必ず警告を発してくれる」

ガレットはくすくす笑った。「有効な方法だとわたしが保証するわ」ガレットは猜疑《さいぎ》の目を向けてくるガチョウたちと距離を保ちながら、囲いに沿って歩いた。「庭師との会話をつい立ち聞きしてしまったんだけれど、ヘレンのランの世話に苦労しているの？」

四棟並んで立つ温室のひとつで、以前はヘレンが世界各地から収集したブロメリアを丹精こめて育てていたのだが、エキゾティックな植物のほとんどはロンドンに移された。ウィンターボーンがヘレンのために、自宅の屋上にガラス屋根の温室を建てたからだ。しかしランの一部はエヴァースビー・プライオリーに残されたらしい。

「苦労しているなんてもんじゃない」ウェストが言った。「どれだけ必死に世話をしても、枯れ果てるのは時間の問題だ。あんな厄介なものを残していくなとヘレンに言ったのに、彼女は聞く耳を持たなかったんだ」

「枯れたとしてもヘレンは怒ったりしないはずよ」ガレットはおかしくてたまらなかった。「彼女が声を荒らげるのは一度も聞いたことがないもの」

「ああ、少しがっかりした顔をするだけだろう。ぼくは別にかまわないが、庭師たちがめそめそ泣くのを見たくないんだ」ウェストは身をかがめると、大工道具の入ったバスケットから金槌を取りあげた。「屋敷に戻ったら、ランサムの様子を確かめたほうがいい」

「あら、わたしが散歩しているあいだはずっと昼寝をしているはずだわ」

「最近はそうじゃないみたいだ」

ガレットはいぶかしげな視線を投げた。

「三日前、ランサムから屋敷全体の間取り図と立面図について尋ねられたんだ。改修工事の計画と進み具合についても。もちろん、なぜそんなことを知りたがるのかと訊いたよ。そうしたら彼はむっとして、知らせるべきときが来たら説明すると言ったんだ」ウェストはひと呼吸置いてさらに言った。「昨日はメイドに根掘り葉掘り尋ねていたらしい。使用人部屋と談話室、それから銃器室の場所を」

「ゆっくり静養しなければならないのに！」ガレットは声をあげた。「まだ二次出血を起こす危険性があるのよ」

「銃器室になんの用があるのか心配になってね」

ガレットはため息をついた。「わたしが探りを入れてみるわ」

「ぼくが告げ口したことはランサムに言わないでくれよ」ウェストが釘を刺した。「ぼくは知らぬ存ぜぬで押し通すことにする。ランサムを怒らせたくない」

「ミスター・ランサムは怪我人よ」ガレットは肩越しに言った。「彼に何ができるというの？」

「あの男はどの家にもあるようなもので人を殺す訓練を受けているんだ」ウェストの声が背後から聞こえた。ガレットは笑いを嚙み殺し、その場を立ち去った。

ガレットは散歩から戻ると、ケイトリンの衣装だんすから拝借したレモン色の薄手のドレスに着替えた。イライザが旅行鞄に詰めた二着のブロード地の実用的な服を見て、ミセス・チャーチがケイトリンのドレスを何着か持ってきてくれたのだ。

「そんなに色の濃い厚手の服を着ていたら、暑さでうだってしまいますよ」家政婦がありていに言った。「ハンプシャーの夏をブロード地で過ごすなんてあまりに悲惨です。奥様がいらしたら、ぜひとも自分のドレスを着てほしいとおっしゃるはずです」ガレットは申し出をありがたく受けることにした。実際、ふんわりしたシルクや柄物のモスリンのドレスを着てみると、すぐに気に入った。

イーサンの部屋まで行き、ドアをノックしてから開けた。案の定、彼はベッドで身を起こし、複雑な図面や仕様がびっしり書かれた四つ折り版の大きな書類の束に目を通していた。

「体を休めないと」ガレットは言った。

イーサンが書類から視線をあげ、口元に笑みを浮かべてガレットを見た。「ベッドに入っているだろう」

「わたしの父ならこう言うでしょうね。おまえたちはとんでもなくどうでもいいことで小競り合いをしているって」

ガレットは部屋に足を踏み入れ、ドアを閉めた。イーサンの姿が目に入ったとたん、胸が高鳴った。のんびりとくつろいでいる様子がいかにも男らしく、チョコレート色の髪が額に垂れかかっている。裸足で、ウェストから借りたシャツとズボンを身につけ、背中で交差させる革のズボン吊りをつけている。ズボンがゆるくて、ズボン吊りを使わないとずり落ちてくるのだろう。

イーサンはハニーサックルとオオアザミを煎じた冷たいお茶を飲んでいた。彼がガレットの上から下まで視線を走らせたとたん、彼女の全身が目覚め、恥ずかしさで胸が苦しくなった。「そのドレスを着ていると、ラッパズイセンのようにきれいだ。こっちへ来て、もっとよく見せてくれ」

薄地のシルクを幾重にも重ねた黄色のドレスは〝在宅用〟のアフタヌーンドレスで、ボタンやループはほんのわずかしかついていない。ウエストがくびれて見えるようにうまくデザインされているので、コルセットをつける必要はなかった。いつもより凝った髪型にされているのは、侍女になることを熱望しているメイドに頼まれて練習台になったからだ。メイドは髪をゆるやかにカールさせてから、前頭部の髪をシルクのリボンで無造作にまとめ、残りは後ろで結いあげてくれた。

ガレットがベッドに近づくと、イーサンは手を伸ばし、黄色いシルクのひだに触れた。

「散歩はどうだった？　大切な人《アクーシュラ》」

「とても気持ちよかったわ。帰り道の途中で鶏小屋を見てきたの」

「菜園の近くだったな」

「ええ」ガレットは屋敷の図面にちらりと目をくれ、怪訝な顔で微笑んだ。「なぜ屋敷の配置図を調べているの？」

イーサンはすぐには答えず、散乱した書類をかき集めた。「弱点を把握しておこうと思っ

ようだ」

「今まで盗みに入られずにすんでいるのは奇跡だな。誰ひとりドアに鍵をかけようとしない

彼が片方の肩をあげた。どうやら肩をすくめたらしい。

「誰かが屋敷に侵入することを心配しているの？」

てね」

「改修工事のせいよ」ガレットは言った。「建築業者や職人が大勢出入りしているから、当分は開けっぱなしにしておいたほうが作業を進めやすいんじゃないかしら。ミスター・レイヴネルの話によれば、床下に近代的な配管を通して、水はけが悪くて腐ってしまった壁をすべて取り替えるそうよ。実際、東翼棟は改修工事が終わるまで閉鎖されているらしいわ」

「いっそ丸ごと取り壊して新しく建て直せばいいんだ。なぜ時代遅れの巨大ながらくたをわざわざ生き返らせようとする？」

優雅で由緒ある屋敷についてのイーサンの描写に、ガレットは口元をゆがめた。「先祖伝来の誇りじゃないかしら」

イーサンは鼻先で笑った。「ぼくの知る限り、レイヴネル家の祖先たちには誇れるところなどほとんどない」

ガレットはベッドの端に腰かけて脚を組んだ。「あなたの祖先でもあるのよ。しかも名家の血筋だわ」

「ぼくにとってはなんの意味もないことだ」イーサンがいらだたしげに言った。「ぼくにレ

イヴネルを名乗る資格はないし、彼らの親戚だと主張する気も毛頭ない」

ガレットは中立の立場を取ろうとしたが、どうしても声に心配の色がにじんだ。「あなたには母親が違う妹が三人いるのよ。彼女たちと近づきになればいいのに」

「なぜぼくが？　そんなことをしてどうなる？」

「家族でしょう？」

イーサンが目を細める。「きみは彼らとつながりを持ちたいのか？　だったらレディ・ヘレンを通じてウェスト・レイヴネルに引きあわせてもらえばよかったじゃないか。そうすれば今頃はレイヴネル家の一員になっていたはずだ」

イーサンが態度を一変させたことに驚き、ガレットは静かに答えた。「ねえ、そんなに怒らないで。わたしはミスター・レイヴネルではなく、あなたと一緒にいたいのに。家柄や血筋なんかどうでもいい。レイヴネル家の人たちとつきあうのが気に入らないなら、もうやめるわ。わたしにとって一番大事なのはあなたの気持ちだもの」

ガレットを見つめる彼の目からよそよそしさが消えた。イーサンは小さなうめき声を発し、ガレットを引き寄せた。

彼女はイーサンのシャツの下の包帯が気がかりで抵抗した。「お願い、傷にさわるわ――」

しかし力強い腕に抱きすくめられた。イーサンはガレットの髪に指を差し入れ、頭に顔をうずめた。ゆるやかにまとめられた髪が乱れる。そのままじっと抱きあっているうちに、ふたりの呼吸がひとつになった。

やがてイーサンが口を開いた。「アンガス・ランサムは父親じゃなかったなんて言えるわけがないだろう？　母を妻に迎え、ぼくを自分の息子として育ててくれた。ぼくが別の男とのあいだにできた不義の子だとは決してもらさずにだ。飲んだくれで、しょっちゅうぼくに手をあげていたが、それでも立派だった。ぼくを養って仕事を教えただけでなく、読み書きと計算まで学ばせてくれたんだからね。憎しみがないと言えば嘘になる。でもぼくは愛していた」

「それならお父様との思い出を忘れないで」ガレットはイーサンの忠誠心に胸を打たれた。「そして自分の感じるままに行動して。でもこれだけは覚えておいてほしいの。過去の出来事をミスター・レイヴネルとトレニア卿のせいにするのは不公平だわ。ふたりには無関係なことだもの。彼らはただあなたを助けようとしただけよ。しかもミスター・レイヴネルは自分の血液まで提供してくれた」ささやくように言い添えた。「感謝すべきだと思わない？」

「ああ《アイ》」イーサンはぶっきらぼうに答えて黙りこむと、ガレットの髪を指でもてあそんだ。「その輸血のことだが……」ややあって彼は言った。「人格が変わったりすることもあるんだろうか……誰かから提供された血液を輸血された場合」

ガレットは顔をあげ、安心させるような微笑みを浮かべた。

「その問題については、今も科学者のあいだで議論されているところなの。でも、わたしはそうは思わない。血液は生命維持に必要な体液だけれど、人格とは関連がないわ。心臓が感情と無関係なのと同じで」イーサンのこめかみに触れ、人差し指でそっとつついた。「あなたの人格は思考も感情も、ここがつかさどっているのよ」

イーサンが困惑した表情になる。「じゃあ、心臓は？」

「中が空洞の筋肉よ」

「それだけじゃないだろう」イーサンはいくぶん怒りをにじませて言った。本当はサンタクロースなんていないと知らされた少年のような口ぶりだ。

「もちろん象徴的な意味はあるわ。でも実際には、心臓が感情をつかさどっているわけではないの」

「いや、そんなはずはない」イーサンは食いさがった。ガレットの手を取って自分の胸に持っていき、手のひらを押しつけて力強い鼓動を感じさせた。「ぼくはきみへの愛を……ここで感じている。きみがそばにいるだけで鼓動が速くなるし、離れていると胸が痛くなる。自分ではどうすることもできない」

イーサンに対して反論する余地があったとしても、その瞬間にガレットの心からすべて消えてなくなった。生理学について議論したり、脳が筋肉の動きに与える影響について説明したりするのはやめて、身を起こし、顔を近づけてそっと唇を重ねた。

ガレットはほんのつかの間、唇を触れあわせるだけのつもりだったのに、イーサンは情熱的なキスで応え、唇をふさいだ。彼の胸に手を押しあてているうちに、ガレットはエヴァースビー・プライオリーに到着した夜のことを思いだした。ベッドに横たわるイーサンのそばに立ち、彼の鼓動を手のひらに集めようとした。

イーサンはますますキスを深め、蜂の巣から蜜を取りだそうとするように口の中を探ったり、唇を吸ったり軽く噛んだりした。濃厚なキスはしばらく続いた。そのうちベルベットのような優しいキスから徐々に燃えあがっていき、ふと気づくとガレットはイーサンのたくましい体の上にのせられていた。回復途中の体にはまだ早すぎる営みが今にも始まりそうだ。互いの服越しに、イーサンの下腹部が張りつめているのがわかった。情熱にかすむガレットの頭の中で、理性がしきりに警告を発している。彼女は転がるようにしてイーサンの体からおりようとしたが、両手で腰をつかまれ、動きを封じられた。

ガレットはどうにか唇を引き離し、息をあえがせた。「放して……あなたに痛い思いをさせてしまうわ」

「きみは花びらのように軽い」

彼女が別の逃げ道を探そうと身をくねらせた瞬間、体の奥深くに熱いものが走った。ガレットはイーサンの腰に自分の腰を押しつけたまま動きを止めた。全身の神経と筋肉が張りつめ、抑えがたい衝動がわき起こってくる。ガレットは身を震わせた。彼に体を押しつけて動きたくてたまらない。

ガレットがイーサンの顔をちらりと見ると、彼はいたずらっぽく目を光らせた。ガレットは頬を赤らめた。イーサンには彼女の気持ちが手に取るようにわかっているのだ。

イーサンはガレットのヒップに片手を這わせてからきつくつかみ、自らを突きあげた。ガレットは思わず息をのんだ。「ぼくが手助けしよう、いとしい人《アグラ》」彼はささやいた。

「わたしを手助けしたいのならゆっくり休んで。激しい運動をして傷口が開いたら大変よ」

イーサンはガレットの喉に鼻をすり寄せ、大胆不敵にも言った。「まだきみに教えていない体位が一一八種類もあるんだぞ」

ガレットはイーサンの両手を押しのけ、彼の体からそっとおりた。乱れた髪のままで上体を起こす。「それを試すあいだに、あなたが息絶えてもいいなら話は別だけれど」

「ここに座ってごらん」イーサンが促し、自分の膝をぽんと叩いた。「無理なくゆっくりすればいいだろう」

「無理に体を使うことだけではなくて、血圧も心配なの。あなたは二週間前に動脈の手術を受けたばかりなのよ、イーサン。完全に回復するまで安静にしていないと」ガレットは怒りの視線を投げ、ほつれた髪をねじってピンで留め直した。「生物科学の法則に逆らう方法を見つけたのでもない限り、あなたがまだ完全に回復していないのは明らかよ」

「こういうことができるくらいには回復している」

「医師としての立場から言えば、そうは思わないわ」

「それなら証明してみせよう」イーサンはガレットの反応をうかがいつつ、ズボンのふくらみに手を滑らせ、ゆっくりとさすりはじめた。

ガレットは目を見開いた。「まさか本気で……だめよ、今すぐやめて」イーサンの手首をつかみ、下腹部から彼の手を引き離した。いらだたしいことに、イーサンはくすくす笑いだした。

動揺と腹立ちを覚え、ガレットはぼそぼそ口にした。「いいわ。ひとりで勝手に興奮して、動脈瘤《りゅう》を引き起こせばいいのよ」

イーサンがにやりとする。「そばで見ていてくれよ」ガレットはますます驚いた。イーサンはガレットの腰に腕をまわし、そのまま倒れこんだ。ところが勢いよく横向きに倒れたとたん、苦痛のうめきをもらした。「ううっ、くそっ」

「自業自得よ」ガレットが声を張りあげると、イーサンはまたくすくす笑った。

「そんなに怒らないでくれ」彼はなだめるような口調で言うと、ガレットを背後から抱き寄せた。「一緒に横になろう」微笑むと、ガレットの耳の後ろと首筋を唇でそっともてあそんだ。「きみがいるべき場所はぼくの腕の中だ、大切な人《クーシュラ・マクリー》」今度は体のあちこちに愛撫の手を這わせる。「そうそう、その前に」彼女の耳の縁を唇でなぞる。「まだ約束を守ってもらっていなかったな」

ガレットは当惑し、イーサンのほうに顔を向けた。「約束って？」

イーサンがガレットの頬に唇を触れたまま言った。「手術の夜に交わした約束だよ。最後にどうしてもきみの言葉を聞きたかったのに、きみは言ってくれなかっただろう」

「ええ、そうだったわね」優しく唇を押しあてられた頬がかっと熱くなった。「怖くてたまらなかったの」ガレットはかすれる声で打ち明けた。「お預けにすれば、あなたが生き延びられるかもしれないと思って」

「まだお預けを食らったままだ」

「そんなつもりじゃ……ごめんなさい。今までずっと……いいえ、もちろん、ちゃんと言うわ」あたたかな腕に包まれたままガレットはゆっくりと振り返り、イーサンと向きあった。咳払いをすると、いくらか押し殺した声で言った。「愛しているわ」

だが、それとまったく同時にイーサンが問いかけた。「それはつまり――」

ふたりとも口をつぐんだ。ぎこちない沈黙が流れる。ガレットは降参のうめきをもらし、あおむけになって目を閉じた。恥ずかしくてイーサンの顔を見られない。生まれて初めて男性に愛を告白したのに、台なしにしてしまった。

「愛しているわ」もう一度言ってみたが、イーサンの愛の告白とはまるで違う。もっと気のきいた言葉をつけ加えたいけれど、何も思いつかない。「あなたは意識が朦朧《もうろう》としていたのに、あんなにすてきな愛の告白をしてくれた」ガレットは小声で言った。「わたしも何か詩的なことを言えたらいいのに。なんだか……これじゃあまるで……でもあなたの言ったとおりね。わたしはロマンティックな言葉のひとつも言えないのよ」

「かわいい人……こっちを見てごらん」

ガレットが目を開けると、イーサンがこちらを見おろしていた。イーサンの熱いまなざしに、ガレットは目がくらみそうになった。

「詩的な言葉など必要ないよ。きみはぼくの命を預かってくれた。死にかけていたとき、ぼくの心のよりどころはきみだった」イーサンはガレットのこめかみから赤くほてった頬へと指を滑らせ、優しく撫でた。「その言葉をきみの口から聞けるとは夢にも思わなかった。なんて美しい響きだろう」

ガレットはようやく笑みを浮かべた。「愛しているわ」もう一度言った。今度は言葉が自然に口をついて出た。

イーサンがガレットの鼻先から頰、顎へと唇をさまよわせ、またもめくるめくキスをされた。

「きみに歓びを与えたいんだ。つきっきりで看病をしてもらったんだ。せめてそれぐらいのことはさせてくれ」

彼女は期待感に体がぞくぞくしたが、首を振った。「命がけで快楽にふけるために、わざわざあなたを助けたわけではないのよ」

「ちょっとしたお遊びだ」イーサンはガレットを説得し、ボディスをゆるめはじめた。

「そんな危険な遊びは――」

「これはなんだ？」ピンク色のシルクの長い紐をつかんでそっと引っ張ると、シュミーズの下から小さなものが出てきた。イーサンが贈った銀の呼び子だった。イーサンはガレットの肌のぬくもりが残る呼び子を握りしめ、問いかける視線を投げた。

ガレットは顔を赤らめて、おずおずと打ち明けた。「これは、ええと……お守りみたいなものよ。離れていてもこれを吹けば、あなたが魔法のように現れる気がして」

「きみに呼ばれたら、いつでも駆けつける」

「この前これを吹いたときは来てくれなかったわ。救貧院での診察を終えて玄関前の階段で吹いてみたけれど、何も起きなかったもの」

「ぼくもあそこにいたよ」イーサンは丸みを帯びた呼び子の先でガレットの喉のくぼみを撫でた。「きみには見えなかっただけだ」

「本当に？」

イーサンはうなずき、きらきら光る小さな管状の呼び子をかたわらに置いた。「きみは黒い縁飾りのついた深緑色のドレスを着ていた。肩をがっくりと落として、疲れているようだった。ロンドンじゅうの女性が自宅でのんびりくつろいでいる時間に、きみは治療費を払う余裕のない人たちの世話を終えて、暗がりの中に立ちつくしていた。きみは最高の女性だよ……それにこのうえなく美しい……」

彼はシュミーズを引きおろすと、あらわになった胸に手を這わせ、小指の側面で敏感なピンク色の頂にまるで偶然であるかのように触れた。ガレットの喉からすすり泣くような声がもれた。イーサンは感じやすくなっている胸の頂を指先で転がしたり撫でたりしてから、もう一方の胸に移り、親指と人差し指で先端をそっとつまんだ。

「やっぱり、まだだめよ」ガレットは不安になり、体を横に向けて彼から顔をそむけた。

イーサンがガレットを背後から抱きすくめ、硬くたくましい体を押しつけた。笑みを浮かべた唇が、そんな心配は不要だと言いたげにうなじに触れる。「大切な人《アクーシュラ》、この二週間はきみが発言権を持っていただろう。ぼくはきみの決めた規則に従って――」

「ことあるごとに規則に逆らおうとしていたでしょう」ガレットは言い返した。

「ひどい味の強壮剤をちゃんと飲んだじゃないか」

「わたしが見ていないと思って、シダの鉢植えの中に捨てていたじゃないの」

「テムズ川の水よりまずいんだぞ」イーサンがきっぱりと言った。「シダもそう思ったんだろう。だから茶色くなって枯れてしまった」

ガレットは思わず噴きだした。しかし次の瞬間、筋骨隆々とした片脚で腿のあいだを開かされて息をのんだ。イーサンはスカートの中に手を滑りこませると、ドロワーズの合わせ目から手を差し入れ、ストッキングを留めているガーターの上部の素肌を見つけだした。腿の内側を親指でさすられ、ガレットは膝から力が抜けそうになった。

「ぼくが欲しいんだろう」イーサンが満足げに言うと、ガレットは体を震わせた。

「困った人ね」彼女は甘い声をもらした。「最悪の患者だわ」

かすれた笑い声がガレットの首筋をくすぐる。「いや」イーサンはささやいた。「ぼくは最高の患者だ。どれほどすばらしいか教えてあげよう」

ガレットは息をのみ、身をよじって逃れようとしたが、激しく動きすぎたことに気づいてイーサンの様子をうかがった。

イーサンがまた笑い声をあげた。「そういうことだ。じたばたすると、ぼくを傷つけないとも限らないぞ」

「イーサン」ガレットはまじめくさった口調で言った。「激しい運動はあなたにはまだ無理よ」

「夢中になりすぎたと思ったら、途中でやめるよ」イーサンはガーターを外し、ドロワーズを引きおろしながら耳元でささやいた——肌の手ざわりが最高だ、キスをしたくてたまらないかった、体の隅々までがいとしくてしかたないと……。開いた腿のあいだに手が滑りこんできて、じらすように秘められた部分を愛撫されるうち、ガレットは肌が汗ばみ、全身の筋肉がこわばってきた。イーサンは探るように指先を動かし、やがて熱く潤うやわらかな部分を見つけて指を差し入れた。

ふたりは同時に熱い息をこぼした。

イーサンはさらに奥まで指を沈め、ゆっくりと動かしはじめたが、ガレットは必死に動かないようにした。「アイアタン」彼女は懇願する口調になった。「完全に回復するまで待ってほしいの。ねえ、お願い。あと七日間だけ待って」

イーサンが笑ったので、ガレットのむきだしの肩に息がかかった。彼はズボンの前ボタンを外しはじめた。「もう七秒だって待てない」

ガレットが身をよじって抵抗すると、こわばったなめらかなものが、やわらかな腿のあいだに押しあてられるのを感じた。彼女は思わず声をもらした。秘められた部分が締まり、シルクのような情熱の証をとらえようとする。

「ぼくを迎え入れようとしているんだ」低いささやき声が聞こえた。「ぼくには感じられる。きみの体はぼくを迎え入れるべき場所を知っている」

背後から潤った場所を軽く突かれたとたん、ガレットの内奥が反応した。ガレットがされるがままになっていると、イーサンが彼女を押し広げ、わずかに身を沈めてきた。興奮のあまり、猛烈な速さで血がガレットの全身を駆けめぐった。彼女はイーサンの腕にすっぽりと包まれた。自分の中で彼の熱いものがからかうように誘ってくる。

何分ぐらいじっとしていただろう。ふたりは体を合わせたまま、呼吸をする以外は身じろぎひとつしなかった。ガレットは体を伸ばした……少し力を抜く……圧迫感がさらに弱まった。夢のような静寂の中で、彼はさらに深く入ってきた。体の内がゆっくりと満たされていく。この動きがイーサンのものなのか、自分のものなのかわからない。どうやらガレットのほうも進んで招き入れているようだ。抑えきれない欲求が高まり、じっとしていられない。張りつめたものを最後までうずめてほしくて、彼女は身をくねらせた。

静けさのうちに、あらゆる感覚が研ぎ澄まされた。脚があらわになっているのをひしひしと感じるし、リネンとメリヤス地のシーツがひんやりとする。体にまわされたイーサンの腕の感触、髭剃り用の石鹸のつんとした松脂《まつやに》のにおい、かすかに塩気を含んだ親密さのしるし。目を閉じると、体の奥深くでイーサンの脈動を感じた。今ではガレットは完全に満たされ、彼の情熱の証がぴくりと震えたり、激しく脈打ったりしているのが感じられる。ふたりとも外見上はじっとしているのに、ガレットの秘められた部分は張りつめたものを包みこみ、放さないとばかりに愛撫を続けている。ガレットの頭のてっぺんからつま先まで歓びが駆け抜ける。それに応えてイーサンの下腹部も跳ねた。結ばれた部分が何度もうねり、脈動している。秘めやかな動きは心臓が打つのと同じで抑えようがなかった。体の奥から熱がこみあげてきて、これ以上は耐えられない。

すすり泣くような声とともに、彼の名前がガレットの口からもれた。「アイアタン」

イーサンが深くつながった部分に手を滑らせ、ガレットの秘められた部分にゆっくりと愛撫を繰り返した。ガレットは弓なりになって動いた。次の瞬間、体を激しく痙攣させ、高まる緊張を解放すると、野花がしおれるようにイーサンの腕にぐったりともたれかかった。

イーサンの下半身がまだ硬く張りつめたままなのに気づいて、ガレットが身を震わせたのがわかった。イーサンはなだめるように彼女のヒップから腿へと片手を滑らせた。着ているものをすべて脱がせておけばよかった。ガレットはとても美しい。ほっそりとした体形と優美な体の線。肌はやわらかく、身のこなしはしなやかだ。ガレットの脚と胸をむきだしにしたまま、ふたりはふわりと広がった黄色いドレスのシルク地の上に寝そべっていた。イーサンは彼女の色彩も気に入っていた。ピンク色と象牙色——どこも光で洗い流したように輝いている。ほつれた髪の色合いもどこか秋の色を思わせた——栗色、淡褐色、赤褐色、暗褐色。ガレットの足元に目をやると、つま先を丸め、力を抜いていた。足の指はきれいなピンク色で、やすりをかけた爪が光っている。

クライマックスの余波の中で、彼女の内側はイーサンの情熱の証を放すまいと熱く脈打っている。ガレットを満たし、熱い脈動を感じるのはこのうえない喜びだった。ガレットは誰の言いなりにもならない女性だ。たとえ相手がイーサンであっても。それなのに彼を信頼して欲望に身を任せた。身も心も許してくれたのだ。イーサンは上になっているほうの彼女の脚をゆっくりと引きあげると、さらに大きく脚を開かせた。ガレットが弱々しい抗議の声をもらす。彼女はイーサンの体に負担がかかるとかなんとか言ったが、彼は耳の後ろに口づけて黙らせた。

「大丈夫だ」イーサンはささやいた。「きみと愛を交わしたせいで体調が悪化するなんてことは絶対にない。さあ、もう少しだけきみを味わわせてくれ」

ガレットがようやく緊張を解き、身をゆだねてきた。イーサンはさらに深く身を沈めた。彼女が驚いたように息をのみ、イーサンの手首をつかむ。痛い思いをさせたのではないかとイーサンが心配になってわずかに体を引くと、ガレットはすぐさまその動きを追って奥深くへと迎え入れた。

イーサンは口元に笑みを浮かべた。「なんて情熱的な女性だ」ガレットの耳元でささやく。

「お望みとあらば、満たしてあげよう」彼女のヒップに手をやると、ゆっくりと物憂げな律動で動きはじめた。ガレットの息遣いが速くなる。互いに溶けあいながら、彼女は律動に身を任せていた。イーサンが深く何度も突きあげるうち、ありとあらゆる意識が一点に集まっていく。まるで世界にふたりだけしかいないようだ。呼吸も言葉も、太陽も星も存在せず、ガレットがいなければ始まりも終わりもしない世界。

ガレットはほっそりした体を弓なりにそらして一気にのぼりつめ、歓喜の瞬間を迎えた。イーサンは深くつながったまま、全身を使って彼女を愛撫した。イーサンにもクライマックスのときが近づいていた。目もくらむ歓びが想像を絶する激しさで全身を貫いている。イーサンは下腹部を引き抜くと、引きしまった愛らしいヒップの割れ目にすりつけた。次の瞬間、白い炎が燃えあがり、イーサンを焼きつくした。その炎によって自分が清められたような気がした。欲望と愛と歓びがまじりあい、体の中と外からクライマックスが襲ってきた。イーサンがガレットの小さな背中に自らを解き放つと、彼女は身を震わせた。イーサンはガレットの体をそっと転がして腹這いにさせ、脱ぎ捨てられたドロワーズで自らの残滓《ざんし》を拭き取った。

ふたたびガレットを抱き寄せ、満ち足りた気分で震える長いため息をつき、胸を上下させて笑い声をたてた。彼女の耳たぶに歯を立てて舌でなぞったあと、思わず小声で言った。

「これで命を落とさなかったんだから、もう何をしても大丈夫だ」

21

翌日、ガレットが午後の散歩に出かけたあと、イーサンは思いきってひとりで一階におりてみることにした。歩きまわったりすればガレットがなんと言うかわかっていたし、彼女の意見はもっともなのだろうが、そうする必要があった。エヴァースビー・プライオリーではイーサンはまるで無防備で、それはガレットやウェスト・レイヴネル、屋敷のほかの者も同じだ。寝室からではどうしても状況を正確に判断できない。

上のテラスに行って、二階を少しうろうろしただけで自分の限界を思い知った。結局のところ、まだ弱っていて簡単に疲れてしまうということだ。体力も平衡感覚も俊敏さも取り戻せていない。体が最高の状態で動くのがあたり前だった男にとって、ひと続きの階段をおりるのもひと苦労という状態は腹立たしかった。銃創とそのまわりの組織がいまだにうずき、腕や肩を特定の方向に動かすと刺すような鋭い痛みが走る。それでもガレットは手足が麻痺するよりはいいと言って、弱って筋肉がこわばらないよう運動させた。

イーサンはふらつかないように手すりを握りながら、正面階段を忍耐強くおりていった。半分まで来たところで、階下の玄関広間を通りかかった従僕がイーサンの姿を目にして唐突に足を止めた。

「あの」肩幅が広く、子犬のような優しい茶色の目をした若者が不安そうに見あげている。

「何か……もしかして、どうかされましたか?」

「いや」イーサンは愛想よく返事をした。「ちょっと脚を伸ばしている。それだけだ」

「そうですか。でも階段は……」従僕がためらいがちに階段をのぼりはじめた。イーサンが目の前でよろめくのを恐れているようだ。

イーサンは自分が何者なのか、またこの症状の詳細を使用人たちがどの程度聞かされているのかわからなかったが、ひとりで歩きまわるべきでないことをこの従僕が知っているのは明らかだ。

それがわずらわしかった。

同時に、自分の置かれた状況がどれほど危ういものか思い知らされた。こうした使用人のひとりが近くの村の誰かに口を滑らせるか、あるいは配達人や職人が何気なくひと言もらすだけで、噂は広まりはじめる。

〝使用人というのはおしゃべりなものだ〟かつてジェンキンに言われたことがある。〝その家の日常のパターンから外れれば、どんなことでも気づいて結論を導きだす。自分が仕える夫婦のあいだの隠しごとや、貴重品の保管場所、金の使われ方、それに誰と誰が寝ているかも承知している。何かについて知らないと言い張る使用人は絶対に信用するな。やつらはなんでも気づいている〟

「よろしければ、ミスター・スミス」従僕が階段をのぼりながら申しでた。「ここからあとはご一緒させてください」

「なんてことだ」イーサンはつぶやいてから、従僕に聞こえるように言った。「いや、その必要はない」とはいえ、放っておいてくれそうにないとわかっていたので、そっけなくつけ加えた。「だが、好きにしてくれ」

従僕はイーサンがいる段まで来て、そこから歩調を合わせておりていった。こちらに支えが必要になれば、いつでも行動に移る構えだ。まるで幼児か老人を相手にしているかのように。

「きみ、名前は？」イーサンは尋ねた。

「ピーターと申します」

「ピーター、ぼくがこの屋敷にいることについて、下ではみんなたんと言っている? 従僕がためらった。「あなたはミスター・レイヴネルのご友人で、銃の事故に巻きこまれたとうかがってます。ほかのお客様の世話をするときと同じで、他言はしないようにと」

「それだけ？　噂や憶測はないのか？」

今度は先ほどよりもさらに長い時間ためらった。「噂はあります」ピーターが小声で答えた。

「どんなことを言われているのか聞かせてくれ」ふたりは階段をおりきった。

「それは……」従僕が視線を落とし、居心地悪そうにそわそわした。「わたしが口にするようなことではありません。ですが、もしご案内してよろしければ……」

好奇心をそそられたイーサンは従僕とともに長い廊下を進み、幅の狭い長方形のギャラリーに足を踏み入れた。壁は床から天井まで額入りの絵画で埋めつくされている。イーサンはずらりと並ぶ肖像画の先へとゆっくり案内された。すべてがレイヴネル家の祖先の肖像画で、当時の服装に身を包んでいる。何枚かは等身大で、重々しい金縁の額に入った二メートル以上の絵画もある。

ふたりは、焦げ茶色の髪と青い目の男性が威厳あるポーズを取っている、息をのむような全身像の前で足を止めた。床まで届く青いブロケードのローブに金のベルトを結んだ姿はひときわ目を引き、権力と尊大さがキャンバスからにじみでている。引きしまった腰に添えた指の長い手や、冷ややかで品定めするような秘密めいた目には、当惑するほどの好色ぶりがうかがえた。口元はどこか残酷さを感じさせる。

視線を奪われると同時に不快感を覚え、イーサンは無意識に肖像画から離れた。自分との類似点を認めていたが、心が拒絶する。どうにか目をそらして、すり切れたペルシア絨毯に意識を向けた。

「そちらはエドマンド様です」イーサンの耳に従僕の声が届く。「わたしがエヴァースビー・プライオリーに来たときには亡くなられたあとでしたので、お目にかかったことはありません。ですが、古参の使用人は運びこまれたあなたを見て……悟ったんです。あなたが誰なのかはっきりと。とても感激して、できる限りのことをしなければと言っていました。ご存命で正統な血を引いていらっしゃるのはあなたが最後ですから」イーサンが黙っているので、従僕は助け舟を出すように続けた。「あなたの血族をずっとさかのぼれば、シャルルマーニュ一二勇士のひとりだったブラノック・レイヴネルまで行き着くんですよ。ブラノックは偉大な戦士でした。レイヴネル家の始祖です。フランス人ではありませんでしたが」

イーサンは内心の動揺をよそに口角をあげた。「ありがとう、ピーター。少しひとりにしてもらえるかな」

「承知しました」

従僕が去ると、イーサンは向かいの壁に歩み寄って背中を預けた。肖像画に陰鬱な目を据える。心は千々に乱れていた。

後世に残す肖像画を描かせるのに、エドマンドはなぜこんな伝統から外れる格好を選んだのだろう。それは肖像画のためにわざわざ正装するまでもないという横柄さの表れにも思えた。びっしりと刺繍が施された豪華なローブはルネサンス時代の君主が身にまとうような代物で、何を着ようが自分は優位に立つ人間だと信じて疑わない圧倒的な自信が絵画から伝わってくる。

肖像画の華やかな姿を見ていると、記憶が解き放たれた。「ああ、母さん」ささやく声が震える。「こんな男とかかわるべきじゃなかったのに」

母にはこの関係がどんな利点をもたらすと思えたのだろう。きっと畏敬の念に打たれたに違いない。高い地位の男に求められた事実に酔いしれてしまったのだ。そして心の片隅にはいつもこの男のための場所が取ってあった。自分を物のように扱って捨てた男のための場所が。

イーサンは目を閉じた。瞳が熱くなり、まぶたの下で潤む。

そのとき、打ち解けた力強い声が静けさを破った。

「起きあがって歩きまわれるんだな。着られる服が見つかってよかったよ」

イーサンは凍りついた。ウェスト・レイヴネルにふがいないところを見られたかと思うとぞっとした。かすんだ目でちらりとウェストを見て、会話に集中しようとする。何やら服の話をされた。客人が着られるようにと、ウェストの執事と従者が主人の衣装だんすやトランクからさまざまな大きさの服をひとそろい持ってきてくれたのだ。中には完璧な仕立てで、金のボタンや瑪瑙《めのう》、碧玉《へきぎょく》といった装飾石のボタンがついた高価な服もあったが、イーサンが着るにはゆったりしすぎていた。

「ああ、きみの使用人《アイ》が見つけてきてくれた」イーサンはぼそりと言った。「助かったよ」すばやく上着の袖で目元をぬぐい、気づくと最初に頭に浮かんだことを口にしていた。「きみは昔は太っていたんだな」

ウェストはむっとするよりも面白がっているように見えた。「〝恰幅がよかった〟と言ってほしいね。昔はロンドンの放蕩者だったんだ。ちなみに真の放蕩者はみんな太っている。常に室内にこもって飲んだり食べたりしているんだからな。運動といえば、喜んでベッドをともにする娼婦をひとりかふたり、相手にするときくらいのものだ」懐かしげにため息をついた。「まったく、あの頃が恋しくなるときもある。幸い、必要とあればロンドンまで列車で行けるがね」

「ハンプシャーに女性はいないのか？」イーサンは尋ねた。

ウェストが物言いたげな視線を返した。「郷士《スクワイア》の無垢《むく》な娘をベッドに誘えというのか？それとも牛の乳搾りをする健全な娘を？ぼくは巧みな女性を求めているんだよ、ランサム」ウェストがふらりとイーサンの隣に来て、同じ体勢で壁に背を預けた。イーサンの視線を追ってそびえるような肖像画に目をやったウェストの顔には冷笑が浮かんでいた。「この絵は完璧に特徴をとらえている。偉そうな上流階級の顔だ」

「伯爵をよく知っていたのか？」

「いや、親戚同士の大きな集まりで数回会っただけだ。結婚式や葬儀といった場でね。遠縁だし、ぼくたちが出席したところで場が盛りあがるわけでもなかった。ぼくの父は乱暴な男で、母は身持ちが悪くて頭の弱い女と言われていた。兄とぼくは愛想のないガキで、うろうろしてはいとこに喧嘩を吹っかけようとした。伯爵はぼくたちふたりに我慢がならなかったんだな。あるとき耳をつかまれて言われたよ。おまえは悪ガキだからそのうち中国行きの貿易船の給仕係にしてやる、その船は間違いなく海賊に乗っ取られるだろうと」

「それで、なんて答えたんだ？」

「なるべく早くそうしてほしいと言ったよ。子育てに関しては海賊のほうが両親よりもずっといい仕事をするだろうからと」

イーサンの顔に笑みがよぎった。このいまいましい肖像画を前に、笑みをこぼすことなど絶対にないと思っていた。

「そのあと父に死ぬほど殴られた」ウェストが続けた。「でもその価値はあった」思い返すように間を置く。「それが父に関する最後の記憶だから。ほどなく父は死んだ。女性をめぐる喧嘩でね。かわいそうに頭の古い父は、理性的な会話で喧嘩を避けようという男じゃなかった」

イーサンはウェストとデヴォン・レイヴネルは温室育ちで甘やかされてきたとばかり思っていたが、打ち明け話に思いがけず共感と親近感がわいた。ウェストに好感を抱かずにはいられない。まったく不遜で自分自身にも誰に対しても気負いがないものの、幻想は抱かず、頑固な一面もわずかに持ちあわせている。これこそ理解できる話し相手だ。

「伯爵と会ったことは?」連なる肖像画に沿ってゆっくりと歩きながら、ウェストが問いかけた。

「一度だけ」イーサンはそのことを誰にも話したことがなかった。けれども肖像画が並ぶギャラリーの時間の感覚を失った静かな空間で、気づくと何年も悩まされてきた記憶を打ち明けていた。「母が若かった頃、伯爵にしばらく囲われていた時期があった。ふたりが出会ったとき、母は売り子で美しかった。伯爵が賃料を負担するひと続きの部屋に住んでいた。そんな関係は母が身ごもるまで続いた。そのあとは伯爵に望まれず、金と仕事の推薦状を渡されたがどこにも採用されなかった。家族にも縁を切られ、母は居場所を失った。孤児院に赤ん坊を引き取ってもらえば工場の仕事につけるかもしれないとわかっていたが、そうはせずにぼくを手元に置くことに決めた。そんなとき、クラーケンウェル監獄の看守だったアンガス・ランサムが、母と結婚してぼくを自分の子どもとして育てると申しでた。だが厳しいご時世になって、肉の代金を払えず、暖炉の石炭が尽きた日に、母は自ら伯爵に助けを求めに行った。自分の子どものために少しばかり金を融通するくらいはしてくれるだろうと思ったんだ。ところが向こうは見返りなしに施しを与える男ではなかった。伯爵は美しさを保っていた母をまだベッドの相手として欲していた。それからは食べ物や石炭の金が必要になると、母は家を抜けだして伯爵に会いに行くようになった」

「恥さらしな男だ」ウェストが静かに言った。

「ぼくが小さかった頃、母と馬車で外出したことがあった。ぼくに会いたがっている友人の紳士を訪ねると言って。たどり着いたのは想像したこともないような屋敷だった。美しくて静かで、床は磨きあげられて、戸口の両側には金の円柱が立っていた。階段をおりてきた伯爵はベルベットのローブを身につけていた。これに似たローブだ」イーサンは絵画に向かって軽くうなずいた。「伯爵はぼくにいくつか質問をした。学校には行っているのか、聖書の中でどの話が好きかといったことを訊いて、それから頭を撫でると、アイルランド職人の訛りはあるが利口そうな子だと言った。そしてローブのポケットから菓子の小袋を出してぼくにくれた。大麦糖のキャンディだった。母は伯爵と上階で話をするあいだ、ぼくに応接室で待っているよう言った。そこでキャンディを食べながらどれくらい待っていたのかはわからない。戻ってきた母は、到着したときと格好は変わっていなかった。ドレスが乱れていたわけでもない。けれどもどこか自分を蔑んでいるように見えた。ぼくはある程度の年齢だったから、ふたりが何か悪いことをしたんだと、伯爵が母に何かしたんだと勘づいた。ぼくはキャンディの入った小袋を椅子の下に置いていったが、そのあと何週間も大麦糖の甘さが口に残っていた。家に帰る道すがら、母はあの人はとても有力で高貴な生まれの紳士だと話した。そしてあの人こそがぼくの本当の父親で、アンガス・ランサムではないとも言った。母がそのことを誇りに感じているのがわかった。ぼくが何かを得たと母は思ったんだろう。今や偉大な人の息子だと、貴族階級の人間だと知ったのだからと。母はわかっていなかった。そのせいでぼくは自分が知る唯一の父親を失ったということを。そのあと何カ月もアンガスの顔をまともに見られなかった。この人の子どもではないと知ってしまったからだ。アンガスが亡くなる日までぼくはずっと思いつづけた。この人はぼくを見て、そこに何度ほかの男の子どもの姿を認めたんだろうと」

レイヴネルは怒りとあきらめの表情でしばらく黙っていた。「すまない」しばらくしてから言った。

「きみが何かしたわけじゃない」

「それでも申し訳ないと思う。何世紀にもわたってレイヴネル家は残酷で無責任な子孫を生みだしてきた」ウェストが両手をポケットに入れ、ずらりと並ぶ過去からのいかめしく傲慢な顔に目を走らせた。「そう、おまえたちのことだよ」肖像画の面々に向かって言った。「祖先の罪は毒のようにたっぷりと受け継がれ、さらにそれを子どもに引き継いだ。そして子どもは同じことを繰り返した。おまえたちの中にはまともなやつはいなかった」イーサンに向き直った。「デヴォンは息子が生まれた直後、ぼくのところに来て言った。〝何世代にもわたって受け継がれてきた毒を誰かがすべて吸収して、ぼくたちのあとに続く者たちから遠ざけなければならない。自分が食いとめなければ。神よ、お助けください。ぼくは自身の最悪の性分から子どもを守る。この体にしみこんだ暴力と身勝手な衝動をことごとく食いとめる。簡単ではないだろうが、息子を自分が毛嫌いしていた父親そっくりにさせてたまるものか〟とね」

イーサンはウェストを見つめた。その言葉にこめられた賢明さと決意に心を打たれていた。このレイヴネル家の遠縁のいとこたちは、思わぬ相続財産を手にした幸運な上流階級のお気楽な人間ではない。ふたりとも地所を守ろうと、それ以上に家族を守ろうと必死になっている。その点で兄弟は尊敬に値する。

「きみの兄さんは肩書きにふさわしい最初の伯爵かもしれない」イーサンは言った。

「最初はそんなふうでもなかったけれどね」ウェストが笑い、つかの間の楽しげな気配が消えると続けた。「きみがどうしてレイヴネル家とかかわりたくないかわかったよ。エドマンドは無情な化け物だった。おまけに誰も認めたくはないが、レイヴネル家は六世紀のあいだ続いた近親婚の産物なんだ。とはいえ、誰しも頼る相手が必要だし、ぼくたちはきみの家族だ。ぼくたちのことを知ってほしい。助けになるかどうかはわからないが、ぼくは家系の中では最悪の人間だ……残りはみんな、もっとましだから」

イーサンはウェストに歩み寄り、片手を差し伸べた。「きみはぼくにはもったいないくらいだ」イーサンはぶっきらぼうに言った。ウェストがにやりとする。

ふたりが握手をすると、約束を交わしたように感じられた。それは誓いのようでもあった。

「ところで」イーサンは切りだした。「銃はどこにしまってある？」

ウェストが眉をあげた。「ランサム、できればひと言ふた言話してから、ゆっくりと次の話題に移りたいんだが」

「普段ならそうするが、すぐに疲れてしまうんだ。それに今は昼寝の時間だ」イーサンは言った。

「訊いてもいいかな？　昼寝の代わりにどうして武装しなきゃならないのか」

「なぜならぼくは二週間ほど前に殺されかけて、誰かがほぼ間違いなくその仕事を最後までやり遂げに来ると知っているからだ」

ウェストの表情が真剣になり、目つきが鋭くなる。「ランサム、きみと同じ目に遭っていたら、ぼくだってびくびくしているのが悪魔にばれていただろう。だが、ここまできみを捜しに来るやつはいない。みんな、きみが死んだと思っているんだから」

「遺体がなければそうはいかない」イーサンは言った。「遺体が見つかるまでは、絶対にぼくを捜すのをやめないはずだ」

「だいいち、どうしてきみがここにいるかもしれないと思うんだ？　レイヴネル家とつながりがあるとは考えない。きみをレイヴネル・ハウスに運んできた河川警察官ふたりは誰にもひと言ももらさないくらい怖がっていた」

「そのときはおそらく話していないだろう。だが、あとになってどちらかが友人や恋人に話したかもしれない。あるいは地元の酒場で飲みすぎたときに、店主に何か話した可能性もある。彼らはいずれ事情聴取されるだろう。あの夜の巡回担当だからな。事情聴取されれば、長くは耐えられない。それにレイヴネル・ハウスの使用人の誰かが口を滑らせることも考えられる。メイドが市場で果物売りにしゃべるとか」

ウェストが疑わしげな顔をした。「酒場でうっかりもらした言葉や、メイドが市場の売り子にしたおしゃべりが、ジェンキンの耳に届くと本気で思っているのか？」

それはもっともな疑問で、問われてイーサンは絶句した。自分がジェンキンの複雑で秘密主義の世界にいかに長く身を置いてきたかに気づいたからだ。ほとんどの人は自分のまわりで実際に何が起きているのかまったく把握していないということを忘れていた。

イーサンは説明した。「ジェンキンはぼくを引き抜くずっと前から、英国全土を網羅する情報提供者と諜報員のネットワークを築きはじめていた。平凡な村の平凡な人たちだ。御者、宿屋の主人、物売り、娼婦、家事使用人、工場労働者、大学生……そうした人たちがある情報収集組織の一員となって、ジェンキンが内務省から受け取っている内密の補助金を支給されている。首相はこのことを把握しているが、詳細は知らないままでいいと言っている。ジエンキンは情報の収集や分析の方法を体得していて、自分が命じたどんな任務も遂行する特殊な訓練を受けた幹部を少なくとも八人は用意している。彼らは法の及ばない範囲にいる。恐れるものはない。罪の意識もない。人の命などどうでもいいと思っている。自分の命も含めてだ」

「きみもそのひとりなんだな」ウェストが静かに言った。

「かつてはそうだった。今は標的だ。すでに見知らぬふたり組がエヴァースビー・プライオリーに滞在していると気づいている村人もいる」

「ここの使用人は誰にも話したりしない」

「屋敷には大工や塗装工や職人が出入りしているだろう。彼らにも目と耳がある」

「いいだろう。きみが正しいと仮定して、ジェンキンがきみを追って誰かをよこすとしよう。それならぼくはこの屋敷を、蟻《あり》の這いでる隙もなくきちんと戸締まりできる」

「この屋敷全部を合わせても、やつらが一分以内に開けられない鍵はない。正面玄関を含めてもだ。そもそも使用人はわざわざ鍵をかけようという気がないらしい」

「ぼくが言えばかける」

「まずはそこからだな」イーサンは間を空けた。「一週間もすれば、ぼくもロンドンに戻れる程度には回復しているだろう。だがそれまでは、ぼくがここにいるとジェンキンが突きとめた場合に備えて策を講じておかなければ」

「銃の収納棚に案内しよう」

「見取り図には銃の収納部屋があったぞ。屋敷のこの階に」

「そこは洗面所付きの事務室に変えたんだ。銃器は今、使用人用の食堂を出たところの収納棚で執事が管理している」

イーサンは細めた目をウェストに向けた。

ウェストがいらだたしげな顔をする。「金のかかる狩猟を楽しむ連中を長々ともてなす余裕があるように見えるか？ ここの猟場番は化石みたいな年寄りだから、何か仕事を与えるために鳥を何羽か飼育させているだけだ。この地所の動物は食料にしたり、使役させたり、利益を得たりするためのものであって、娯楽用じゃない。それから銃をしまってある下の収納棚に案内する前に言っておくが、たいていの銃は古くて錆《さ》びついている。それに、ここにいるぼく以外の者は銃の扱い方をほとんど知らない」

「きみの腕前は？」

「そこそこだ。的がじっとしていてくれれば名手と言えるが、そんなことはまれだしな」

状況を検討しながら、イーサンは押し寄せてくる脱力感と闘った。「だったら銃の収納棚のことは忘れよう。守りを固めるためにできることをするんだ。使用人にこれから夜間はドアに鍵をかけるよう言ってくれ。寝るときは自分たちの部屋にも鍵をかけるんだ。屋根裏部屋と地下室の開口部、貯蔵室のドアと隠し戸、貨物昇降機、石炭昇降機にもすべてかんぬきをつける必要がある……内部の通用口のすべてにだ。それから屋敷の南側の足場と板を外してくれ」

「なんだって？　だめだ、そんなことはできない」

「あの足場を使って、建物の正面側のあらゆる窓やバルコニーに外から侵入できる」

「そうだ、ランサム、そのためのものなんだから。装飾用の透かし細工を石工に修復させているんだ」イーサンの揺るぎない表情に対面したウェストがうめき声をあげた。「石工があの足場を作るのに何日かかったか知っているのか？　あれを全部おろして一週間後にまた戻せと言ったりしたら、ぼくがどんな目に遭うか。ロンドンからの殺し屋なんて心配する必要はないよ。ここの職人が嬉々《きき》として、ぼくたちふたりをあっという間に吊《つる》し首にするから」

ひどい疲労がイーサンの筋肉にしみこみはじめていた。今すぐ睡眠をとらなければならない。くそっ。「きみに迷惑はかけられないから、全部このままにしておきたいところだが」

イーサンは小声で言い、額を手でさすった。

「いや」ウェストが即座に言った。声の調子が変わっている。「ぼくの愚痴は気にしないでくれ。神以外に気にする人なんていやしない。きみはここの人間なんだ」ウェストは見定めるようにイーサンに目を走らせた。「今にも倒れそうじゃないか。一緒に上に戻ろう」

「助けは必要ない」

「何かあるかもしれないきみを危険にさらすと思うかい？　そしてドクター・ギブソンの激怒に面と向きあうとでも？　だとしたら、きみは頭がどうかしている。だったら殺し屋をひとりおまけに引き受けてやる」

イーサンはうなずき、ギャラリーに背を向けて歩きだした。「やつらは三人までしか送りこんでこない。夜明け前にやってくる。まだ暗くてみんながぐっすり寝ているあいだに」

「エヴァースビー・プライオリーには二〇〇を超える部屋があるんだ。敵に間取りがわかるはずがない」

「いや、やつらは突きとめる。見取り図と仕様書は建築家、建築請負人、測量技師など、この再建にかかわる人の事務所から手に入れられる」

ウェストがイーサンの主張を認めてため息をついた。「ロンドンの銀行家も忘れないでくれ」意気消沈して告げた。「融資の手続きの際に、写しを求められた」

イーサンは申し訳なさそうに言った。「殺し屋も余計な被害者を出すことは望んでいない。向こうの望みはぼくを見つけることだ。ここの誰かが傷つく前に降参するよ」

「そんなことはさせるものか」ウェストが反論した。「レイヴネル家のモットーは〝絆がわれわれを結ぶ〟だ。親族を脅す不心得者は、ぼくが頭を撃ってやる」

22

「ミス・プリムローズのところでもこんなふうにしていたのかい？」イーサンが後方に立ったまま声をかけた。ふたり組の従僕が年配の執事シムズの指示を受けながら、木陰になった地面に厳かにテーブルクロスを広げている。続いて磁器の皿、銀の平皿、クリスタルガラスのゴブレットを並べた。

ガレットは首を振った。困惑した笑みを浮かべ、レモンソーダとジンジャービールの瓶がたくさん入ったアイスバケットとクラレットが皿のそばに並べられる様子を見つめる。「わたしたちのピクニックといえば、パンとジャムと薄切りチーズをブリキの手桶《ておけ》に入れて運んだものよ」

高い塀に守られた敷地内の芝生で昼食をとろうと提案したのはガレットだった。学校でクラスの友人たちと楽しんだピクニックの話をイーサンにしたところ、一度も経験がないと言われたからだ。いつものサイドボードに並べられた食事を運びたいのでバスケットを借りられないかと家政婦に訊くと、その代わりにガレットが〝正式なピクニック〟と呼ぶものに必要な品を、料理人が大きな籐《とう》と革のバスケットふたつに用意してくれたのだ。

シムズと従僕たちが立ち去ると、イーサンは背中を木の幹に預けて座り、ガレットがバスケットからごちそうを取りだす様子を眺めた。茹で卵、丸々としたオリーブ、新鮮なセロリの茎、瓶入りの酢漬けのニンジンとキュウリ、パラフィン紙で包んだサンドイッチ、揚げたカキの冷たいパテにウエハース、容器に入ったきれいにカットされている生野菜、ずっしりとした円形の白チーズ、モスリンの裏地付きのバスケットに詰まったフィンガーケーキとペストリー生地のビスケット、波型の炻器《せっき》の型に入ったままの蒸したキャビネットプディング、広口のガラス瓶に入ったとろ火で煮こんだ果実。

生い茂る緑のブナの下でのんびりと食事をとりながら、イーサンのくつろいだ様子を見てガレットはうれしくなった。この五日間、イーサンはガレットが望む以上に活動的で、ウェストとともにエヴァースビー・プライオリーのありとあらゆる場所を見てまわった。年代物のマナーハウスの多くに共通することだが、何世紀ものあいだに修繕や増築が繰り返された結果、屋敷には分割された区画や奇妙な形の空間、埋め合わせのための階段や窓がいくつもあった。

回復が遅れるかもしれないと考えていたガレットの心配をよそに、イーサンは屋敷の各階へ苦労して足を運び、自分の目で状況を確認してまわった。新しいかんぬきと錠前が取りつけられ、外の足場は取り除かれた。今ではドアに毎晩鍵をかけるようになり、一階と地下の窓も同様だった。使用人は夜に怪しい物音を聞いたときには異変を知らせるものの、いかなるときでも自ら侵入者に立ち向かわないよう指示されていた。

イーサンの傷は目覚ましい速度で癒え、体力も回復しているが、負傷前の健康状態に至るには数週間か数カ月かかるだろう。疲れ知らずの活力と強さをたくわえている状態があたり前だったので、イーサンは肉体的な制約を受けることにいらだっていた。

彼が撃たれてからまもなく三週間が経とうとしている。ガレットは普通なら、この屋敷を出るまでに倍の時間は待つようイーサンを説得しただろう。けれどもこの状況は普通とはほど遠い。ガレットが賛成しようがしまいが、イーサンは自分は明後日にはロンドンへ出発しなければならないと言った。このままエヴァースビー・プライオリーに滞在して、ここの人たちを危険にさらすことは彼にはできなかった。それに、ことによると庶民院を吹き飛ばせるかもしれない八トン分もの爆薬が盗まれ、それをジェンキンがテロ集団に供給したあとでは、何もせずに傍観しているわけにいかない。

イーサンがブナの木立の下に青々と茂るトウリョクジュに手を伸ばし、ミントの香りがする尖った葉を摘み取った。クロスの上に寝そべって少しかじりながら、天高く広がる空と樹葉の天蓋を見あげる。ごつごつとしたブナは美しく、枝は手をつなぐように絡みあっている。空気は新鮮で、肥沃な大地のにおいを含んでいる。聞こえるのは葉ずれの音とモリムシクイのさえずりだけだ。

「こんなに心が安らぐ場所には来たことがないな。教会以外では」イーサンが言った。

「ロンドンから遠く離れた世界だもの。あの火事を知らせるやかましい鐘の音、鉄道や工事の騒音……それに煙と塵《ちり》で汚れた空気……日の光をさえぎる高い建物……」

「ああ《アイ》」イーサンが言った。「ぼくもそんなものが懐かしいよ」

ふたりはくすくす笑いあった。

「わたしは患者さんと診療所が恋しいわ」ガレットは打ち明けた。「あなたはもう充分元気だからあれこれ世話を焼く必要がないし、何かすることが欲しいの」

「回顧録を書きはじめてもいいんじゃないか」イーサンが提案した。

イーサンがしかけてきた誘惑に抗えず、ガレットは互いの鼻が触れあう寸前まで身をかがめた。「興味をそそられる回顧録が書けるほど、わたしの人生は波乱に満ちていないわ」

「逃亡者と一緒に身を潜めているじゃないか」イーサンが指摘する。

ガレットの唇がぴくりと動いた。「それってあなたが興味深い人生を送っているということでしょう。わたしじゃなくて」

イーサンがガレットのドレスの深い襟ぐりを指先でたどり、人差し指をやわらかい胸の谷間にかける。「もうすぐふたりともロンドンに戻る。そうすればきみが望むだけ興奮を与えてあげよう」あたたかい唇がからかうようにガレットの口をかすめ、徐々に強く味わうようなキスへと変わるあいだに、彼女は抱き寄せられていた。五感が彼で満たされた。甘い唇、余すところなく押しつけられた体から躍動感が伝わってくる。

この一週間でイーサンとは二度ベッドをともにしていた。イーサンは不安を払拭したり誘惑したりを完璧に組みあわせてガレットを説き伏せた。まったく口のうまいやり手だ。イーサンはガレットの奥底に秘められた琴線を通して全身に歓喜のハミングが伝わるようになるまで、時間をかけてささやき、キスをし、愛撫した。

ガレットは会話に集中しようと、質問するあいだだけ唇を離した。「ロンドンに戻ったらどうするつもり？　大法官に会いに行く？　それとも法務長官？」

「誰を信じていいのかわからない」イーサンが沈んだ顔をした。「情報を公にして、全員を窮地に立たせるのが一番だと思う」

ガレットは片肘を立てて体を起こし、かすかに眉根を寄せてイーサンを見おろした。「でも証拠はフェルブリッグ警視総監に渡してしまったんでしょう。タザム卿の金庫をまた破らなければならないの？」

「何ページか取っておいたんだ」イーサンが言った。「もしものことを考えてね」

ガレットは目を見開いた。「どこに置いておいたの？」

イーサンが物憂げな笑みを浮かべ、唇が弧を描いた。ガレットはその姿にほれぼれした。光を浴びて金粉をまぶしたように輝く肌、深みのある鮮やかな青い瞳。「思いあたることはないかい？」

「あなたの部屋のどこかにあるの？」

「きみに渡したんだ」

「わたしに？　どうやって……ああ」ガレットは笑った。「あの猿の絵と一緒に包んだのね」

「絵の裏に封筒を貼りつけておいた。中に記録と、ぼくの遺言の写しが入っている」

ガレットは証拠についてさらに尋ねるつもりだったが、最後の部分に気を取られた。「遺言を用意しているの?」いぶかしく思って問いかける。

イーサンがうなずいた。「きみを唯一の受取人として指名しておいた」

ガレットは驚き、心を打たれた。「気にかけてくれてありがとう。でも財産は親族に遺すべきじゃない?」

「ぼくの母は自分の家族に捨てられたんだ。あんなやつらには、はした金だって遺すものか。それにランサム側の人間は誰もがよからぬことに使うだろう。だから答えはノーだ。すべてきみに遺す。そのときが来たら……できればあまり早く来てほしくはないが、ちゃんと面倒を見てもらえるはずだ。ぼくの弁護士たちが特許権の譲渡手続きを助けてくれる。ここだけではなく国外の手続きも含めて。全部きみの名義になるだろう。それに――」

「いったいなんの話をしているの?」ガレットは当惑した。「何に関する特許なの?」

「錠前の設計だ」イーサンがドレスの飾りをもてあそびだし、人差し指で縫い目をたどった。「四〇ほどの特許を持っている。ほとんどはたいした特許ではないから、利益も微々たるものだ。でも、いくつかは――」

「すばらしいわ」ガレットは声をあげた。顔を誇らしげに輝かせる。「いったいいくつ才能があるの。あなたはいつか大成功をおさめるわ……諜報員じゃなくて、ほかの職業でってことよ」

「ありがとう」イーサンはガレットの称賛を喜んだ。「だが、もっと話しておきたいことがある。それは――」

「ええ、全部聞かせて。特許はいつから取りはじめたの？」

「まだクラーケンウェルの錠前師の見習いだった頃からだ。監房の一般的な鍵をこじ開けられない仕組みを思いついた。かんぬきに止め板を加えるんだ。監獄の所長と錠前師がぼくに図案と仕様書を書かせて、特許を取得した。彼らはそれでかなりの金を稼いでいたよ」イーサンが口元をゆがめ、冷笑を浮かべた。「利益の分け前はなかった。ぼくがまだ子どもだったからだ」

「とんでもない悪党ね」ガレットは憤然とした。

「ああ《アィ》」イーサンが悔しそうに同意した。「でも、その経験があったから特許出願について学べた。それから何年も、すでにある錠前の設計の改良法を思いついたり、試作品が仕上がったりしたときには、ダミーの持ち株会社名義で登録してきた」いったん口をつぐんだ。「その一部はいまだに使用料が入ってくる」

「すてきだわ」ガレットの頭が可能性を探りはじめた。「そのお金とわたしのお金を合わせたら、キングス・クロスのわたしの家を売って、ふたりでもっと大きな家が買えるかもしれない」

どういうわけか、イーサンはその提案に戸惑ったように見えた。

ガレットは勝手な思いこみを口にしたことに気づいて頬を赤らめた。「ごめんなさい」あわててつけ加える。「そういう意味じゃ……責任とかそういうのではなくて――」

「しいっ」イーサンがガレットの言葉をきっぱりとさえぎって彼女の頭を引き寄せた。たっぷり時間をかけた探るようなキスで口を封じてから、体を引いて微笑みかける。「早合点したね。説明させてくれ」

「そんなことはしなくても——」

イーサンが人差し指でガレットの唇にすばやく触れた。「ぼくには製造業者に使用権や特許を売った報酬が毎年入ってくる。ときには現金の代わりに会社の株式を受け取ることもあって、すぐに全部の名前を挙げられないくらいの事業の株式と債券を持っている。それを全部ダミー会社を通して運用しているんだ。特許侵害を扱うだけの常勤の事務弁護士を三人雇っていて、そのほかに保有に関する一般的な事柄を扱う事務弁護士がふたりいる」

このイーサンが趣味と呼ぶものは、思っていたよりはるかに利益をもたらしているのだとガレットは遅ればせながら気づいた。「だけど、たいした特許ではないと言っていたじゃない」

「ほとんどは、たいした特許ではないと言ったんだ。でもひと握りは、たいしたことはないとは言えないくらいになった。数年前にダイヤル錠のもとになる案を思いついたんだ」

「どんなものなの？」

「中心軸のまわりに能動部品と受動部品を配した組み合わせ錠だ。すべてが環状に並んでいて、それを調節して……」ちんぷんかんぷんだという顔をしているガレットを見て、イーサンが言葉を切った。「鍵の代わりに目盛り盤を使うたぐいの錠だよ」

「砲弾形金庫についていたみたいな？」

イーサンが目尻にかすかにしわを寄せた。「そのようなものだ」

イーサンのあたたかい体のそばにいるからか、脚や腰を優しくさまよう手のせいか、あまりに驚いたガレットの脳はたった今明かされたことの意味を即座に処理できずにいた。「あれはあなたが考えだしたの？」ガレットはようやく尋ねた。「だから開け方も知っていたのね？」

「そうだ《アイ》」イーサンはガレットに情報をのみこむ時間を与えつつ、ゆっくりと話を続けた。「そうした錠前は銀行、船会社、鉄道会社、造船所、倉庫、前哨《ぜんしょう》基地、官庁……それこそさまざまな場所で使われている」

ガレットは目を丸くした。「イーサン」言いかけたものの、途中で止まってしまった。頭に浮かんだことを洗練された表現に置き換えられない。「あなたってお金持ちなの？」

イーサンがしかつめらしい顔でうなずいた。

「普通のお金持ち？　それとも鼻持ちならないほどのお金持ち？」

イーサンが身を寄せて、ガレットの耳元でささやいた。「下品なほどの金持ちだ」

ガレットは笑い声をもらし、困惑して首を振った。「それならなぜジャスパー卿のために働くの？　わけがわからないわ」

そう言われて、イーサンが悩ましい顔をした。「特許の使用料が入ってくるようになったのは、すでにジェンキンに引き抜かれたあとだった。ぼくは諜報員をやめたくなかった。自分にとってジェンキンは父親みたいな存在だったから。彼に認められることは……彼に興味を持たれることは……ぼくにとっては大きな意味があったんだ」

「つらかったわね」ガレットは静かに口にした。イーサンがジェンキンの暴力的な裏切りにどれほど苦しんだか考えると、そしておそらくこれからも苦しみながら生きていくのだと思うと、胸が締めつけられた。

イーサンが短く笑った。「父親に関してはずっと恵まれなかったな」

「ジャスパー卿は特許のことを知っているの？」

「知らないんじゃないかな。自分の行動の痕跡は残さないように注意してきたからね」

「それで何もない部屋に住んでいたの？　ほかにも収入があるんじゃないかと誰かに勘ぐられないように？」

「それもある。そもそもどんなベッドで寝ようが、どんな椅子に座ろうが、気にしたことはない」

「気になるでしょう」ガレットはイーサンが快適な普通の生活を自制しているのではないかと心配になり、当惑した。「気にすべきだわ」

ふたりはしばらく見つめあった。「今は気になるよ」イーサンが低い声で言った。

ガレットは優しい気持ちと不安で胸がいっぱいになって、イーサンのこけた頬に手をあてた。「自分を大事にしてこなかったのね。もっと自分に優しくしないと」

イーサンがその手に鼻を押しつける。「きみが優しくしてくれる。きみが望むようにぼくを扱ってくれればいい」

「ちょっとだけ家庭的な生活になじませたいわ」ガレットは親指と人差し指を一センチほど離してみせた。「といっても、あなたが膝にのる小型犬みたいな気分にならない程度に」

「ぼくは小型犬みたいな気分になってもかまわない」イーサンの目が楽しげに輝いた。「問題は、誰の膝にのるのかってことだ」イーサンが地面に敷いた白いクロスにガレットを横えた。唇で彼女の鎖骨に触れ、そこから喉元へとたどっていく。

きらめく陽光のモザイク、青い空、緑の葉が視界いっぱいに広がる下で、イーサンの唇がガレットの肌をゆっくりとついばみ、彼女の香りを吸いこんで味わいながら、薄手のドレスの上から手足の曲線を探っていく。「誰かに見られるかもしれないわ」鎖骨のくぼみに舌を差し入れるイーサンを、ガレットは押しとどめようとした。

「川舟ほどもあるバスケットふたつの陰に隠れて見えないよ」

「だけど、もし従僕たちが戻ってきたら――」

「彼らもそんな愚かなまねはしない」イーサンがガレットのボディスをゆるめて少しずつずらし、胸の頂をあらわにした。両の親指でやわらかい先端に円を描かれると、彼の口を待つようにそこが痛いほど硬くなる。

ガレットは頭上の枝の隙間から降り注ぐ木もれ日に目を閉じた。神経をほんのわずかに刺激して期待をかきたてるイーサンの繊細な愛撫に、今では体がすっかりなじんでいる。胸を口に含まれて腫れたピンクの頂を引っ張られ、舌先でたどられ、もてあそばれる。両手がドレスの前面と背面を優しくたどってボタンを外し、邪魔な薄い布地を優しく引いて取り去る。

ガレットはイーサンが欲しくてじっとしていられず、彼の体にしがみつきたいと思うときもあれば、今のように手足が妙にあたたかでけだるくなって、ただ組み敷かれながら自分の鼓動を感じつつ、与えられる歓びに震えて身をよじることしかできないときもある。イーサンがキスの合間にガレットがどれほど美しいか、彼女のやわらかさと強さをどれほど愛しているかささやき、親指と人差し指で脚のあいだのなめらかな部分に触れる。ガレットは声をもらした。たまらずに腰を傾けてイーサンのほうに持ちあげる。

「もう少しだ」イーサンが肌に唇を寄せたままにやりとする。「準備ができたら歓ばせてあげるから」

けれどもイーサンがふくれた芯に親指を滑らせ、軽くさすったり撫でたりすると、ガレットの体の奥深くに甘い衝撃が突き抜けた。全身が激しくわななき、興奮が鐘の音のように反響する。イーサンが満足そうに小さくうめき、ガレットの喉に口づけた。自制を失って潤ってしまった彼女に機嫌を損ねたふりをして優しく叱りつけ、たしなめながら二本の指を深く差し入れて、さらなる甘い痙攣を呼び起こした。

ガレットは言葉も忘れるほど頭がぼうっとして、ただイーサンの首にしがみついて脚を大きく開いた。ほかのことは考えられないほど彼が欲しかった。

短い笑い声がガレットの耳元をかすめる。愛らしくて、罪作りで、節操がないガレットにはこうするしかないのだとイーサンが言い、スカートをたくしあげて上になった。ガレットが男らしい重みを脚のあいだに感じると、イーサンが限りなく優しく身を沈めてきた。支配するというよりあがめるようにガレットを満たし、情熱の証を用いて内と外から愛撫する。イーサンのキスはスペアミントの味がして、肌は塩と太陽のにおいが、すばらしい夏の香りがした。情熱に彩られた彼の瞳は濃い紺色で、ゆっくりとガレットを貫くごとに頬が紅潮していく。

　ああ、イーサンの動きは……しなやかで自然で、揺らめく炎か波打つ水のようにうねっては打ち寄せる。ひと突きが絶妙な角度でガレットを刺激し、体の奥をつつかれて、ガレットは思わずせがむ声をあげた。イーサンが同じ動きを繰り返し、めまいがするような深いキスで声を封じた。ガレットは体が吸い寄せられて、彼にぴったり添う形に変わっていく気がした。血液中にも骨の中にも、全身でくまなくイーサンを感じる。押したり引いたり、閉じたり開いたり、のぼりつめたり落ちていったりというこの世界の原始的な律動の中にも。

　狂おしいほどの欲望にガレットは唇を離した。「わたしの中で終わらせて。最後の最後で引いたりしないで。あなたのすべてが欲しいの。わたし――」

　イーサンが力強いキスでガレットの言葉をさえぎった。「大切な人《アクーシュラ》」途切れがちな低い声で笑う。「衝動的に行動したくない女性の、一瞬の気の迷いだ」髭を剃った頬をガレットの頬に押しあてる。「無事にロンドンに帰ったら、なんでも欲しいものをあげよう」

「あなたとの人生が欲しい」ガレットは彼と年月を過ごしたかった。イーサンと子どものいる家庭を築きたかった。

「ぼくの人生はきみのものだ」イーサンがかすれた声で言った。「ぼくに残された時間のすべてはきみのためにある。わかっているだろう？」

「ええ、ええ」感情がこみあげてきて、ガレットの思考も意識もさらっていった。わかっているのはふたりが夏の日差しの中で愛にからめとられ、溶けあってひとつの体を、ひとつの魂を共有していると感じていることだけだった。

23

エヴァースビー・プライオリーに来てからの三週間で、ガレットは一般的な考えとは逆に、人は平和で静かな郊外のほうがぐっすり眠れるわけではないことがわかった。耳慣れた都会のさまざまな音がなく、まったくの静寂に包まれていると、コオロギの希望に満ちた鳴き声や孤独なヒキガエルの鳴き声にさえはっとして、ベッドの上で背筋を伸ばして座ってしまいそうになる。

薬には頼りたくなかったので本を読んでみたところ、結果はまちまちだった。あまりに面白い本は余計に目が冴《さ》え、あまりに退屈な本は緊張がやわらぐ前に興味がなくなるのだ。ガレットは階下の広大な図書室を見てまわり、ようやく目的にぴったり合うリウィウスの『ローマ建国史』を五巻にまとめた縮約版を見つけた。今のところ、第一次ポエニ戦争とカルタゴの崩壊で終わる第一巻を読み終えたところだ。

とりわけ今夜は寝つけない。真夜中過ぎの中途半端な時間に寝返りを打ってみても、いっこうに深い眠りは訪れなかった。頭が回転をやめることを拒否して、明後日ロンドンに戻ることばかり考えてしまう。安心と慰めを求めてイーサンの部屋に行こうかと一瞬思ったが、そんなことをすればどうなるかはよくわかっていた。彼のほうがガレット以上に休息が必要だ。

『ローマ建国史』の第二巻を持ってあがっておけばよかったと思いつつ、真夜中に図書室までおりていくほどのことかどうか自問した。枕をふくらませて乱れたベッドにもう一度横になり、何か退屈なことを考えようとする。縦に一列に並んで出入口を抜けていく羊。雨雲から降ってくる雨粒。アルファベットを初めから、次は最後から読みあげる。九九の段を暗唱する。

ついにいらだたしく息を吐き、炉棚の時計を見やった。午前四時。遅すぎる。それと同時に早すぎる。酪農家と、炭鉱労働者と、不眠症者と、『ローマ建国史』第二巻のための時間帯だ。

ガレットはあくびをしながらガウンを羽織って薄い靴を履き、オイルランプの持ち手に指をかけて寝室を出た。

屋敷の共有部分は廊下に並ぶガスランプの種火でぼんやりと照らされている。玄関広間の正面階段は、下の親柱に対になって配されたブロンズの智《ち》天使のランプとシャンデリアの種火でかすかに見える程度だ。もし屋敷の主要なガス供給管が毎晩完全に閉じられたら足元があまりに危険で、毎朝すべてのランプをつけてまわるのもひと苦労だ。

家の中は動きがなく静まり返り、空気はひんやりとして心地よく、松脂と家具用のオイルのにおいがした。ガレットは玄関広間を横切って暗い廊下を進み、図書室へと向かった。けれども図書室に入る直前に物音がして動きを止めた。

どこか遠くで騒ぎ声のようなものが聞こえてくる。外からだろうか？　ガレットは屋敷の裏手に続く狭い通路を進み、従者と従僕が靴やブーツを磨いたり、コートの汚れを落としてブラシをかけたりするための洗浄室に入った。小さな棚にガラス製のランプを置くと、窓の鍵を外して開き、耳を澄ました。

物音は厨房の裏手の庭から聞こえてくる。庭で飼育しているガチョウたちの威嚇する鳴き声だ。軍事会議を行っているのだ。きっとフクロウでも見たのだろう。ガレットはそう思ったが、酔っ払いの足取りのように脈が乱れだした。つかの間、足元の床が抜けて無重力状態に陥ったかのような気がした。身をかがめてランプの炎を吹き消さなければ。

神経が過敏になってぴりぴりする。こうした感覚が〝ぞくぞく感〟と表現されるのを聞いたことがある。男性患者が神経障害のせいで皮膚を突き破って飛びだしたくなると言ったときだ。

ガチョウたちも今は静かになった。ガチョウたちが殺意を抱いたものがなんであれ、それが移動したということだ。

窓を閉めて鍵をかけ直す指が震えた。

屋敷の裏で小さな物音が聞こえた。ガチャガチャという金属音。蝶番がきしむかすかな音。床板がミシミシいう音。

誰かが厨房から侵入したのだ。

ガレットは動揺し、胃がひっくり返りそうになった。片手で喉元を探り、銀の呼び子をつけたシルクの紐をつかむ。これなら少なくとも四街区に届くほどの音が出る。玄関広間で数回吹けば、屋敷全体に警告できる。

ガレットは細長い銀製の管を握りしめた。洗浄室をあとにし、短い通路からこっそり廊下に出て、角で足を止める。左右に侵入者の姿が見えないことを確認してから、全速力で玄関広間へ駆けだした。

そのとき黒い影が行く手をさえぎったかと思うと、どこからともなく拳が飛んできてこめかみを直撃し、ガレットは床に叩きつけられた。意識が朦朧として起きあがれない。激しい痛みが頭に広がる。彼女は顎を乱暴につかまれ、口に布を詰められた。顔をそむけようとしたが、万力で締められたかのような強い力で押さえつけられて逃れようがなかった。口の上から別の布をあてられて後頭部で結ばれ、猿ぐつわを嚙まされる。

目の前で腰をかがめた男は巨体で、動きはすばやく無駄がなかった。並外れた身体能力の持ち主だが、顔は大きく広がり、目は邪悪で抜け目がなさそうだ。小さな口がさらに小さく見えるのは濃く黒い口髭のせいで、慎重に整えて蠟で固めてあるところを見ると、自慢の種なのは間違いない。ナイフは見えなかったが、何かを使ってガレットが首にかけたシルクの紐を切り、それを彼女の手首にぐるぐる巻いた。最後に交差させて輪を固く結ぶと、ガレットの親指とは逆側に結び目を作った。

それから彼女を引っ張って立たせ、銀の呼び子を平然と木の床に落としてブーツのかかとで踏みつぶした。

修理の余地がないほどつぶれてばらばらになった金属のかけらを見て、ガレットは目と鼻がつんとした。

視界にひと組の靴が入ったので彼女が顔をあげると、ウィリアム・ギャンブルだった。ガレットが反射的にひっくり返りそうな勢いで後退したため、手を伸ばした大男は彼女をつかみそこねた。その悪夢のような瞬間、ガレットは胃の内容物がこみあげて胸が急にむかつき、嘔吐《おうと》するのではないかと思った。

ギャンブルが無表情でガレットを観察し、彼女のほつれた巻き毛を払ってこめかみと頬のすり傷を調べた。

「これ以上、傷をつけるな、ビーコム。ジェンキンが気分を害する」

「メイドを手荒に扱ったからなんだっていうんだ？」

「ばかめ、こいつはメイドじゃない。ランサムの女だ」

ビーコムが新たな関心を持った様子でガレットをじろじろ見た。「例の女の医者か？」

「見つけたらロンドンに連れてくるようジェンキンから言われてる」

「いい女じゃないか」ビーコムがガレットの背中に手を這わせた。「ロンドンに着くまではおれの好きにさせてもらう」

「先に仕事をすませたらどうだ？」ギャンブルがそっけなく言う。

「そんなのは終わったも同然だ」ビーコムが右手をあげた。そこには真鍮でできた指関節に似た器具がはめられていた。鉄を継ぎあわせたもので、先端から鋭い突起が出ている。横にある小さな留め金を親指で引いてボタンを押すと、鉤爪状の刃が飛びだした。

ガレットは恐怖に目を見開いた。その仕組みは持ち手を動かすと刃が飛びでる、ばね付きの瀉血器《しゃけつき》に似ていた。

ガレットの表情を見たビーコムがにやりとする。「この小さな刃ひとつで、人の中身を平日の教会並みに空っぽにできるんだ」

ギャンブルがぐるりと目をまわした。「小型の折りたたみ式ナイフを使ったって同じくらい簡単にできるだろう」

「さっさと片づけよう」ビーコムが上機嫌で言うと大股で正面階段に向かい、軽々と一段飛ばしでのぼってイーサンの部屋を目指した。

ガレットの喉からくぐもった悲鳴がもれた。彼女はビーコンのあとを追って走りだしたが、背後からギャンブルにつかまれた。ガレットはイーサンから教わったとおり、腰を突きだし、両足に全体重をかけて踏ん張った。ギャンブルがわずかに引っ張られてバランスを崩したところで一歩横に出て、彼の股間めがけて縛られた手を後ろに突きだす。

残念ながら的は外れ、動けないほどのパンチを食らわせるはずが、斜め横を叩いただけになった。それでもギャンブルは痛みに両腕をゆるめた。ガレットは身をよじって逃れると、猿ぐつわをはめられた状態でできるだけ声をあげながら階段を駆けあがった。

二階にたどり着いたところで追いつかれ、激しく揺さぶられた。「黙れ」ギャンブルがうなった。「でなけりゃこの場で首をへし折るぞ。ジェンキンが望もうが望むまいが知ったことか」

ガレットはあえぎつつも動きを止めた。屋敷の別の場所で物音がしたからだ——ガラスと家具がぶつかるような音、それから重く鈍い落下音。ああ、ジェンキンはいったい何人送りこんできたのだろう。

ギャンブルがガレットをあざけるように見やる。「撃たれたままランサムを死なせてやればよかったな。ビーコムの仕打ちに比べたら、少しは情けもあったのに」そう言ってガレットを軽く突き飛ばした。「やつの部屋に案内しろ」

小突かれながら廊下を進むガレットの顎に熱い涙が伝った。イーサンは眠りが浅いのだと自分に言い聞かせる。相手が部屋に着くまでに目を覚まして身を守ったか、どこかに隠れたかもしれない。ほどなく誰かが侵入したことに気づいて、使用人たちが三階からおりてくるだろう。それまでイーサンが生き延びてくれれば……。

イーサンの寝室のドアは開け放たれていた。室内は廊下のランプの種火と窓から弱々しく差しこむ月明かりでぼんやりと照らされている。

ドアとは逆のほうを向いてベッドに横たわる人影が目に入り、ガレットはこもった声を発した。イーサンは横向きになって、痛みに苦しんでいるか悪夢にうなされているように小さな声をもらしている。どうしたのだろう。具合が悪いのだろうか？　それとも動けないふりをしているだけ？

ガレットは部屋に入るよう首の後ろを押された。

後頭部に硬いものが押しつけられ、銃の撃鉄を起こす音がした。

「ビーコム」ギャンブルが静かに呼んだ。ガレットの頭に銃を突きつけたまま、背後の廊下に視線を投げる。「ビーコム？」

返事はない。

ギャンブルがベッドの男に意識を向けた。「いったい何度殺せばいいんだ、ランサム？」冷淡に問いかける。

イーサンが不明瞭なつぶやきをもらした。

「ここにドクター・ギブソンもいる」ギャンブルがあざける。「ジェンキンにこの女を連れて帰るよう言われてる。気の毒に。ジェンキンの女に対する尋問はめでたく終わったためしがない。そうだろ？」

ガレットの視界の隅で、あたたまったタールがこぼれたように床にゆっくりと影が伸びていった。誰かが背後から近づいてくる。影を直視したい誘惑を抑え、ガレットはイーサンの動かない体に意識を据えた。

「代わりにこの女の頭に銃弾をぶちこんでやろうか？」ギャンブルが言った。「旧友に対するせめてもの情けってやつだ。おまえだってこいつが拷問されるより銃殺されたほうがいいだろ」ガレットの頭からリボルバーの銃口が離れた。「おまえから始末しようか、ランサム？そうすればこの女がどうなるか知りようがない。女を先に始末してくれと泣きついたほうがいいんじゃないのか」ベッドの人影に銃を向ける。「さあ、懇願しろ」

ギャンブルがイーサンを狙った瞬間、ガレットは行動に移った。右肘を使って相手の喉に鋭い突きを入れる。

激しい一撃はギャンブルの不意を突いた。強く食いこませることはできなかったものの、ガレットの肘は腫れた甲状腺にあたり、ギャンブルは空いている手で喉をつかんであえいでいる。彼はよろめきながらあとずさりし、どうにかリボルバーを握っている状態だ。

ガレットは手首を縛られていたが、ギャンブルの銃を持つ手のほうに伸ばしてどうにか手首をつかもうとした。けれども相手に手が届く前に、ふたりのあいだに割って入った大きな黒い影にぶつかった。まるで石壁にぶつかったかのようだ。

ガレットは驚いて声も出ず、よろめきながら後ろにさがって何が起きているのか把握しようとした。寝室は暴力で満ちていた。嵐が入りこんできたかのようだ。目の前でふたりの男が拳や肘や膝や足を使って格闘している。

ガレットは猿ぐつわをなんとか口から引きおろすと、濡れた布を吐きだし、乾いてざらつく舌で頬の両側を探った。そこになんの前触れもなく拳銃が床を滑ってきた。その軌道があまりに近かったので、ガレットは足で止めることができた。ぎこちない動きで銃を拾いあげ、イーサンのベッド脇へと急ぐ。

かすれた声でイーサンの名前を呼びながら上掛けをはがし……そこで体が固まった。

ベッドにいたのはビーコムだった。叩きのめされてほとんど意識がなく、動けないように何本ものズボン吊りと包帯で固定されている。

ガレットは完全に面食らい、ドア付近で格闘している人影を振り返った。ひとりが床に倒れると、もうひとりが馬乗りになり、殺す気ではないかというほど容赦なく殴りつけている。男はズボンしかはいておらず、上半身はむきだしだった。その頭の形と肩幅を見てガレットは気づいた。

「イーサン！」彼女は叫んで駆け寄った。イーサンが動くたびに動脈の結紮が引きつれ、癒えたばかりの組織が破壊される恐れがある。彼が繰りだすどのパンチも致命的な出血を引き起こす可能性があった。「やめて！　もう充分よ」イーサンは反応しなかった。激しい怒りにわれを忘れている。「お願いだからやめて――」苦悶の嗚咽でガレットの声が割れた。

誰かが部屋に飛びこんできた。ウェストだ。そのすぐあとにナイトシャツと膝丈のズボン《ブリーチズ》姿の男性の使用人がふたり続いた。ひとりが手にしたランプが室内に黄色いたしかな光を投げかける。

ひと目で状況を把握したウェストが、イーサンに飛びついてギャンブルから引き離した。「ランサム」かなり苦労しつつもイーサンの動きを封じる。イーサンは抵抗し、怒り狂った雄牛のように鼻を鳴らした。「ランサム、こいつはもう打ちのめされている。終わったんだ。もう安心しろ。落ち着け。ただでさえこの家はすでに殺人狂でいっぱいなんだから」イーサンの体から力が抜けていく。「ほら、そうだ。それでいい」廊下に集まっている使用人たちに目をやった。「ここは死者の国みたいに真っ暗だ。誰か廊下の張り出し燭台のろうそくをともして、もっとランプを持ってきてくれ。それから床に転がっている悪党を縛りあげるものを探してくるんだ」

使用人たちが言われたとおりに急いで去っていった。

「ガレット」イーサンが低い声で言い、ウェストの手を振りきった。「ガレットは――」

「そこにいる」ウェストが言った。「彼女はショック状態にある。それに撃鉄を起こした拳銃を構えているから、こっちは気が気じゃない」

「ショック状態なんかじゃないわ」ガレットはきっぱり言ったものの、全身がわななないていた。「それに指は引き金にかけていないし」

イーサンがガレットのもとに駆け寄って彼女の手から銃を受け取ると、撃鉄の突起を押して安全な位置に戻してから近くの炉棚に置いた。ろうそくの芯を整えるはさみに手を伸ばし、ガレットの手首に巻かれた紐を切る。肌に残る圧迫痕を見て、イーサンは獣に似た低いうめき声をもらした。

「大丈夫よ」ガレットはあわてて言った。「二、三分で消えるわ」

イーサンがこの数分の出来事が記されているかのようにガレットの体にくまなく目を走らせ、こめかみと頬の上部についたずきずきと痛むすり傷を見つけると、冷ややかな表情になった。彼の瞳が翳り、ガレットは血が凍る思いがした。イーサンがもっとよく見ようとそっと彼女の顔を傾ける。「どっちの男がやったんだ？」穏やかな口調で問われたが、ガレットはだまされなかった。

彼女はおぼつかない笑みを返した。「わたしが答えると本気で思っているの?」

イーサンが顔をしかめ、ガレットの頭越しにウェストを見やった。「家じゅうを捜索しないと」

「ぼくたちがそう言っているあいだに、従僕がひと部屋ずつまわっているよ」ウェストがうつぶせで倒れているウィリアム・ギャンブルのそばに立って見おろした。「ランサム、あいにくだが、礼儀作法を学べない友人に来てもらっては困るな。実は三人目の侵入者もつかまえたんだ」

「どこにいる?」

「ぼくの部屋だ。ローストするハトみたいに紐でぐるぐる巻きにしてある」

イーサンが驚いて目をしばたたいた。「きみが相手をしたのか?」

「そのとおり」

「たったひとりで?」

ウェストが皮肉っぽい目をイーサンに向けた。「そうだ、ランサム。訓練された殺し屋かもしれないが、すやすや寝ているレイヴネル家の男を起こしたのが間違いだった」ウェストはドアを示した。「ここのごたごたはぼくに任せて、ドクター・ギブソンを部屋に連れていってあげたらどうだ? こちらの客人たちをどうするかきみが決めるまで、氷の貯蔵室にでも泊めておくよ」

ガレットは緊急事態でも落ち着いた精神状態でいられるのがいつも自慢だったが、今は体に走る震えを止められなかった。もしイーサンの体調がこれほど気がかりでなければ、こわばった体で顔をしかめて部屋に向かうふたりが偏屈な老夫婦のように見えると面白がっていたかもしれない。

ガレットはテーブルの上の往診鞄に直行し、聴診器を探した。「診察しないと」歯を鳴らしながら、ぎこちない手つきで鞄の中を探る。けれども指がうまく動かない。「二次出血というのは撃たれたあと、二週間から四週間で起こることが一番多いの。とはいっても、そうなるのは普通、傷口がきちんと閉じていなかったときだけれど。あなたの場合は――」

「ガレット」イーサンが背後からガレットを抱きしめて、自分のほうに顔を向けさせた。

「ぼくは大丈夫だ」

「それを決めるのはわたしよ。自分の体にどんな損傷を与えたか、誰にもわからないんだから」

「全身をくまなく診察してくれてかまわない、頭のてっぺんからつま先まで。だが、それはあとだ。今はきみを抱きしめる」

「そんなことはしてくれなくていいの」ガレットは身をよじって往診鞄を取ろうとした。

「ぼくがそうしたいんだ」ガレットの抗議をものともせず、イーサンは彼女をベッドまで引っ張っていき、そこに腰かけてガレットを膝の上に座らせるときつく抱き寄せた。

ガレットは広い胸に押しつけられた。イーサンの安定した鼓動が聞こえてくる。彼の香り、汗ばんだ肌、男らしさが心地よく、心がなごんだ。髪を撫でられ、愛の言葉をささやかれた。イーサンの腕の中はあたたかくて安全な避難所だ。ガレットは心底気持ちがほぐれていくのを感じた。歯が鳴っていたのも止まった。

どうしたらこんなに優しくなれるのだろう。襲いかかってきたふたりの男をこちらが不安になるほどの手腕であっけなく片づけたばかりだというのに。彼を捜しに来た残忍な男たちと同様、イーサンにとって暴力をふるうことはある意味、自然なことなのだ。そんな彼の一面に自分が慣れる日が来るとは思えない。とはいえイーサンは他人に共感し、無私無欲になれることを証明してみせた。自分の決めた行動規範に忠実な人なのだ。そして彼女を愛してくれている。それだけで手を携える理由としては充分だ。

「下で物音を聞いたとき、真っ先にきみの部屋に行ったんだ」イーサンがささやいた。「それできみがいなくなっているのがわかった」

「本を取りに図書室へ行っていたのよ」ガレットは説明し、ガチョウの鳴き声を聞いたこと、ビーコムにつかまったことを話した。「呼び子を壊されたの」言い終えると、イーサンのなめらかな肩に顔を押しつけた。まつげが濡れてくる。「あの人が呼び子を床に落として踏みつけたの」

イーサンがガレットをさらに近くにそっと引き寄せて、唇で軽く頰骨をかすめた。「別の呼び子をあげるから」優しくガレットの背中を撫で、あたたかい手のひらを背骨の中心にあてた。「それからビーコムに思い知らせてやる」

ガレットはイーサンに触れたまま不安になって身じろぎした。「もう徹底的にやっつけたでしょう」

「まだ充分じゃない」イーサンがガレットの顔を傾けて、こめかみのかすり傷をもう一度確認する。「やつに殴られたんだろう？　それなら地面に血だまりができるほどあの男を殴ってやる。頭は別だ。頭はもぎ取って、頭蓋骨を――」

「そんなことはしてほしくない」ガレットはイーサンの内に秘められた残虐な側面をやんわりと戒めた。「復讐はなんの救いにもならないわ」

「ぼくには救いになる」

「いいえ、ならない」ガレットはイーサンの顔を自分のほうに向けた。「約束して。あんな人たちのそばに近寄らないって」

イーサンは答えなかった。口を不満そうに引き結んでいる。

「それにそんな時間はないでしょう。すぐにロンドンに出発しなければならないんだから。何が起こったかジャスパー卿に知られる前に」

イーサンが淡々とした口調でゆっくりと言った。「ロンドンへはぼくひとりで行って、きみはここに残ったほうがいい」

ガレットははっと顔をあげ、驚きと怒りのまじった表情でイーサンを見た。「どうしてそんなことを言うの？　だいたいわたしを置いていこうなんて考えること自体おかしいわ」

「ギャンブルがきみの頭に銃を突きつけているのを見たとき……」イーサンが取りつかれた

ような目でガレットを見た。「ぼくは今夜まで何も恐れたことがなかった。でもきみを失ったら、ぼくは壊れてしまうだろう。動けなくなった馬みたいに安楽死させなければならなくなる。だからきみが安全だとわかっている状態で、するべきことをさせてほしい。そうしたらきみのもとに戻ってくる」

「それであなたがいないあいだ、苦しみつづけるわたしを放っておくの？」ガレットはイーサンのこわばった頬に片手を添えた。「わたしは塔に閉じこめられて助けを待っている無力な乙女じゃないわ、イーサン。それに、台座にのった大理石の女神みたいにあがめられたくもない。あなたのそばにいる対等なパートナーとして愛されたいの。それにロンドンではわたしが必要だわ」

イーサンのまなざしがガレットの内面へと、心の中の彼だけの場所へと沈みこんでいった。しばらくしてからようやく目をそらしたイーサンが、悪態をついて乱れた短い髪を荒々しく指で梳いた。ガレットはイーサンのあたたかい喉元に顔を押しつけ、彼が結論を出すまで待った。

「わかった」イーサンが気の進まなそうな声を出した。「一緒に行こう」

ガレットは体を引いて微笑みかけた。

「いつもきみの思いどおりにいくわけじゃないんだぞ」イーサンが釘を刺す。この状況が少しもうれしくないようだ。

「わかってるわ」

「それから、ぼくはきみを台座にのせるよ……小さな台座に」

「どうして？」ガレットはイーサンの胸に指で触れた。

「第一に、きみはぼくの女神だからだ。それはこれからもずっと変わらない。第二に……」イーサンがガレットのうなじに指を添えて、彼女の口を自分の口元に近づけた。「そうでもしないとぼくの背が高すぎて、ぼくのいろんないいところにきみの手が届かないだろう？」

ガレットが笑うやわらかな吐息がイーサンの唇を撫でた。「いとしい人」ガレットはささやいた。「でもあなたの全部がいいところなのよ」


夜が明ける頃にはオールトンの市場町の近くにある駅に出発する準備が整った。ウェストがロンドンまで同行すると言ったが、拘束中の諜報員が三人いるエヴァースビー・プライオリーに残るほうがいいということで合意した。三人は地下の根菜類の貯蔵室に閉じこめて、レイヴネル家の使用人が目を光らせている。屋敷に押し入ろうという者がいたことに使用人は皆、憤っていた。

「もし三人のうちの誰かが厄介ごとを起こしたら、これを使ってくれ」専属の馬車が待つ正面の車道に向かいながら、イーサンがウェストに小型拳銃を手渡した。「複動式だから、撃鉄を一度起こすだけでいい。そうすれば引き金を引くたびにシリンダーが回転して発砲する」

ウェストが疑わしげに銃を見つめた。「あの荒くれ者たちの誰かが厄介ごとを起こしたら、ここには武器として使える納屋いっぱいの農機具がある。これからジェンキンに立ち向かうなら、これが必要になるのはきみのほうだ」

「こっちは銃弾よりもずっと威力のあるものを用意していくつもりだ」

ウェストがふざけてイーサンに警戒のまなざしを向けた。「スプーンを持っていくとか？」

イーサンは口角を片方持ちあげ、苦々しい笑みを浮かべた。「違う。ドクター・ギブソンの言葉を借りれば、ぼくたちは言葉で武装する」

「言葉でね」ウェストが半信半疑で繰り返しながら、拳銃をポケットにしまった。「人が〝ペンは剣よりも強し〟と言うたびに、本当かと疑っていたんだ。ドイツ製の鋼でできた短剣の柄につけたペンなら別だがね」

「その言葉は新聞に載るの」ガレットが言った。「わたしたち、『タイムズ』の本社に行くのよ」

「ああ。それならいい。『タイムズ』はペンよりも剣よりも、英国陸軍全部を合わせたよりも強いからな」ウェストが馬車に乗りこむガレットに手を貸した。可動式の踏み段をのぼるガレットが振り返り、ちょうど同じ目の高さになったウェストに、イーサンが嫉妬を覚えるほどのあたたかい笑みを投げかけた。ウェストはガレットの友人で、彼女が人生で最も大変な時期に支えてくれた協力者なのだと、イーサンは自分に言い聞かせなければならなかった。

「あなたはわたしが出会った中で一番高度な訓練を受けた手術助手とは言えないけれど、一番のお気に入りよ」ガレットは目をきらめかせて告げ、身を乗りだしてウェストの頬にキスをした。

ガレットが馬車に乗りこむと、ウェストがイーサンの顔を見てにやりとした。「刺すようににらみつける必要はないだろう。ドクター・ギブソンは魅力的だが、農家の妻になる素養はない」

イーサンは眉をあげた。「結婚を考えているのか？」

ウェストが肩をすくめた。「田舎の夜は長くて静かだからね。一緒にいると楽しくて、ベッドをともにするくらい魅力的な相手が見つかれば……そう、結婚を考えるだろうな」いっとき思いにふける。「教養がある女性ならなおいい。ユーモアのセンスはさらなる楽しみを添える。赤毛は絶対条件じゃないが、どうしても惹かれてしまうんだ」彼は自嘲気味に口元をゆるめた。「もちろん、ぼくが三年ほど前までだらしない大酒飲みの肥満体だったという事実を受け入れてくれないとだめだが」ウェストが顔をよぎった苦々しい表情を隠した。

「誰のことだ？」イーサンは穏やかに尋ねた。

「誰でもない。架空の女性だ」目をそらしたウェストは、通りの脇に散らばる小石をブーツの先でつついた。「たまたまぼくを軽蔑している人だ」

イーサンはいたわりつつも愉快そうにウェストを見つめた。「相手の考えを変えられるかもしれない」

「当時に戻って、昔の自分を骨の髄まで叩きのめすことができればね」ウェストがその考えを追い払うように頭を振ってイーサンを観察した。「旅ができる体調には見えないな」ずばりと言う。「無理のしすぎだ」

「のんびりしている時間はない」イーサンは首の後ろの痛む筋肉をもみほぐした。「それに、できるだけ早くジェンキンと直接顔を合わせたほうがいい。待てば待つほどそうするのが難しくなる」

「ジェンキンを恐れているのか？」ウェストが静かに尋ねた。「誰でもそうだと思うが」

イーサンは冷ややかな笑みを浮かべた。「肉体的な怖さはない、だが……ジェンキンからは父親からよりも多くを学んだ。尊敬する部分もある、今もそうだ。向こうはぼくの強みも弱点も理解している。冬の夜みたいに頭が冴える男だ。自分でも何を恐れているのかよくわからない……どういうわけかジェンキンは言葉でぼくの中の何かを壊せる……すべてを台なしにできるんだ」屋敷を振り返りながら、胸部の傷が癒えた場所を無意識にさすった。「夜明け前に、エドマンドの肖像画をもう一度見てきた」イーサンはぼんやりと続けた。「窓から光が差しこむ様子は、すべてを灰色と銀色に染めていて、まるで絵の中の人物が目の前を漂っているかのようだった。それで『ハムレット』のあの場面を思いだした……」

ウェストは即座に理解した。「父親の亡霊が現れるところだろう？　甲冑《かっちゅう》で全身を覆った」

「ああ《アイ》、そこだ。亡霊はハムレットに叔父を殺せと命令する。報復だといって。有罪の証拠も示さずにだ。息子にそんなことを命じるなんて、いったいどんな父親なんだ」

「ぼくの父なら喜んで誰かを殺せと指示しただろうな」ウェストが言った。「でもぼくはまだ五歳だったから、暗殺の腕前は期待外れだっただろうが」

「そんな邪悪な命令をする父親にハムレットはどうして従うんだ？　なぜ亡霊なんかに取りあわず、報復を神の手にゆだねて自らの手で運命を切り開かなかったんだろう」

「おそらく、そんなことをすれば、戯曲が二時間半ほど短くなるからだ」ウェストが応じた。

「ぼくに言わせれば、そのほうがずっといい作品になると思うがね」考えこむようにイーサンを見つめた。「ジャスパー卿の言い分は正しい。あの戯曲は魂を映す鏡なんだ。でもきみはジャスパー卿が意図したものとは違う結論を導きだしたんじゃないかな。きみに是非の判断をさせずに従わせる資格のある人などいない。何をしてくれた人だろうと。それに父親のような人間になる必要はない。その父親が人殺しの計画をひそかに立てるような道徳心のない人物なら」

ガレットが馬車の窓から顔を出した。「早く出発しないと」大声をあげる。「列車に乗り遅れるわ」

ウェストがガレットに非難の目を向けた。「重要な精神論を交わしているところなんだ」

ガレットが指先で窓枠をリズミカルに叩いた。「精神論は概して迷いを生みだすものよ。でもわたしたちに迷っている時間はないの」

馬車の中に引っこむガレットを見て、イーサンはゆっくりと笑みを大きくした。「彼女の言うとおりだ。今は行動すべきときで、考えるのはあとだ」

「これぞレイヴネルって口ぶりだな」

イーサンはポケットから紙切れを取りだしてウェストに渡した。「電報局が開いたらすぐにこれを電報で打ってくれないか？」

ウェストが内容に目を走らせた。

〝電報

ジャスパー・ジェンキン卿

ロンドン、ポートランド・プレイス四三番地

予約注文の件、入手完了。即時配達すべき余分の品と帰路についた。荷物は今晩遅く、自宅に到着予定。

W・ギャンブル〟

「これはぼくが電報局に届けよう」ウェストが握手の手を差し伸べた。「幸運を祈る、ランサム。ぼくたちの荷物を大事にしてくれよ。何か必要なものがあれば電報で知らせてほしい」

「同じ言葉を返すよ」イーサンは言った。「なんといっても、きみには血をもらった借りがある」

「それだけじゃないぞ。取り外さなければならなかった足場の貸しがある」

ふたりはにやりとした。握手はあたたかく、揺るぎなかった。安心感があった。これが兄弟愛というものに違いないとイーサンは思った。この連帯感と絆。常に互いの味方だという暗黙の了解。

「最後にちょっとした助言がある」ウェストが心をこめて握ってから手を離した。「次に誰かが撃ってきたら……弾をよけるんだ」

24

真夜中過ぎにイーサンとガレットはリース・ウィンターボーンが用意してくれた馬車でポートランド・プレイスに着いた。ウィンターボーンの倉庫の警備を担当している、訓練を積んだ有能な警備員ふたりが付き添ってくれている。

ポートランド・プレイスの洗練されたテラスハウスが街灯の照明を受けてやわらかく輝いている。ジェンキンの屋敷はその地区で最も大きい住宅のひとつで、正面玄関を中心として左右対称に造られ、両側に家屋が配されている。馬車は荘厳な屋根付きの玄関を迂回《うかい》して路地を進み、裏手の馬屋の先にある使用人や配達人のための裏口で停まった。

「一五分で出てこなかったら、計画どおりに行動してくれ」イーサンは倉庫の警備員たちに小声で告げた。

警備員たちは合意のしるしにうなずいて、懐中時計を確認した。

イーサンは馬車から降りるガレットに手を差し伸べながら、懸念と誇りが入りまじった思いで彼女を見つめた。ガレットもイーサンと同じくらい疲れているだろうに、緊張の強いられる単調な長い一日をひと言の文句も言わずに乗りきった。

ふたりはガレットの家から証拠の書類を回収し、ロンドン一の新聞社があるプリンティング・ハウス・スクエアに向かった。多数の印刷機が稼働する地下からの振動で、地面はかなり揺れていた。『タイムズ』の建物に入るとすぐ、ふたりは〝ライオンの巣穴〟として知られる編集長室に案内された。そこに編集長と朝刊の編集主任、社説担当記者とともに八時間こもり、イーサンはジェンキンと内務省内の徒党が始めた陰謀の真相、関係者の名前、日付、詳細を提供した。

そのあいだずっとガレットは根気強く毅然としていた。これほど持久力のある女性に会ったことはない。睡眠やまともな食事をとっていないにもかかわらず、頭の冴えた状態を保ち、何が来ようとも立ち向かう準備ができていた。

「本当にここでぼくを待つ気はないのか？」イーサンが期待をこめて尋ねた。「一五分で戻ってくるんだぞ」

「何度訊かれても、答えはノーよ」ガレットがどこまでも忍耐強く答えた。「どうして同じ質問をするの？」

「根負けするかと思ってね」

「いいえ、おかげでますます頑なになっているわ」

「これからは覚えておくよ」イーサンはさらりと言い、目が隠れるくらい帽子のつばをさげた。ジェンキンとのつきあいを通してこの屋敷を訪れたのは三度だけだ。運がよければ使用人にじろじろ見られることもなく、自分が誰なのか気づかれずにすむだろう。

「これを」ガレットが白いハンカチを持った手を伸ばした。イーサンの襟の正面にたくしこんで、ギャンブルの肥大した甲状腺に似せてふくらませる。ガレットの緑の瞳と目が合うと、イーサンは優しい指で頰を撫でられた。「うまくいくわ」彼女がささやいた。

自分が見るからに緊張しているのだと気づき、イーサンは驚きと腹立ちがまじった気持ちになった。体が異なる機械の寄せ集めであるかのように、どれも動きが噛みあわない。イーサンは落ち着いて息を吸い、ゆっくりと吐きだしてから、ガレットに背を向けさせた。彼女の手首を注意深く握って腕を背中でひねりあげ、無理やり引き連れているよう見せかける。

「家の中を歩くときは、悪態をついたり、もがいたりしたほうがいい？　それからあなたにおとなしくさせられるのはどう？」ガレットが役柄になりきろうと提案する。

わくわくしている様子のガレットを見て、イーサンは苦笑するしかなかった。「いや、大切な人《アクーシュラ》、そこまでしなくてもいい」耳の後ろにそっと口づけてささやいた。「だが、あとでおとなしくさせてあげよう、きみが望むなら」ガレットの体にかすかな震えが走るのを感じてイーサンは微笑み、親指で彼女の手のひらのやわらかいくぼみをさすった。

次の瞬間、表情を消してドアを叩いた。長身で細身だが強靭な体つきの執事に中へ通された。プロイセン人特有の濃い眉と、青みがかった灰色と白がまじった髪をしている。イーサンは顔を伏せたままでいた。「ジェンキンに望みのものを届けに来たと伝えてくれ」かすれた声で告げた。

「かしこまりました、ミスター・ギャンブル。ジャスパー卿がお待ちです」執事はガレットをちらりとも見ず、先に立って案内した。室内はどこもかしこも曲線的だった。卵形の壁龕《へきがん》、円天井のくぼみと半円形の空間《アプス》、曲がりくねった廊下。イーサンは蛇のような配置は困惑を招くものだと気づいた。自分は直角や、直線と平面が交わる整然とした空間のほうが好きだった。

円形の控えの間を横切って、ひと続きの私室に向かう。執事に案内されたのは紳士の間だった。暗色の上質な壁紙が貼られた部屋で、金の装飾品と木工品が並び、厚い真紅の絨毯が敷かれている。壁には雌ライオン、チーター、白オオカミのほか、肉食の珍獣の頭部が配されていた。火が入った暖炉では、オークの木片をパチパチと燃やしながら炎が躍り、うねっている。室内はたぎる血のごとく熱かった。

執事が部屋を出てドアを閉めた。

書類の束を手に暖炉のそばに座るジェンキンの姿を見て、イーサンは不快なほど脈が跳ねあがった。

「ギャンブル」ジェンキンが書類から顔をあげずに声をかけた。「客人をここへ。それから記録を渡してもらおうか」

イーサンはガレットの手首をひそかにたどってから放した。「事は計画どおりに進みませんでしたよ」そっけなく言い、襟元からハンカチを引きだした。

ジェンキンがはじかれたように顔をあげた。まばたきもせずイーサンに視線を据える。漂白したように白い目の中で黒い瞳孔が開いている。

目を合わせるうちに、イーサンの胸に危険で邪悪な何かが呼び覚まされた。ぞっとするような数秒間、イーサンは殺してやりたい気持ちと泣きたい気持ちの中間の常軌を逸した場所で宙吊りになっているかのようだった。撃たれた箇所がうずく気がする。そこを手でかばいたい誘惑を必死で抑えた。

最初に口を開いたのはジェンキンだった。「生き残るのは自分だとギャンブルは豪語していたがな」

「やつを殺したわけじゃありません」イーサンはきっぱり言った。

その言葉に、ジェンキンは生還したイーサンを見たときと同じくらい驚いた顔をした。それからスパイマスターは椅子に座ったまま、手元のテーブルの葉巻入れから葉巻を一本取りだした。「殺してしまえばよかったのだ」ジェンキンが言った。「おまえを殺そうとして二度も失敗した男に用はない」口調は冷ややかだが、葉巻を持つ指が明らかに震えている。互いに完全には自制できていないのだとイーサンは気づいた。一方、ガレットは落ち着き払って、くつろいでいるとも言える様子でのんびりと歩きまわり、棚や高級家具や絵画をしげしげと眺めている。ガレットを女だからと侮っているらしいジェンキンは、彼女にはほとんど注意を向けず、イーサンに神経を集中している。

「レイヴネル家とはどういうつながりがある?」ジェンキンが訊いた。「彼らはなぜおまえをかくまったんだ?」

ということは、ジェンキンは知らないのだ。ジェンキンにも知りえない秘密が存在するのだとわかり、イーサンは内心驚いた。「たいしたことじゃありません」

「わたしにそんな口をきくな」ジェンキンがぴしゃりと返した。いつもの力関係に戻りつつある。「わたしが質問するのだから重要なことだ」

「これは失礼」イーサンはやわらかな口調で言い換えた。「あなたには関係ないという意味で言ったんです」

ジェンキンが信じがたいという顔になる。

「療養中に『ハムレット』を読み終えました」イーサンは続けた。「最後まで読んで、わたしの目に映ったものを話してほしいとあなたは言った。だからここに来たんです」年配者の目に興味の光がちらつくのを見て、口をつぐんだ。驚いたことに、ジェンキンは言葉では表せない彼なりの流儀でイーサンを気にかけてくれている。それにもかかわらず、イーサンを殺そうとしたのだ。「あなたは言った。堕落した世界では善と悪も、正しいことと間違っていることもないとハムレットが気づいたと……。すべては見解次第。事実も規則も無意味で、真実は重要ではない」イーサンは言いよどんだ。「そこにはある種の自由がある。そうですね？　あなたが目指すゴールがなんであれ、あなたはそれを実行する、あるいは言葉にすることができる」

「そうだ」イーサンを見つめる赤褐色の目に暖炉の火が映って躍る。ジェンキンが表情をやわらげた。「それをおまえにわかってほしかった」

「でも、それは万人にとっての自由じゃない」イーサンは言った。「あなたにとっての自由というだけです。つまりあなたは自分の利益のためなら誰であろうが犠牲にできるということだ。罪のない人を、子どもでさえ殺しても、大義名分をかざして正当化できる。わたしにそんなことはできない。わたしは事実を信じ、法の定めを信じる。少し前に賢明な女性に言われたことを信じる。すべての命にかけがえのない重さがあると」

ジェンキンの目から光が消えたように見えた。マッチに手を伸ばして葉巻の切った先端に火をつけ、いつもの儀式に慰めを求めた。「おまえはうぶな愚か者だ」ジェンキンが苦々しげに言った。「わたしがおまえのために何をしてやろうと思っていたかをまったくわかっていない。どれほどの権力を持てたかを。おまえを連れてまわって真の世界の見方を教えてやるはずだった。それなのに、わたしを裏切るというのか。あれほどの恩を受けておきながら。おまえを創りあげてやったにもかかわらず。頭の鈍い田舎者のように、自身の幻想にしがみつこうというのか」

「〝幻想に〟じゃない。〝倫理に〟です」イーサンは静かに正した。「上に立つ者なら、その違いくらい知っておいてもらいたい。あなたは政界にいるべきじゃない、ジェンキン。服を着替えるように簡単に自分の倫理観を変える者は、他人の命を左右できる力を持つべきじゃないんです」気持ちが軽く穏やかになった気がした。鎖を解かれ、何年も背負っていた重荷から解き放たれたように。イーサンがガレットに目をやると、彼女は炉棚に飾られている置物を見てまわっている。強い優しさと欲望が相まって一気に胸にわき起こる。今、自分が望んでいるのは、ここからガレットをさらって、どこでもかまわないからベッドを見つけることだけだ。情熱に溺れているわけではない……少なくとも今のところは。ただ安全な自分の腕の中にガレットを抱いて眠りたい。

イーサンはベストから懐中時計を取りだして時間を確認した。午前一時三〇分。「印刷機がそろそろ動きだしている頃だな」何気ない調子で切りだす。「『タイムズ』の編集者が言っていましたが、新聞は一時間に二万部印刷できるらしい。ということは、朝刊は少なくとも六万部、あるいは七万部用意できるでしょう。あなたの名前の綴《つづ》りが間違っていないことを願いますよ。念のため、慎重に書いて渡してきましたが」

ジェンキンが怒りのこみあげる目でイーサンをにらみつけながら、クリスタルの灰皿に葉巻をゆっくり置いた。

「今日、彼らと会ってきたことを伝えるのを危うく忘れるところでした」イーサンは続けた。「興味深い情報をたんまり持っていたから、新聞社側も聞きたくてたまらない様子でしたよ」

「はったりだ」ジェンキンが逆上し、顔がどす黒くなっていく。

「もうすぐわかる。そうでしょう？」懐中時計をベストにしまいかけたイーサンは、何かが空を切る音、人を鈍器で殴りつけたときのおぞましい衝撃音と骨が砕ける音、苦痛の叫びを聞いて、時計を取り落としそうになった。

全身をこわばらせて身構えたものの、固まっているガレットを見て動きを止めた。彼女は暖炉の火かき棒を手にジェンキンの脇に立ち、彼のほうは椅子の上で体を折り曲げ、腕を押さえて激痛に悲鳴をあげている。

「狙いが少なくとも一〇センチは外れたわ」ガレットが握ったままの鉄の棒を見ながら動揺した様子で眉をひそめた。「わたしの杖より重いせいね」

「どうしてこんなことを？」イーサンは面食らっていた。

ガレットが小さなテーブルの上から取りあげたものを差しだした。「これが葉巻入れに入っていたの。葉巻に火をつけるときに取りだしたのよ」拳銃を受け取りに行ったイーサンに向かって言う。「ジャスパー卿は自分があなたを創りあげたと信じているみたいね。だからあなたを破滅させる権利があると思ったんだわ」椅子の上でうめいている男を冷ややかな緑の目で見おろしてきっぱり言った。「どちらも間違いよ」

執事と従僕が部屋に駆けこんできた。すぐあとに倉庫の警備員たちが続く。室内には問いただす声と怒号が飛び交い、ガレットは後退してイーサンにその場を任せた。

「ねえ、ここが落ち着いたら」騒ぎの中でイーサンに聞こえる程度に声を張りあげる。「誰もあなたを狙わない場所を探してみない？」

25

そのあとの騒然とした日々のあいだに、ガレットには喜ばしいことがたくさんあった。キングストン公爵の海辺の別荘で休暇を過ごして戻ってきた父は、太陽と新鮮な空気と海水浴という健全な療法で驚くほど体調が回復していた。若干体重が増え、頰はバラ色で、意気揚々としている。同じように生き生きと元気になって帰ってきたイライザによると、公爵夫妻とシャロン家の人々は皆、スタンリー・ギブソンを甘やかし、喜ばせ、大事にしてくれたそうだ。

「冗談にも全部笑ってくださったんですよ」イライザが報告した。「あの昔から言ってるオウムの冗談にも」

ガレットは顔をしかめて両手で目を覆った。「オウムのジョークを披露したの?」

「ええ、三度も。それで三回目も最初のときと同じくらい、みんな気に入ってくださったんですよ」

「気に入ったんじゃないわ」ガレットはうめき声をあげ、広げた指の隙間からのぞいた。

「あくまでも親切にふるまってくれただけよ」

「それから公爵閣下は旦那様と二度、ドロー・ポーカーをされたんです」イライザが続けた。「どれだけ勝ったかお話ししたら、お嬢様はきっと気絶なさいますよ」

「勝ったって、公爵が？」力なく尋ねるガレットの目の前に債務者監獄の光景がちらついた。

「違いますよ、あなたのお父様がです！　公爵閣下はドロー・ポーカーが世界一弱かったんですよ。旦那様は二度ともたっぷり稼いだんです。わたしたちがもっと滞在してたら、おかわいそうに公爵閣下はすっからかんになってたでしょうね」イライザが話をやめ、困惑のまなざしを向けた。「どうして頭をテーブルにのせてるんですか？」

「休んでいるだけよ」ガレットは小声で答えた。キングストン公爵はイングランドで最も権力と影響力のある人物のひとりで、賭博場を所有し、若い頃には自ら経営に携わっていた。ドロー・ポーカーが世界一弱いはずがない。ポーカーを口実に、父の空っぽのポケットに葬儀代を入れてくれたに違いない。

シャロン家の厚意を知っていたたまれない気持ちになっていたガレットだったが、診療所に戻ってふたたび患者を診ると喜びでそれもすぐさま吹き飛んだ。復帰の初日はドクター・ハヴロックとの待ち望んでいた関係修復から始まった。ハヴロックは柄にもなく、ためらいがちに近づいてきた。

「許してもらえるかね？」それがハヴロックの最初の言葉だった。

ガレットは晴れやかな笑みを返した。「許さなければならないことなんて何もありません」それだけ言い、完全に相手の不意を突いて無意識に抱きついていた。

「はなはだ医師にふさわしくないふるまいだ」ハヴロックは不平を言いつつも、体を引こうとはしなかった。

「これからもずっと率直でいてください」ガレットはハヴロックの肩に頬を押しつけた。「あのときあなたはわたしのために正しいことをしようとしてくれていました。わたしはあなたの見解に同意しなかったけれど、もちろん理解はしていました。それにあなたが悪かったわけじゃありません。わたしが思わぬ幸運に恵まれただけです。患者もなめし革並みに丈夫でしたし」

「きみの腕を過小評価したのが間違いだった」ガレットが体を離すと、ハヴロックは珍しく優しい視線をよこした。「今後はそんなことはない。まあ、きみの大切な人はたしかに並外れて丈夫だ」雪のごとく白い眉をあげ、おどけるようにかすかな期待をこめて尋ねる。「彼はこの診療所に立ち寄ったりするかね？　少しばかり訊いてみたいんだ。きみのことをどう思っているのか」

ガレットは声に出して笑った。「体が空けば来てくれるはずです。でもあと数日は予定がいっぱいだと、前もって言われています」

「そうか」ハヴロックが表情を引きしめた。「激動の最中だからな。内務省とスコットランドヤードの両方がスキャンダルと大変革で揺れているし、きみのミスター・ランサムはすべてにおいて重要な人物のようだ。実に短期間で名をあげた。残念ながら、人に気づかれずにロンドンをぶらつくことはもうできないだろう」

「そうでしょうね」ガレットは愕然とした。イーサンは私生活を守られた自由な生活に慣れきっていた――それが今、変わってしまった環境に対応しているのだ。

けれどもガレットにはイーサンに現況を尋ねる機会がなかった。あれからの二週間、イーサンは一度も会いに来てくれていない。短い手紙はほぼ毎日届いている。カードに走り書きされた数行の手紙だ。それにみずみずしい花束やスミレのバスケットが添えられていることもある。イーサンの日々の居場所を知るには新聞記事をたどらなければならなかった。『タイムズ』は内務省の管轄外で違法な私設警察隊が活動していたという一連の記事を発表し、国民に衝撃を与えた。イーサンは数々の調査や内密な会議への参加を求められ、常に多忙だった。

ジェンキンは非公認の機密情報収集に関与していただけでも風あたりが強かったが、そこにおとり調査と偽って過激な急進主義者や名の知れた犯罪者と共謀していたことが報道されると――すべてはアイルランド自治法案をつぶすためだった――国民の激しい怒りを買った。ジェンキンが率いる秘密工作部隊は解体され、ほとんどの現役警察官は逮捕された。

フランスのル・アーヴルから消えた爆薬の積み荷はほどなく回収され、その紛失には内務省に雇われた特別捜査官がかかわっていたことが最終的に明らかになった。その直後に内務大臣のタザム卿が辞任した。両院は調査委員会を設置し、内務省の腐敗がどこまで広がっているか突きとめるために聴聞会を開催する予定だ。フレッド・フェルブリッグは辞任を迫られ、申し立てのあった処分は次々にくだされた。

不法行為と処置について捜査を受けた。そのあいだ、スコットランドヤードは混乱状態に陥った。組織全体の大々的な再編成が必要とされたが、誰ひとりとしてどう進めればいいのか妙案が浮かばないようだった。

ガレットにとって重要なのはイーサンの健康状態だけだった。イーサンはハンプシャーから戻って以来、本来なら休養しなければならないときにずっと駆けずりまわっている。そのせいで回復が遅れているのではないだろうか。きちんと食事をとっているのだろうか。ガレットにはどうすることもできず、仕事に没頭して辛抱強く待つよりほかになかった。

一四日目、その日の最後の診察を終えたガレットが診療所のカウンターに立ってメモを取っていると、ふいにノックの音がした。

「ドクター」羽目板越しにイライザの声がした。「もうひとり、患者さんがお見えです」

ガレットは眉をひそめてペンを置いた。「誰の予約も入っていないわ」

しばし間が空いてからイライザが言った。「急患なんです」

「急患ってどんな?」

返事がない。

ガレットは体がかっと熱くなり、そのあと寒けがした。心臓が早鐘を打ちはじめる。あらゆる感情がドアまで走っていけと叫んでいたが、どうにか歩いて向かった。極力ゆっくりとノブをまわし、ドアを開けた。

イーサンが立っていた。圧倒的な存在感で戸枠に肩を預け、微笑みながらガレットを見おろしている。ガレットは急激に気持ちが高ぶり、頭がくらくらした。記憶にあるよりもずっとハンサムで、ずっとすてきで、何もかもが覚えていた以上だ。

「ガレット」イーサンが優しく呼びかけた。まるでその名前がほかのたくさんのすばらしいことを象徴しているかのように。ガレットは膝に力を入れていなければ、彼の目の前でくずおれてしまいそうだった。

二週間。そのあいだ、ちょっと顔を見ることすら一度もなかったのだからと、ガレットは自分に言い聞かせた。

「診療時間は終わったわ」ガレットはしかめっ面をした。

「かなりの痛みなんだ」イーサンがまじめな顔で言う。

「そうなの？」

「昔痛めた〝すねぼね〟がまたうずきだした」

ガレットは笑いをこらえるために頰の内側を必死に嚙み、咳払いをした。「あいにくそれは自分でなんとかして」どうにかそう言った。

「専門家に診てもらわないと」

ガレットは腕組みして目を細めた。「二週間ずっと心配しながら待っていたのよ。それなのになんの知らせもなくひょっこり現れて、わたしに――」

「違う、そうじゃないんだ、大切な人《アクーシュラ》」イーサンがやんわりとさえぎった。ガレットは彼の青い瞳に吸いこまれそうになった。「そばにいたいだけだ。ずっと会いたかった。きみにすつかり夢中なんだ」片方の大きな手で戸枠を握った。「中に入れてくれ」イーサンがささやいた。

焚《た》きつけに火がつくように、ガレットの体の内で切望に火がついた。彼女はドアを押し広げて、ぐらつく脚で後ろにさがった。

入ってきたイーサンが足でドアを閉めてから、ガレットを羽目板に釘づけにした。ガレットは息をつく暇もなく唇をふさがれ、何年も求めていたような、ほの暗くて体がちりちりする夢のようなキスをされた。彼女は軽く声をもらし、体をそらしてイーサンに押しつけた。全身に伝わってくる力強さにわれを忘れそうになる。イーサンの手がガレットの片側の頬を包んで優しく撫でた。

「ずっときみが欲しかった」イーサンがささやいて、唇を滑らせて触れあわせる。それから体を引くと、瞳に笑みをたたえてガレットを見おろした。「だがスコットランドヤードを解体して、ばらばらになったものを調整し、再編成するのに手を貸していたんだ。それからふたつの委員会で証言して、新しい仕事の可能性を話しあって……」腰をかがめ、むきだしになったガレットの喉に熱く探るようなキスをした。

「うまい口実ね」ガレットはしかたなくそう言って、ふたたびキスを求めた。濃厚でこのうえなくすばらしいキスのあと、目を開けてぼんやりとしたまま尋ねた。「仕事の可能性ってどういうこと？」

イーサンがガレットと鼻のてっぺんを合わせた。「向こうはぼくを総監補に任命したがっているんだ。そうなれば、さまざまな課から構成される新たな捜査部門を編成して、各課の管理責任者から直接報告を受けるようになる」

ガレットは唖然としてイーサンを見あげた。

「それから一二名の捜査官を厳選して自分の部隊を作る。ぼくが適切だと思う訓練をして指揮が執れるんだ」イーサンが言葉を切って、落ち着かない様子で笑った。「うまくいくかどうかはわからない。その提案をされたのも、フェルブリッグの下にいた管理責任者の半数が退職して、残りは監獄にいるからというだけだ」

「あなただったらまさに適任だわ」ガレットは言った。「問題は、やりたいかどうかよ」

「やってみたい」イーサンが唇をかすかにゆがめてにやりとした。ガレットが大好きなえくぼが浮かぶ。「もっと規則正しい生活を送らなければならないな。それからその申し出は、イートン・スクエアにあるすてきな家とスコットランドヤードを直接つなぐ電信線付きだ。さらに交渉して、妻のために軽四輪馬車と馬をひと組つけさせた」

「妻のために」ガレットは繰り返した。心臓が激しく打っている。

イーサンがうなずいてポケットに手を伸ばした。「言っておくが、型どおりにはしないぞ」前もって警告されたガレットは息を殺して笑った。

「それなら完璧だわ」

イーサンが金属でできたなめらかなものをガレットの手のひらに押しつけた。ガレットが見おろすと、きらめく銀の鎖がついた銀の呼び子がのっていた。表面に何かが彫りこまれている。ガレットは目を凝らした。

〝いつでもぼくを必要とするときに〟

「ガレット・ギブソン」イーサンの声が聞こえた。「治療に関してきみは非凡な腕を持っている……ぼくはその生き証人だ。もしぼくと結婚しなくても、きみはぼくの壊れた心を治さなければならない。あいにく、どっちにしてもぼくからは離れられないんだ。きみなしではいられないほど愛している。ぼくの妻になってくれるかい？」

ガレットは潤んだ目を輝かせてイーサンを見あげた。うれしすぎてまったく言葉が出てこない。

すぐにわかったのは、にっこりしながら笛を吹くのが難しいということだ。

それでもガレットはどうにか呼び子を鳴らした。

作者による覚書

親愛なる皆様

どの作品も愛情をこめて書いていますが、中でも本書はとりわけ大切なものです。というのも実在したとびきりすばらしい女性、ドクター・エリザベス・ガレット・アンダーソンにインスピレーションを受けて描いた作品だからです。アンダーソンは激しい反対に遭いながらも、一八七〇年にパリ大学で医学の学位を取得し、一八七三年には英国で初めて医師の資格を得た女性となりました。すると英国医師会はすぐさま規定を変更し、その後二〇年ほどにわたってほかの女性医師の入会を阻むこととなります。ドクター・アンダーソンは続いて女性の職員を配する初めての病院を共同で設立し、英国の医学校としては初の学部長に就任します。女性の参政権運動にも力を注ぎ、イングランドの女性町長第一号となって、すばらしい町オールドバラのために尽くしました。

ヴィクトリア朝時代、テムズ川は下水や工場からの化学物質でひどく汚染されており、ロンドンの何万もの住人がコレラで命を落としました。遊覧汽船〈プリンセス・アリス〉が別の船と衝突して沈没した一八七八年、六〇〇名を超える乗客が亡くなりましたが、死因の多くは溺死ではなく、窒息死でした。当時の報告書によれば、テムズ川の水は〝有毒ガスで炭酸水のようにシューッと音をたてていた〟そうです。現代では世界有数の都市を通って流れる最も清潔な主要河川に姿を変え、魚などの生物がたくさん生息しています。

『カーマの愛に守られて』で描かれた陰謀はもちろん作りごとですが、秘密裏に結成された無認可の諜報部隊が存在したのは事実で、エドワード・ジョージ・ジェンキンソンが指揮を執っていました。ジェンキンソンは内務省に属しながらひそかに部隊を動かし、たびたびスコットランドヤードと張りあいました。ジェンキンソンは一八八七年に解任され、部隊は公式な〝アイルランド特別部〟に取って代わられました。

血を見ると少々腰が引けてしまう身としては、ガレットの仕事のさまざまな側面を調べるのは必ずしも容易ではありませんでしたが、常に心が躍る作業でした。とりわけ輸血の歴史には興味を引かれました。記録に残っている初期の輸血の試みでは、羊や雌牛の血液が人間の患者に使われました。控えめに表現すると、その実験はうまくいかず、輸血の実施はそれから一五〇〇年あまり禁止されます。科学者と医師がふたたびこの問題に取り組みはじめるのは一八〇〇年代で、さまざまな結果を生みだします。そして一九〇一年、オーストリアのドクター・カール・ラントシュタイナーが人間の三つの血液型――A、B、O――を発見し、血液型不適合の人の血液を混ぜあわせることはできないことがわかりました。それまでは輸血の成功は、運よく同じ型の提供者から血液をもらえるかどうかにかかっていたのです。

あなたの励ましと優しさにはいつも感謝しています――わたしの仕事を喜びに変えてくれるのはあなたです！

――リサ

材料

レモン　6個（またはレモンジュース　2分の1カップ）

オレンジ　1個（またはオレンジジュース　4分の1カップ）

水　2カップ

砂糖　2カップ

さらに、ティーカップまたは容量2分の1カップ程度の小さなボウル、シリコン製のカップケーキ型などの容器が4個必要です。

作り方

1. レモン一個分の皮を用意します（黄色い部分だけ。白い部分は苦い）。
2. レモンとオレンジを搾ります。
3. 水と砂糖をまぜて、砂糖が完全に溶けるまで火にかけます。
4. レモンの皮、レモンジュース、オレンジジュースを加えます。
5. 金属製の型に流しこみます（わたしたちの場合はパンの焼き型を使うとうまくいきました）。
6. 冷凍庫に入れて、三〇分おきにフォークでかきまぜます。三時間ほど繰り返すか、あるいはレモンシャーベットが重く、溶けかけた雪のような質感ですくえる程度になるまで続けます。

史実にこだわらなければ、砂糖2カップのうち1カップをコーンシロップに変えてみてください。ずっとなめらかな食感になります。

ガレットのレモンシャーベット

ヴィクトリア朝時代の午後のお茶会や夜会でシャーベットやアイスクリームがふるまわれていたと知ると驚く人がいます。けれども氷菓はロンドンに定住したフランスとイタリアの菓子職人によって一七〇〇年代半ばには一般に広まっていました。味の種類もすばらしく豊富で、たとえばエルダーフラワー、パイナップル、アプリコット、ローズウォーター、ピスタチオ、それに黒パンアイスまでありました！　ここではドクター・ガレット・ギブソンのお気に入りの、シンプルで簡単に作れるレモンシャーベットを紹介します。

訳者あとがき

おまたせしました。リサ・クレイパスの大人気シリーズ《レイヴネル家》第四弾、『カーマの愛に守られて』をここにお届けします。

ケイトリン、ヘレン、パンドラと、三作目まではレイヴネルの名を持つ女性がヒロインでしたが、本作のヒロインは女性医師のガレット・ギブソン。ヒーローは諜報員のイーサン・ランサムですので、《レイヴネル家》シリーズではなく、スピンオフでは……？　と思われるかもしれませんね。けれども前作『パンドラの秘めた想い』で、ヒーローのセントヴィンセント卿ことガブリエル・シャロンとヒロインのパンドラは、ふたりともイーサンの容姿、中でも特徴的な青い瞳に既視感を覚えています。そう、彼の目はパンドラを含むレイヴネル家特有の青い瞳にそっくりなのです。ガブリエルが、「きみはレイヴネル家とどういう関係なんだ？」と単刀直入に尋ねると、イーサンは自分は看守の息子だと言って、伯爵家とのかかわりを完全に否定しました。ところが本作品の序盤では、なぜか先々代の伯爵がイーサンに地所を遺していたことが判明します。果たしてイーサンとレイヴネル家はどのような関係なのでしょう？

今、触れたように、イーサン、それに本作のヒロイン、ガレットはすでに二作目からこのシリーズにちょこちょこ顔を出してきました。シリーズを最初から読まれている方にはこのふたりはすっかりおなじみでしょうし、初めて読まれる方も実在の女性医師、ドクター・エリザベス・ガレット・アンダーソンをモデルにしたガレットには興味を抱かれるのではないでしょうか。一八七三年にドクター・アンダーソンが英国で医師の資格を得たあと、英国医師会が女性に対して二〇年近くも門戸を閉ざしてしまったというのは史実だそうで、ガレットも英国でたったひとりの女性医師として日々偏見と闘ってきました。レディがひとりで出歩くことがタブー視されていたヴィクトリア朝時代に、ガレットは孤児院や救貧院での診察のため、治安の悪い下町へもひとりで向かい、絡んでくる不届きなやからは杖で打ち据えて撃退します。

ガレットの同僚の医師は仕事ひと筋に生きる彼女を見て、男性並みに働いて自立しているのだから、男性と同じように情事を楽しんでみては？　とアドバイスします。そのときガレットの頭に浮かんだのは、通りで暴漢に襲われたところを二度も助けに現れたイーサンでした。

元刑事で現在は内務省の諜報員というイーサンは、ガレットが危ない目に遭うたびにどこからともなく現れるくせに、なぜか積極的には彼女とかかわりを持とうとしません。彼の上司は、大義のためには多少の命は犠牲にしなければならないという考えの持ち主で、一般市民を巻きこむテロ攻撃を裏でひそかに支援していました。イーサンは上司が企てた爆破計画を暴こうと意を決しますが、相手はスパイマスターと呼ばれる陰謀家で、自分のほうが先に消されてしまう恐れがありました。ガレットを巻きこみたくないイーサンは彼女を避けようとするものの、どうしても彼女を放っておくことができず、ガレットからもあなたは会うたびにもう二度と会わないと言うのね、と突っこまれる始末。このあたりはくすりと笑わせられます。

イーサンの命を救うために無謀とも思える治療を決行するガレット、そしてそれを手助けするのは次作〝Devil's Daughter〟でヒーローとなるウエスト・レイヴネルです。ウエストは意中の女性への報われない思いをぽろりと口にしますが、お相手が誰かはクレイパスファンなら次作のタイトルからおわかりでしょうか？

本作は下町の描写も多く、まるで一九世紀末のロンドンを見てきたかのような生き生きとした筆致には、さすが〝ヒストリカル・ロマンスの女神〟とうならされます。リサ・クレイパスがお贈りする《レイヴネル家》シリーズ、どうぞお楽しみください。

二〇一九年一一月

ライムブックス

カーマの愛《あい》に守《まも》られて

著　者　リサ・クレイパス
訳　者　岸川由美《きしかわゆみ》

2019年12月20日　初版第一刷発行

発行人　成瀬雅人
発行所　株式会社原書房
〒160-0022東京都新宿区新宿1-25-13
電話・代表03-3354-0685　http://www.harashobo.co.jp
振替・00150-6-151594
カバーデザイン　松山はるみ
印刷所　図書印刷株式会社

落丁・乱丁本はお取替えいたします。
定価は、カバーに表示してあります。
 ISBN978-4-562-06529-5 Printed in Japan